MAHSUDA SNAITH

Die Sterne an unserem Himmel

MAHSUDA
SNAITH

Die Sterne an unserem Himmel

Roman

Übersetzung aus dem Englischen
von Wibke Kuhn

PIPER

Mehr über unsere Autoren und Bücher:
www.piper.de

FSC
www.fsc.org
MIX
Papier aus verantwortungsvollen Quellen
FSC® C083411

ISBN 978-3-492-06107-0

Titel der englischen Originalausgabe:
»The Things We Thought We Knew«, Doubleday,
an imprint of Transworld Publishers, London 2017

Satz: Uhl + Massopust GmbH, Aalen
Gesetzt aus der Aldus
Druck und Bindung: CPI books GmbH, Leck
Printed in Germany

Für alle, die mich zu dem gemacht haben, was ich bin.

Leben lässt sich nur rückwärts verstehen,
muss aber vorwärts gelebt werden.

nach Søren Kierkegaard

Ein Sternbild wird geboren

1999 Du kamst um Mitternacht, um mich zu wecken. Weiche Finger, die an meiner Hand zogen, mich wach rüttelten. Ich rieb mir die Augen und fragte, was zum Teufel denn los sei (Ich brauchte meinen Schlaf. Ich war ein Mädchen im Wachstum). Du kichertest durch deine Zahnlücken, hieltest mir meinen Morgenmantel hin, um dann weiter an mir zu zupfen und zu ziehen, während wir meine Höhle verließen, vorbei am dröhnenden Schnarchen aus Ammas Fuchsbau, die Treppen hinunter und aus der Wohnung.

Dein Bruder stand in einem mit Blitzen bedruckten Pyjama auf der Straße. Sein strähniges Strubbelhaar passte perfekt zum Zickzackmuster. Er sah gleichzeitig verschlafen und sauer aus.

»Marianne …«, sagte ich und versuchte, eine gewisse Strenge in meine Stimme zu legen, mein Körper aber war immer noch ein einziges großes Gähnen.

Doch du legtest nur einen Finger auf die Lippen, drehtest dich um und führtest uns durch die Nacht. Unsere Füße stolperten über Betonstufen, Hände streckten sich nach Metallgeländern, die so kalt waren, dass ich schauderte.

Im vierten Stock gabst du uns ein Zeichen, dass wir uns auf unsere üblichen Plätze setzen sollten. Unsere Beine baumelten durch die Stäbe des Balkongeländers, und du schlüpftest zwischen uns und haktest dich bei uns unter. Deine Haarlocken streiften meine Wange.

Du zeigtest zum Himmel.

»Schaut mal da«, sagtest du.

Ich schaute. Und ich sah. Millionen von Sternen am indigoblauen Himmel. Ihre Helligkeit. Ihre überwältigende Zahl.

»Das da«, sagtest du und zeigtest genau nach oben, »das Sternbild des Radschlags.«

Mit einem Halbmondgrinsen legtest du den Kopf in den Nacken.

Verstohlen schob ich die Hand in die Tasche meines Morgenmantels und spürte die Kanten des Buches, das darin steckte.

»Und das da«, sagte ich und deutete auf ein zartes Sternenhäuflein, »ist das Sternbild der Taschenwörterbücher.«

Ich schaute zu Jonathan und wartete auf seinen Widerspruch.

»Nein«, sagte er. Er schüttelte so heftig den Kopf, dass ihm die Brille auf der Nase wackelte. »Das ist das Sternbild der Gewitter.«

Du sahst mich an, und ich sah dich an, ebenso übermütig wie verblüfft. Wir streckten die Arme aus und deuteten mit dem Finger in den Himmel.

»Das Sternbild des Zitronenbrausepulvers ...«, sagtest du.

»Das Sternbild der Hurrikans ...«, sagte dein Bruder.

»Das Sternbild des Gemüse-Dhansak ...«, sagte ich.

Und wir benannten die ganze Nacht lang die Sternbilder, bis wir keine Wörter mehr benutzten, sondern nur noch ein Durcheinander von erfundenen Klängen. Ich spürte deinen Körper neben mir, er wärmte mich wie eine Decke. Als ich zum Horizont blickte, sah ich eine Sternschnuppe. Ein zuckendes Licht schoss durch die samtige Nacht.

Vielleicht habe ich aber auch gar keine gesehen. Vielleicht war es nur das, was ich sehen wollte.

Das Sternbild des Bettes

2010 Ich wache auf und stelle fest, dass in der Nacht irgendjemand wie ein Ninja in mein Zimmer eingedrungen sein muss. An der Decke baumeln Luftschlangen, in den Zimmerecken sind Luftballontrauben befestigt, und ein riesiges glitzerndes Transparent hängt schief an der Wand. Darunter wurden ein Dutzend Fotos gepinnt. Es sieht aus wie eine Zeitleiste in einem Museum, nur billig gemacht.

Foto 1: 1992 – Geburt von Ravine (schrumpeliges Neugeborenes mit zu viel Haar)
Foto 3: 1996 – Krippenspiel (als Schaf verkleidetes Mädchen, Strohhalme hängen aus dem Mund)
Foto 8: 2009 – Silvester (Teenager liegt im Bett, ein keck aufgesetztes Papierhütchen auf dem Kopf)

Wenn es eine Auszeichnung für den schlechtesten Zuhörer der Welt gäbe, würde meine Mutter diesen Preis konkurrenzlos gewinnen. Sag ihr einen stinknormalen Satz, und schon kannst du dabei zusehen, wie die Zahnrädchen in ihrem Hirn die Worte auseinanderzerren und verdrehen und am Ende einen völlig anderen Sinn ausspucken. Du sagst, du willst ein Kätzchen –

sie kauft dir einen Mantel. Du sagst, du magst keinen Kohl – sie kocht sieben verschiedene Kohlgerichte. Du sagst, du willst keine Party, und schon wachst du in einem Zimmer auf, bei dessen Anblick dir dermaßen der Schweiß ausbricht, dass dir der Schlafanzug an der Haut klebt und du einen Blick in die Unterhose werfen musst, um dich zu vergewissern, dass du nicht hineingepinkelt hast.

Ich reibe mir die Augen. Der Geruch von Zwiebel-Bhajis aus der Küche zieht herein. Er mischt sich mit dem Geruch von Lufterfrischer Marke Zitrusbrise. Ich hoffe, dass das alles nur ein böser Traum ist. Doch als ich mich halb aufrichte, bestätigen es mir die schmerzenden Muskeln in meinem Arm: Das hier ist echt.

»Du bist wach!«, ruft Amma. Mit einem Kuchen von der Größe eines Beistelltischs kommt sie zur Tür hereingewackelt.

Sie trägt einen orangen Sari mit einer Falte genau in der Mitte und hat sich etwa fünf Liter Kokosöl ins Haar gekämmt. Gekonnt lehnt sie sich zur Seite und tritt mit dem Absatz auf die Play-Taste an meiner Anlage. Die elektronischen Beats erbrechen sich ins Zimmer. Sie grinst mich an, als wäre das alles das Finale einer tollen Show und ich müsste nun endlich applaudieren.

Ich ziehe mein Kissen hinter mir hoch und sinke zurück.

»Amma …«, setze ich an.

Sie legt den Kopf schräg, um dem Song zu lauschen. Ich sehe, wie sie im Takt mit nickt. Die Musik spielt, der Kuchen kommt ins Rutschen.

»*Amma*!«, rufe ich.

»Moment, Moment!«, sagt sie und hält die Kuchenplatte wieder waagrecht.

Die Becken schlagen über den Trommeln zusammen, und Stevie Wonder hebt an zum Refrain.

»*… Happy biiiiiiirthday!*«

Ich warte, bis es vorbei ist. Dann wackelt Amma auf mich zu und platziert den Schokoladengrabstein auf meinem Schoß.

»Für den habe ich drei Tage gebraucht«, sagt sie.

Den Kuchen mit der braunen Glasur und der Garnitur aus Plastikrosen ziert eine Reihe schon mal benutzter Kerzen. In der Mitte steht in rosa Zuckerguss-Schnörkelschrift geschrieben: »Alles Gute zum 18. Geburtstag, Ravine Roy!!!« Die Buchstaben werden immer kleiner, je weiter es auf meinen Namen zugeht, aber irgendwie ist es Amma gelungen, doch noch einen Smiley hinter die Ausrufezeichen zu quetschen.

Meine Wirbelsäule krümmt sich wie ein Schössling, der vom Wind geknickt wurde, was Amma als Zeichen ehrfürchtigen Staunens interpretiert.

»Gern geschehen!«, sagt sie und wedelt mit der Hand in der Luft herum. »Für meinen Schatz Ravine würde ich alles tun!«

Erst letzte Woche hatte ich eigentlich klargestellt: keine Luftballons, keinen Kuchen, keine Party. Aber irgendwie hat Ammas Hirn meine Worte mal wieder verhackstückt, und herausgekommen sind so viele Ballons, wie sie nur aufblasen konnte, der größte Kuchen, den sie backen konnte, und so viele Partyartikel, wie sie nur in mein Zimmer stopfen konnte.

Jetzt zündet Amma die Kerzen an. Weil es so viele sind, nimmt das Manöver gut zwei Minuten in Anspruch. Als sie das vierte Streichholz anreißt, ist mein Gesicht schon ganz feucht, und das Pochen in meinen Gliedern so stark, dass es mir den Blick vernebelt. Ich hole tief Luft, um den Monsterkuchen ins nächste Haus zu pusten, doch sowie die letzte Kerze angesteckt ist, klatscht Amma sich auf den Oberschenkel und stimmt »Happy Birthday« auf Bengali an.

Amma hat mir schon Lieder auf Bengali vorgesungen, als ich noch in ihrem Bauch war. Um mir heimlich, still und leise ihre Sprache unterzujubeln. Als ich noch ein kleiner Hosenmatz war, übersetzte sie jeden Abzählreim und änderte alle Tiernamen, aber *baa baa kala chaagal* klingt eben einfach nicht so schmissig wie »Mäh, mäh, schwarzes Schaf«. Beim Schlafengehen sang sie mir Volkslieder von Booten und Reisfeldern vor, bis ich ohne sie nicht mehr einschlafen konnte. Ich rebellierte gegen die musikalische Gehirnwäsche, indem ich die Bedeutung sämtlicher Bengali-Wörter ausblendete. Heute kann ich die komplette Nationalhymne von Bangladesch herunterleiern, ohne dass ich einen Schimmer davon hätte, was ich da eigentlich singe. Das einzige Bengali-Wort, das ich wirklich benutze, ist »amma«, und das heißt »Mutter«.

Ich blase die Backen auf und befürchte, dass entweder ich ohnmächtig werde oder Ammas Sari Feuer fängt, dann puste ich die Kerzen aus. Mitten im Lied hält sie inne.

»Du hast dir doch was gewünscht, oder?«, fragt sie.

Kleine Rauchspiralen kringeln sich um meinen Körper. Ich schließe die Augen und räuspere mich.

»Ich wünsche mir *keine weiteren Feierlichkeiten.*«

Erwartungsvoll öffne ich die Augen. Amma runzelt die Stirn und schüttelt den Kopf. »Wenn du ihn laut aussprichst, geht er nicht in Erfüllung«, sagt sie. »Das weiß doch jeder, Ravine.«

Und natürlich behält sie recht.

Im Verlauf der nächsten halben Stunde strömen lauter Nachbarn in mein Zimmer. Ein paar kenne ich persönlich (Sandy Burke und ihre Zwillinge), andere nur vom Sehen (Mrs Patterson und ihre berühmten Riesenbrüste), ein paar von ihnen bin ich noch nie in meinem Leben begegnet.

Erstere sagen Hallo, die, die ich vom Sehen kenne, gratulieren mir mit schmerzverzerrt-gekünsteltem Lächeln. Die, denen ich noch nie in meinem Leben begegnet bin, begaffen staunend meine Shiva-Statuette, den Stapel ungelesener Bücher auf dem Boden und die altmodische CD-Sammlung neben der Anlage. Die ganze Zeit über hoffe ich, dass ihnen die Foto-Zeitleiste an der Wand nicht auffällt oder die My-Little-Pony-Vorhänge, aber gerade darauf starren sie am meisten. Ich warte darauf, dass Amma ein missbilligendes Zungenschnalzen hören lässt, damit sie aufhören. Aber sie wuselt nur durch die Menge, berührt die Hände eines jeden Gastes und bedankt sich mit kleinen Verbeugungen, die eines Maharadschas würdig wären.

Mir ist klar, was sie gemacht hat. Amma, diese clevere Frau, hat persönlich an jede Wohnungstür von Westhill Estate geklopft und die Bewohner mit der Aussicht auf kostenlosen Kuchen geködert. Sie hat ihnen kleine Bröckchen zum Kosten gegeben, gerade so viel, dass ihnen das Wasser im Mund zusammenlief. Und dann hat sie im Gehen gerufen: »Den gibt's erst wieder auf der Party. Kommen Sie auf jeden Fall vorbei!«

Amma bahnt sich einen Weg zu meinem Bett. Ich mache den Mund auf, doch bevor ich ein Wort sagen kann, hat sie sich schon zu ihrer Armee umgedreht. Mit dem Lächeln eines wahnsinnigen Diktators klatscht sie zweimal in die Hände, als wollte sie einen Flamenco tanzen. Unsere Gäste reißen sich vom Bombay-Mix los, der Small Talk bricht ab, und Stevie Wonder wird leiser gedreht. Das Bett sinkt etwas ein, als sich Sandy Burke ans Fußende setzt. Sie futtert sich gerade durch eine Schachtel mit Mini-Schokoriegeln. Früher war sie das reinste Skelett, die Beckenknochen stachen unter ihrer Jeans hervor wie Zeltstangen, und ganz oben thronte ihr Zuckerwatte-Afro. Selbst der Gevatter Tod, den sie sich auf den Hals hatte tätowieren lassen, sah gesünder aus als sie. Jetzt haben ihr Gesicht und ihr Hals fleischig-weiche Konturen. Ihre Arme sind keine Streichhölzer mehr, sondern wohlgerundet.

Als sie mir die Schachtel hinhält, schüttle ich den Kopf.

»Ich freue mich so, Sie alle zu sehen!«, sagt Amma (als wäre es ein Zufall, als hätte sie das nicht alles so geplant).

Sie legt mir die Hand auf die Schulter. Es ist meine schlimme Schulter, deswegen berührt sie mich nur ganz sanft.

»Heute ist mein Schatz Ravine achtzehn Jahre alt geworden.«

Ich krümme mich.

»Das ist wichtig, denn damit beginnt ihr erwachsenes Leben.«

Wieder krümme ich mich.

»Außerdem ist es wichtig, weil damit ihr Leben außerhalb dieser Wohnung beginnt. Stimmt's, Shona, mein Liebling?«

Ich komme nicht dazu, mich zu krümmen, weil sie mit diesen

dunklen Kulleraugen auf mich herunterschaut, mit denen sie einem Welpen Konkurrenz machen könnte. Wenn sie einen so anschaut, macht man alles Mögliche, diese Augen ringen einem Versprechen ab. Das geht sogar so weit, dass man glaubt, man könnte sie halten.

Es entsteht eine Pause, offenbar wird von mir erwartet, dass ich etwas sage. Meine Muskeln sind angespannt wie Drahtseile. Ich fahre mir mit der Zunge über die Lippen.

»Stimmt«, sage ich.

Amma tätschelt mir den Kopf, um zu signalisieren, dass das die richtige Antwort war. Sie faltet die Hände.

»So, und jetzt wollen wir endlich Kuchen essen!«

Die Menge jubelt, als sie den Kuchen in viereckige Stücke schneidet. In der Zimmerecke stehen Sandy Burkes Zwillinge und starren mich an. Ihre identisch geformten Köpfe sind im gleichen Winkel zur Seite geneigt, verwirrte Linien graben sich in ihre Stirnen, schwarze, gewellte Haare rahmen ihre Gesichter. Sie sind erst elf, aber mit diesem Gesichtsausdruck sehen sie aus wie Wissenschaftler, die überlegen, ob sie gerade ein neues Virus entdeckt haben. Ich umklammere eine Ecke meiner Bettdecke, lausche auf Stevie Wonders Worte, lese die Schrift auf den Transparenten, nehme wahr, wie sich mein Zimmer mit lächelnden Gesichtern füllt.

HAPPY BIRTHDAY!! HAPPY BIRTHDAY!!

HAPPY!! HAPPY!! HAPPY!!

»Ich werde jetzt schlafen!«

Die Worte schießen mir wie Gewehrkugeln aus der Kehle. Ich grabe die Finger in die Bettdecke und ziehe so fest daran, dass Sandy Burke vom Bett aufspringt. Amma schaut mich an, das Bindi auf ihrer Stirn ist nach oben gerutscht.

»Aber Shona – es ist halb elf am Vormittag.«

Ich lege mich flach hin. »Danke fürs Kommen!«

Es wird ganz still im Zimmer. Erst als ich leise Schnarchgeräusche von mir gebe, setzen sie sich in Bewegung. Sie nehmen ihre Kuchenstücke und wandern ins Wohnzimmer. Als der letzte Gast gegangen ist, seufzt mein ganzer Körper auf. Auch Shiva und My Little Ponys auf den Vorhängen sehen erleichtert aus.

Amma sucht nach meinen Schmerzmitteln, stellt mir behutsam ein kleines Fläschchen auf den Nachttisch.

»Alles Gute zum Geburtstag, Ravine«, sagt sie und drückt mir einen nassen Kuss aufs Ohrläppchen.

Aus halb geöffneten Augen beobachte ich, wie sie ein Stück Kuchen neben das Fläschchen stellt und das restliche Essen auf einem Tablett sammelt, bevor sie aus dem Zimmer schleicht.

Ich ziehe die Knie bis an die Brust. Während die Party unten weitergeht, bleibe ich so liegen und gare langsam im Sud meines Elends.

Manche Leute haben ein Sterbebett. Ich habe ein Lebebett.

Wie wenn man eine Erkältung hat. Ich meine nicht das Hä-täm-Kratzen im Hals, bei dem man ein paar Schmerzmittel einschmeißt und nach achtundvierzig Stunden wieder fit ist. Nein. Das hier fühlt sich an wie eine alles verzehrende Erkältung. Verschwommener Blick, schwere Glieder, das Gefühl, dass einem das Hirn gleich zu den Nasenlöchern hinausläuft, und dazu springt einem ein Pandabär auf den Muskeln herum.

Man schleift sich in die Schule oder auf die Arbeit oder wo auch immer man an dem Tag hinmuss. Ein paar Stunden ist man ein bisschen produktiv, bevor die Schulglocke klingelt, die Uhr fünf schlägt oder man in den Bus oder ins Auto steigt und sich wieder zurück nach Hause schleppt. Und dann heißt es nur noch: Tür zuknallen. Mantel fallen lassen. Treppe hochkriechen. Bett.

Im Bett ist es sicher. Im Bett ist es warm. Im Bett fragt dich niemand, welches Datum wir haben oder wie man einen Algorithmus löst. Du sinkst ein in die Matratze. Du legst den Kopf auf das Kissen aus Memory-Foam. Jeder Teil an dir seufzt – sogar

Augäpfel und Eingeweide. In einem fernen Land klingelt es an der Tür, aber du hörst es nicht, weil du schon die Segel gesetzt hast. Im Reich der Alles-verzehrenden-Erkältung ist das hier der Zustand, der am nächsten an absolute Wonne heranreicht.

Und jetzt stell dir noch das vor: Deine Erkältung ist keine Erkältung, sondern ein *Chronisches Schmerzsyndrom*. Eine Krankheit, bei der der Großteil deines Körpers unablässig von Schmerzen gepiesackt wird, es ist die Art von Schmerzen, die man fühlen würde, wenn einem Killerhaie die Muskeln durchbeißen würden. Stell dir vor, wie du dich fast elf Jahre lang jeden Tag auf dein Bett sinken lässt. Dann wachst du auf. Du gehst zur Toilette. Du fällst wieder auf dein Bett und segelst davon. Nur dass du eben nirgendwohin segeln kannst, weil irgendein Wichser dich an einem Poller vertäut hat. Du schaukelst auf einem Ozean aus Schmerz und hoffst, dass jemand kommt und das Seil in Stücke hackt und dich befreit. Kommt aber keiner.

Also ja, ich habe ein Lebebett. Es hört sich wahrscheinlich an wie Sterbebett, ist es aber nicht. Ich werde mein ganzes Leben im Bett verbringen, deswegen ist es mein Lebebett.

Zusammengerollt liege ich da, mit pochenden Muskeln, und versuche, die Fotos an der Wand nicht anzuschauen oder das Kuchenstück, das Amma mir dagelassen hat. Unten höre ich Stimmengewirr, und alle paar Minuten quäkt eine Partytröte los, begleitet von wieherndem Gelächter. Mit der Zeit verebbt aber auch das Lachen. Die Gäste verabschieden sich, bis irgendwann nur noch ein Geräusch zu hören ist, nämlich das Zischen der Zitrusbrise, die auf dem Flur versprüht wird. Als es aufhört, erscheint Amma mit einem Armvoll Geschenke an meiner Tür.

»Ist das nicht toll gelaufen?«, sagt sie und lässt eine ganze Wagenladung auf mein Bett und sich auf ihren Stuhl fallen. Sie grinst breit. »Ich würde sogar behaupten, es ist *grandios* gelaufen.«

Ich stopfe mir das Kissen in den Rücken, und die Geschenke

purzeln von meinen Beinen. Dann wische ich mir die Haare aus dem Gesicht.

»Ich wollte keine Party«, sage ich.

Amma schlägt im Scherz mit der Hand nach mir. »Gern geschehen.«

Ich seufze und schaue auf die Tapete mit dem Endlosmuster neben mir. Die Vögel darauf haben den Hals zurückgebogen und die Flügel gespreizt, als wollten sie jeden Moment fliehen. Ich hasste die Vögel schon, als Amma das Wohnzimmer damit tapezierte, und ich hasste sie noch mehr, als sie die übrig gebliebenen Rollen für mein Zimmer verwendete. Die scharfen Schnäbel und die Knopfaugen verursachen mir Albträume, aber als ich es Amma sagte, gackerte sie nur, als hätte ich ihr einen netten Witz erzählt.

»Mach deine Geschenke auf, mein Schatz«, sagt Amma.

Ich starre die Vögel an.

»*Ravine.*«

Wenn Amma diesen ganz bestimmten Ton anschlägt, ist es besser, man tut, was sie will.

Ich halte den Blick gesenkt und reiße die Geschenke eines nach dem anderen auf: ein Blumenarmband, für das ich keine Verwendung habe, ein Paar mit Strass verzierte Pantoffeln, mit denen ich meinen Toilettenbesuchen neuen Glanz verleihen kann, ein stoffbezogenes Tagebuch mit einem Stift, der ebenfalls mit Glitzersteinchen überzogen ist.

Ich rolle den Stift zwischen den Fingern, spüre das Stechen meiner zerfaserten Nerven im Handgelenk. Manchmal ist der Schmerz stark und pochend, als würde jemand immer wieder auf mich einschlagen, dann wieder ist er schnell und scharf. Als die kleinen Steinchen im Licht aufleuchten, entflammt auch der Schmerz in meinem Handgelenk.

»Worüber soll ich denn schreiben?«, frage ich.

Amma nickt, als wäre das eine sehr kluge Frage.

»Über deinen Schmerz«, sagt sie. »Laut einigen Studien hilft es, seelische Schmerzen zu heilen, wenn man über die körperlichen schreibt.«

Ich verziehe die Oberlippe. »Das ist mit das Dümmste, was ich in meinem Leben je gehört habe«, erwidere ich.

»Außerdem«, fährt Amma fort, »ist es eine gute Vorbereitung für die Zeit, wenn du diese Wohnung verlässt. So kannst du deine Fortschritte festhalten.«

Sie klopft mit den Fingern auf das Tagebuch, dann steht sie auf und klaubt summend die Geschenkpapierreste von meinem Bett. Der Schmerz wird schlimmer, die Elektroschocks in meinem Handgelenk zucken so wild, dass meine Muskeln sich verkrampfen. Ich lasse den Stift fallen und versuche, mich durch den Schmerz zu atmen, wie es mir mein Physiotherapeut beigebracht hat.

Vergiss nie das Atmen, hat er gesagt. *Menschen mit chronischen Schmerzen verkrampfen alle Muskeln und vergessen, sich zu entspannen.*

Ich entspanne mich. Die Krämpfe lassen nach. Aber meine Finger zittern immer noch leicht, ein elektrisches Gefühl sirrt durch meine Nerven.

»Amma«, sage ich, »dieses Gerede, dass ich die Wohnung verlasse ...«

»Ist das nicht großartig?«, sagt sie.

Sie sammelt Papier auf.

Ich schüttle den Kopf. »Es ist noch nicht passiert.«

Amma richtet sich auf und drückt sich das zusammengeknüllte Papier an die Brust, als wäre es ein fettes, kunterbuntes Baby. »Aber es wird passieren. Du hast es mir versprochen.«

Sie sieht mir in die Augen, dann nimmt sie das Papier und stopft es in den Abfalleimer. Ich höre, wie es sich knisternd ineinanderschiebt.

»Amma«, sage ich. »Die Schmerzen ...«

Als sie sich umdreht und mich anschaut, sehe ich neuen Tatendrang in ihren Augen aufflackern.

»Wir werden es ganz langsam angehen. Die Treppen rauf und runter, immer ein paar Stufen auf einmal. Und auf dem Balkon sitzen, damit du dich an die Luft gewöhnst.«

»Aber warum sollte ich mich …«

»Dann gehen wir in den Park. Wir füttern die Enten.«

»Ich mag keine E…«

»Schon bald wirst du in der Lage sein, alleine rauszugehen. Wie der Arzt gesagt hat: Ein wenig körperliche Bewegung und ein gesundes Sozialleben werden deine Laune heben.«

Die Vögel auf der Tapete krächzen laut auf und schlagen mit den Flügeln, während die Wände um mich herum einstürzen. Eine glühende Sonne trifft meinen Körper mit voller Wucht, ein Wind bläst mir Blätter ins Gesicht, bevor er mich in einen Hurrikan saugt, der mich in den Himmel emporwirbelt.

Ich verdrehe die Augen. »Meine Laune ist bestens«, sage ich.

Amma zählt die Symptome auf, die darauf hindeuten, dass dem nicht so ist:

- Verlust von Interesse an Alltagsaktivitäten
- Vermeiden von Kontakt mit anderen Menschen
- Gereiztheit und Ärger
- Widerwillen, über Gefühle zu reden

Sie drückt ihr Kinn auf den Hals.

»Wir wissen doch alle, wie es bei dir mit dem Reden über Gefühle aussieht, oder nicht?«

Ich lege mich flach auf den Rücken. Mich dazu zu bringen, über meine Gefühle zu reden, ist Ammas allerhöchste Mission. Sie hat versucht, mich zu einem Gespräch mit einem Arzt zu überreden, und mit einem Therapeuten. Sie hat versucht, mich in eine Selbsthilfegruppe zu schicken, und hat sogar versucht, mich dazu zu bringen, mit ihr zu reden. Aber der Arzt war mir zu kalt, der Therapeut zu soft, die Selbsthilfegruppe löste in mir den Drang aus, aus dem Fenster zu springen. Und mit Amma zu reden, kommt einer Konversation mit einer außerirdischen Spezies gleich.

Es ist ein simples Problem. Niemand kann mein Leben verstehen, weil keiner es gelebt hat.

Außer dir vielleicht.

»Schreib gleich heute Abend was in dein Schmerztagebuch«, sagt Amma jetzt.

Schmerztagebuch. Allein das Wort verursacht mir Übelkeit. Ich atme langsam aus und warte, bis mein Körper von selbst wieder Luft holt. Das ist ein Trick, den mir der Physiotherapeut gezeigt hat: eine Möglichkeit, mein Gehirn vom Schmerz abzulenken.

»Wirst du es zumindest versuchen?« Ammas Stimme ist sanft, hoffnungsvoll.

Mein Brustkorb weitet sich. Ich atme wieder aus.

»Natürlich«, sage ich.

Dann warte ich, bis ich ihre Füße auf der Treppe höre, setze mich auf, schlucke die Schmerztabletten und starre die Wand an. Noch immer hängt dort die Zeitleiste. Die Babyfotos, die Teenagerfotos und da, in der Mitte, das Bild, das uns an meinem siebten Geburtstag zeigt.

Das war mal mein Lieblingsfoto. Bevor du verschwunden bist, hatte ich es auf meinem Nachttisch stehen, in einem Rahmen, den ich aus der Pappe von Cornflakes-Packungen und aus Bonbonpapierchen gebastelt hatte. Die Papierchen lösten sich ständig wieder ab, sodass ich immer ein paar Süßigkeiten essen musste, wollte ich den Rahmen reparieren.

Auf dem Foto drücken wir die Wangen aneinander. Wir tragen absurde Partykleider, die wir anzogen, wann immer wir einen guten Vorwand fanden. Amma hatte sie im Winterschlussverkauf besorgt: zwei pfirsichfarbene Gewänder mit Bändern, Glitzer und so viel Rüschen, dass wir aussahen, als wären wir aus Schlagsahne. Du hast deinen sonnengebräunten Arm um meinen braunen Hals geschlungen, und dein Gummilächeln zieht dein Gesicht in die Breite wie einen Rugbyball. Dein dichter Lockenkopf wird an meiner Wange platt gedrückt, derweil blinzle ich mit einem Zahnlückengrinsen in die Kamera.

Als ich das Foto so anschaue, fällt mir wieder ein, dass nach dieser Aufnahme die Bänder so ineinander verknotet waren, dass wir den Rest des Nachmittags herumhüpften und so taten, als wären wir siamesische Zwillinge.

Die Erinnerung ist wie eine Münze, auf die man in der Hosentasche stößt – sie war die ganze Zeit da, aber sie wiederzufinden ist eine freudige Überraschung. Ich liege auf dem Rücken und stöbere in meinem Kopf nach weiteren Erinnerungen. Ich schaue an die Decke mit den Rissen in der Farbe und sehe Bilder unseres Lebens darüber hinwegflackern: wie du mit Zweigen im Haar von Bäumen herunterkletterst, wie wir die Geländer im Wohnblock hinunterrutschen. Ich sehe aufblitzende Bilder von Neunzigerjahre-Erinnerungsstücken: gebatikte T-Shirts, eine *Jagged-Little-Pill*-CD, den Commodore 64, der deinem Bruder gehörte, obwohl er sich eigentlich einen Sega Mega Drive gewünscht hat. Und dann die Szene, als deine Mutter beschloss wegzugehen. Wie wir auf dem Teppich vor eurem Fernseher sitzen und so tun, als würden wir Schach spielen (obwohl wir beide es nicht konnten), Jonathan im Hintergrund, der wegen irgendwas beleidigt spielt, und deine Mutter am Esstisch, die den Kopf in die Hände stützt.

Ich spüre das Gewicht des Tagebuchs auf meinem Schoß. Es fühlt sich so schwer an wie die Ziegel der Wände um mich herum. Meine Augen stechen, und es schnürt mir jäh die Kehle zusammen, als ich die Hand hebe, um das Buch quer durchs Zimmer zu schleudern. Doch irgendetwas, ein winziges Samenkörnchen eines Gedankens, lässt mich innehalten. Die Straßenlaternen verbreiten ihr honigfarbenes Licht, das helle Strahlen eines Autoscheinwerfers gleitet über die Wände, während der Gedanke in mir wächst und aufblüht. Ich nehme den glitzersteinbesetzten Stift vom Nachttisch und umklammere ihn ganz fest.

Vielleicht sollte ich das alles aufschreiben. All die Dinge, die uns passiert sind, so wie ich mich an sie erinnere. Und auch das Leben, das ich jetzt führe. Ich könnte das alles dokumentieren, und dann würde ich es vielleicht verstehen. Und du, Marianne, du würdest es auch verstehen.

Als ich diesen Gedanken denke, geschieht etwas Erstaunliches. Du würdest es nicht für möglich halten.

Ich lächle.

Allein schon bei dem *Gedanken*.

Das Sternbild der Brennnessel

Als die Krankheit zum ersten Mal auftrat, versuchte ich, mich an nichts mehr zu erinnern. Erinnerungen sind wie Brennnesseln. Im ersten Moment merkst du gar nicht so richtig, dass sie dich gestochen haben, und wenn es dir dann bewusst wird, sind die kleinen Nadeln schon tief unter der Haut und lösen einen derartigen Juckreiz aus, dass man an nichts anderes mehr denken kann als daran, wie man dieses Gefühl wieder loswird. Ich habe versucht, dich loszuwerden, Marianne. Ich habe all deine Spielsachen unter meinem Bett versteckt, habe alle Bilder aus den Rahmen genommen, aber obwohl ich noch heute versuche, dich zu vergessen, bist du immer noch da.

Die erste Erinnerung, die ich an dich habe, sind nur Unterhosen und Beine. Du kannst damals nicht älter als sechs gewesen sein, aber irgendwie hattest du es geschafft, einen Handstand an der Wand in unserer Wohnung zu machen und bist dann nicht mehr heruntergekommen. Der Rock deines Kleides war so lang, dass er nicht nur die untere Hälfte deines kopfstehenden Körpers bedeckte, sondern auch noch dein Gesicht. Ich kann mich noch an den Anblick deiner gebräunten Beine vor der cremefarbenen Wand erinnern und an die winzigen Blümchen auf deiner gelben Rüschenunterhose. Schon damals war ich neidisch auf dich, weil meine Unterwäsche schlicht und weiß war und vom Ein-Pfund-Laden um die Ecke stammte.

Erinnerungen sind eine trügerische Sache. Obwohl ich dieses Bild von dir so klar vor mir habe, weiß ich nicht mehr, was du gesagt hast, als ich dir half, die Füße wieder auf den Boden zu setzen. Ob dir schwindlig wurde, als das Blut wieder aus deinem Kopf floss, oder ob du versucht hast, mir das Kunststück auch beizubringen, und ich rundheraus ablehnte. Aber ich weiß noch, dass du jemand warst, mit dem ich befreundet sein wollte, auch wenn ich nur deine Unterhose und deine Beine sah. Ich hatte keine anderen Freunde in Westhill, und du warst einfach passend (soll heißen, du warst in meinem Alter, und ein Mädchen).

Amma machte sich damals Sorgen um mich, weil ich in der Schule nicht so richtig Anschluss fand. Ich versteckte mich am liebsten vor den anderen Kindern, erfand meine eigenen Spiele in stillen Ecken und schrie jeden an, der mich aufstöberte. Zu Hause klebte ich an Amma und löcherte sie endlos mit Fragen, während sie die Hausarbeit erledigte. Als ich mich für dich zu interessieren begann, schob sie mich regelmäßig aus der Wohnung, brachte mich dazu, bei dir anzuklopfen, und wenn du herauskamst, sagte sie, dass ich gern spät nach Hause kommen dürfe. Amma hatte schon entschieden, dass wir beste Freundinnen waren, bevor eine von uns beiden es wusste.

In der Schule machten wir jedes Projekt zusammen. Zum Beispiel versuchten wir, einen Touristenprospekt für unsere Gegend zu erstellen, aber unsere Rechercheergebnisse beschränkten sich darauf, dass die Stadt (ungefähr) in der Mitte des Landes lag, dass ein Käse nach ihr benannt war und sie die Heimat von Daniel Lambert gewesen war, dem dicksten Mann von England. Es dauerte eine Weile, bis wir einen Slogan gefunden hatten. Erst dachten wir an »Leicester: in der Mitte von allem«, dann lehnten wir uns etwas weiter aus dem Fenster mit: »Leicester! Essen Sie Käse! Werden Sie fett! Werden Sie berühmt!« Irgendwann beschlossen wir, Rebecca Knights Idee zu klauen – »Leicester – das Herz von England«. Rebecca Knight saß in der ersten Reihe und war so klug, dass sie keine Partnerarbeit machen musste. Die war eine sichere Bank.

Was den eigentlichen Inhalt des Prospekts anbelangte, beschlossen wir, uns auf Informationen über Westhill Estate zu konzentrieren, insbesondere auf die Bewohner von Bosworth House und ihre Haustiere. Mittlerweile sind die meisten dieser Leute ausgezogen. Die Pattersons wohnen immer noch im vierten Stock (eine Mutter, drei Jungs, zwei Englische Bulldoggen), und Sandy Burke und ihre Zwillinge wohnen im ersten (drei Katzen), aber andere, wie die alte Mrs Simmons von gegenüber (zwei Wellensittiche, ein Papagei), sind weg.

In Bosworth House ziehen die Leute ständig ein und aus. Aus deiner alten Wohnung nebenan ist kürzlich eine somalische Familie ausgezogen, weil sie – angeblich – im Lotto gewonnen haben. Ein Streitpunkt, weil die Ahmeds muslimisch sind, und die Mutter heimlich Lotterietickets am Kiosk gekauft hatte, obwohl ihre Religion ihr das Glücksspiel verbietet. Wenn du gehört hättest, wie die sich in den Haaren lagen. Ich habe nicht verstanden, was sie sagten, aber es klang erbittert. Ihre zwei Jungs haben in dem Zimmer geschlafen, das früher mal deines war, und wenn die Eltern stritten, versteckten sie sich dort, bis es vorbei war. Durch die Wände konnte ich hören, wie sie diskutierten, ob sie lieber eine Wasserbombe vom Balkon im dritten oder vierten Stock werfen sollten (der dritte versprach eine bessere Trefferquote, der vierte einfach größere Höhe). Aber als ich mich in ihre Diskussion einmischen wollte, wechselten sie plötzlich in rasches, abgehacktes Somali über, das nur so an mir vorbeirauschte.

Ihre Stimmen fehlen mir. Der Klang füllte die Leere, wie deine Stimme damals, wenn du nachts mit mir geredet hast. Es war Segen und Fluch zugleich, dass dein Bett an derselben Wand stand wie meines. Wenn du laut geredet hast, konnte ich fast alles hören, was du sagtest, aber wenn du die Stimme gesenkt hast, war es so, als würde ich bei immer schlechtem Empfang Radio hören. Nach neun bat ich dich immer, den Mund zu halten, weil ich schlafen musste. Ich glaubte an Schlaf, denn Amma hatte mir weisgemacht, dass ich ohne ausreichend Schlaf nicht nur aufhören würde zu wachsen, sondern sogar *schrumpfen* könnte. Ich war sowieso schon zu klein und wäre nicht so unhöflich zu dir gewesen, wenn ich nicht wirklich Angst gehabt hätte zu verschwinden. Trotzdem schien dir mein Einwand nie etwas auszumachen, und du hast die ganze Nacht weitergeplaudert.

»Wenn du eine Superkraft haben könntest, was *murmelmurmel*? Ich *murmel* unsichtbar. Ich hab von so einem Mann gelesen, der *murmelmurmel*, aber es war ein Bild von ihm dabei, deswegen *murmelmurmel*. Aber vielleicht *murmel* auch *unbesiegbar*.«

Ich hatte mein Taschenwörterbuch dabei und wollte nachschauen, was »unbesiegbar« bedeutet, aber ich hatte Angst, dass ich mich dann durch den Schlafmangel in ein Staubteilchen verwandeln würde. Irgendwann siegte mein Wunsch, es herauszufinden, über meine Angst zu schrumpfen, und zuletzt saß ich im Schneidersitz auf dem Kinderzimmerboden und schlug all die unbekannten Wörter nach, mit denen du mich bombardiertest.

Damals war ich die Königin der Wörter. Ich schlug ständig in meinem Taschenwörterbuch nach. Du fandest das lustig und nützlich, deinen Bruder mit seinen Strubbelhaaren nervte es. Er schubste mich immer gegen die Schulter, wenn ich ein Wort benutzte, das er nicht kannte (und das kam ziemlich oft vor), auch wenn er natürlich aufpasste, dass du in dem Moment woanders hinschautest. Manchmal schnappte er sich mein Taschenwörterbuch und wedelte damit über meinem Kopf herum, sodass ich auf und ab hüpfen musste wie ein Jack Russell Terrier, um es mir zurückzuholen. Jonathan wusste immer, wie er mich aus dem Konzept bringen konnte. Das war die einzige Begabung, die er im Leben hatte.

Ich schätze, an viele Dinge hier in Bosworth House kannst

du dich gar nicht mehr erinnern, das ist alles schon so lang her. Wahrscheinlich erinnerst du dich aber noch an seine Größe, hoch und ausladend thronte es neben dem Hügel, aber die Details hast du sicher schon vergessen. Zum Beispiel die Gitter an den Balkonen, damit die Leute nicht über die Brüstung springen (oder andere hinunterwerfen). Die schmalen Stufen, die so widerlich riechen, wobei uns erst aufging, dass sie nach Pisse stanken, als Jonathan es uns mit seiner Na-was-soll-es-denn-*sonst*-sein-Stimme erklärte. Die Tatsache, dass die Stadt die Mauern jedes Jahr streichen lässt, aber einfach niemanden vorbeischickt, der mal den blöden Fahrstuhl repariert. Der Ausblick aus dem vierten Stock, von dem aus man auf ganz Westhill Estate hinabblicken kann, auf die Ansammlungen von weißen Häusern, die sich zu beiden Seiten der Hauptstraße entlangziehen wie Wirbel. Früher saßen wir dort im vierten Stock, ließen die Füße durch die Lücken im Geländer hängen und im leichten Wind baumeln, während wir unser Wassereis mit Orangengeschmack schleckten. »Mund auf und aaaaah!«, sagten wir in unseren vornehmsten Doktor-Stimmen, und dann streckten wir einander die mandarinenfarbenen Zungen raus und sagten: »Aaaaah!« Wir testeten, wer am längsten den Ton halten konnte. Du hast immer gewonnen.

Nein, wenn ich es mir recht überlege, glaube ich nicht, dass du dich noch an irgendetwas davon erinnern kannst. Daraus mache ich dir keinen Vorwurf. Du hast ja auch nicht zehn Jahre lang im gleichen Bett gelegen mit den immer gleichen Erinnerungen im Kopf. Aber für mich war das alles, was ich hatte, weißt du? Das und Amma.

»Es ist meine Aufgabe, mich um dich zu kümmern, Shona«, bläut sie mir ein, wenn ich einen schlechten Tag habe. »Ich werde dich nie verlassen, Ravine. Wer Mutter ist, kann nicht selbstsüchtig sein.«

Wenn sie das sagt, vermeide ich es, sie an deine Mutter zu erinnern.

Deine Mutter war schön, oder zumindest auf den Fotos war sie es. Sie hatte eine ganze Reihe davon in silbernen Rahmen auf der Kommode in eurem Wohnzimmer aufgestellt. Hochglanzfotos ihres jungen, grinsenden Gesichts, wilde blonde Eighties-Mähne, ein Mund mit seidig-rosa Lippenstift darauf. Wenn sie betrunken war, erzählte sie uns von ihrer Zeit als Schönheitskönigin. Wir stellten uns dann vor, wie sie im Abendkleid mit der Tiara auf dem hochgeföhnten Haar auf der Bühne stand und würdevoll in die Menge winkte wie die Queen. Nachdem sie fortgegangen war, fanden wir ein Bild von ihr unter dem Bett, auf dem sie kniet und das Kinn auf die Brust drückt, die Haut braun gebrannt wie Pferdeleder, die nackten Brüste entblößt.

Deine Mutter sah immer so glücklich aus auf diesen Bildern – selbst auf dem Nacktfoto. Sie hat fast nie gelächelt, wenn wir da waren, wenn ich da war, schon mal gar nicht. Ich habe sie auf Zinne gebracht, unabsichtlich. Jedes Mal, wenn ich sie Mrs Dickerson nannte, zuckte sie zusammen.

»Mein Gott, nenn mich doch einfach Elaine«, sagte sie dann.

Und ich nickte: »Ja, Mrs Dickerson.«

Einzig wenn sie mit deinem Vater zusammen war, habe ich das Foto-Lächeln gesehen. Da leuchteten ihre Augen, und sie entblößte jeden Zahn. Fünf Minuten später schmiss sie ihm schon wieder die Teller an den Kopf. Als sie sich mit dir, mir und Jonathan zusammensetzte und uns erklärte, dass er in »ein Schloss« in der Stadt gezogen sei, glaubten wir ihr alle. Erst später fanden wir heraus, dass es das Königliche Gefängnis Leicester war, das tatsächlich aussah wie ein riesiges Schloss, obwohl darin keine Lords und Ladys wohnten. Er ward nie wieder gesehen.

An dem Tag, der alles ändern sollte – wir taten gerade so, als spielten wir in eurem Wohnzimmer Schach – erschien ein breites Lächeln auf Mrs Dickersons Gesicht. Sie hatte einen Brief geöffnet, von dem Stapel, den anzuschauen sie dir immer verbot – weiße Umschläge mit offiziellem Charakter, braune Umschläge mit roter Schrift am Rand des Sichtfensters. Aber dieser

Brief war anders. Er war von Hand geschrieben, schief hingekritzelte Zeilen, und als deine Mutter ihn öffnete, warf sie keinen Becher an die Wand, wie sie es sonst immer tat, wenn sie Briefe las, stattdessen setzte sie sich ganz gerade auf. Wir waren damals acht und ihr Lümmeln so gewöhnt – sie lag auf Sofas oder aufgestützt auf Tischplatten –, dass wir von unserem Schachbrett aufblickten, als sie auf einmal den Rücken straffte. Ihre hellblauen Augen flogen über die Seiten und wanderten bis zum Ende jedes Blattes, um gleich zum nächsten zu zucken. Als sie fertig war, blieb sie einen Moment so sitzen und starrte die Blätter in ihrer Hand an. Irgendwann lächelte sie. Nicht das zähnefletschende Lächeln von ihren Bildern, das immer ein bisschen zu breit und übertrieben aussah, sondern ein weiches, langsames Lächeln voller Hoffnung. Kurz darauf holte sie die Wodkaflasche aus der Küche und tanzte mit uns durchs Zimmer.

Jonathan beobachtete das Ganze vom Rand aus.

»Verdammt noch mal!«, rief er, als sie uns herumwirbelte.

Aber sie juchzte so laut, dass sie ihn gar nicht hörte.

»Ding dong, die Hex ist tot!«, sang sie und zerrte unsere Körper in einer Art verrücktem Square Dance über den Teppich.

Der Zauberer von Oz war damals der Lieblingsfilm deiner Mutter, deswegen achteten wir nicht weiter auf ihre Worte. Sie schritt so schnell aus, dass wir fast übereinandergepurzelt wären, als sie abrupt stehen blieb. Sie sah zur Kommode, dann lief sie hin und riss sämtliche Türen auf. Sie hatte es so eilig, sie bemerkte noch nicht einmal, dass sie ihre Bilder in Aufruhr versetzte. Die Metallrahmen klirrten leise gegeneinander, und sie schlug ein kleines burgunderrotes Büchlein auf, in dessen Deckel ein Emblem mit einem Löwen und einem Einhorn hineingeprägt war. Sie überflog die Seiten und bemerkte nicht, dass die Fotos ihrer früheren Schönheit – dieselben, die sie jeden Sonntag polierte und dir anzufassen verbot – umgekippt waren.

Wir hätten wissen müssen, dass irgendwas faul war.

Frühlingsanzeichen: flaumige grüne Knospen auf dürren Zweigen vorm Fenster; Vögel, die auf besagten Zweigen hocken und wie wild zwitschern; Amma, die mir verbietet, weitere Gegenstände ans Fenster zu werfen, um besagte wie wild zwitschernde Vögel zu vertreiben.

Ich erkenne die Zeichen nicht immer gleich. Wenn man sein Leben im Bett verbringt, vergisst man leicht mal, welcher Monat oder Tag gerade ist. An meiner Zimmertür hängt ein Kalender von 2010, der Januar ist aufgeschlagen, ein Bild von Kätzchen in einem Korb. Amma vergisst immer, die Blätter umzudrehen, weil sie den Kalender nie sieht. Wenn sie in meinem Zimmer ist, lässt sie die Tür offen, sodass der Kalender dahinter versteckt bleibt. Und wenn sie hinausgeht, zieht sie die Tür hinter sich zu, und dann kann sie ihn wieder nicht sehen. Es ist wie im Leben – es gibt Dinge, von denen glauben wir, dass wir sie längst verräumt haben, aber sie sind immer noch da, nur verborgen vor unseren Blicken.

Amma kommt mit einem Tablett currygewürztem Frühstück herein. Dreimal am Tag marschiert sie über den Flur, in Sari und auf Socken, ein Tablett mit unpassendem Essen fest in den Händen. Runde, mehlige Chapatis, dampfend heiß aus der Pfanne. Ein würziges Gericht aus weichen Kartoffeln, gelb vom Kurkuma, gesprenkelt mit Senfsaat und Korianderblättern, eine grüne Chilischote am Tellerrand. Es hat keinen Sinn, Amma zu erklären, dass Chili nicht zum Frühstück passt. Meine Mutter hat ihre eigene Logik, die völlig losgelöst von der Alltagslogik der Menschheit funktioniert.

Chapatis = Frühstück
Reis = Mittagessen und Abendessen
Curry = den lieben langen Tag

»So macht man das in Bengalen«, behauptet sie, weil sie genau weiß, dass ich da nicht widersprechen kann. Sie könnte mir erzählen, dass es in Sylhet landesweit üblich ist, mit Fahrradhelm schwimmen zu gehen, und ich könnte ihr nicht das Gegenteil beweisen.

Zusammen mit diesem Frühstück, von dem jeder Mensch unweigerlich Sodbrennen bekommen muss, bringt mir Amma einen bis obenhin gefüllten Becher Mangosaft. Der Becher ist mit Hähnen dekoriert, den hat sie einmal umsonst bekommen, als ich vier war, für Sammelmarken auf Cornflakes-Packungen. Für meine Mutter wäre der Himmel ein Discountsupermarkt und eine Handvoll Sammelmarken.

»Guten Morgen, meine süße Achtzehnjährige!«, sagt sie beim Hereinkommen.

Ich reibe mir den Schlaf aus den Augen.

»Morgen, Amma.«

Sie stellt mir das Tablett auf den Schoß, legt meine Pillen in Reih und Glied darauf wie abmarschbereite Soldaten. Als ich mich im Bett aufsetze, höre ich sie wackeln, die harten Kapseln stoßen gegen das Plastik. Amma schubst sie mit einer ganz typischen raschen Handbewegung wieder in eine Reihe, wie sie die Dinge immer korrigiert, bevor man auch nur bemerkt, dass etwas falsch ist.

Amma sitzt am Fenster und beobachtet mich. Die Falten ihres Saris wölben sich nach außen, während sie darauf wartet, dass ich den ersten Bissen nehme. Einmal, vor Jahren, habe ich das Tablett weggeschoben, und sie schob mir das Essen beinahe mit Gewalt hinein, hielt meinen Kopf hinten an den Haaren fest und drückte mir eine heiße Kartoffel zwischen die zusammengepressten Lippen.

»So ist's brav«, sagt sie, als ich meinen ersten Bissen nehme.

So ist's brav, als wäre ich acht und nicht achtzehn.

Ich nehme einen Schluck Mangosaft und warte darauf, dass mir Amma eröffnet, wie ihre Ravine-aus-der-Wohnung-lotsen-Strategie denn nun aussieht. Stattdessen widmet sie sich dem Ritual mit den Briefen. Jeden Tag lehnt sich Amma erst mal zurück, zieht die Post aus dem Bund ihres Unterrocks und liest mir die Werbesendungen vor.

Nein, nicht nur Werbesendungen. Manchmal liest sie mir auch die Rechnungen vor.

Amma glaubt, wenn sie mir erzählt, dass fünf Straßen weiter ein neues Restaurant eröffnet, oder wie viel Geld ich spare, wenn ich mit meinen Freunden telefoniere (die ich ja gar nicht habe), würde ich anfangen, mich für die »große Welt da draußen« zu interessieren. Die Welt, die ich in den letzten paar Jahren nur durch Fensterquadrate gesehen habe. Durch Taxifenster, die mich zu Krankenhausfenstern fahren, und wieder durch Taxifenster, die mich zu meinem infernalischen Schlafzimmerfenster bringen, durch das ich Tag für Tag hinausstarre.

Manchmal erzählt mir Amma vom aktuellen Tagesgeschehen. Von Truppen, die in Afghanistan getötet werden, von Verschwörungstheorien zum Tod von Michael Jackson. Als Barack Obama gewählt wurde, schwatzte Amma so lang und breit über die Einsetzungsfeierlichkeiten, als wäre der Präsident der Vereinigten Staaten in Wirklichkeit ihr lang verlorener Sohn. Sie schaute zu mir hinüber und war verblüfft, dass ich mir keine Träne abringen konnte.

»Das ist so großartig, oder?«, sagte sie.

Ich konnte ihr nicht zustimmen, war ich doch damit beschäftigt, zu verdauen, dass eine gesamte Präsidentschaftswahl unbemerkt an mir vorübergegangen war.

Die Nachrichten sind verführerisch; wie bei jedem Tratsch bin ich immer wieder versucht, doch zuzuhören. Vor ein paar Jahren musste ich erfahren, was das für Konsequenzen haben kann. Amma hatte mir nämlich einen Artikel über die Häschenmorde im Ruhrgebiet vorgelesen. Der Bericht verstörte mich derart, dass ich von wiederkehrenden Albträumen geplagt wurde, in denen ich in einem Zimmer voller Häschenköpfe aufwachte. Aber ich bin zu folgendem Schluss gekommen: Ich habe keinen Anteil an der Welt, und es ist am besten, wenn ich das auch in

Zukunft so halte. Ich bin absolut glücklich im Vakuum meines Zimmers, in dem nie etwas passiert. Der gute alte Gott Shiva auf der Kommode wacht über mich, und My Little Ponys tollen ausgelassen über die Falten der Vorhänge. Selbst die krächzenden Vögel auf der Tapete leisten mir so etwas wie Gesellschaft, trotz ihrer bösen Augen. Leider ist Amma da anderer Meinung. Sie findet, dass ich von jeder Katastrophe und jeder Tragödie erfahren muss, die in den Nachrichten auftaucht. Wir leben in einer »globalen Wirtschaftskrise«, erklärt sie mir. Die Leute werden ihre Arbeit verlieren, Familien werden an der Armutsgrenze leben, unser ganzes ruiniertes Land wird dahinsiechen, und die Politiker werden sich von den Leichen der Armen und Notleidenden nähren (sprich: uns).

»Eine Postkarte!«, ruft Amma heute Morgen.

Ich nehme gerade meine Pillen und verschlucke mich um ein Haar. Als ich aufblicke, hat sich Amma ihre Lesebrille auf die Nasenspitze geschoben und hält eine rechteckige Karte in die Höhe. Das Morgenlicht strömt durch die Gardinen und lässt die Karte glühen. Ich kann das Bild eines tropischen Strandes erkennen, erleuchtet von luminösem Licht. Meine Mutter runzelt die Stirn und blinzelt, um die Worte auf der Rückseite zu entziffern. Einen Augenblick lang klopft mein Herz heftig, mein Brustkorb sinkt herab, mein Magen verknotet sich.

»Liebe Mrs Roy«, rezitiert sie in ihrer volltönenden Vorlesestimme. »Heute ist unser dritter Urlaubstag, und wir haben den Spaß unseres Lebens! Primrose Kreuzfahrten bieten nicht nur die Annehmlichkeiten eines All-inclusive-Urlaubs (mit sämtlichen Mahlzeiten), sondern auch Sportmöglichkeiten, andere Freizeitaktivitäten und Bars. Es gelten die Allgemeinen Geschäftsbedingungen. Wir waren schon im Fitnessstudio, haben Cocktails an der Bar getrunken und uns im exklusiven Thai-Spa verwöhnen lassen. Wollen Sie nicht auch kommen? Schauen Sie doch mal auf unserem Blog www.primrose-kreuzfahrten.blogspot.com vorbei. Wenn Sie doch auch hier wären! Angela und Simon.«

Amma dreht die Postkarte herum, ihre Stirn ist immer noch gerunzelt. Sie wirft mir einen Blick über ihre Brillengläser zu.

»Wer sind denn Angela und Simon?«

Ich hole tief Luft. Der Schmerz läuft mir vibrierend durch die Nerven und pulsiert immer lauter und lauter.

»Das ist Werbung, Amma«, erkläre ich und schiebe mein Frühstückstablett auf den Nachttisch. Ich spüre, wie sich die Muskeln in meinem Arm verkrampfen.

Sie strafft empört den Rücken, als würde ich sie anlügen. Dann untersucht sie die Postkarte genauer, hält sich die Schrift direkt unter die Nase und fährt mit dem Finger darüber. Sie zieht die Brauen hoch und schürzt die Lippen.

»Die Schrift ist genau wie von Hand geschrieben«, erklärt sie.

Ich seufze so, wie ich es immer tue, wenn ich mich davon abhalten will, die Augen zu verdrehen. Amma hasst das Augenrollen noch mehr als das Seufzen, und obwohl ich es ihr selten zeige, liebe ich meine Mutter. Du weißt das, und sie weiß es auch, aber manchmal muss ich es mir mit solchen kleinen Nettigkeiten beweisen.

»Die Wunder der modernen Zeit«, sage ich, bevor ich mich umdrehe und mir die Decke über die Schultern ziehe. Inzwischen pocht der Schmerz richtig stark, ein lautes, giftiges Pulsieren, das durch meine linke Körperseite hämmert. Ich warte auf das Rascheln von Ammas Sari, das zu hören ist, wenn sie aufsteht.

»Deine Gymnastik machen wir später«, sagt sie. »Ich lasse dir ein bisschen Zeit, das Frühstück zu verdauen.«

»Wie großzügig von dir«, murmle ich und konzentriere mich darauf, die Muskeln zu entspannen.

Ich schließe ganz fest die Augen, während die Übelkeit durch meinen Magen rast. Ich schaudere.

»Ich glaube, wir fangen mit etwas Kleinem an«, fährt sie fort. »Vielleicht Anziehen.«

Das Bett schaukelt jetzt von der einen Seite auf die andere, wie ein Schiff, das hilflos den Launen der Wellen ausgesetzt ist.

»Ich zieh mich nicht an«, sage ich.

»Oder draußen spazieren.«

»Nein danke.«

Die Wellen werden größer, und mein Bett schwankt heftig hin und her.

Ich schlage die Augen auf und sehe Amma neben meinem Bett schweben. Ich lächle sie an und hoffe, dass ich den brüllenden Schmerz verbergen kann. Das Zimmer in ihrem Rücken verschwimmt, und ich schließe die Augen.

»Ich werde eine Liste mit Optionen anlegen«, sagt sie. Durch die Pfeiftöne in meinen Ohren höre ich leises Scheppern, als sie das Tablett aufhebt und quer durchs Zimmer geht. Nach zehn Jahren habe ich gelernt, wie ich meine Symptome vor Amma verbergen kann, damit sie aufhört, sich Sorgen zu machen, ständig an meinem Bett zu sitzen und mir die Stirn abzutupfen. Als sie an der Tür ist, bleibt sie noch einmal stehen. Ich recke den Hals und sehe ihre verschwommene Gestalt. Das Zimmer schwankt.

»Wie handgeschrieben«, sagt sie.

Ich kann mir nur vorstellen, dass Amma die Postkarte in der Hand hält und den Text kopfschüttelnd noch einmal prüft, denn ich schaue nicht hin, für den Fall, dass sie zurückschaut und merkt, dass ich im ersten Moment tatsächlich auch darauf hereingefallen bin und dass mein Herz einen Schlag ausgesetzt hat.

Das Sternbild der Blitze

Erst kapierte ich gar nicht, dass deine Mutter gegangen war, bis ich dich nachts weinen hörte. Den ganzen Freitag in der Schule warst du völlig normal gewesen. Auf dem Schulhof hattest du ein Rad nach dem anderen geschlagen. Und es war dir egal, dass die Jungs dabei deine knallige Unterhose wie ein gelbes Ampellicht aufblitzen sahen. Aber am Wochenende traf dich das Gewicht ihrer Abwesenheit mit voller Wucht. Als ich mich ins Bett kuschelte, hörte ich nicht dein übliches Geplauder, sondern leises Schluchzen. Ich fragte dich, was los sei, aber du tatest so, als würdest du mich nicht hören. Doch ich wusste, dass du es nur vorspieltest, denn dein Wimmern hatte abrupt aufgehört. Ich stellte mir vor, wie du das Gesicht unter der Decke verstecktest, versuchtest, die Luft anzuhalten und dein Schniefen in deiner Matratze zu ersticken.

Die Male, bei denen ich dich hatte weinen sehen, war es nicht aus Kummer gewesen, sondern weil du dir wehgetan hattest. Du hattest meist einen deiner lächerlichen Stunts abgezogen, zum Beispiel auf einer Mauer balancieren oder Jonathan einen Baum hochjagen, und am Ende hattest du blutige Kratzer und Schürfwunden auf Knien und Ellbogen. Du hast nie lang geweint, hast dir nur eine Hand auf die schmerzende Stelle gedrückt, mit der anderen die Tränen weggewischt und bist mit schluchzendem Schluckauf zum nächsten Erwachsenen gestolpert.

»Komm, ich hack dir die Stelle mit dem Messer ab«, sagte Amma einmal zu dir, »dann tut es nicht mehr weh.«

Und noch während sie das sagte, ließ sie eine Handkante auf die andere Hand niedergehen, wie ein Hackebeil auf ein Brett. Dann kicherte sie ihr »Ti-hi-hi«, das du immer so lustig fandest. Du hast dich geschüttelt vor Lachen, während ich wie erstarrt danebenstand und Visionen von Hackebeilen hatte.

Du weißt das wahrscheinlich nicht, aber an dem Abend, an dem ich dich weinen hörte, schlich ich mich die Treppen hinunter, raus aus unserer Wohnung und hin zu deiner Wohnungstür. Ich würde gern sagen, dass es die reine Selbstlosigkeit war. Dass mir der Klang deines Schmerzes solchen Kummer bereitete, dass ich nicht zur Ruhe kam, bis ich dich trösten konnte. Das wäre eine Lüge, und das Letzte, was ich will, ist, dich anzulügen.

Die Wahrheit ist die, dass ich in der Nacht kam, weil ich dein Geschnatter so gewöhnt war, dass ich ohne es kaum einschlafen konnte. Und während die Stille durch die Wände sickerte, starrte ich dumpf zur Decke und überlegte, wie viel mein Körper wohl bis zum nächsten Morgen geschrumpft sein würde.

Jonathan öffnete mir. Er hatte seine Brille mit dem dicken Gestell auf, hinter der sein halbes Gesicht verschwand, und trug einen Gewitter-Pyjama mit aufgedruckten Blitzen, die aus grauen Wolken zuckten. Ich nannte ihn immer Wetterfrosch-Jonathan. Das machte ihn total wütend, obwohl er das Wetter liebte und manchmal erfundene Wettervorhersagen vom Stapel ließ, um die ihn niemand gebeten hatte. Er saß so nahe am Fernseher, dass wir überzeugt waren, er würde eines Tages durch den Bildschirm fallen – er schaute die Wetterberichte an, lernte die Ausdrücke auswendig und imitierte die Gestik seiner Idole. Einmal trug er uns auf, ihm eine Karte von den Britischen Inseln zu zeichnen, damit er etwas zum Üben hatte. Es brachte ihn völlig aus der Fassung, als er sie aufhängte und feststellen musste, dass Schottland um ein Zehnfaches zu groß war und wie ein infizierter Kopf auf dem zwergenhaften Rumpf Englands saß. Als wir ihm erklärten, dass das Kreuz in der Mitte unseren Wohnort markierte (Leicester – das Herz Englands), riss er die Karte mittendurch.

»Was willst du?«, fragte Jonathan, als er mir an jenem Abend die Tür öffnete.

»Marianne«, sagte ich.

Er seufzte einen dramatischen Seufzer, ging in die Knie, ließ den Kopf in den Nacken fallen und riss den Mund auf. »Verdammt, Ravine«, sagte er und klatschte sich die Hand aufs Gesicht.

Ich schnaufte. »Sie weint«, sagte ich. »Und hör auf zu fluchen.«

Jonathan schaute mich an, als wäre ich ein Vollidiot. »Tut sie nicht.«

Ich verdrehte die Augen. »Ich hab sie durch die Wand gehört. Ich hab gehört, dass sie weint und schluchzt.«

Jonathan zeigte sich nicht sonderlich beeindruckt von meinem großartigen Gebrauch von Synonymen und verzog den Mund. »Red keinen Scheiß.«

Ich schnaufte erneut auf, und er lächelte, sehr zufrieden, weil er es mir gleich zweimal gegeben hatte mit seiner Ausdrucksweise. Ich verengte die Augen, funkelte deinen Bruder an und hätte ihm am liebsten eins auf die Nase gegeben. Wenn man diesen Jungen sah, konnte man kaum glauben, dass er dein Bruder sein sollte. Ihm fehlte der goldbraune Hautton, den du von eurem Vater geerbt hattest (ein Halb-Portugiese, wie du mir mal erzähltest, sodass du zu einem Viertel Portugiesin und Dreiviertel »normal« warst). Dein Bruder war blass und albern, und er hatte auch nicht dein breites Rugbyball-Grinsen. Wenn dein Bruder lächelte, sah es finster aus, als führte er Böses im Schilde, was ja auch meistens zutraf. Seine Haare waren dunkel, strubbelig und ganz glatt, während dein brauner Wuschelkopf im Sonnenlicht leuchtete wie ein Heiligenschein. Hättet ihr nicht beide dieselben Stupsnasen gehabt, niemand hätte euch für verwandt gehalten.

Als ich einen Blick über Jonathans Schulter warf, sah ich *Jurassic Park* über den Fernseher flimmern. Ein Schlafsack lag auf dem Boden, daneben eine Partypackung Chips und eine Flasche No-Name-Cola aus dem Supermarkt.

»Wo ist deine Mutter?«, fragte ich.

Die Selbstgefälligkeit verschwand sofort aus Jonathans Gesicht. Ich grinste und suhlte mich in meiner Sherlock-Holmes-artigen Cleverness, während seine Miene sich verfinsterte.

»Sie ist in Urlaub gefahren. So lange hab ich hier das Kommando.«

Er schob das Kinn vor und zuckte mit den Schultern, als wäre das nicht weiter bemerkenswert.

»Ich hab das Kommando, weil ich ...«

»Weil du der Ältere bist. Und ein *Junge.*«

Es gefiel ihm nicht, dass ich seinen Satz zu Ende führte, aber ich hatte diese dummen Worte so oft aus seinem Mund gehört, dass sie mir jetzt ganz automatisch über die Lippen gingen. Ich glaube, das ist das schlimmste Vergehen, dessen deine Mutter sich schuldig gemacht hat. Sie hat deinem Bruder diese Worte (»Weil du der Ältere bist, und ein Junge.«) so oft gesagt, bis er eine Art Größenwahn entwickelte – er war nicht nur besser als wir, sondern besser als alle anderen.

»Wie lange ist sie denn in Urlaub?«, fragte ich.

»So lang, wie es ihr verflixt noch mal gefällt«, sagte er.

»Fluch nicht so.«

»Das ist doch kein Fluchen. Steht bestimmt auch im Wörterbuch. Ich dachte, das wüsstest du – schließlich bist du es: *Ravine, Ravine, Wörterbuch-Queen.*«

Er wedelte mit den Händen durch die Luft und tanzte meinen Namen in einer affektierten Feentanz-Inszenierung. Ich stand da und klammerte mich an das Taschenwörterbuch, das schwer in meiner Bademanteltasche lag. Nach einer Weile ließ er die Hände sinken und gähnte so herzhaft, dass ich die Füllungen in seinen hintersten Backenzähnen sehen konnte.

»Geh nach Hause«, sagte er und knallte mir die Tür vor der Nase zu.

Kochend vor Wut, stapfte ich zurück zu meinem Bett. Am liebsten hätte ich Amma wach gerüttelt, um meinen Zorn mit ihr zu teilen:

»Weißt du, was Wetterfrosch-Jonathan gerade mit mir gemacht hat? Weißt du, wie dieser Trottel mich gerade genannt hat?«

Ich schlüpfte ins Bett, zog die Beine an die Brust und grub die Finger so tief in das Kissen, dass die Knöchel unter der Haut wie weiße Halbmonde aussahen. Hätte ich kurz darauf nicht seine Stimme gehört, ich hätte mein Kissen in Fetzen gerissen. Erst war es nur ein Murmeln. Ich setzte mich auf, drückte ein Glas gegen die Wand und hielt mein Ohr daran.

»Du weinst doch nicht, oder?«, hörte ich ihn sagen.

Er klang eher forschend als spöttisch. Ich stellte mir vor, wie er an der Kinderzimmertür stand, mit diesem zerknirschten Ausdruck, wie immer, wenn er meinte, dass wir ihm etwas verheimlichten.

Deine Antwort konnte ich nicht hören. Wahrscheinlich wurde sie von der Decke erstickt, unter der du dich verkrochen hattest.

»Aber sie kommt doch bald wieder!«, rief Jonathan. »Verdammt noch mal, Marianne, sie hat doch gesagt, dass sie bald wiederkommt, oder etwa nicht?«

Ich hörte ein Murmeln, als du ihn wegen seiner Ausdrucksweise tadeltest.

»Du willst jetzt wahrscheinlich rüberkommen und mit mir fernsehen, oder?«, fragte er.

Er klang genervt, aber die Tatsache, dass er dich einlud, mit ihm fernzusehen, dass er eine Art verrenkten Olivenzweig überbrachte, reichte aus, um meine Wut zu dämpfen.

Trotzdem kam mir das Ganze doch irgendwie komisch vor. Das Weinen, der Schlafsack vorm Fernseher und das Schweigen auf der anderen Seite der Wand erschwerten mir das Einschlafen. Wenn deine Mutter wirklich weg war, musste ich aktiv werden. Jonathan mochte ja älter sein und ein Junge, aber er war auch ein Idiot, dem man nicht über den Weg trauen konnte.

Jemand musste dich beschützen, und diese Person würde ich sein.

Heute führt Amma mich von meiner Zimmertür bis zum Treppenabsatz, wo ich fünf Minuten stehen bleibe und die Stufen hinunterstarre. Diese Übung lässt sie mich viermal wiederholen. Bis ich wieder im Bett liege, zuckt mein Körper unter dem wiederholten Gefühl,

zu fallen
fallen
fallen.

Am Nachmittag setzt sie mich ans Fenster, von wo aus ich die Wohnblöcke betrachten kann. Damit ich nicht vergesse, dass es da draußen eine Welt gibt. Sie kommt alle fünf Minuten herein und fragt mich, was ich gesehen habe.

Betonsilos. Wolken. Betonsilos.

Vögel. Wolken. Betonsilos.

»Keine Leute?«, fragt sie.

»So weit kann ich nicht hinuntergucken.«

Sie hilft mir aufzustehen, schiebt den Stuhl näher ans Fenster und richtet mein Kinn nach unten aus. Ich schiebe den Stuhl wieder zurück, sowie sie das Zimmer verlassen hat.

Kurz gebe ich mich der Hoffnung hin, dass Amma über all die neuen Übungen vergessen hat, dass heute Badetag ist, aber als sie wieder hereinkommt, hat sie ein Handtuch über dem Arm, und frischer Arbeitseifer glimmt in ihren Augen.

»Heute sollten wir ein Bad nehmen!« Sie sagt das, als wäre es eine brandneue Idee, und zieht mich auf ihre typische ungeschickte Art aus dem Bett. Sie zerrt mich hoch und drückt mich an ihren kleinen Körper. Ihre Schulter bohrt sich in meine Achsel, während ich versuche, durch den Schmerz hindurchzuatmen.

»Vielleicht könnte ich das nächste Mal allein gehen«, sage ich, als sie die Badezimmertür aufstößt. »So als Übung, weißt du?«

»Gute Idee«, sagt sie und setzt mich langsam ab, bis ich auf der hölzernen Klobrille sitze.

Ich schaue auf den Dampf, der von der Badewanne aufsteigt. An den Seiten wirft das Wasser Blasen. Amma lässt Bäder mit fast kochendem Wasser ein.

»Wahrscheinlich sollte ich nächstes Mal auch das Bad selbst einlassen«, schlage ich vor.

Sie lächelt zu mir herab, als hätte ich angeboten, ihr bei einer Gehirn-OP zu helfen.

»Mach dir keine Sorgen«, sagt sie und zwickt mich in die gute Wange. Dann geht sie hinaus.

Ich starre auf das Wasser. Es gab Zeiten, da war es so schmerzhaft, in die Badewanne zu steigen, dass ich in einen Schwamm beißen musste, damit Amma mich nicht schreien hörte, die Treppe hochrannte und sofort die Stadt anrief, um die Installation eines weiteren seltsamen Apparats zu beantragen. Einen Sitz, um mich wie mit einem Kran herumzuschwingen und ins Wasser abzulassen, oder eine Vorrichtung mit Flaschenzug, mit diversen Gurten und Polstern, die meinen nackten Körper auf Knopfdruck hochhieven und wieder absetzen konnte. Meine Mutter findet treffsicher die ausgeklügeltsten und peinlichsten Apparaturen. Da beiße ich doch lieber in den Schwamm.

Das Chronische Schmerzsyndrom ist eine diabolische Dreckskrankheit. Es gibt keinerlei Symptome, bis sie plötzlich zuschlägt. Es gibt keine Bluttests, mit denen man sie diagnostizieren, keine Maschine, mit der man das Schmerzlevel analysieren könnte. Der Albtraum eines jeden Arztes. Wiederholte Sprechstunden, negative Tests, Wut, Frust, und das ist nur das, was die Ärzte durchleiden. Bei manchen Leuten sitzt der Schmerz im Rücken oder im Hals, manifestiert sich in Kopfweh oder Magenkrämpfen, aber bei mir ist die ganze linke Hälfte meines hyperempfindlichen Körpers betroffen.

Alles begann in der Nacht, als du verschwunden bist: Am 30. Dezember 1999. Die Nacht vor Silvester. Die Nacht, in der ich mir eine Verbrennung an der Wade zuzog. Es war eine schwere Verbrennung, aber nichts, was nicht wieder verheilt wäre. Doch die Schmerzsignale, die meinem Gehirn die Verletzung mitteilen und weitere Schäden abwenden sollten, beschlossen, einen Umweg zu nehmen. Sie wanderten durch die Nervenbahnen meines ganzen Körpers, und als hätte das alles nicht schon genug wehgetan, blieben sie nach Verheilen der Wunde einfach aktiv.

Der Schmerz ist immer da, auch wenn er in der Stärke variiert. Manchmal ist er wie dumpfes Kopfweh am ganzen Körper. Zu anderen Gelegenheiten pulsiert vielleicht ein Arm oder Bein, ein tiefes, monotones Stechen, als würde man sich an Papier schneiden, als würden die Muskeln von innen nach außen mit Nadeln durchstochen, und im schlimmsten Fall brennt es. Nichts ist so schlimm wie das Brennen.

Weißt du noch, wie wir uns beide erkälteten, und Amma uns in meinem Zimmer unter Quarantäne stellte? Zuerst waren wir ganz begeistert, weil wir dachten, das wird jetzt so, als dürften wir beieinander übernachten, bloß viel länger.

»Komm, wir singen was und verkleiden uns«, sagtest du. »Wir schreiben Geschichten und überlegen uns eine Lösung, wie wir die Welt in Ordnung bringen können.«

Doch als der Abend kam, lagen wir beide reglos im Bett, zitterten und schwitzten und schnappten nach Luft. Wir konnten kaum sprechen, nicht mal du, obwohl du sonst so viel geredet hast, dass dir deine Mutter den Mund einmal mit Klebeband zugeklebt hat, als sie es nicht mehr hören konnte.

Ich weiß noch, als die Krankheit überstanden war, hast du zu mir gesagt: »Das hat sich angefühlt wie Sterben, Ravine, bloß *schlimmer.*« Ich wusste genau, was du meintest, denn wenn man stirbt, weiß man, dass es irgendwann endet. So fühlt sich dieses Brennen für mich an – schlimmer als Sterben. Es ist eine unerträgliche Hitze, die unablässig über die Haut lodert, und ich fürchte mich davor, dass sie einmal für immer bleiben wird.

Sie finden es wahrscheinlich ein bisschen schwierig, von diesen ganzen Schmerzen zu lesen. Die meisten Menschen sind auf Empathie programmiert, deswegen schreien sie ja auch, wenn sie Horrorfilme schauen. Wir fühlen den Schmerz eines anderen, ob wir wollen oder nicht. Keine Sorge, ich muss Ihnen nur noch eines erzählen, und dann sind wir mit dem Schmerz-Thema auch schon durch.

Wenn ich mich an den Badetagen in die Wanne sinken lasse, beginnt der Schmerz in meiner Hand, wenn ich nach dem Griff fasse, dann schießt er mir den Arm hoch und in die Schulter. Wenn ich ins Wasser steige und die Fußsohle auf dem Emailleboden aufsetzt, bekomme ich einen Krampf im ganzen Bein. Ich lasse mich rasch in die Flüssigkeit fallen, dann hocke ich mich hin, schlinge die Arme um die Knie und rolle mich zu einem Ball zusammen. Ich versuche, meine Wade nicht anzusehen. Es ist kein schöner Anblick, nicht mal für mich, dabei sollte ich ja daran gewöhnt sein. Aber wenn ich mir den Unterschenkel einseife, fühl ich immer noch die Knoten und Huckel, die wächserne Glätte jeder Narbe auf der Rückseite. Man sollte meinen, das müsste der empfindlichste Teil meines Körpers sein, aber chronischer Schmerz macht keine Unterschiede.

Zumindest hat er das sonst nie.

Aber irgendetwas hat sich verändert, und erst jetzt, als ich in die Wanne steige, merke ich, was es ist. Es ist ein großes Ding, deswegen sage ich es Ihnen jetzt gleich ohne Umschweife, wie bei einem Pflaster, das man am besten mit einem jähen Ruck abreißt.

Ich glaube, ich bin geheilt.

heilen, schwaches Verb
1. gesund machen
2. durch entsprechende ärztliche, medikamentöse o. ä. Behandlung beheben, beseitigen, wiederherstellen
3. von einem falschen Glauben, Laster o. Ä. befreien

Das bin ich, Marianne. Ich bin wiederhergestellt.

Das Sternbild der Spione

Zwei Tage nachdem mir Jonathan die Tür vor der Nase zugeschlagen hatte, traf Onkel Walter ein. Wir sahen ihn aus dem vierten Stock von Bosworth House. Unsere Beine baumelten durch die Lücken zwischen den Stäben, die uns davon abhielten, uns ins Vergessen zu stürzen. Sogar von dort oben konnten wir seinen enormen Umfang erkennen. Als er aus dem Taxi stieg, beobachteten wir ihn dabei, wie es sich erst absenkte und dann, nachdem es von seiner Körpermasse befreit war, wieder hochfederte. Seine glatte Plastikhaut war mit einem Schweißfilm überzogen, das Kinn hatte er in die Luft gereckt. Wir dachten, dass er uns direkt ansähe, aber später lernten wir, dass er den Kopf immer so erhoben hielt, weil die unseligen Fettrollen seines Doppelkinns seinen Hals so stark polsterten. Er wischte sich die Stirn ab und ließ den Blick über den Wohnblock wandern, dann watschelte er zum Kofferraum, um sein Gepäck herauszuholen. Er hatte nur einen Koffer dabei, der sich in seinen runden, teigigen Händen ganz klein und kastig ausnahm.

Er ahnte nicht, was ihn erwartete.

Im ersten Moment, als wir noch nicht wussten, dass dieser Mann euer Onkel war, hielten wir ihn für einen Spion. Auf diese Annahme konnte man durchaus verfallen, denn er trug ein

Hemd und eine Anzughose. Niemand, den wir in Westhill kannten, trug jemals Hemd und Hose, wohingegen das bei den Spionen im Fernsehen grundsätzlich der Fall war.

»Komm mit«, sagtest du.

Du zogst die Beine zwischen den Stäben heraus und ducktest dich, als wäre der Himmel herabgesackt. In dieser gekrümmten Haltung folgte ich dir bis in den dritten Stock – die Hände ausgestreckt, die Füße über den Beton schlurfend. Als wir durch das Stahlgeländer ins Betontreppenhaus unter uns starrten, hörten wir das langsame, hallende Geräusch von Füßen auf Treppenstufen.

Pa-lap! Pa-lap! Pa-lap!

Es folgten eine Pause und angestrengtes Schnaufen. Die obere Hälfte seines Kopfes tauchte unter uns auf, dicke schwarze Haare mit einem Schnitt, wie ihn Geschäftsmänner für gewöhnlich tragen. Wir beobachteten ihn gebannt und erwarteten jeden Moment, dass er sein Walkie-Talkie oder anderes Spionage-Equipment hervorzog. Er schob die Hand in die Tasche, und unsere Knöchel wurden ganz weiß, so fest umklammerten wir die Gitterstäbe des Geländers, aber dann holte er nur ein ordentlich zu einem Dreieck gefaltetes Taschentuch heraus. Er drückte es sich an die Stirn und holte tief Luft.

In Westhill Estate kannte jeder jeden, deswegen waren wir nicht die einzigen Augenpaare, die Walter an diesem Tag beobachteten. Bradley Patterson und seine Fahrradbande standen am Geländer vorm Eingang zu Bosworth House und verfolgten euren Onkel mit Blicken wie ein Wolfsrudel. Nichts liebte die Bande mehr, als sich mit ihren Rädern in den ungemütlichsten Ecken herumzudrücken. Normalerweise war ihr Lieblingsplatz vor dem Poseidon, einem Fish-and-Chips-Laden, dort standen sie und amüsierten sich großartig damit, Mädchen anzüglich anzugrinsen und Rentner zu erschrecken. Wenn Amma in ihrem bunten Sari vorbeiging, rief Bradley Patterson »*Jalla-jallaaah*« mit einem Akzent, den er für indisch hielt. Meine Mutter ignorierte ihn. Auf die Provokationen der Fahrradbande reagierte man tunlichst überhaupt nicht. Aufmerksamkeit nahmen sie gierig auf wie ein Schwamm das Wasser, es ließ ihre Egos schwellen und ihren Stolz aufs Dreifache anwachsen.

Erst als wir Bradley Pattersons Stimme hörten, wie er Onkel Walter ansang, wurde uns klar, dass das Rudel sein neuestes Opfer gefunden hatte.

»Wer hat all den Pie gefressen? Wer hat all den Pie gefressen?«

Mit seinen vierzehn Jahren stand Bradley an der Grenze zum Stimmbruch. Seine Stimme flatterte am Haus empor, ein paar Kiekser mit Baritonpassagen. Wir sahen, wie er seine Bandentrottel schubste, damit sie mitsangen.

»Das fette Schwein! Das fette Schwein! Aß all den Pie noch ganz allein!«

Die kleinen Halbstarken stimmten einen Chor aus quasimännlichem Gelächter an. Wir erwarteten, dass dein Onkel eine Waffe ziehen und sie alle abknallen würde.

»Was zum Teufel macht ihr denn da?«

Wir erschraken so sehr, dass wir uns beide den Kopf anschlugen, bevor wir zu deinem Bruder huschten, der mit seiner üblichen finsteren Miene hinter uns stand.

»Scheibenkleister, Jonathan!«, hast du gezischt, als wir uns hochrappelten. »Willst du uns alle *umbringen*?«

Doch das Gelächter der Fahrradbande signalisierte uns, dass sie weder Jonathans Frage noch die Kollision unserer Köpfe mit dem Geländer bemerkt hatten. Wir standen im dritten Stock und erklärten deinem Bruder, dass da unten ein Spion auf der Treppe war und, wenn Jonathan noch mehr Lärm machte, der Mann hochkommen würde, um uns alle mit seiner Pistole in den Kopf zu schießen. Jonathan zuckte mit den Schultern, als wäre es ihm piepegal, aber er hielt trotzdem den Mund. In dem Moment hörten wir das *Pa-lap! Pa-lap!* hinter uns auf der Treppe. Du hast uns beide beim Arm gepackt und uns zur Tür der alten Mrs Simmons gezogen. Eine ziemlich mutige Aktion, wenn man bedenkt, dass Mrs Simmons eine Einsiedlerin war und Kinder grundsätzlich hasste. Wenn sie uns beim Spielen auf der Treppe vor ihrer Wohnung erwischte, leerte sie schwungvoll einen Eimer trübes Spülwasser in den Flur aus, das mit bedrohlicher Geschwindigkeit über den Betonboden lief, sodass wir schreiend davonrannten.

Mrs Simmons ist jetzt schon lange tot. Sie wurde drei Wochen nach ihrem Ableben gefunden, und das nur, weil Amma bei der Stadtverwaltung anrief, da sie jedes Mal beim Verlassen der Wohnung von stechendem Gestank begrüßt wurde. Man fand ihren steifen Körper auf dem Wohnzimmerboden, voll mit Vogelkot. Bei unseren Nachforschungen zu Bosworth House hatten wir deduziert, dass Mrs Simmons zwei Wellensittiche und einen Papagei besaß, aber wie sich herausstellte, hatte sie einen halben Zoo in der Wohnung durchgefüttert. Vier Wellensittiche, zwei Kanarienvögel, einen Kakadu. Es ging sogar das Gerücht, sie habe sich einen Wanderfalken gehalten. Wenn ich daran denke, wie viel Exkremente sie in ihrem Leben aufgeputzt haben muss, bin ich doppelt froh, dass wir damals vor diesem Wasser davongerannt sind.

Trotzdem übertraf die Angst vor dem Spion die vor Mrs Simmons' Schmutzwasser. Nachdem du uns zu ihrer Tür geschleift hattest, sollten wir uns auf den Boden kauern, den Rücken an ihre Tür gepresst.

»Wenn ihr nicht atmet, wird er euch nicht sehen«, hast du geflüstert.

Idiotischerweise stellte ich diese Behauptung nicht infrage und hielt den Atem an, während wir darauf warteten, dass uns das Gehirn herausgepustet wurde. Da ich mich deinem Schutz verschrieben hatte, überlegte ich schon, ob ich mich im Notfall tatsächlich als menschlicher Schutzschild vor dich werfen konnte. Als ich zu Jonathan hinüberblickte, sah ich seine Augen panisch hinter den dicken Brillengläsern hin und her zucken, wobei er sich fest auf die Unterlippe biss. Ich hatte recht gehabt mit meiner Vermutung – man konnte sich nicht auf ihn verlassen. Es kam also auf mich an.

Du umklammertest meinen Arm noch fester, als die Gestalt deines Onkels/Spions auftauchte. Der Schweiß tropfte ihm von der Stirn, und unter den Achseln hatte er pfützengroße Flecken auf dem Hemd. Sein Gesicht war rosarot wie eine Krabbe, mit weißen Flecken dazwischen, sodass er aussah, als hätte er einen Ausschlag. Er war so abgelenkt durch seine physische Schlacht gegen die Hitze und die Treppen, dass er die Kinder mit den blau angelaufenen Gesichtern gar nicht sah, die auf der anderen Seite des Flurs kauerten. Er blieb stehen, sammelte sich für die nächste Treppe, dann blickte er zu eurer Tür hinüber und erstarrte. Er drehte sich um und schaute direkt darauf. Er wandte uns dabei den Rücken zu, sodass wir auf Augenhöhe waren mit den runden Hügeln seiner Hinterbacken und dem schlaffen Fleisch an seinem Rücken, über das sich der dünne Stoff seines Hemdes spannte.

Euer Onkel Walter hatte einen wunderschönen Körper. Ich kann mich gut erinnern, dass ich das damals wirklich dachte. Später haben die Werbung für Beauty-Produkte und Abnehmprogramme im Fernsehen versucht, mich vom Gegenteil zu überzeugen, aber wir fanden diese gigantische Masse nicht nur faszinierend, sondern richtiggehend spektakulär. Sogar die Doppelkinnrolle, die ihm solches Unbehagen bereitete, betrachteten wir mit Bewunderung. So glatt, so glänzend; und jedes Mal, wenn er lachte, liefen ihm leichte Wellen über die Haut.

Dein Onkel zog ein Blatt Papier aus der Tasche und hob die geballte Faust. Er war drauf und dran an eure Tür zu schlagen. In diesem Moment verloren wir die Schlacht gegen unsere Atemnot. Das Bedürfnis nach Luft war einfach stärker als unser Gegner. Unsere Körper gaben ein lautes kollektives Zischen von sich, das durch den Flur hallte, und dein Onkel drehte sich sofort herum. Er blickte auf uns drei herab und musterte uns mit einem schnellen Blick. Der Schweiß lief ihm immer noch übers Gesicht, das noch röter leuchtete als vorher, aber statt auszusehen wie ein wildes Monster, weiteten sich seine Augen vor Freude. Als er Luft holte, dehnte sich seine Brust aus wie bei den Grizzlybären, die wir in Tierdokus gesehen hatten.

»Marianne und John!«, rief er, als wärt ihr Filmstars, die gerade einen Oscar gewonnen hatten. »Schaut euch nur an, ihr seid so groß!«

Seine dröhnende Stimme tönte über den Treppenabsatz, und sofort schwappte unter der Tür zu Mrs Simmons Wohnung das Geräusch, wie sie einen Eimer füllte. Er schaute uns strahlend an.

»Ist Elaine zu Hause?«, fragte er.

Irgendwas fehlt. Als ich in der Badewanne liege, warte ich auf den Schmerz, aber da ist nichts. Kein Ziehen oder Stechen, keine Krämpfe in meinen Muskeln und kein Bohren in meinen Nerven. Zum ersten Mal seit Jahren entspannt sich mein Körper. Es fühlt sich an, als hätte man meine Muskeln stramm mit Stacheldraht umwickelt, der jetzt plötzlich aufgeschnitten wird.

Ich fange an zu weinen, vor allem vor Überraschung, aber auch wegen des befreienden Gefühls. Ich wackle schluchzend mit den Zehen und fahre mir über die Narbe an der Wade, aber der Schmerz ist und bleibt verschwunden. Ich plansche so laut, dass Amma nach oben ruft, ob ich gerade ertrinke.

»Es geht mir gut«, rufe ich zurück und wische mir die Tränen ab.

Und es geht mir wirklich gut.

Als ich in mein Zimmer zurückkomme, checke ich meinen Körper durch. Während Amma in der Küche Curryfisch frittiert, hebe ich zehn Sekunden lang die Arme, wiederhole das Manöver mit angezogenen Knien, dann mit ausgestreckten Beinen. Ich zwicke mich überall in den Körper (die Schulter, den Ellbogen, das Handgelenk, den Oberschenkel) und spüre nur ein kurzes unangenehmes Gefühl, das so schnell verschwindet, wie es gekommen ist. Ich drehe meinen Körper auf die andere Seite des Bettes, springe auf, setze mich wieder hin, stelle mich auf ein Bein und falle fast um. Mein Gleichgewichtssinn ist zwar nicht der beste, aber ansonsten sind meine Empfindungen wieder völlig im Rahmen.

Als ich mich wieder hinlege, versuche ich, mich an den Moment zu erinnern, in dem der Schmerz aufgehört hat. War es vor meinem Geburtstag oder nachdem ich angefangen hatte, dir zu schreiben? Während einer von Ammas Übungen oder heute, gerade als ich in die Wanne stieg? Sosehr ich mich bemühe, ich kann den Moment nicht genau benennen. Das ist wie mit einem kleinen Knoten, den man irgendwo ertastet, wo er nicht hingehört, den man dann aber doch ignoriert. Er beginnt zu jucken, aber man denkt sich immer noch, dass es harmlos ist. Das geht wochenlang so weiter, bis man wegen einer Kleinigkeit den Arzt aufsucht – ein rauer Hals, eine hartnäckigere Erkältung – und dann feststellt, dass dieser seltsame Knoten, den man sich ausgeredet hat, auf die vierfache Größe angewachsen ist und eine Biopsie erforderlich macht. So ist es mir auch gegangen, nur dass sich bei mir die Gesundheit nicht verschlechtert, sondern verbessert hat.

Als Amma mit ihrem Tablett voll feurig-scharfem Essen hereinkommt, bin ich kurz davor, ihr die Neuigkeiten zu erzählen. Ich setze mich auf, gestatte mir ein kleines Lächeln im Mundwinkel, aber als sie sich hinsetzt und den Kopf mit ihrem Ich-weiß-alles-Lächeln wackeln lässt, halte ich mich doch zurück.

»Was ist?«, frage ich stattdessen.

Mehr braucht sie gar nicht. Amma beugt sich vor und hält mir eine kleine weiße Karte mit schwarzer Schrift hin. Ich nehme sie und drehe sie um.

»Die ist für die Wahlen«, sagt sie. »Du bist jetzt alt genug, du darfst auch deine Stimme abgeben.«

Ich schaue die Karte an. Dort stehen mein Name in säuberlichen Buchstaben und daneben eine Reihe von Zahlen, offenbar meine Nummer im Wahlregister. Ich merke, wie mir das Lächeln in den Magen plumpst. Es blubbert und zischt, und im nächsten Moment ist es verdampft.

»Toll«, sage ich und werfe die Karte gleichgültig auf den Nachttisch.

Amma setzt sich kerzengerade auf. »Ist dir denn nicht klar, was das bedeutet?«

Ich fange an zu essen.

»War da nicht mal Joghurt drin? Das mochte ich gern«, sage ich und zeige auf meinen Teller.

»Ich hatte keine Tomaten mehr«, erwidert sie. »Aber jetzt mal im Ernst, mein Schatz, verstehst du nicht …«

»Das solltest du mal wieder machen«, sage ich. »Das mit dem Joghurt.«

Amma streckt den Hals, als wollte sie eine Giraffe nachmachen.

»Ravine«, sagt sie. Ihre Augen sind jetzt ganz groß, ihre Hände liegen in ihrem Schoß aufeinander.

Ich gebe nach. »Okay, was bedeutet es?«

Sie grinst und rutscht auf ihrem Stuhl nach vorn. »Wir haben über einen Monat bis zu den Wahlen. Die Zeit können wir nutzen, um dich in Form zu bringen.«

»In Form? Wofür denn?«

»Dass du die Wohnung verlassen kannst. Wenn wir fertig sind, bist du in der Lage, bis zur Schule zu gehen, wo das Wahllokal ist, und das erste Mal deine Stimme abzugeben.«

Meine Augen zucken, während ich zu verarbeiten versuche, was sie da sagt. Ich stelle mir die Wegstrecke vor, die ich zurücklegen müsste, die Augen, die mich beobachten, und die Erinnerungen, die auf mich warten würden. Ich spüre ein krampfartiges Gefühl im Bauch. Ich lege eine Hand darauf, als würde es dadurch aufhören.

»Nein«, sage ich.

Amma runzelt die Stirn. Sie hat die Panik in meiner Stimme nicht gehört, deswegen schaue ich auf den frittierten Fisch mit Curry und zucke mit den Schultern.

»Vielleicht will ich ja gar nicht wählen«, sage ich.

Ihre Miene verdunkelt sich. »Es sind Menschen für das Recht zu wählen gestorben, Ravine.«

Wieder zucke ich mit den Schultern. »Schön für sie.«

»Ravine.«

Ich zucke weiter mit den Schultern, als hätte ich Sprungfedern darin.

»Vielleicht will ich nicht wählen. Oder aus der Wohnung gehen. Vielleicht bin ich glücklich damit, wie es jetzt ist, und möchte all die Sachen gar nicht machen, zu denen du mich ständig zwingst!«

Die letzten Worte muss ich gerufen haben, denn sie hallen von den Wänden wider. Schweigend sitzen wir da. Amma hat die Arme verschränkt, ihre Brust hebt und senkt sich. Ich drücke mit den Fingern Reis in den Fisch, führe die Hand aber nicht an die Lippen. Meine Kehle ist wie zugeschnürt. Ich kann nicht essen.

»Es wird Zeit, dass du einen Schritt vorwärts machst, Ravine«, sagt Amma.

Als ich aufschaue, ist sie ganz weich. Sie legt mir eine Hand aufs Knie.

»Du kannst nicht für immer so bleiben«, sagt sie.

Ich hebe mein Tablett hoch. »Ich würde jetzt gern meine Übungen machen.«

Amma schaut das Tablett an, das ich ihr hinhalte. Sie steht auf, nimmt es und geht hinaus.

Es gibt kein Sternbild des Schmerzes, aber wenn es eines gäbe, würde es sich über den halben Himmel erstrecken und hundert Sterne in sich vereinen. Daneben wären zwei Sterne, heller, aber nur durch eine Linie verbunden. Das wäre das Sternbild von

Wahrheit und Lüge. Neben dem Sternbild des Schmerzes würde es sich nichtig ausnehmen, aber es wäre trotzdem immer gleich daneben.

Nachdem Amma gegangen ist, will ich die schwarz-weiße Karte auf dem Nachttisch gar nicht anschauen. Ich will nicht über das Geheimnis nachdenken, das ich hüte. Also setze ich mich auf Ammas Stuhl und tue so, als würde ich meine Fensterübung machen.

Kinder. Ein Polizeiauto. Tollwütige Hunde mit Schaum vorm Mund, die auf Bosworth House zurennen.

Nach einer Weile höre ich lautes Piepsen von draußen. Als ich mich vorbeuge, sehe ich einen großen weißen Van, der vor der Einfahrt zu Bosworth House vorfährt. Die Ahmed-Jungs kicken einen Fußball herum. Mrs Ahmed trägt wie immer ihre überweite Kleidung, nur ihr ovales Gesicht wird von der Sonne beschienen. Aber ein dünner türkiser Stoff ersetzt ihr übliches schwarzes Gewand.

Ich stehe auf und ziehe meinen Stuhl näher ans Fenster. Meine Beine, die vom jahrelangen Mangel an Aktivität schwach sind, zittern mir von den Knien abwärts. Ich setze mich wieder hin, sehe zu, wie die Jungs sich unter die Möbelpacker mischen. Als Mrs Ahmed irgendetwas ruft und mit den Händen fuchtelt, schnappen die beiden sich ihren Ball und rennen den Hügel hinunter.

»Irgendwas Interessantes zu sehen?«, höre ich Amma von unten rufen.

Ich lehne mich zurück.

»Ein Polizeiauto«, rufe ich. »Und Wolken.«

Polizeiautos sind hier genauso häufig wie Wolken, also fährt Amma in ihrer Tätigkeit fort, ohne weiter nachzuhaken. Ich rutsche näher ans Fenster und beobachte, wie die Scheibe von meinem Atem beschlägt, dabei spüre ich nichts als den Druck an meinen Ellbogen, mit denen ich mich aufs Fensterbrett stütze. Mrs Ahmed steht stocksteif auf dem Hügel. Mr Ahmed tritt neben sie und deutet auf die Jungen. Was sie nicht verstehen, was sie vielleicht niemals verstehen werden, ist die Tatsache, dass ihre Söhne in dieser Siedlung glücklich sind, und auch wenn die Welt ihnen etwas anderes einreden will, wollen sie nicht mehr als das Leben, das sie jetzt schon haben.

Wenn ich sie so sehe, erinnert mich das an uns. Wie wir diese Siedlung und alles, was dazugehörte, geliebt haben. Bosworth House. Bonchurch House. Tewkesbury House. Wir wollten beide in Battenberg House leben, weil wir dachten, es wäre nach dem rosa-gelben Kuchen benannt, den wir so gerne aßen, mit dem Marzipanüberzug und dem würfelförmigen Innenleben. Erst später fand ich heraus, dass unsere Blöcke hauptsächlich nach den Schlachten der Tudors benannt worden waren.

Ich spüre, wie meine Muskeln ins weiche Polster sinken, als ich mich wieder hinsetze. Ich versuche, dieses tröstliche Gefühl ganz in mich aufzunehmen, es in meine Erinnerung einzubrennen. Für den Fall, dass der Schmerz zurückkommen sollte, würde ich mir diesen Moment wieder in Erinnerung rufen.

Ich höre das Piepsen des Vans, als er wieder aus der Einfahrt fährt. Amma möchte, dass ich wieder in die Welt hinausgehe, aber die Wahrheit sieht eben so aus, dass ich dafür noch nicht bereit bin. Ich bin eine baufällige Wohnung. Ich muss erst saniert werden, bevor ich irgendjemand hereinlassen kann.

Das Sternbild der Killer-Toaster

Letzte Nacht habe ich geträumt, dass ich in Flammen stehe.

Ich lag in einer Wanne, die auf dem Meer schaukelte. Über mir sah ich Wolkenfetzen, aber dann wurde mir klar, dass es gar keine Wolken waren, sondern Rauch, der von meinem Körper aufstieg. Als ich an mir herunterblickte, brannten meine Gliedmaßen, jeder Zentimeter an mir war mit flackernden Flammen bedeckt. Sie waren rot in der Mitte mit einem grellblauen Saum, der sich bewegte, als der Wind sie weiter anfachte. Obwohl ich die Hitze und das Schmelzen meiner Haut spürte, tat ich nichts. Ich schrie nicht. Ich sprang nicht ins Wasser. Ich lag in der Wanne und ließ mich verbrennen.

Schweißgebadet wachte ich auf. Kein Rauch, und das Feuer war auch weg.

Ich hob einen Finger und strich mir über die Härchen auf dem linken Arm. Es fühlte sich leicht an, und es kitzelte wie Seide.

*

Es dauerte lange, bis Onkel Walter uns davon überzeugt hatte, dass er wirklich euer Onkel war. Wir standen vor eurer Wohnung und waren immer noch überzeugt, er sei ein Spion, der gleich seine Waffe auf uns richten würde. Erst als er ein Foto aus seiner Brieftasche zog – er eingeklemmt zwischen Mrs Dickerson und einer anderen Frau –, glaubten wir ihm. Eure Mutter sah jung aus, die Haare wild aufgebauscht. Die andere Frau war älter, eine kleine Tolle thronte auf ihrem Kopf, und ihr hing eine Zigarette aus dem Mundwinkel. Jonathan legte den Finger auf das Bild der anderen Frau.

»Wer zum Teufel ist die denn?«

Onkel Walter schluckte, und über die Falte unter seinem Kinn lief eine Welle. »Das ist meine Mutter«, sagte er. »Eure Großmutter … beziehungsweise – das *war* sie.«

Dir fiel die Kinnlade herunter, und Jonathan zog ein finsteres Gesicht. Onkel Walter tupfte sich mit seinem Taschentuch die Stirn ab.

»Sie ist letzte Woche gestorben«, sagte er leise. »Deswegen bin ich zu euch gekommen. Ich hab Elaine geschrieben, sie muss euch das doch erzählt haben.«

Jonathan wandte sich um und schaute uns an. »Das ist noch kein Beweis«, sagte er, als würde euer Onkel nicht direkt neben uns stehen. »Er könnte sich das auch alles bloß ausgedacht haben. Er könnte auch das Foto gefälscht haben.«

Du verzogst den Mund. »Wie?«

Jonathan verdrehte die Augen. »Verdammt, woher soll ich das wissen, ich bin doch kein …«

Er schaute zu eurem Onkel hinüber, dann wieder zu dir, und er legte die Hände um seinen Mund, bevor er stumm das Wort S-P-I-O-N buchstabierte.

»Ich kann beweisen, dass ich nicht lüge«, sagte euer Onkel in einer Lautstärke, die uns alle zusammenfahren ließ. Wir drehten uns zu ihm um.

»Elaines Lieblingsgericht ist Spaghetti bolognese. Ihre Lieblingsfarbe ist Pfauenblau. Ihr Lieblingsfilm ist *Der Zauberer von Oz* … obwohl sie ihn nie zu Ende anschauen kann, weil sie so weinen muss.«

»Das ist wahr!«, sagte ich und zeigte auf Onkel Walter.

»Stimmt!«, bestätigtest du.

Jonathan zog den Wohnungsschlüssel aus seinen Shorts, immer noch skeptisch. Aber der Beweis war erbracht, er konnte es nicht länger abstreiten.

Erst als euer Onkel eintrat, erfasste er das volle Ausmaß der Lage. Er bekam von euch eine geführte Tour durch die ganze Wohnung: Mrs Dickersons leeres Zimmer, das provisorische Bett, das Jonathan sich vorm Fernseher eingerichtet hatte, und die raren Scheine, die am Kühlschrank befestigt waren, neben einem Post-it mit der Aufschrift NUR FÜR ESSEN UND NOTFÄLLE. Euer Onkel wurde blass und stolperte zum Sofa.

»Was habt ihr doch gleich gesagt, wie lang ist Elaine weg?«, fragte er.

Jonathan trat vor und reckte trotzig das Kinn in die Luft. »So lange, wie es ihr gefällt, verdammt noch mal.«

Er hatte die Arme fest vor der Brust verschränkt, passend zu den gerunzelten Brauen. Seine Brillengläser waren beschlagen, was entweder der Hitze des Tages oder seiner köchelnden Wut geschuldet war.

»Wie ist sie überhaupt gestorben?«, fragte Jonathan. »Die Frau von dem Foto, meine ich.«

Onkel Walter schaute Jonathan direkt an.

»Es war ein elektrischer Schlag«, sagte er. »Sie hat versucht, den Toaster mit einem Buttermesser zu reparieren, und durch den Strom ist ihr Herz stehen geblieben.«

Keiner von uns sagte ein Wort. Wir waren alle geplättet von der Ehrlichkeit eures Onkels und dem Bild einer Frau, die mit ihrem Buttermesser im Inneren eines Toasters herumfuhrwerkte.

»So was kann *echt* passieren?«, fragte ich.

Amma warnte mich regelmäßig vor den Gefahren stinknormaler Haushaltsgeräte. Saß ich zu nah vorm Fernseher, würde ich erblinden, die Mikrowelle würde mir das Hirn frittieren, wenn ich die Gebrauchsanweisung nicht befolgte, und den Toaster durfte ich ohne ihre Aufsicht nicht mal anschalten. Wenn sie damit recht hatte – womit mochte sie dann am Ende noch recht haben?

»Man hat sie am Morgen gefunden, sie lag ganz steif auf dem Boden«, sagte dein Onkel.

Er versteifte die Gliedmaßen, um die Haltung zu demonstrieren, und hielt die Arme gerade wie Stöcke neben dem Körper.

»Standen ihr auch die Haare zu Berge?«, fragtest du. »So wie in den Comics immer?«

Onkel Walter entspannte sich und schaute zur Decke.

»Die standen ihr nicht zu Berge, nein … aber es roch verbrannt, wo sie versengt worden waren.«

Wir feuerten eine weitere Salve Fragen auf ihn ab, in der Befürchtung, ihm könnte jeden Moment einfallen, dass man Kinder vor den grausamen Realitäten des Lebens schützen muss.

In diesen fünf Minuten erfuhr ich mehr über eure Mutter, als ich in der ganzen Zeit als ihre Nachbarin erfahren hatte. Mrs Dickerson war mit siebzehn aus ihrem Elternhaus geworfen worden, nachdem die hitzige Beziehung zu ihrer Mutter in einem Faustkampf gegipfelt hatte.

»Wie Wrestling«, erzählte euer Onkel, »nur in echt.«

Die Polizei wurde gerufen, Anschuldigungen wurden laut, und die Familie zerbrach. Onkel Walter traf sich danach nur noch ein paarmal mit eurer Mutter, immer ohne das Wissen seiner eigenen. Er schlich sich nachts aus dem Haus, zog den Kopf ein und bemühte sich, unentdeckt zu bleiben.

»Schätze, das kommt einem S-P-I-O-N ziemlich nahe«, sagte Onkel Walter, bevor er zu Jonathan schaute und ihm übertrieben zuzwinkerte.

Jonathan wurde rot. Er stürmte in sein Zimmer und knallte die Tür hinter sich zu. Euer Onkel blinzelte.

»Das sollte doch nur ein Witz sein.«

Wir schauten uns an.

»Jonathan mag keine Witze«, sagte ich.

Er tippte sich an die Stirn und schrieb sich meine Erklärung auf seinen geistigen Notizblock. Dann klatschte er in die Hände und stand auf.

»Wer hat Lust auf Spaghetti carbonara?«

»Spaghetti was?«, sagtest du.

Ich zog mein Taschenwörterbuch aus der Tasche, aber die Feinheiten der italienischen Küche waren für die Oxford University Press damals noch unerheblich.

»Was ist das?«, fragte ich und schlug das Buch zu.

»Das beste Essen überhaupt, das ist es«, sagte er.

Onkel Walter marschierte in die Küche, und wir folgten ihm wie zwei Entenküken.

So sieht Ammas Wochenplan aus:

Dienstagmorgen – in den Bus und zum Großmarkt

Mittwoch – in den Park, die übrig gebliebenen Chapatis an die Enten verfüttern

Donnerstag – auf zum Arzt, ob sie den Termin nun braucht oder nicht

Amma glaubt, dass der Körper wie ein Auto ist und regelmäßig zur Inspektion muss. Dann erkläre ich ihr, dass auch ein Auto nur einmal im Jahr durchgecheckt wird, aber das ist ihr egal. Der Körper ist komplexer als ein Auto, erwidert sie, und deswegen ist die Gefahr auch größer, dass er kaputtgeht.

Weißt du noch, wie Amma anfing, Turnschuhe zu tragen? Sie holte uns von der Schule ab, und als sie über den Pausenhof ging, sah man unter ihrem gebügelten Sari etwas Weißes aufblitzen. Sie trug einen türkis-rosafarbenen Sari, und es war so heiß, dass sie ihre übliche cremefarbene Strickjacke zu Hause gelassen hatte und ihre nackten Arme mit den Zellulitisgrübchen zeigte. Ich versuchte, nicht zur Kenntnis zu nehmen, dass alle sie anstarrten. Leicester mag damals ja schon ein multikulturelles Wunderland gewesen sein, aber Westhill Estate hinkte noch ein wenig hinterher. Ich war die einzige asiatische Schülerin in der Schule, außer den Singhs, aber deren Familie hatte zumindest halbwegs Sinn für Zurückhaltung. Sie trugen westliche Kleidung und sprachen ohne Akzent. Sie sprühten ihre Kinder morgens mit Deo ein, damit man ihnen nicht nachsagen konnte, dass sie nach Curry rochen. Sie kleideten sie in T-Shirts und Jeans, während ich immer noch die Bombayer Mode der Siebziger trug: kitschige Rüschenkleidchen und übergroße bunte Pullover, in denen mein kleiner Körper derart ertrank, dass ich die Ärmel viermal umkrempeln musste, damit sie passten. Mittlerweile ist alles anders; dass Yusufs, Priyas und Pytors im Klassenzimmer sitzen, ist so normal wie die kalten Fischstäbchen zum Mittagessen. Aber wer Mitte der Neunziger in Westhill sein Ausländertum zur Schau stellte, hätte genauso gut ein Schild mit der Aufschrift NA LOS, SCHMEISS DOCH MAL EINEN STEIN AUF MICH vor sich hertragen können. In diesen Zeiten war ich froh, dass ich im dritten Stock lebte.

Wenn ich so daran zurückdenke, hätte ich die Turnschuhe als Schritt in die richtige Richtung erkennen müssen. Zumindest waren sie westlich. Aber Amma fiel mit ihnen nur noch mehr auf. Als du mich danach gefragt hast, behauptete ich, dass der Arzt sie ihr verschrieben habe, weil sie angeblich gegen Rückenschmerzen halfen. Das stimmte, obwohl ich dir nie verriet, dass Amma gar keine Rückenschmerzen hatte. Sie trug diese lächerlichen Dinger mit den Luftkissen nur, weil der Arzt einmal am Rande bemerkt hatte, dass diese Schuhe die Wirbel in eine optimale Position brachten. Von da an folgte auf jeden ihrer Schritte ein weißes Blitzen, das sich mit ihren bunten Saris biss. Amma glaubte nicht an Mode, sie glaubte an den gesunden Menschenverstand, obwohl ihr Konzept davon mit dem anderer Leute nur wenig gemein hatte.

Sie trägt diese weißen Monsterschuhe immer noch. Sie putzt sie mit einer seltsamen Mischung aus Essig und Zitrone, deren Geruch durch die ganze Wohnung zieht. Ich huste und spucke, wenn sie anfängt, sie zu versprühen, bis sie die Treppe hochruft: »Es ist nur Essig, Shona, das wird dich schon nicht umbringen!«

Früher gefiel es mir, dass die Stadt in diese kleinen Wohnungen eine zweite Ebene eingezogen hatte. Für mich verlieh die Treppe der Wohnung ein Gefühl von Zuhause. Sie schuf Ebenen für unser Leben, verhalf uns zu mehr Tiefe. Jetzt, da ich größer bin, wird mir klar, wie wenig Stufen es sind und dass sie gar nicht so tief hinabreichen. Ich höre alles, was passiert, rieche jeden Gestank. Im Winter spüre ich die Zugluft vom Korridor. Unter der Woche höre ich Ammas Telefonate im Wohnzimmer, und heute, nachdem sie vom Arzt zurückgekommen ist, das Geflüster und Gemurmel, während sie ihren Begleiter hereinlässt.

Amma glaubt, ich weiß nichts von ihrem Bekannten, aber ich rieche ihn jedes Mal, wenn er hereinkommt. Der Geruch von altem Rauch an seiner Kleidung steigt zu mir hoch, während sie in der Küche mit Kessel und Tassen hantiert. Ich stelle mir vor, dass sie ihm den Tee auf demselben Tablett ins Wohnzimmer bringt, mit dem sie mir das Essen serviert.

Sowie sie die Tür geschlossen haben, unterhalten sie sich auf eine Art, die meine Bodendielen zum Summen bringt. Er hat eine tiefe Stimme, die widerhallt, weich und rumpelnd wie das dumpfe Brummen einer Waschmaschine im Schleudergang. Wenn er spricht, spricht er Bengali. Von vielen Wörtern weiß ich gar nicht, dass ich sie kenne, bis ich sie höre, und in dem Moment reißt ein Funke zwischen meinen Synapsen die Erinnerung daran aus der Tiefe empor. Ich höre die Worte *ji* für »ja«, *na* für »nein« und *shona*, was »süß« oder »Gold« bedeutet.

Amma glaubt, dass ihr Leisesein und ihre Schleicherei reichten, um ihr Geheimnis zu hüten. Doch ich bin die Königin der Geheimnisse und rieche sie kilometerweit gegen den Wind. Außerdem möchte Ammas Bekannter gar nicht geheim gehalten werden. Heute Morgen, nachdem sie ihn hereingelassen hat, höre ich ihn theatralisch husten, während sie ihn ins Wohnzimmer führt. Da ich weiß, dass sie zumindest zwei Tassen Chai trinken werden, bevor er geht, schwinge ich die Beine aus dem Bett und checke meinen Körper durch. Ich zwicke mich, strecke die Arme vor mir aus, balle die Fäuste, marschiere auf der Stelle und lege mich rücklings aufs Bett, um mit den Beinen in der Luft Fahrrad zu fahren. Als ich ihn plötzlich zählen höre, halte ich inne. Er zählt so laut und so überdeutlich, als würden sie Verstecken spielen. Und ich stelle mir vor, wie Amma sich hinter dem Sofa eingerollt hat, aber hinten ihre Füße mit den weißen Socken herausschauen.

ek
dui
tin
chaar
paach
shoy …

Während er laut zählt, steigt in mir eine Erinnerung hoch, wie Amma mir als Kind die Süßigkeiten abgezählt hat. Ihre Finger zählten mir die Geleebohnen auf die Handfläche, wie sie mir heute die Pillen aufs Tablett zählen. Als er aufhört, verspüre ich ein seltsames Gefühl von Verlust.

Im gleichen Moment höre ich ein Klappern im Nebenzimmer. Einen Augenblick lang glaube ich, dass es die Ahmeds sind. Dass sie ihre Millionen verloren haben und nun doch wieder hier einziehen mussten. Dann vermute ich, dass es die Jungs sind, die aus ihrem neuen großen Haus ausgerissen sind und sich hier eingeschlichen haben. Bevor ich mich entscheiden kann, setzen Amma und ihr Bekannter das Gespräch fort, nur dass sie jetzt streiten.

Ich kann ihre Stimmen durch die Wände spüren. Amma tuschelt mit einer solchen Intensität, dass sich die Wände biegen. Ihr Bekannter wird lauter, feuert Wortsalven ab, die mein Hirn so schnell nicht verarbeiten kann. Es wird immer lauter, bis das Ganze in heftiges Geschrei ausartet, diesmal nicht mehr in Bengali:

»Aber *wann*, frag ich dich? *Wann?*«

Als Amma spricht, klingt ihre Stimme schrill und ängstlich, was ganz untypisch für sie ist:

»Wenn sie bereit ist!«, kreischt sie.

Auf das Scheppern von Porzellan folgt eine unheimliche Stille. Ich krieche unter die Decke, vergrabe den Kopf unter meinem Kissen und versuche, nicht draufloszubrüllen.

Das Sternbild der gestohlenen Seelen

Wenn ich der Welt nach meiner Zeit im Lebebett einen einzigen Rat geben sollte, wäre es dieser: Schaut weniger fern.

Amma meint, dass einem von zu viel Fernsehen das Gehirn verfault, so wie Zucker die Zähne verfaulen lässt. Bevor ich krank wurde, erlaubte sie mir nur eine Stunde Fernsehen am Tag. Sie wusste nicht, dass ich bei dir, wenn ich »zum Spielen« zu dir hinunterging, oft Folgen von *Friends* und *South Park* anschaute, die definitiv nichts mehr mit dem Kinderprogramm zu tun hatten. Das wurde schlagartig anders, als ich aus dem Krankenhaus nach Hause kam. Während der ersten Woche lag ich im Bett, starrte auf die Risse an der Decke und versuchte, nicht mehr zu existieren. Ich dachte, ich würde einfach aufhören zu sein, dass der Schmerz verfliegen und du zurückkommen würdest.

In der zweiten Woche entschied Amma, dass es Zeit für mich sei, wieder herauszukommen. Sie kaufte mir Spielzeug, das sie früher als »sinnlos« bezeichnet hätte, kaufte mir neue Kleider, obwohl der Schlussverkauf noch nicht begonnen hatte, und kochte mir eine endlose Abfolge von (chilli-freien) Lieblingsgerichten. Trotzdem blieb ich in meinem Bett liegen. Spielen, neue Sachen anziehen oder Essen hätte ja bedeutet, dass ich real war, dass alles real war und du nicht mehr hier.

In der dritten Woche schleppte Amma den Fernseher in mein Schlafzimmer. Schon als sie das Ding auf meine Kommode stellte und die Kabel anschloss, plapperte sie drauflos. »So, das Kabel kommt *hier* rein. Und *hier* schaltet man es ein. Und mit *diesem* Knopf kann man das Programm wechseln.« Sie machte alles verkehrt und wusste sehr gut, dass ich umso gereizter wurde, je mehr sie redete. Dann stellte sie alle fünf Programme (die einzigen, die wir empfangen konnten, damals, in den Tagen vor dem digitalen Zeitalter) in der falschen Reihenfolge ein. Dann, kurz bevor sie aus dem Zimmer ging, schaltete meine hinterhältige, gerissene Mutter den Fernseher ein, drehte ihn lauter und legte die Fernbedienung neben mich. Über den Bildschirm flackerten die Lokalnachrichten. Sie beugte sich über mich, sodass ihr Gesicht direkt über meinem war, und schaute mit einem zuckersüßen Lächeln auf mich herunter.

»Sag Bescheid, wenn du was brauchst, Shona«, sagte sie, bevor sie nach unten verschwand.

Ich musste mir einen Bericht über die Eröffnung eines Krankenhauses ansehen, bei der irgendein C-Promi zugegen gewesen war, gefolgt von einer Geschichte über das intelligenteste Meerschweinchen des Landes. Ich ging recht schnell dazu über, mit der Faust auf die Knöpfe der Fernbedienung zu schlagen. Die Stimmen veränderten sich. Ich verdrehte die Augen und sah zum Bildschirm, wo die Wiederholung einer Folge von *Sunset Beach* lief. Amma hatte mir verboten, diese Soap zu schauen, nicht aus moralischen Gründen, sondern weil sie das Drehbuch so fürchterlich fand.

Als Amma eine halbe Stunde später wiederkam, saß ich aufrecht im Bett und verfolgte eine Szene, in der eine Make-up-überzogene Göttin einen muskelbepackten Feuerwehrmann mit Geschirr bewarf. Amma runzelte so missbilligend die Stirn, dass ich ein besonders breites Lächeln aufsetzte, und irgendwann schüttelte sie den Kopf und ging wieder hinaus.

Amma hatte gewonnen, aber dafür hatte sie einen hohen Preis

zahlen müssen. Zwar holte mich das Fernsehen zurück in die reale Welt, aber gleichzeitig entfernte es mich noch weiter von ihr. Ich schaute mir Tiervermittlungssendungen an, obwohl ich keine Haustiere hatte, Sendungen für Hausbesitzer, obwohl ich kein Haus besaß, und einen endlosen Strom von Reality-Shows, die nichts mit irgendwelchen Realitäten zu tun hatten, die mir vertraut gewesen wären. Die Wahrheit übers Fernsehen sieht so aus: Es kann einem alles beibringen, was man wissen will, aber die meiste Zeit füllt es einem den Kopf mit Dingen, die man gar nicht wissen wollte. Die Informationsflut erschöpfte mich.

Also lernte ich meinen Konsum einzuschränken, durch folgende Maßnahmen:

1. Bücher aus der Leihbibliothek lesen.
2. Kreuzworträtsel lösen.
3. Stevie Wonder hören. (»Er ist so inspirierend«, sagte Amma, als sie die CD kaufte. »Mr Wonder war nicht nur arm und schwarz, Ravine, er war auch noch blind. Und jetzt sieh mal, wie weit er es gebracht hat!« Sie schaute mich an, als erwartete sie, dass ich auf der Stelle einen Ohrwurm komponierte. Stattdessen drückte ich auf Play. Sofort wippte sie mit dem Fuß mit. Nur ein paar Songs später hatte er auch mich am Haken.)

Der Schlüssel liegt darin, dass man sich zum Herrscher über die Kiste macht, statt sich selbst von ihr beherrschen zu lassen. Das Fernsehen sollte die Sinne anregen, nicht abtöten. Wenn man in einem Lebebett liegt, ist Stimulation lebenswichtig. Deswegen schaue ich auch *The Universe*. Das läuft jeden Sonntag um acht, und in jeder Folge erfährt man etwas Neues über unser Sonnensystem. Der Moderator hat weiche Haare ohne einen erkennbaren Haarschnitt und ein kantiges Gesicht. Er ist das, was deine Mutter immer »Sex auf zwei Beinen« genannt hat, ein Ausdruck, bei dem wir erröteten, denn »Sex« war damals das schlimmste Wort, das wir kannten. Aber das ist nicht der Grund, warum ich diese Sendungen ansehe. Während Amma mit einem lüsternen Glitzern in den Augen zuschaut – das ich zu ignorieren versuche –, begeistere ich mich für die Bilder, das Konzept und die Erfahrung, wie erleuchtend die Wissenschaft wirklich sein kann. Du hast den Nachthimmel immer geliebt. Du konntest ihn stundenlang anstarren.

»Können wir jetzt endlich fernsehen?«, fragte ich manchmal.

Dann schautest du mich mit verträumten Augen an. »Manchmal wünschte ich, ich wäre ein Stern.«

Woraufhin ich die Arme verschränkte und entnervt schnaufte, während du wieder zu den leuchtenden Himmelskörpern emporschautest.

Aber jetzt verstehe ich, was du gesehen hast: nicht nur die Sterne, die die dunkle Schiefertafel über unseren Köpfen füllten, sondern die Geschichte unseres Universums. Du wusstest immer, dass wir mehr sind als dieses Leben. Für dich war das Leben ein Abenteuer, und während ich noch Angst vor den Monstern hatte, die hinter jeder Ecke lauerten, dachtest du an größere, gewichtigere Dinge. Ich weiß, dass du ausgezogen bist, diese Dinge zu suchen, Marianne, und ich hoffe, dass du eines Tages zurückkommen wirst, um mir zu zeigen, was du gefunden hast.

Denn in der Zwischenzeit kann ich an nichts anderes denken als an diese Monster, die nur darauf warten zuzuschlagen. Du würdest lachen, wenn du das hören könntest. Du würdest mir sagen, ich solle nicht solchen Blödsinn reden. Aber die Welt ist voller Monster, das hat mir dein Bruder beigebracht.

Jonathan ärgerte mich in vielerlei Hinsicht, aber was mich am meisten nervte, war die Tatsache, dass er dir verbot, eure Namen abzukürzen. Kein Jonny oder Marie. Kein Jon oder Annie. Kein JD oder MD und erst recht keine Spitznamen. Wegen deiner lockigen Haare habe ich dich einmal »Mopp« genannt. Der Name gefiel dir, aber du wusstest, dass er vor Jonathans Augen niemals Gnade finden würde, also hast du mir das Versprechen abgenommen, ihn niemals in seiner Gegenwart zu benutzen. Jonathan war immer gegenwärtig. Also habe ich den Spitznamen nie benutzt.

Damals folgte Jonathan uns auf Schritt und Tritt. Er tat so, als sei es seine Pflicht, uns zu beschützen, weil er zwei Jahre älter war und ein Junge. Aber er war zu seltsam, um eigene Freunde zu haben. In der Schule wurde er gehänselt wegen seiner altmodischen Kleidung, seiner zu großen Brille und seines obsessiven Interesses an Wetterberichten. Wenn wir ihn auf unseren Ausflügen mitzockeln ließen, war er ebenso dankbar wie genervt. Es war Jonathan zuwider, dass wir alles waren, was er hatte, also ließ er keine Gelegenheit aus, uns unterzubuttern und zu verspotten.

Er war dein Bruder, und ich musste so tun, als würde ich ihn mögen, was (außer dir) keiner tat. Aber es konnte einen auf die Palme bringen, wie er dir ständig seine Regeln aufzwang. Ich hätte mir gewünscht, dass du ihn einfach mal weggeschickt hättest. Ich hätte mir gewünscht, dass du so getan hättest, als gäbe es ihn nicht, damit wir zusammen spielen konnten, ohne dass er immer alles verdarb. Jonathan war gemein, Marianne. Das ist die Wahrheit. Weißt du noch, wie er uns vom Seelentrinker erzählte? Im Wald? An dem Tag, an dem er den Grundstein für meine Angst legte?

Wir liebten diesen Wald, obwohl er nicht groß genug war, um die Bezeichnung »Wald« zu verdienen. Er ähnelte eher einem Ödland, ungenutzter Grund, überwuchert mit Gras und Brennnesseln und hier und da ein paar Bäume mit verkohlten Stämmen. Abgesehen von Ammas Blumenkästen war das die größte Dosis Natur, die wir hier kriegen konnten.

Wir schlichen uns dorthin, weil es in der Nähe von Bosworth House keine Parks gab. Vor ein paar Jahren haben sie die öffentlichen Toiletten abgerissen, weil sie regelmäßig von Drogendealern benutzt wurden, und haben sie durch einen Kinderspielplatz ersetzt. Schaukeln, Klettergerüste, Rutschen, Kriechtunnel – was das Herz begehrt. Du würdest es nicht glauben, wie viel sie hier in letzter Zeit verändert haben. Jugendclubs und Treffs, neu gepflanzte Bäume und Schutzgebiete. Der Jugendclub ist die meiste Zeit geschlossen, und die Bäume sind von Vandalen kaputt gemacht worden, aber sie sind immer noch da.

Ich kann mich noch an diesen Tag erinnern. Wir hatten bei einem Steinhaufen nach einem vergrabenen Schatz gesucht, und Jonathan hatte zufällig einen Stein umgedreht, woraufhin zahllose Insekten in alle möglichen Richtungen davonhuschten. Es war wie im Horrorfilm – schwarze glänzende Körper mit wackelnden Fühlern und Millionen Beinen, die über den Weg krabbelten. Du und ich, wir kreischten auf und drückten uns aneinander, bis wir keine Luft mehr bekamen. Es war ein trüber Tag, und die Schatten, die über uns aufragten, die Feuchtigkeit in der Luft, verwandelten sich in Quellen potenziellen Schreckens.

Der Vorfall mit dem Stein erinnerte Jonathan daran, wie sehr er es liebte, uns zu erschrecken. Nachdem wir aufgehört hatten zu kreischen, führte er uns auf der Suche nach einer passenden Stelle durch das Wäldchen, und dann zeigte er schließlich auf einen Holzblock, auf den wir uns setzen sollten. Wir waren beide vorsichtig mit dem großen Klotz, weil wir Angst hatten, dass dort ebenfalls eine Armee von Viechern hausen könnte. Doch dein Bruder kommandierte und dirigierte so lange, bis wir irgendwann nachgaben, einzig um ihn zu beruhigen. Es gefiel ihm, wenn wir ihm gehorchten – was selten genug vorkam –, und er verkündete, dass wir die Geschichte, die er uns jetzt erzählen werde, mit hundertprozentiger Aufmerksamkeit anhören mussten.

»Die Geschichte ist gruselig«, erklärte er und lief dabei auf und ab. »Wenn hier also irgendjemand Albträume kriegt, sollte er sich jetzt besser die Ohren zuhalten.«

Er schaute mich vielsagend an, und ich, ganz das treudoofe

Opfer, setzte mich kerzengerade hin und verschränkte die Arme.

»Sie handelt aber nicht vom Wetter, oder?«, fragtest du und sankst etwas in dich zusammen beim Gedanken an die soundsovielte Wettervorhersage.

Er verzog das Gesicht. »Lass mich erzählen, dann wirst du's schon erfahren.«

Sobald wir saßen, trat Jonathan näher an uns heran und riss die Augen hinter seinen dicken Brillengläsern ganz weit auf. Er spreizte die Finger, als wollte er einen Zaubertrick aufführen, langsam und in dramatischem Tonfall begann er zu sprechen.

»Sie handelt von einem Mann«, sagte er. »Einem unsichtbaren Mann, den man nur sehen kann, wenn er beschließt, sich zu zeigen.«

»Wie heißt er?«, fragtest du.

»Das ist nicht wichtig.«

»Natürlich ist das wichtig. Jeder hat einen Namen.«

»Na, dieser Typ eben nicht.«

»Warum nicht?«

Auf der Stirn deines Bruders bildete sich eine tiefe Furche. Als sie auf und ab wackelte, musste ich an die Insekten denken, die unter dem Stein hervorgekrabbelt waren.

»Hör dir jetzt einfach die verdammte Geschichte an, okay?«

Wir erstarrten.

»Wenn dieser Mann«, er schaltete wieder auf Geschichtenerzählerstimme um, »sich euch zeigt, hat er gelbe Augen und schwarze Zähne. Er lauert in den Schatten, wo ihr nichts sehen könnt, und, was das Wichtigste ist … *er trinkt Seelen.*«

Er ließ das Grauen dieser Worte einen Augenblick wirken.

»Wessen Seelen?«, fragte ich.

Die Antwort darauf hatte er sofort parat. »Die Seelen kleiner Mädchen.«

Du runzeltest die Stirn.

»Warum Mädchen?«, fragtest du.

»Warum kleine?«, fügte ich hinzu.

Jonathan warf den Kopf in den Nacken. »Verdammt noch mal, kann ich jetzt wohl mal fünf Sekunden am Stück die Geschichte erzählen, ohne dass ihr mir die ganze Zeit irgendwelche Scheißfragen stellt?«

Wir schnappten nach Luft, und diese Reaktion schien deinen Bruder sofort zu besänftigen. Er versuchte, sein zufriedenes Grinsen zu verbergen, und erzählte weiter.

»Wie gesagt«, fuhr er fort. »Dieser Mann, der Seelen trinkt…«

»Der Seelentrinker«, sagtest du und drücktest dir die Fäuste ans Kinn.

Ich stieß dich mit dem Ellbogen in die Rippen. Du schautest mich an und schlugst die Hände vor den Mund. Wir wappneten uns schon für die nächste Flut von Schimpfwörtern, doch als wir zu Jonathan schauten, war sein Gesicht nicht mehr so rot.

»Der Seelentrinker«, nickte er. »Ja, so heißt er. Er ist böse, richtig böse, und er holt sich am liebsten kleine Mädchen, weil kleine Mädchen so dumm sind, stimmt's? Doch, das sind sie, Ravine, das gehört zur Geschichte… Er braucht auf jeden Fall Seelen, weil er ohne sie sterben würde. So richtig sterben. Nicht wie im Film, sondern so richtig in echt.«

Eine dunkle Wolke warf ihren Schatten über uns. Man konnte ihren Umriss auf dem herabgefallenen Laub am Boden sehen. Sie war dick und lang, mit einem glänzenden Lichtrand. Unter den Füßen fühlte ich das Huschen unsichtbarer Lebewesen. Ich schob meine Handflächen unter die Rinde des Baumstamms, auf dem wir saßen, und hob die Füße vom Boden hoch.

»Da war zum Beispiel dieses Mädchen«, fuhr er fort, »das ging eines Tages die Treppe herunter, so eine richtig lange Treppe wie die in unseren Wohnungen. Und es war Nacht, es war also dunkel. Und da kommt der Seelentrinker daher, und sie kann ihn nicht sehen, weil er völlig unsichtbar ist, okay? Und dann blitzt er ihr mit seinen gelben Augen ins Gesicht, und sie ist total überrumpelt. Und das kleine Mädchen poltert, Peng! Peng!

Peng, die Treppe hinunter, und bei jeder Stufe bricht sie sich irgendwelche Knochen. Knacks! Knacks! Knacks!«

Er machte zuckende Bewegungen mit sämtlichen Körperteilen: streckte hier einen Ellbogen heraus, dort eine Schulter, dann die Hüfte. Von dem Anblick, wie er da so herumzuckte, wurde mir ganz anders. Du schienst mich gar nicht wahrzunehmen mit meinen angehobenen Füßen, so sehr warst du gefangen von seiner Aufführung. Du schwangst die Beine hin und her, während Jonathan weiter vor sich hin bebte und zuckte.

»Warum hat er sie nicht einfach hinuntergestoßen?«, fragtest du.

Jonathan erstarrte mitten in einer Zuckung.

»Das darf er nicht«, entschied er. »Er hat nur ein Recht auf deine Seele, wenn er dich austrickst … Das ist die Regel.«

Du nicktest, dass die Locken auf deinen Schultern tanzten, dann machtest du eine Handbewegung, als wolltest du sagen: »Erzähl weiter.«

»Und dann war da noch ein anderes Mädchen …« Jonathan schaute mir in die Augen. »… die spielte eigentlich bloß Verstecken mit ihren Freunden, aber dann verlief sie sich, weil sie dumm war, und sie fand kein Versteck mehr.«

»Wie damals, als Ravine sich verlaufen hat«, sagtest du.

Jonathan grinste, und du lächeltest ihn an, weil du die Boshaftigkeit hinter seinen Brillengläsern überhaupt nicht bemerktest.

»Genauso wie damals«, sagte er. »Der Seelentrinker kletterte also aus seiner goldenen Truhe. Einer ganz großen. Und meinte, sie solle sich doch darin verstecken. Also stieg das Mädchen hinein, weil sie so dumm war, und er schloss sie blitzschnell ein, mit einem riesigen Vorhängeschloss, und da ließ er sie drinnen, bis sie verfaulte. Fünfzig Jahre später kam er zurück, um sich ihre Seele zu holen, und als er die Truhe aufmachte, war ihr Skelett mit Ratten und Spinnen und allen möglichen gruseligen Krabbeltieren bedeckt.«

Da standest du auf und stemmtest die Fäuste in die Seiten. Ich sah ein Stück Rinde hinten an deinem Kleid hängen, und auf der Rückseite deiner Beine hattest du rote Abdrücke. Ich wollte dich in den Arm nehmen, hatte aber immer noch zu viel Angst, die Füße auf den Boden zu setzen.

»Also wirklich, Jonathan Dickerson!«, sagtest du mit unerwartetem Nachdruck. »Ich werde hier keine Minute länger sitzen und mir deinen Dreck anhören.«

Du bliebst ein paar Sekunden so stehen, bevor deine Arme wieder herabsanken.

»Wir müssen sowieso gehen, es gibt bald Mittagessen.«

Du ranntest davon, während Jonathan protestierte und dir nachrief, er kenne noch jede Menge andere Geschichten über dumme Mädchen, die ihre Seelen verloren haben. Du lachtest nur und meintest, die könne er uns ja morgen erzählen. Ich folgte dir, behielt dabei ganz genau die Schlupfwinkel und Risse in den Bäumen und Büschen im Blick, an denen wir unterwegs vorbeikamen, immer in der Erwartung, jeden Moment ein Paar gelbe Augen aufblitzen zu sehen. Jonathan holte mich ein.

»Es ist nur eine Geschichte, Ravine«, sagte er.

Ich zuckte mit den Schultern und marschierte weiter. »Ach nein, wirklich?«

Keiner von euch wusste, was für eine Macht diese unsinnige Halb-Geschichte auf mich ausübte, von den Gedanken, die ich mir darüber machte, den Albträumen. Ich hatte mich zu deiner Beschützerin aufgeschwungen, aber der Seelentrinker war einfach ein zu großes Monster, als dass ich damit hätte fertigwerden können. Am meisten fürchtete ich mich nicht davor, dass er mich fangen könnte oder ich sterben würde. Es war diese Vorstellung, dass mir ein Mann mit nur einem Blick aus seinen gelben Augen die Seele rauben konnte.

Als ich nach Hause kam, rannte ich die Treppe hoch in mein Zimmer und holte das Oxford-Taschenwörterbuch aus der kleinen Umhängetasche, die ich überallhin mitnahm. Während ich darin herumblätterte, versuchte ich ein Zittern zu unterdrücken und fummelte mich zu S vor. Rasch ließ ich den Finger über die schwarzen Buchstaben nach unten gleiten, auf der Suche nach dem Wort, das mich verfolgte.

Seehund
seekrank
Seele

Ich ließ den Finger auf dem Wort ruhen und wusste nicht, ob ich überhaupt weiterlesen wollte.

Seele, die, *Subst.*: spiritueller oder immaterieller Teil des Menschen; das Prinzip von Leben, Gefühl, Gedanken und Taten

Leben. Gefühl. Gedanken. Taten.

Ich las die Worte immer wieder. Was blieb denn dann noch übrig, wenn das alles von den bösen Augen des Seelentrinkers ausgesaugt wurde? Auf die Antwort stieß ich, als mein Blick auf der Seite weiter nach unten glitt:

seelenlos, *Adj.*: ohne Empfindungsfähigkeit oder edle Eigenschaften; gewöhnlich, uninteressant

Ich weiß nicht, was mich mehr ängstigte – der Verlust all dessen, was mich menschlich machte, oder die Vorstellung, uninteressant zu sein.

Man vergisst leicht, wie viele Erinnerungen man hat, bis man eine zurückholt. In dem Moment werden all die anderen Erinnerungen in Gang gesetzt, wie durch einen Dominoeffekt, und sie lösen sehr schnell eine Reihe von Zusammenbrüchen aus. Der Wald, die Geschichte, die Hoffnung auf Trost, als ich die Bedeutungen in meinem Taschenwörterbuch nachschlug. Wenn ich jetzt daran zurückdenke, liegt mir die Ironie bitter auf der Zunge. Ich hatte solche Angst vor diesem Wort, und heute beschreibt es mich ganz treffend.

Ich bin Ravine Roy. Ich bin achtzehn Jahre alt. Ich bin seelenlos.

Nachdem Ammas Bekannter gegangen ist, liege ich im Bett und forme mit meinen Händen ein Teleskop. Mit gekrümmten Fingern bilde ich einen Trichter und schaue durch das Loch. Ich bewege mein Teleskop in verschiedene Richtungen und sehe verschiedene Bilder meines Zimmers. Den Rand der Vorhänge, das perlenartige Auge eines Vogels auf der Tapete, den dunklen steinernen Oberkörper von Shiva. Ich lasse die Hände sinken und schaue mir die heitere Miene der Figur an. Shiva ist der Gott der Schöpfung und der Zerstörung. Die Statue auf meiner Kommode zeigt ihn erstarrt in seinem kosmischen Tanz – ein Bein hoch in die Luft erhoben, zwei seiner vielen Hände mit den Handflächen aufeinandergelegt. Ich liebe diese Statue, obwohl ich das Amma gegenüber niemals zugeben würde. Ich heuchle Gleichgültigkeit gegenüber allem, aber es gibt Dinge in der Welt, die ich sehen möchte, ganze Büchereien voll Wissen, das ich mir aneignen möchte.

Als ich meinen Schulabschluss machte, wollte ich eigentlich sogar noch mehr über das Nervensystem lernen, aber es gestaltete sich doch recht schwierig, die Nerven eines anderen Menschen zu studieren, während meine eigenen von Messern durchbohrt wurden. Einmal, bei einer der seltenen Gelegenheiten, zu denen ich das Haus verließ, saß ich in der stinkenden Turnhalle, wo die Abschlussprüfung geschrieben wurde. Ich schaffte eine halbe Stunde, dann musste ich meinen Kopf auf der Tischplatte ausruhen.

Mit Kranken hat man nach meiner Erfahrung wenig Geduld. Schüler schnaubten und knurrten, als ich mehrmals zusammenbrach. Sie waren überzeugt, dass ich eine melodramatische Show abzog und sie so um ihre Einser bis Dreier bringen wollte. Ein

Mädchen fragte mich, was mit mir denn eigentlich »falsch« sei, und dabei schaute sie mich mit einer so angewiderten Miene an, dass ich schon darauf gefasst war, sie könnte mir gleich ins Gesicht spucken. Ich beschrieb ihr die ganze Misere: dass ich ständig Schmerzen hatte, kaum mein Zimmer verlassen konnte und dass die Ärzte weder den Grund noch ein Heilmittel für meine Krankheit kannten. Als ich fertig war, schaute sie mich an, als hätte ich ihr erzählt, die Welt sei ein Ei.

»Blödsinn«, sagte sie und schob sich einen Kaugummi in den Mund.

»Das ist kein Blödsinn«, erwiderte ich. »Das ist eine Krankheit.«

Sie kaute so heftig auf dem Kaugummi herum, als hätte es sie beleidigt.

»Und wie heißt die dann bitte schön?«

»Chronisches Schmerzsyndrom.«

Sie schnaubte. »Das hast du dir doch jetzt gerade ausgedacht.«

»Warum sollte ich mir das ausdenken?«

Die Glocke läutete. Sie hörte auf zu kauen und zuckte mit den Schultern. »Um Aufmerksamkeit zu bekommen«, sagte sie und wandte sich ab.

Meine Wangen brannten wie glühende Kohlen.

Genau, erwischt!, hätte ich am liebsten losgebrüllt. Du hast mich ertappt! Ich habe mir eine grässliche, unglaubwürdige Krankheit ausgedacht, um ein bisschen Rampenlicht zu bekommen! Ich habe mir dieses Leben tatsächlich so *ausgesucht! So ausgesucht!*

Aber stattdessen sagte ich gar nichts, sondern ließ sie davonschlendern mit der Vorstellung, dass manche Menschen sich ein Leben als Krüppel zusammendichteten. Ich frage mich, was sie jetzt von mir denken würde. Wahrscheinlich war sie der Meinung, dass sie die ganze Zeit recht gehabt hätte. Dass ich mir das alles ausgedacht, mir das selbst ausgesucht hätte. Aber ich hatte es mir nicht selbst ausgesucht, permanent Schmerzen zu haben.

Und ich habe es mir auch nicht selbst ausgesucht, dass sie auf einmal weg sind.

»Zeit für die Kontrolle«, sagt Amma, als sie in mein Zimmer marschiert.

Sie hat sich beruhigt nach dem Streit, den sie vorhin mit ihrem Bekannten gehabt hat, aber irgendetwas an ihr ist immer noch aufgebracht. Ich halte mir mein Hand-Teleskop ans Auge.

»Ich bin gerade überfordert«, sage ich.

Amma setzt sich auf den Stuhl neben mich und zieht ein Stück Papier unter dem Bund ihres Unterrocks hervor.

»Bist du hier oben auf und ab gegangen?«, fragt sie.

Ich lasse die Hände sinken. »Jepp«, antworte ich.

»Hast du aus dem Fenster geschaut?«

»Doppel-Jepp.«

»Und hast du deine Kreuze geübt?«

Ich ziehe ein Blatt Papier vom Nachttisch und reiche es ihr. Sie mustert die kleinen Reihen mit Kreuzen, die ich gezeichnet habe, um mich auf die Wahl vorzubereiten.

»Diese hier sehen aus wie Sterne«, sagt Amma und dreht das Blatt zu mir.

Ganz unten auf der Seite glühen sechs gezackte Sternchen.

»Da war ich kreativ«, sage ich.

Amma schüttelt den Kopf. »Wählen ist keine kreative Tätigkeit, Shona«, sagt sie.

Als sie wieder auf ihre Liste schaut, rolle ich die Hände wieder zu einem Teleskop zusammen und betrachte kleine kreisförmige Ausschnitte von Ammas geblümtem Sari.

»Ich glaube wirklich, wir sollten bald anfangen, das Anziehen zu üben«, erklärt sie.

Ich fokussiere ihre Lippen, die zu einem nassen, erwartungsvollen Kreis geformt sind. »Ich werde mich nicht anziehen«, sage ich.

Amma drückt mir das Hand-Teleskop herunter auf den Schoß. »Du wirst dich aber anziehen müssen, wenn du zur Wahl gehst.«

»Genau«, sage ich, »und ich muss es nur einmal tun.«

Ich versuche, mein Teleskop wieder ans Auge zu heben, aber Amma hält es fest.

»Nein, Shona«, sagt sie. »Du musst dich auch anziehen, wenn du in irgendwelche Geschäfte gehst. Wenn du dich zu Kursen anmeldest. Wenn du zu Vorstellungsgesprächen gehst.«

Ich spüre, wie meine Lungen zusammenschrumpfen, mein ganzer Körper in sich zusammenbricht. Die Worte »Geschäfte«, »Kurse«, »Vorstellungsgespräche« ziehen an meinem Gesicht vorbei wie prall gefüllte Luftballons, die jeden Moment platzen können. Ich spüre einen Schmerz in meiner Brust wie einen elektrischen Schlag. Ich versuche, mich hindurchzuatmen. Es hört auf.

»Gut«, sage ich, als wäre nichts passiert. »Vielleicht morgen.«

Amma lehnt sich zurück.

»Ich weiß, dass es schwer werden wird, Ravine, aber ich glaube, wenn wir dir einen Job suchen, bei dem du nicht zu aktiv sein musst …«

»Ja«, falle ich ihr scharf ins Wort. »Morgen. Bis dahin werde ich einfach versuchen, selbst auf die Toilette zu gehen, okay?«

Sowie sie weg ist, ziehe ich mich tief unter meine Decke zurück.

Als wir heranwuchsen, wollten wir auch einen Job. Nicht, um Westhill Estate zu entkommen, sondern weil unsere Lehrer uns erzählten, wenn wir hart genug arbeiteten, könnten wir alles erreichen, was wir wollten, und wir waren dumm genug, ihnen zu glauben. Jonathan wollte Meteorologe werden, du wolltest Tierärztin/Trapezartistin werden und ich eine neue Ausgabe des Oxford Dictionary schreiben, sobald ich herausgefunden hatte, wie (und ob) so etwas möglich war. Aber heutzutage muss man ja schon eine Qualifikation nachweisen, um bei jemandem das Bad zu putzen, was für Hoffnungen dürfte ich mir also schon machen? Es ist zwecklos, überhaupt darüber nachzudenken. Ich schaue Shiva an. Meine Welt ist dieses Kinderzimmer, wo ich den Tanz der Zerstörung tanze, nur ohne den Schöpfungsteil und ohne Ausweg.

Da höre ich ein Scheppern durch die Wand. Ich schaue in die Richtung des Geräuschs, aber jetzt herrscht wieder Stille. Als ich den Blick wieder auf Shiva richte, hat der die Augenbrauen hochgezogen und zuckt mit den Schultern. Ich rutsche näher an die Wand heran. Ich höre, wie insgesamt viermal die Toilettenspülung betätigt wird, zweimal der Wasserhahn in der Küche läuft, und dann ein Handy vibriert.

Wahrscheinlich mutet es seltsam an, dass der Hausbesetzer nebenan ein Handy hat und ich nicht. Amma wollte mir eines kaufen, aber ich hatte ja niemanden, den ich hätte anrufen oder ansimsen können, also behielt sie es am Ende selbst. Es war nicht so ein Ziegelstein wie die Geräte in unserer Kindheit, sondern glatt und dünn, mit einer Kamera, Spielen und einem Internetzugang. Als wir in der Schule zum ersten Mal das Internet benutzten, rannten die Lehrer zwischen den Computern hin und her (auf einen Computer kamen drei Schüler), während wir zusahen, wie die Sanduhr lief und sich der Bildschirm Zentimeter für Zentimeter mit einer Homepage füllte. Mittlerweile ist es schneller, und man hat überall Empfang. Sogar Amma benutzt ihr Smartphone, um sich auf YouTube Tipps für den Hausputz anzuschauen.

Ich höre das Quietschen der Sprungfedern, als der Hausbesetzer sich umdreht, wahrscheinlich auf der alten Matratze der Ahmeds. Aus den lauten, massiven Schritten schließe ich, dass es ein Mann ist, und da ich keine Stimmen höre, gehe ich davon aus, dass er alleine ist. Ich weiß nicht, ob ich fasziniert sein oder Angst haben sollte vor diesem Fremden. Jedenfalls erzähle ich Amma nichts von ihm.

Ich habe ein Problem mit Geheimnissen: Sobald ich eines habe, kann ich es nicht wieder herauslassen. Das ist so wie bei uns, wenn wir vertrauliche Dinge mit einem Handschlag besiegelten: Nachdem wir uns etwas streng Geheimes anvertraut hatten, sperrten wir es tief in uns ein (Fingerwackeln und Handschlag), und dann kam uns nie wieder auch nur eine Silbe über die Lippen. Seitdem du weg bist, habe ich diesen Handschlag im Geist so oft vollzogen, dass ich quasi verstummt bin.

Wieder das Geräusch eines vibrierenden Handys. Als es gar nicht mehr aufhört, wird mir klar, dass der Hausbesetzer kein einziges Mal ans Telefon gegangen ist, seit er nebenan wohnt.

Ich bin nicht die Einzige, die sich versteckt.

Das Sternbild der Uhren

Für die heutige Übung muss ich vom Bett aufstehen und mich wieder hinsetzen, während Amma mit einer Stoppuhr die Zeit nimmt. Sie hat eine Tabelle gezeichnet, die sie auf ein Klemmbrett geheftet hat. Dort trägt sie im Minutentakt meine Ergebnisse ein.

Ich bin überrascht, wie leicht mir die ersten zwei Runden fallen. Ich merke schon jetzt, wie meine Kraft zurückkehrt, wie mir das Adrenalin durch die Adern pulst. Ammas lächerliche Übungen wirken tatsächlich. Doch nach der vierten Runde Aufstehen und Hinsetzen fange ich an zu keuchen, und meine Beine schwächeln. Ich sage ihr, dass ich müde bin.

»Gut!«, sagt Amma. »Du musst lernen, mit deiner Müdigkeit zurechtzukommen.«

Ich seufze. »Und was ist mit den Schmerzen?«, frage ich.

Ihre Augen weiten sich. »Hast du Schmerzen?«

Ich suche meinen Körper innerlich ab und entdecke ein Ziehen in den Beinen. Es gibt einen Unterschied zwischen dem Ziehen, das von der Bewegung herrührt, und dem Ziehen, das einfach reiner Schmerz ist. Wenn jemand den Unterschied kennt, dann ich.

»Ja«, sage ich trotzdem.

Amma schiebt den Stift unter die Klammer ihres Klemmbretts. »Dann müssen wir aufhören«, sagt sie.

Ich könnte ihr erzählen, dass ich keine Schmerzen habe und dieses ganze Theater sowieso aufhören müsse, aber ich habe gerade mal eine Schlacht gewonnen, also will ich mein Glück lieber nicht zu sehr herausfordern.

Nachdem Amma mich wieder ins Bett gepackt hat, zieht sie die Briefe von heute Morgen aus dem Bund ihres Unterrocks. Als sie sie durchblättert, erzählt sie mir, dass sie Mr Eccentric in der Post gesehen hat. Sie nennt ihn nicht so, aber es ist der Mann, den sie meint. Dann geht sie dazu über, mir die Speisekarte eines neuen chinesischen Lieferservices vorzulesen. Dieselbe Frau, die mir ein Tablett mit Pommes aus der Hand geschlagen hat, als sie dich und mich vor dem Poseidon Fish and Chips beim Essen erwischte. Sie zerrte mich am Arm hinter sich her, um mir zu Hause zu demonstrieren, wie »echtes Essen« gemacht wird.

Während Amma versucht, die Namen der Gerichte auszusprechen, die sie sowieso niemals bestellen wird, denke ich über Mr Eccentric nach. Warum haben wir ihm doch gleich diesen Spitznamen verpasst? Mir kommt eine vage Erinnerung an Sandy Burke und Mr Dickerson in den Sinn, wie sie zusammen am Esstisch sitzen.

Sandy Burke war Dauergast in eurer Wohnung, wo sie a) endlos mit eurer Mutter redete, b) Kaffee trank und c) alle Kekse aufaß. Obwohl die beiden so taten, als wären sie die besten Freundinnen, lag immer ein Hauch von Rivalität in der Luft. In Bosworth House redete niemand so laut wie Sandy, aber wenn sie bei deiner Mutter war, schrie sie geradezu. Und wann immer Sandy mit ihrem wippenden jamaikanischen Afro die Wohnung verließ, brach deine Mutter in eine Schimpftirade aus.

»Diese dünne Kuh!«, rief sie. »Die hat ein Mundwerk so groß wie der Millennium Dome. Gott steh mir bei, dass ich die nicht eines schönen Tages erwürge. *Gott steh mir bei!*«

An diesem Tag hechelten sie so eifrig die Fehler anderer Bewohner von Westhill durch, dass sie sich ausnahmsweise mal nicht gegenseitig bekrittelten. Als sie auf Mr Eccentric zu sprechen kamen, zog deine Mutter die Oberlippe hoch und nannte ihn einen »verrückten alten Knacker«.

»Er ist nicht verrückt, Elaine«, sagte Sandy, während grauer Zigarettenrauch um sie herumwaberte. »Einen wie den nennt man *exzentrisch.*«

Deine Mutter formte einen Rauchtrichter, der zwischen ihren glänzenden Lippen herausströmte.

»Der hat sie nicht mehr alle, so sieht's aus.«

Sie drückte ihre Zigarette im Aschenbecher aus, als würde sie eine Kakerlake zerquetschen. Ich weiß noch, wie ich mein Taschenwörterbuch hervorholte und blätterte, bis ich bei E war.

exzentrisch, *Adj.*, seltsam, unkonventionell, ungewöhnlich

Ich zeigte dir die Definition, und wir beschlossen, dass sie zutraf. Ab da nannten wir ihn Mr Eccentric, auch noch nachdem wir erfahren hatten, dass er in Wirklichkeit Reginald Blake hieß.

»So, das waren also die Neuigkeiten des Tages.« Amma steht auf.

Sie schiebt die Kuverts und die Speisekarte des Lieferservices unter den Gummibund ihres Unterrocks, dann zeigt sie auf meine Pillen. Ich nehme sie, bevor sie das Tablett von meinem Schoß hebt, und behalte die Pillen in der Hand, während sie auf die Wahlkarte auf meinem Nachttisch schielt. Als sie mich wieder ansieht, strafft sie die Schultern und zieht anerkennend die Augenbrauen hoch, dann geht sie hinaus.

Wenn man die meiste Zeit seines Tages in einem Lebebett liegt, schauen die Leute schon nach den kleinsten Sachen. Ich habe noch nicht mal mein Kreuz gemacht, und Amma ist schon so stolz, als hätte ich im Alleingang den Kilimandscharo erklommen. Ich öffne die Hand und betrachte die Pillen.

Dann gibt es ja keinen Grund, sich Druck zu machen.

Mr Eccentric lebte im ersten Stock von Tewkesbury House am Rande von Westhill Estate, aber im Gegensatz zu anderen Bewohnern hatte er es versäumt, Vorhänge oder Gardinen in seine Fenster zu hängen. Wenn wir auf dem Weg zum Wäldchen an seiner Wohnung vorbeikamen, konnten wir ihn an einem riesigen Eichenholzschreibtisch sitzen sehen – wie ein Schuldirektor –, und an jeder Wand hingen massenweise Uhren. Runde Uhren, viereckige Uhren, digitale und analoge Uhren, welche mit Pendeln, welche ohne; welche in Tierform und welche, die im Dunkeln glühten. Meine liebste war die schwarze Katze mit einer Fliege, deren Augen von rechts nach links rollten, während ihr Schwanz vor und zurück schlug. Deine liebste Uhr war der Pilz, auf dem eine nachdenkliche Fee saß und das Kinn auf die Hand stützte. Jonathan behauptete, er habe keinen Favoriten, aber auf dem Heimweg vom Wäldchen rannte er jeden Samstag hin, um einen Blick auf die Uhr an der rückwärtigen Wand zu erhaschen, die die Form einer Regenwolke hatte. Wenn die Zeiger auf zwölf Uhr rückten, ging an der Seite eine grinsende Sonne auf. Jonathan lächelte sie dermaßen an, dass man hätte meinen können, die Sonne strahlte nur für ihn.

Mr Eccentric war in jeder denkbaren Hinsicht eigenartig. Lang und schlaksig, mit einer klobigen Brille mit dickem Gestell, ähnlich wie die von Jonathan, und großen grünen Augen hinter den Gläsern. Seine Kleidung hatte sich in einer Zeitschleife Marke Businessmann der Siebzigerjahre verfangen: pastellfarbene Anzüge mit Schlaghosen, die im Schritt viel zu eng saßen. Wenn wir ihn zufällig die Treppen hochgehen sahen, nahm er immer zwei Stufen auf einmal, und seine langen Schritte drohten die Hose zu zerreißen.

»Zweiundzwanzig, vierundzwanzig, sechsundzwanzig«, murmelte er, und seine Gelenke knarzten bei jedem Schritt.

Die meiste Zeit hielt Mr Eccentric an seinem Schreibtisch Wache und beäugte die anderen Bewohner von Westhill durch sein nacktes Fenster, als wären sie alle miteinander Mörder. Zwei Jahre bevor wir auf die Welt kamen, war sein Sohn Bobby Blake ermordet worden, in einem Versteck, das er sich im Wald gebaut hatte. Es war amateurhaft, aber doch von solider Machart: Wände aus Porenbetonsteinen, Löcher im Mauerwerk als Eingang und Fenster, und als Dach diente ein Stück Wellblech. Bobby hatte die Außenseite sogar in grüner Tarnfarbe gestrichen und über den Eingang ein Brett mit der Aufschrift BOBBYS VERSTECK gehängt. Der Boden war mit einer Plane bedeckt, ein paar sorgfältig ausgewählten Holzklötzen, die zu einer halbkreisförmigen Sitzgruppe angeordnet waren, und in der Mitte stand ein Metallaschenbecher, so groß wie mein Kopf (das wurde überprüft und bestätigt, indem Jonathan mich dazu brachte, mich zum Vergleich danebenzulegen). Die Wand gegenüber von den Holzklötzen war mit Postkarten aus aller Welt übersät: bewaldete Berge, riesige Wasserfälle, Wüstenebenen mit Wellen aus geriffeltem Sand. Obwohl die Bilder verblichen waren und die Karten sich an den Ecken aufrollten, waren sie Symbole für Bobbys Träume und bald auch für unsere. Wir stellten uns vor, wie wir auf diese Berge kletterten, durch diese Wasserfälle rannten, auf Kamelen über den Sand ritten, während uns die Sonne auf die Schultern brannte.

»Wir sind zum Abenteuer geboren«, sagte ich einmal zu dir.

»Wir sind zum Abenteuer geboren!«, wiederholtest du theatralisch, als wäre das der Slogan unseres Lebens.

Wir versuchten, das Versteck zu meiden, nicht zuletzt, weil wir glaubten, dass Bobbys Geist darin spukte. Er war dort mit einem Messer im Bauch in einer Blutpfütze gefunden worden. Jonathan fand es schrecklich witzig, regelmäßig auf der Plane zusammenzubrechen und zu stöhnen, wobei er wie ein Zombie mit zu Krallen geformten Händen nach unseren Beinen angelte. Wir schrien und sagten ihm, dass wir nie wieder zu Bobbys Versteck mitkommen würden, wenn er nicht aufhörte. Aber als die Wolken dunkler wurden und die Luft besonders bitter, wurden unsere Drohungen vom Wind mitgerissen.

Für uns war das Versteck zuerst ein Regenschutz, aber für Mr Eccentric war es Bobbys Grab. Er besuchte es regelmäßig, legte Blumen auf die Schwelle und schnitt das Unkraut zurück, das an den Ecken emporwachsen wollte. Wenn er uns drinnen vorfand, scheuchte er uns hinaus wie unerwünschte Vögel vom Kornfeld, klatschte in die Hände und rief: »Na los, weg mit euch!« Die Bitterkeit hatte diesen Mann zusammenschrumpfen lassen, und er war nur noch ein wandelndes Skelett.

Von alldem wusste Onkel Walter noch nichts, als er eines Tages erklärte, dass wir Mr Eccentric besuchen würden.

»Als ich Teenager war, war Bobby Blake mein bester Freund«, erzählte er uns auf dem Weg zu Tewkesbury House.

»Unmöglich«, sagtest du, während wir neben seinem Kugelbauch dahintippelten.

»Und ob das möglich ist«, erwiderte er. »Wir haben uns zusammen ein Versteck gebaut und Survivaltechniken trainiert.«

»Unmöglich!«, riefst du aus.

»Und ob das möglich ist«, erwiderte er.

Ich stieß dich mit dem Ellbogen in die Rippen, bevor du unser Geheimnis verraten konntest, und du hast so laut aufgejault, dass ich dich gleich noch mal anstoßen musste.

»Survivaltechniken?«, sagte Jonathan. »Das glaubst du doch wohl selbst nicht.«

Onkel Walter wirbelte herum und holte zu einem Karateschlag aus, der Millimeter vor Jonathans Hals stoppte. Jonathan erstarrte, ich hatte schon Angst, er hätte sich in die Hosen gemacht, doch für den Rest des Wegs zockelte er nur schmollend hinter uns her.

Als dein Onkel an die abblätternde Farbe von Mr Eccentrics Wohnungstür hämmerte, traten wir alle erwartungsvoll beiseite, hoffend, dass der alte Mann nicht wieder nur in die Hände klatschen und »Los, weg mit euch!« rufen würde. Aber als seine hoch aufgeschossene Gestalt irgendwann erschien, warf er nur einen kurzen Blick auf uns.

»Was willst du?«, fragte er und fixierte Onkel Walters grinsendes Gesicht.

Dein Onkel sah verdattert drein. »Reggie, ich bin's – Walter.«

Mr Eccentric schüttelte den Kopf, und die Falten auf seinem Gesicht wabbelten mit wie die lose Haut bei einem Basset.

»Ich weiß, wer du bist, ich hab dich gefragt, was du *willst*.«

Wir schauten zu deinem Onkel hoch.

»Na ja …« Seine Augen zuckten von einer Seite zur anderen. »Ich wollte einfach nur Hallo sagen.«

Mr Eccentric schob das Gesicht in den Flur, und seine Knopfaugen schossen hin und her. »Ist *sie* auch hier?«

Onkel Walter rang sich ein Grinsen ab. Seine glatten Wangen wölbten sich wie dicke Kirschen.

»Elaine ist im Urlaub.«

»Na gut, dass sie weg ist«, sagte Mr Eccentric. »Die Frau ist eine verdammte Hexe.«

Onkel Walters Lächeln erstarb. Er nahm erst deine Hand, dann meine. Ich kann mich noch an das Gefühl erinnern, wie seine weiche Handfläche meine Finger umschloss – als würde jeder Finger in Marshmallow versinken.

»War nett, dich wiederzusehen, Reggie«, sagte er, bevor er uns davonzog.

Jonathan blieb einen Augenblick zurück, dann holte er uns ein.

»Bleibt von Bobbys Versteck weg!«, rief Mr Eccentric, während wir die Treppe hinuntergingen. »Ihr habt da nichts zu suchen. Alle, wie ihr da seid!«

Die Worte hallten hinter uns her, während wir gingen.

Wir hätten auf ihn hören sollen, Marianne. Wir hätten tun sollen, was er sagte.

Ich checke gerade meinen Körper durch, indem ich mich in alle möglichen Stellen zwicke, als Mr Chavda in meinem Zimmer erscheint. Offenbar bemerkt er gar nicht, was ich tue, denn er kommt mit seiner Aktentasche pfeilgerade hereinmarschiert.

Mr Chavda ist mein Nachhilfelehrer, allerdings ist er jetzt fast drei Wochen nicht mehr hier gewesen. Das hat mir nicht unbedingt das Herz gebrochen. Sein Unterricht ist trocken und zieht sich oft wesentlich länger hin als die vereinbarte Stunde. Amma meint, dass seine Dienste dadurch noch an Wert gewinnen würden. Ich finde, sie sind eine Folter.

Heute baut er sich vor meinem Bett auf und stellt seine Tasche auf das Brett am Fußende.

»Guten Tag, Ravine«, sagt er. Es klingt, als würde er anhand des Klassenbuchs die Anwesenheitsliste durchgehen.

Mr Chavda ist ein kleiner Mann mit einem kahlen Fleck auf dem Kopf, der von dünnen Büscheln weißem Haar umgeben ist. Wenn er spricht, reckt sich seine Nase gen Himmel, und seine Augen sinken außen herab. Sein Gesicht passt zu seiner Art zu sprechen. Lange, schleppend ausgesprochene Wörter rollen ihm aus dem Mund, garniert mit einem leicht enttäuschten Ächzen. Sein Lebensmotto lautet, dass eine gepflegte Sprechweise nichts kostet. »Eine Lektion«, fügt er gern hinzu, »von der deine *Nachbarn* sicher profitieren würden.«

Mr Chavda ist kein Freund unserer Nachbarn. Als ich meine Fensterübung machte, hatte ich ihn auf Bosworth House zuhuschen sehen, er hielt den Kopf gesenkt, strich sich über das Revers und glättete sich die fedrigen Haarbüschel, als ob er allein beim Gang durch unsere Siedlung verwahrlosen könnte. Er lief im Slalom durch einen Strom von Alleinerziehenden mit Kinderwagen, tätowierten Männern und Teenagern mit Staffordshire-Terriern an losen Leinen. Er blickte diesen Leuten nie in die Augen, sondern sprang jedes Mal erschrocken zurück, wenn er mit einem von ihnen zusammenstieß. Danach huschte er schnell weiter und zog sich die Manschette über seine Rolex. Die Regel Nummer 1 des sozialen Wohnungsbaus war ihm unbekannt: Stolzierst du herum, als gehörte dir die Siedlung, bist du unsichtbar, verdächtig machst du dich hingegen, wenn du mit angstgeweiteten Augen hindurchschleichst. Man sah ihm die

Erleichterung förmlich an, wenn er den Eingang von Bosworth House erreichte und sein Körper in sich zusammensackte.

Mr Chavda kommt nicht vorbei, weil er das altruistische Bedürfnis hätte, gleichgültige Jugendliche in Problemvierteln zu unterrichten. Ich habe ihm auch in keinster Weise Grund zu der Annahme geliefert, ich könnte irgendwie eine Ausnahmeschülerin sein (was man an den weniger berühmten Noten auf meinem Abschlusszeugnis leicht ablesen kann). Mr Chavda kommt nur aus einem einzigen Grund in unsere Wohnung.

Liebe.

Mr Chavdas Liebesgeschichte begann, wie alle großen Liebesgeschichten, beim Großmarkt in der Melton Road. Amma hatte mit einer Kassiererin über die Dellen in einer Dose Kichererbsen diskutiert, als Mr Chavda sich einmischte. Als polyglotte Hindi-Sprecher kamen sie schnell ins Gespräch und tauschten – nachdem die Dose, der Stein des Anstoßes, ersetzt worden waren – Horrorgeschichten über haarsträubenden Kundenservice aus. Mr Chavda war mal in einem Restaurant gewesen, in dem es keine Servietten gab; Amma hatte einen Wasserkocher nicht zurückgeben dürfen, obwohl sie den Kassenbon vorlegen konnte. Mr Chavda hatte einmal keine Entschädigung für die Verspätung seines Zugs bekommen, während Amma fast zwei Stunden im Wartezimmer eines Arztes gesessen hatte, ohne eine Entschuldigung zu hören.

Als sie sich in der Woche darauf wiedertrafen, bot Mr Chavda ihr an, ihr die Tüten bis zur Bushaltestelle zu tragen. Bei ihrem Spaziergang gelang es ihm, ihr die Details meiner Krankheit zu entlocken, und dass der Schulbesuch zu diesem Zeitpunkt schon so schmerzhaft und ermüdend für mich geworden war, dass ich nur einmal pro Woche hingehen und die Hausaufgaben abholen konnte. Amma hatte sich sehr angestrengt, mich selbst durch den Stoff der ersten Schuljahre zu führen, doch als ich auf die weiterführende Schule wechselte, verzweifelte sie angesichts der quadratischen Gleichungen. Meine Noten sackten ab, und sie wusste sich nicht mehr zu helfen. Mr Chavda erkannte seine

Chance und stieß herab wie ein Raubvogel auf seine Beute. Er war pensionierter Mathelehrer, und er würde uns seine Dienste kostenlos zur Verfügung stellen.

»Unterricht ist eine Tätigkeit, die ihren Lohn in sich selbst trägt«, verkündete er.

Eine Aussage, die er danach sicherlich noch des Öfteren infrage gestellt hat.

So lange er mich nun schon »unterrichtet«, so lange umwirbt Mr Chavda auch meine Mutter. Er versucht, mir ständig Informationen über ihre Hobbys zu entlocken, ihre Lieblingspralinen, ob sie ihre Pläne, nie wieder zu heiraten, vielleicht doch noch einmal überdenken würde. Allein von seiner Ernsthaftigkeit muss jedem Mädchen das Würgen kommen.

»Deine Mutter wirkt heute Morgen ja besonders glücklich«, sagt er heute zu mir.

Nachdem er mir ungefähr fünf Minuten lang die Grundlagen der Wahrscheinlichkeitsrechnung erläutert hat.

»Sie ist immer glücklich, wenn sie was ausheckt«, sage ich.

»Etwas *ausheckt*?«, fragt er, als würde er das Wort zum ersten Mal hören.

»Sie bringt mir bei, wie ich die Wohnung wieder verlassen kann«, erkläre ich.

Seine flusigen Augenbrauen wandern seine Stirn hoch. »Weißt du denn nicht, wie das geht?«

»Anscheinend nicht.«

Er kritzelt etwas in sein Notizbuch, als wäre ich seine Patientin und er der Arzt, der seine medizinischen Aufzeichnungen vervollständigt.

»Hat sie mich in letzter Zeit erwähnt?«, fragt er.

»Sie erwähnt Sie nie«, sage ich.

Seine Augen finden flackernd meinen Blick, dann schaut er wieder auf sein Notizbuch.

Ich weiß, dass es grausam ist, aber der Gedanke, Mr Chavda als Stiefvater zu bekommen, reicht aus, um jeden seiner Versuche zu sabotieren. Er liegt mir schon jetzt in den Ohren, weil ich zu unasiatisch sei, sagt mir, ich solle reservierter sein, gehorsamer, wie die Frauen meiner Herkunft (was belegt, dass er keinen Schimmer von Amma hat). Er sagt, ich sei zu frech, ich hätte ein vorlautes Mundwerk und redete zu viel über Dinge, über die ich zu wenig wisse. Wenn er wirklich bei uns einziehen würde, würde er mich zur Stummen machen.

Durch die Wand hinter mir höre ich ein Klirren. Ich zucke mit keiner Wimper, während Mr Chavda mich eindringlich mustert. Er schaut mich so lange an, bis ich mich frage, ob er mich am Ende durchschaut hat. Vielleicht sind meine Wangen röter, mein Körper weniger angespannt – irgendwie scheint er zu merken, dass es mir besser geht.

»So«, sagt er. »Hast du denn deine Hausaufgaben alle gemacht?«

Ich merke, wie mein Körper in die Matratze sinkt.

»Das kommt darauf an, was genau Sie mit ›alle Hausaufgaben‹ meinen.«

Meine Bemerkung amüsiert ihn gar nicht, und er schüttelt den Kopf mit der Feierlichkeit eines Pfarrers bei einer Beerdigung.

»Mein liebes Mädchen, darüber haben wir doch schon gesprochen.«

Seine Augen sind groß und reglos, kerzengerade sitzt er da. Ich kauere mich unter meiner Decke zusammen und verziehe den Mund zu einer Grimasse, die hoffentlich weniger ängstlich als vielmehr schmollend aussieht. Das Thema meiner akademischen Fähigkeiten ist ein wunder Punkt. Als er Amma seine Dienste anbot, schien er noch sehr glücklich darüber zu sein, »zu den Anfängen zurückzugehen«, indem er mich eine Weile unterrichtete, bis ich genesen würde. Er unterrichtete mich dann bis zu meinem Abschluss und meinte, ich würde mindestens mit einem Befriedigend abschließen. Ich kam durch mit einem Ausreichend. Er hat mich seitdem weiter unterrichtet, nicht nur, um in Ammas Nähe bleiben zu können, sondern auch um seinen »Fehler« zu korrigieren. Daraufhin hat Amma ihre Spenden von gelegentlichen Samosas aufgestockt auf ganze Mahlzeiten: Dhansaks mit Rotis, Kormas mit Reis. Mr Chavda wirkt zufrieden mit dem Arrangement, denn jedes bisschen Zeit, das er mit Amma verbringen kann, wiegt die Zeit auf, die er auf seine Versuche verschwendet, mir etwas beizubringen.

»Füll diese Wahrscheinlichkeitstabelle aus«, sagt er jetzt.

Er legt mir eine Kopie auf den Schoß. Oben steht »Tausendfüßler Nr. 1, Tausendfüßler Nr. 2, Tausendfüßler Nr. 3« und darunter Illustrationen der langen, sich windenden Viecher. Mein Blick verschwimmt, ich kann die Worte in der Frage nicht mehr entziffern, die Beine der Tausendfüßler erwachen wimmelnd zum Leben. Ich stellte mir vor, wie sie von der Seite krabbeln, als würden sie auf eine vorherbestimmte Ziellinie zusteuern. Dann steht er mir jäh vor Augen: der Tag unserer großen Entdeckung im Wald.

Erneutes Klirren von nebenan. Der Hausbesetzer hat entweder keine Angst, erwischt zu werden, oder ihm ist nicht klar, dass ich ihn hören kann. Auch Mr Chavda blickt kurz auf, bevor er wieder auf seine Armbanduhr schaut. Irgendwann legt er sie auf sein Knie und sieht mir direkt in die Augen.

»Wie viel Beine hat Tausendfüßler Nr. 3 mehr als Tausendfüßler Nr. 1?«, fragt er.

Ich schaue wieder auf die Frage. Die Insekten haben sich vermehrt, sie füllen das ganze Blatt. Ich blicke auf.

»Viele?«

Mr Chavdas Wangen blähen sich so weit auf, dass ich schon Angst bekomme, sie könnten platzen. Dann schließt er die Augen und drückt sich die Finger an die Schläfen.

»Mein liebes Mädchen«, sagt er schmallippig. »Hast du überhaupt die Frage gelesen?«

Ich sehe Mr Chavda an, und meine Kiefer verkrampfen sich. Ich frage mich, ob er wohl von Ammas Bekanntem weiß, und wenn nicht, ob ich diejenige sein sollte, die es ihm erzählt.

Das Sternbild der Nacktschnecken

Am Morgen unserer großen Entdeckung schlugst du dir den Kopf an der Kommode an und riefst: »Scheiße!«, obwohl du »Scheibenkleister!« hattest rufen wollen. Nur wenig später schüttete es wie aus Kübeln, und du warst sicher, dass deine verbale Entgleisung dafür verantwortlich war, obwohl Jonathan dir erklärte, dass es an den starken Winden lag, die über den Atlantik zu uns gezogen waren.

Wir beobachteten den Regen durch dein Fenster. Es war die Art Regen, die herunterkommt wie eine Wand und so heftig auf den Gehweg einprasselt, dass einem der Asphalt leidtut. Der Himmel war dunkelviolett und spiegelte sich in den Pfützen und dem Stahl der Geländer. Wenn du nicht der festen Überzeugung gewesen wärst, dass du den Himmel verärgert hattest, hätten wir den Rest des Tages drinbleiben und Mau-Mau spielen können, aber du bestandest darauf, dass wir deine Sünde nicht ausbaden und wir trotz des Regens alle draußen spielen gehen sollten.

Deinen Bruder zu überzeugen, war nicht sonderlich schwer. Der mochte jedes Wetter und nannte uns immer Luschen, wenn wir bei Regen nicht hinausgehen wollten. Amma zog mir vier Schichten Kleidung an, einen dunkelblauen Regenmantel und einen roten Plastikregenhut mit passenden Gummistiefeln, und gab mir einen verblichenen schwarzen Regenschirm mit, der so groß war, dass das Ende beim Tragen über den Boden schleifte. Ich kam mir lächerlich vor (und sah auch so aus), deswegen hast du beschlossen, mein Outfit zu kopieren, damit ich mich besser fühlte. Dein Regenmantel war butterblumengelb, deine Gummistiefel mohnrot, und deinen Regenschirm zierten die Glupschaugen eines Marienkäfers, wenn man ihn aufspannte. Du sahst großartig aus, obwohl du es überhaupt nicht beabsichtigt hattest.

Amma gab uns strikte Anweisungen, nicht weiter als bis zu den Geschäften zu gehen, aber es regnete so heftig, dass ich sicher war, dass wir uns unbemerkt bis zum Wäldchen schleichen konnten. Wir kauerten uns hinter Poller und Mülltonnen und arbeiteten uns vor bis zum Wäldchen, um dort festzustellen, dass es mehr oder weniger unter Wasser stand. Rund um die Baumstämme hatten sich riesige Pfützen gebildet, und wenn wir länger als fünf Sekunden stehen blieben, versanken unsere Gummistiefel im Matsch. Wir mussten sie oben festhalten, wenn wir die Füße wieder aus dem Morast ziehen wollten, und verloren dabei fast immer unsere Strümpfe.

Jonathan platschte unbekümmert durch den Schlamm, wobei er versuchte, die Regentropfen, die er auf seiner Handfläche sammelte, mit einem Rollmaßband zu messen. Er starrte in den Himmel, um die Wolkenformationen zu bestimmen.

»Cumulonimbus«, sagte er.

Was uns anging, hätte er genauso gut Swahili sprechen können.

Ich verstand langsam, warum Amma sich Sorgen gemacht hatte: Noch durch den Regenmantel und vier Schichten Kleidung drang die Feuchtigkeit bis auf die Haut vor. Ich schauderte, denn ich wusste, dass ich mich weiter von zu Hause entfernt hatte als versprochen. Ich wollte lieber umkehren und suchte deine Gestalt hinter den Regenwänden. Als ich dich schließlich entdeckte, hattest du dich neben einem Baumstumpf niedergekauert, und die Glupschaugen deines Marienkäferregenschirms schauten mich an. Erst als ich näher kam, hörte ich dich aufschreien.

»Scheibenkleister!«

Jonathan und ich tauschten einen raschen Blick, dann wateten wir hinüber zu dir, eine Fortbewegungsart, die in einem Notfall extrem uneffektiv gewesen wäre. Ich schaute zu Jonathan hinüber und war bereit, ihn in den Matsch zu schubsen, damit ich im Fall des Falles diejenige war, die dich aus der Gefahr errettete, die dich eventuell zu verschlingen drohte.

Aber es war gar keine Gefahr, es waren nur Nacktschnecken.

Ich glaube, ohne Übertreibung sagen zu können, dass die Nacktschnecken überall waren – denn das waren sie wirklich. Sie waren auf den Felsen, krochen über Blätter und die dicken breiten Baumstümpfe hoch. Sie glänzten grau, glitten und wanden sich in ihrer ganzen glasigen Glorie. Vielleicht lag es am Regen, dass sie so toll aussahen. Oder an ihrer Art, sich zu bewegen: so langsam, so überlegt. Woran auch immer es liegen mochte – wir waren weder angeekelt noch hatten wir Angst wie damals bei dem Insektengewimmel unter Jonathans Stein. Wir fanden diese Armee aus fetten Viechern vielmehr richtig charmant, und ihre Bewegungen faszinierten uns. Wir hoben sie auf und setzten sie uns auf die Handflächen. Jonathan sagten wir, dass er sie bloß nicht zerquetschen solle. Wir stupsten sie mit den Fingern an und verglichen ihren Geruch. Wir boten ihnen Moos und totes Laub an und verfolgten ihre Schleimspuren, während wir zu unterscheiden versuchten, welche die Babys waren und welche die Erwachsenen.

»Schaut euch mal an, wie groß die ist«, sagte Jonathan und deutete auf eine Nacktschnecke, die so riesig war, dass es offenbar sogar ihm davor grauste, sie anzufassen.

Wir rannten zu ihm hinüber und untersuchten das Monster, auf das er zeigte, und das am Fuß eines Baumstumpfes klebte. Es war so groß wie ein Schokoriegel und genauso braun, mit dicken, langsam wackelnden Fühlern und zwei riesigen Kugelaugen.

In dem Moment, als ich sie sah, wurde mir schlecht. Diese war anders als die anderen Nacktschnecken, schleimiger und auch etwas anders geformt, mit einem Buckel, durch den sie noch größer wirkte, als sie ohnehin schon war. Der klebrige Schleim, das sich windende, geäderte Muster ihres Körpers, der gerippte Rand ihres Fußes. Das war kein bezauberndes Tier, aber irgendwie verliebtest du dich trotzdem sofort, nahmst es aus seinem selbst gewählten Zuhause und setztest dir den pummeligen Körper auf die Handfläche.

»Wir sollten sie Walter nennen«, schlug Jonathan vor. »Weil sie so fett ist.«

Du warfst deinem Bruder einen scharfen Blick zu, bevor du wieder auf deinen neuen Freund herabsahst.

»Ich werde ihn Stanley nennen«, sagtest du. »Stanley die Schnecke.«

Du streicheltest die Schnecke, als wäre sie die Art von Tier, die gerne gestreichelt wird. Ich spürte einen Stich der Eifersucht. Lächerlich, ich weiß. Aber ich war jung und egoistisch. Und ich dachte, ich wäre gerade ausgetauscht worden.

Nach ein paar Sekunden sinnlosen Streichelns richtetest du dich wieder auf. »Schneckenrennen bis zum Versteck! Wer als Erster da ist!«

Du ranntest in einem solchen Tempo davon, dass wir kaum Zeit hatten, uns eigene Nacktschnecken auszusuchen. Meine Wahl fiel auf ein oranges Tier, klein und harmlos, während Jonathan sich auf gut Glück gleich vier griff. Als wir im Versteck ankamen, verlangtest du von deinem Bruder, dass er sich für eine entschied.

»Nur wenn ich die anderen als Reserve behalten darf.«

Er setzte drei auf einem Holzklotz ab, dann taufte er die Schnecke seiner Wahl auf den Namen Storm. Ich warf einen Blick auf die orange Färbung meines kleinen Tieres und nannte es Mandarine.

»Das geht nicht«, meinte Jonathan. »Da ist keine Alliteration drin wie bei Marianne und mir.«

Ich zog mein Taschenwörterbuch hervor und schlug Alliteration nach.

»Ravine, Ravine, Wörterbuch-Queen«, hörte ich ihn leise murmeln.

Ich las die Definition.

»Dann eben Sandarine«, sagte ich und steckte das Buch wieder ein.

Dein Bruder schlug sich die Hand klatschend gegen die Stirn. »Scheiße, Ravine, das Wort gibt's doch überhaupt nicht.«

Du tadeltest Jonathan für seine Wortwahl, und er verdrehte die Augen.

»Na los jetzt, weiter geht's«, sagte er, als würden wir ihn von wichtigen Dingen abhalten.

Wir stellten unsere Regenschirme so auf, dass sie eine Art dreibeiniges Stativ bildeten – darunter befand sich der Zielbereich –, dann knieten wir uns vor einen Holzklotz und hielten die Schnecken zwischen Daumen und Zeigefinger, um sie auf die Plane zu setzen. Als wir »drei, zwei, eins, LOS!« riefen, schienen die Nacktschnecken nicht zu begreifen, dass das Rennen gerade begonnen hatte. Sie blieben in ihrer Position und wackelten nur ab und zu mit einem Fühler. Jonathan versuchte, seine Nacktschnecke zum Sieg zu schieben, aber das nützte nichts. Wir beobachteten die Nacktschnecken insgesamt fünf Minuten, die sich anfühlten wie fünf Stunden, bis uns auffiel, dass es aufgehört hatte zu regnen.

»Das ist der Druck, vor Publikum zu laufen«, meintest du.

»Lampenfieber«, nickte ich.

»Egal«, sagte Jonathan. »Gehen wir halt raus und machen ein Wettrennen im Schlamm.«

Wir hielten insgesamt acht Rennen ab. Dreimal musste ich aussetzen, weil ich meine Gummistiefel zurechtziehen musste, und sieben der Rennen gewannst du. Ich bin mir sicher, dass du beim letzten Rennen absichtlich langsamer gelaufen bist, um Jonathan den Sieg zu überlassen. Als er ins Versteck zurückwankte, musste ich den Drang unterdrücken, ihn vors Schienbein zu treten.

Zurück im Versteck, war Storm immer noch dort, wo Jonathan ihn abgesetzt hatte. Er war stark geschrumpft und rührte sich überhaupt nicht mehr. Bei näherem Hinsehen stellte sich heraus, dass er tot war, ein Umstand, der deinen Bruder nicht halb so viel zu stören schien, wie wir gedacht hätten. Sandarine war nirgends zu sehen, aber nach kurzem Suchen konnte ich ihre Spur zu dem großen Metallaschenbecher verfolgen, wo ich sie am unteren Rand entdeckte. Stanley hingegen war deutlich zu sehen. Sein dicker, fetter Körper saß breit und zufrieden im Zielbereich unter dem Stativ unserer Regenschirme. Und zwar so haargenau in der Mitte, dass Jonathan Zweifel an der Rechtmäßigkeit dieses Sieges äußerte. Doch die silbrige Spur, die sich quer über die Plane bis zu Stanleys Riesenkörper zog, war der eindeutige Beweis.

»Ach, das ist doch ein Scheißspiel«, meinte Jonathan und trat gegen ein Holzscheit.

Den ganzen Heimweg über sprach er kein Wort mehr mit uns. Es hatte wieder angefangen zu tröpfeln, und du balanciertest Stanley auf deiner Handfläche, konzentriert darauf bedacht, dass dir dein wirbelloser Champion nicht davonglitt. Ich lief hinterher und hatte die in vier Blätterschichten verpackte Sandarine in den Händen. Du riefst mir zu, ich solle mich beeilen, bevor Mr Eccentric käme, aber ich wusste, dass er nie hinausging, wenn es regnete. Aber da täuschte ich mich.

Ein paar Tage später hämmerte Mr Eccentric bei euch an die Tür. Das Klopfen war so laut, dass Amma zu unserer Tür lief, weil sie ganz sicher war, dass ihr jemand Ärger machen wollte. Sie hatte den Mund schon geöffnet, um dem Störenfried Kontra zu geben, als sie feststellte, dass der Treppenabsatz vor unserer Wohnung leer war. Gemeinsam verrenkten wir uns die Hälse, um Mr Eccentric vor eurer Tür auf und ab schlurfen zu sehen.

Er trug einen staubigen blauen Anzug mit Schlaghose, das aschfarbene Haar hatte er sich über die kahle Stelle auf seinem Kopf gekämmt. Er stieß die Fäuste nach unten, während er hin und her lief, und murmelte in seiner Wut Unverständliches vor sich hin. Sowie Onkel Walter die Tür öffnete, blieb er stehen.

»Sie waren schon wieder dort!«, schrie er. »Heute hab ich am Boden überall die Schleimspuren entdeckt. Das ist ein Sakrileg, jawohl, ein *Sakrileg*!«

Ich zog mein Wörterbuch aus der Tasche, während euer Onkel versuchte, Mr Eccentric zu beruhigen.

»Den Mädchen kann ich ja gar keinen so großen Vorwurf machen, aber der *Junge* … Wenn der wüsste, Walter. Wenn der wüsste!«

Ich lauschte angestrengt, aber man hörte nur eine gemurmelte Antwort.

»Na, dann haben wir eben schon darüber gesprochen – na und?«, rief Mr Eccentric. »*Na und?*«

Wir hörten, wie Onkel Walter versuchte, Mr Eccentrics Raserei zu dämpfen.

»Man trifft Abmachungen in diesem Leben, Walter, aber die werden genauso einfach gebrochen, wie sie getroffen werden. Das hat mir deine Schwester beigebracht!«

Mr Eccentrics Körper huschte an uns vorbei, ein verschwommenes Staubblau.

»Die verdammte Hexe!«, brüllte er noch, bevor er verschwand.

Ich hörte das Schlurfen seiner Schritte, während er die Treppe hinunterlief, immer zwei Stufen auf einmal nehmend.

Natürlich wusste ich am Tag des Schneckenrennens noch nicht, was für Folgen unser Handeln haben würde. Hätte ich Bobbys Versteck gemieden, wenn ich gewusst hätte, dass Mr Eccentric bei euch an die Tür hämmern würde? Hätte ich euch beiden gesagt, dass wir zu Hause bleiben mussten, wenn ich gewusst hätte, was ich an diesem Tag sehen würde?

Es ist natürlich leicht, sich vorzustellen, dass ich ein netterer, klügerer Mensch gewesen wäre, wenn ich über alle Fakten Bescheid gewusst hätte. Aber im Grunde glaube ich nicht, dass ich hätte verhindern können, was passiert ist. Du wärst Jonathan an jenem Tag trotzdem hinterhergerannt. Ich wäre trotzdem schmollend hinterhergelaufen, in der Überzeugung, dass ich als deine beste Freundin vom Thron gestoßen worden war. Ich hätte auch sonst nicht auf deine Zurufe gehört, dass ich mich beeilen sollte. Ich wäre trotzdem immer weiter und weiter hinter euch zurückgefallen. Und was dann passierte, war nicht so sehr schicksalhaft, sondern einfach unvermeidlich. Das Rascheln der Blätter hinter mir, mein Kopf, der sich umdrehte, um die Ursache des Geräuschs auszumachen. Und wie ich das Bild sah, das ab diesem Moment der Stoff für meine Albträume werden sollte. Der dunkle Schatten eines Mannes, der auf mich herabblickte. Sein Regenmantel, dessen Saum hochflatterte, als er sich umdrehte. Die schwarzen Sohlen seiner Schuhe, als er davonrannte. Und sein Blick, der mich erstarren ließ, während meine Gummistiefel im Schlamm versanken. So hell. So gelb. Die meine Augen wie ein Blitz trafen.

Das war es, Marianne. Das war das erste Mal, dass ich den Seelentrinker sah.

Mittlerweile ist schon eine Woche vergangen, und die Schmerzen sind immer noch nicht wiedergekommen. Ich würde am liebsten Räder auf dem Dach schlagen und lauthals Opernarien schmettern. Stattdessen warte ich darauf, dass Amma zum Großmarkt geht, und drehe dann meine Stereoanlage voll auf. Ich höre die Bläser bei Stevies »Sir Duke« losschmettern, lasse die Hüften von Seite zu Seite schwingen, lasse meine Arme mitkreiseln, und dann singt er los. Sowie der Rhythmus schneller wird, bricht mein Körper in einen wilden Tanz aus, meine Gliedmaßen wirbeln auf und ab, mein Kopf bewegt sich so heftig, dass mir das Haar um die Wangen peitscht. Da höre ich ein dumpfes Geräusch von oben. Ich erstarre mitten in einer Drehung und schlüpfe unter meine Decke. Der Puls hämmert mir laut in den Ohren, meine Wangen brennen. Als mir klar wird, dass das Geräusch eine Mahnung von den Mietern über uns ist, streiche ich mir die Haare glatt und muss lächeln.

Als Amma nach Hause kommt, hat sie Sandy Burke im Schlepptau. Abgesehen von Mr Chavda ist sie die Einzige, die noch bei mir vorbeischaut. Obwohl mir von ihrer Stimme die Ohren wehtun, freue ich mich immer auf ihre Besuche. Wenn ich Noah wäre, der durch die Fluten segelt, wäre sie die Taube, die mit einem Zweig im Schnabel zurückkäme und mir zeigen würde, dass das Festland nicht mehr weit ist.

Als sie hereinkommt, sehe ich ein kleines Fettröllchen über ihren Gürtel quellen. Sandy schiebt ihre Gewichtszunahme aufs Alter.

»Das Alter«, erklärte sie, »ist ein erbarmungsloser Wichser. Je älter du wirst, desto mehr vergisst dein Körper, wofür er eigentlich gut ist. Deine Haut wird schlaff. Deine Augen schlechter. Deine Gelenke streiken, wie bei einem alten Auto. Bevor du dichs versiehst, hast du weiße Haare, und dir fallen die Fingernägel aus.«

Die Fingernägel. Wenn das Altern ist, dann möchte ich bitte für immer jung bleiben.

Sandy macht das Fenster auf, sowie sie mein Zimmer betritt. Sie raucht Selbstgedrehte, weil ich von den anderen Zigaretten immer husten muss und sie einen starken chemischen Geruch in meiner Bettwäsche hinterlassen. Wenn Amma hereinkommt und die Kippe bereits ganz offensichtlich aus dem Fenster geschnipst wurde, rümpft sie die Nase und sucht schnüffelnd nach Beweisstücken. Das letzte Mal hat sie Sandy die Zigarettenschachtel aus der Tasche gezogen und sie sich unter den Bund ihres Unterrocks geschoben.

»Das Mädchen ist schon krank genug ohne diese Passivraucherei!«, schimpfte sie und zog sie am Arm aus dem Zimmer.

Als Sandy zurückkam, war sie voller Reue und versprach,

dass sie es jetzt kapiert habe. Sie sah so aufrichtig aus mit ihrem zusammengesackten Afro und ihren kleinen Töchtern an der Seite, dass Amma sie wieder hereinließ. Aber Sandy hat nur eines kapiert, nämlich wie sie verhindern kann, dass sie erwischt wird. Die Selbstgedrehten, das Fenster, die Pfefferminzdrops, die sie anschließend kaut. Vielleicht kapiert niemals jemand irgendwas und findet immer nur Wege, gewisse Dinge zu umgehen.

Sowie sie es sich gemütlich gemacht hat, erzählt Sandy mir von ihrem aktuellen neunzehnjährigen Lover, der im Poseidon Fish-and-Chip-Laden arbeitet.

»Und er ist nicht nur geschickt im Haus, er ist der reinste Zauberer im Bett«, verrät Sandy, während sie ihre Zigarette aus dem Fenster baumeln lässt. »Heilige Mutter Gottes, manchmal muss ich mich tatsächlich anstrengen, dass ich mit dem Jungen mithalten kann.«

Ich versuche, Gleichgültigkeit zu heucheln, aber ich spüre, wie mir die Schamesröte stechend in die Wangen steigt. Sandy redet, als wäre ich sexuell genauso erfahren wie sie. Wie sie darauf kommt, dass ich irgendetwas anderes als jungfräulich bin nach einem Jahrzehnt des Eingesperrtseins, ist mir ein Rätsel. Glaubt sie, dass ich Vertreter in die Wohnung schmuggle, wenn Amma beim Entenfüttern ist? Oder (und allein das Bild könnte mir den Sex für den Rest meines Lebens vergällen) dass ich während des Unterrichts mit Mr Chavda herumschmuse? Trotzdem gefällt mir die Tatsache, dass sie mich nicht bevormundend behandelt. Wenn Sandy Burke vorbeikommt, fühle ich mich manchmal wie ein ganz normaler Mensch.

»Wie geht's den Mädchen?«, frage ich, bevor sie noch weiter ins Detail gehen kann.

»Kleine Nervensägen, wie üblich«, sagt sie. »Faiths Frisur hängt ziemlich auf Halbmast, seit sie beschlossen hat, dieses Experiment zu machen. Und Hope, also, die war diese Woche Klassenbeste im Buchstabieren.«

Sie schaut mich erwartungsvoll an, als sie genüsslich diese

Mitteilung macht. Ich sage schön »oooh« und »aaah« und ringe ihr damit ein Lächeln ab.

»Rekha hat gesagt, dass du bald die Wohnung verlassen wirst«, sagt Sandy und streckt die Hand aus dem Fenster, um abzuaschen. Ich sehe zu, wie die Glut im Wind davonsegelt.

»Ach ja?«

Ich kann mir den mürrischen Unterton nicht verkneifen. Sandy zieht die Augenbrauen hoch.

»Sie scheint es sich in den Kopf gesetzt zu haben.«

»Mir geht's gut, wo ich bin«, sage ich.

Sie wirft den Kopf in den Nacken. »Den ganzen Tag hier drinnen gefangen?«, meint sie. »Du musst doch wahnsinnig werden.«

Die Vögel auf der Tapete schlagen mit den Flügeln, und My Little Ponys brechen in schallendes Gelächter aus. Sogar Shiva hebt einen seiner Finger an die Schläfe und lässt ihn dort kurz kreisen.

Mein Körper wird ganz starr. Sandy wendet den Blick ab.

»Hast du mal was von Walt gehört?«

Jedes Mal, wenn Sandy zu Besuch ist, stellt sie mir diese Frage. Ich dachte, sie hätte euren Onkel schon vor Jahren aufgegeben, aber selbst mit einem Zauberer im Bett kann sie ihn doch nicht ganz loslassen.

Ich zucke mit den Schultern. »Keine Silbe.«

Ich schaue Sandy an, sie zieht an ihrer Zigarette. Als sie inhaliert, schrumpft der Tod an ihrem Hals in sich zusammen. Ich setze mich im Bett auf.

»Hast du denn mal was von ...?« Ich versuche, ihren Namen auszusprechen, und nicke Sandy zu, in der Hoffnung, dass sie meinen Satz vollendet.

»Von Elaine?«, sagt sie. »Oder *Mrs Dickerson,* wie du sie immer genannt hast?«

Sie lächelt, als sie das sagt. Ihre Hand hängt immer noch aus dem Fenster.

»Das hat sie immer wahnsinnig gemacht, weiß Gott«, sagt sie.

»Sie war ja nicht mal verheiratet! Aber doch, ja, ab und zu höre ich was von ihr. Sie schickt mir hin und wieder eine Postkarte und ruft manchmal an.«

Ich lehne mich wieder zurück. Obwohl ich gefragt habe, wollte ein Teil von mir die Antwort gar nicht wissen, wollte ein Teil von mir gleichgültig sein.

»Sie war immer so gemein zu Walt!«, meint Sandy.

Als ich sie anschaue, starrt sie aus dem Fenster. Sie starrt über die Siedlung und kratzt sich langsam an ihrem Tattoo.

»Schon als wir klein waren, hat sie ihn beschimpft. ›Idiot. Fettkloß. Fettarsch.‹ Er stand einfach so da und ließ es über sich ergehen, der arme liebe Kerl. Aber wie hätte er auch anders reagieren sollen, er wusste es ja nicht besser. Komisch, wenn sie anruft, will sie jedes Mal wissen, ob ich was von ihm gehört habe. Nach allem, was passiert ist.«

Sie starrt weiter aus dem Fenster, und der Rauch steigt ihr in Spiralen aus dem Mund, dann dehnt sie den Hals und lehnt sich an den Fensterrahmen. Wenn sie so dasteht mit diesem Blick und sich ihre Augenlider ganz langsam bewegen, sieht sie aus wie eine traurige Französin in einem Schwarz-Weiß-Film. Irgendwann dreht sie sich um und schaut mich an.

»Weißt du – du solltest es ihm nicht vorwerfen, das, was passiert ist. Walt war naiv. Das war er wirklich.«

Sandy würde jederzeit erzählen, an welchen Orten sie mit ihrem neuesten Toy Boy Sex gehabt hat, und dass Mrs Patterson aus dem vierten Stock versucht, eine Brustverkleinerung auf Krankenkassenkosten machen zu lassen, aber niemals davon, was mit Onkel Walter passiert ist. Ich setze einen fragenden Blick auf und schiebe mich im Bett hoch.

»Was genau ist denn passiert, Sandy?«, frage ich.

Sie steht auf, und ihre Kaninchenaugen zucken durchs Zimmer, als wäre es voller versteckter Kameras und Wanzen. Rasch drückt sie ihre Zigarette an der Außenmauer aus und holt eine Packung Minzdrops aus der Jackentasche.

»Es ist besser, wenn ich das nicht so genau erzähle«, erwidert sie und schiebt sich zwei kleine viereckige Pfefferminzbonbons in den Mund.

Sandy ist weder besonders sensibel, noch ist sie diskret, deswegen öffne ich den Mund, um ein bisschen nachzubohren. Doch als sie nervös mit einem Fuß wackelt und die Schultern bis zu den Ohren hochzieht, bleiben mir die Worte im Halse stecken. Sie fühlt sich unwohl, und ich habe erst einmal erlebt, dass Sandy Burke sich unwohl fühlte, nämlich an Weihnachten 1999, als sie in eure Wohnung kam.

»Na, ich geh dann mal besser«, sagt Sandy und schließt das Fenster. »Kann meinen kleinen Lover ja schlecht warten lassen, stimmt's?«

Ich zucke mit den Schultern und ziehe einen Flunsch. Sie beugt sich vor und versetzt mir mit dem Finger einen kleinen Stupser an die Nase.

»Pass gut auf dich auf, Missy«, sagt sie und zwinkert mir zu.

Obwohl das Ganze eher für eine Sechsjährige angemessen wäre, muss ich trotzdem lächeln, wenn sie das tut.

Ich beschließe, den Rest des Tages damit zu verbringen, mein sechstes Kreuzworträtselbuch zu füllen. Ich wende bestimmte Techniken an, wenn ich ein neues Rätsel beginne. So suche ich zum Beispiel ganz gezielt nach Fragen, die Definitionen sind. Denn die sind wie die Definitionen im Wörterbuch, nur andersherum.

1 waagrecht: zu groß, um es zu erfassen (12) = UNERMESSLICH

15 senkrecht: Handschuhe, die weit übers Handgelenk reichen (17) = STULPENHANDSCHUHE

Ich durchforste mein Gehirn nach jedem Wort, das ich jemals nachgeschlagen habe. Wenn ich nicht weiterkomme, werfe ich einen Blick in mein Synonymwörterbuch (wenn man trotzdem noch selbst nachdenken muss, ist es nicht geschummelt). Begriffe, die sich auf Spezialwissen beziehen, sind am schwierigsten.

11 senkrecht: zentrales Organ, das alle Fische gemeinsam haben (12)

31 waagrecht: Autobahn, die nach Yorkshire Town führt (6)

Wenn ich nicht zum Angler mutiere oder nach Yorkshire fahre, gibt es keine Möglichkeit, diese Begriffe herauszufinden. Manchmal schreibe ich einfach irgendein Wort hinein, das passt (was immer noch nicht geschummelt ist, weil ich ja nur mit mir selbst spiele).

Als Amma später mit meinem Abendbrot-Tablett hochkommt, setzt sie sich zu mir, um mit mir die Sendung über das Universum anzuschauen. Während ich Dal und Reis esse, denke ich mir, wie schön es war, Sandy vorhin zu sehen. Ihre Stimme war nicht so laut, dass ich Kopfweh davon bekommen hätte, und als sie mir erzählt hat, dass ihre Zwillinge sich jeweils als die andere ausgegeben hatten, habe ich mich dabei ertappt, wie ich lachen musste. Komisch, unsere Freunde sind manchmal einfach die Menschen, die bleiben. Das soll keine Stichelei gegen dich sein, Marianne, es ist nur so eine Beobachtung.

Als ich die Linsen-Reis-Mischung zum Mund führe, informiert der Professor uns gerade, dass die Sonne eines Tages explodieren wird. Nicht demnächst, aber trotzdem, sie wird explodieren. Allein der Gedanke hätte dich in Panik versetzt, dir schlaflose Nächte bereitet, du hättest durch die Wand auf mich eingeschnattert.

»Scheibenkleister!«, hättest du geschrien. »Die Sonne kann *jeden Moment* explodieren!«

Der Professor geht näher auf seine Ausführungen ein, und ich meine, ein Rascheln von nebenan zu hören. Ich werfe einen Blick zu Amma, um zu sehen, ob sie es auch gehört hat, aber sie hängt so an den Lippen des Professors, dass eine Supernova im Zimmer explodieren könnte, und sie würde die Augen immer noch nicht vom Bildschirm abwenden. Ich drücke den Hinterkopf an die Wand und meine, ein leichtes Vibrieren von nebenan wahrzunehmen. Ich warte auf mehr, aber es wird mir bald zu langweilig, und kurz darauf höre ich schon wieder dem Professor zu, der mir etwas von der Energie der Sonne erzählt.

Er kniet sich in die Mitte einer Wüste, in der Hand ein Stück Pappe, aus dem man in der Mitte ein Viereck ausgeschnitten hat. Er wirft die Locken zurück und hält die Pappe so, dass ein kleines beleuchtetes Viereck auf dem Sand vor ihm zu sehen ist.

»Dieses kleine Viereck Sonnenlicht, das ich hier abteile, hätte genug Energie, um die USA ein ganzes Jahr lang mit Strom …«

Die Kamera zoomt weg, aber ich betrachte schon nicht mehr den Professor oder das kleine Energieviereck auf dem Boden, sondern die Sonne hinter ihm. Sie ist gleißend hell, und ich muss daran denken, wie sie sich anfühlt. Wie sie einem die Haut wärmt. Wie es einem überall davon kribbelt, als würde man in eine Wolldecke gehüllt.

15 waagrecht: Stern, um den die Planeten kreisen (5)

12 senkrecht: Lebensspender, die Quelle aller Wärme, das Zentrum, die Mitte, der Kern (5)

Als die Sendung zu Ende ist, wirft mir Amma einen »Ist das nicht ein kluger Mann?«-Blick zu. Dann wuchtet sie sich von ihrem Stuhl hoch und verlässt das Zimmer. Ich glaube nicht, dass sie hört, wie nebenan die Toilettenspülung betätigt wird.

Das Sternbild der Physiotherapeuten

Heute kommt ein Physiotherapeut und foltert mich eine Stunde lang. Er kommt eine Dreiviertelstunde zu spät und schlendert in mein Zimmer, als hätte ich alle Zeit der Welt. Ich habe zwar tatsächlich alle Zeit der Welt, aber das kann er ja nicht wissen.

Er stellt mir die üblichen Fragen. Ob ich meine Übungen gemacht habe, was ich bejahe; ob ich neue Medikamente nehme, was ich verneine; ob sich der Schmerz verändert hat oder immer noch dieselbe »Qualität« hat. Ich erkläre ihm, dass es beim »Status quo« geblieben ist. Er schaut mich eine Sekunde lang blinzelnd an, wie es die Leute immer machen, wenn ich Worte verwende, die sie von einer Achtzehnjährigen in einer Sozialwohnung nicht erwarten. Dann geht er die übrigen Fragen durch. Wie ich mich fühle? Ob ich mich weiteren Reizen aussetze? Bla, bla, bla. Wenn dieser Mann wüsste, dass er der einzige Mann außer Mr Chavda ist, mit dem ich mich unterhalte, würde er mir vielleicht irgendetwas bieten, was nicht ganz so langweilig ist. Obwohl manche Leute auch von Natur aus langweilig sind. Interessanterweise scheinen diese Leute immer die glücklichsten zu sein.

Der Physiotherapeut sieht gar nicht mal so schlecht aus. Er ist groß und breit und hat so eine dunkle, glatte Mahagonihaut, dass ich an eine polierte Tischplatte denken muss. Sein kurzer Afro läuft in Spiralen über seinen Kopf, und wenn er mir nah genug kommt, kann ich dasselbe Muster unter dem V-Ausschnitt seines Poloshirts erspähen. Die kleinen Löckchen reichen ihm bis zum Schlüsselbein, und ich starre sie an wie hypnotisiert. Als der Physiotherapeut mich festhält, mein Bein vor- und zurückschiebt und meinen Knöchel in alle möglichen Richtungen dreht, sehe ich seine Armmuskeln unter der prächtigen Mokkahaut spielen, sie spannen und wölben sich auf eine Art, die mich erröten lässt. Als er sich über mich beugt, um meinen Arm anzuheben, nehme ich den holzigen Geruch seines Deos wahr. Ich spüre ein Prickeln am ganzen Körper, als würde er meine Haut mit kleinen Tröpfchen seines Geruchs besprühen. Ich fühle viele Dinge, wenn ich diesen Mann anschaue; körperliche Bedürfnisse, von denen Sie wahrscheinlich lieber nichts wissen wollen.

Als wir jung waren, wollten wir Stars der Boybands heiraten, aber von der Vorstellung, Jungs zu küssen, mussten wir würgen. Doch wenn man älter wird, ändert sich das. Der Körper will ganz andere Dinge. Jungs werden mehr als nervige Zeitgenossen, auf die man gut und gerne komplett verzichten kann. Man hat Gelüste. Man hat Bedürfnisse. Man hat einen Physiotherapeuten, den man am liebsten bei den Arschbacken packen und an die Brust ziehen würde.

»Du kommst mir irgendwie anders vor diesmal«, sagt der Physiotherapeut, als er sich auf Ammas Stuhl setzt. Seine Stimme ist so samtig wie seine Haut, sie füllt jeden Zentimeter meines Zimmers.

Ich runzle die Stirn. »Wie, anders?«

Er streicht sich mit der Handfläche über die stopplige Wange.

»Fast so, als ob … ich meine, du *reagierst* nicht so sehr … auf den Schmerz.«

Er muss meine Verärgerung bemerkt haben, denn er redet ganz schnell weiter:

»Deine Muskeln sind nicht mehr so gespannt, die Gelenke

lassen sich besser bewegen«, sagt er. »Und du hast nicht so viel gestöhnt wie beim letzten Mal.«

Da ist sie: Ravines Zukunft erstreckt sich vor mir. »Sie haben recht!«, werde ich losheulen. »Ich fühle wirklich keine Schmerzen mehr.« Ich werde zusehen, wie der Stolz das perfekt geformte Gesicht des Physiotherapeuten erhellt, während er mir die möglichen Gründe für meine Genesung aufzählt. Dann wird er Amma in dieser klaren medizinischen Ausdrucksweise die Neuigkeit überbringen, und sie kommt gar nicht zu Worte, denn da bittet er mich auch schon um ein Date in der Stadt. Er wird mich in die große Welt da draußen hinauslocken und meine Hand halten. Ja, ich werde mich Hals über Kopf in den Physiotherapeuten verlieben, heiraten werde ich den Physiotherapeuten, Babys haben werde ich mit dem Physiotherapeuten, und siehe, die Welt wird gut sein, weil ich ein glückliches, normales Leben führen werde wie ein glücklicher, normaler Mensch.

Aber das ist natürlich nicht die Variante, für die ich mich entscheide.

Stattdessen gebe ich mich grüblerisch.

»Sie können also fühlen, was ich fühle?«, frage ich.

Der Physiotherapeut schüttelt den Kopf. »Schmerz ist ein sehr persönliches Erleben. Deswegen fällt es Menschen, die an chronischen Schmerzzuständen leiden, auch schwer ...«

»Und deshalb«, sage ich mit einem Ernst, der mich an unseren alten Direktor erinnert, »können Sie also plötzlich durch eine seltsame Art von Osmose jeden Stich fühlen, jedes Pochen und überhaupt alle unbarmherzigen Todesschmerzen, die ich jede einzelne Minute meines Tages fühle?«

Er senkt den Kopf und verschränkt die Finger. »Es gab Studien, in denen ...«

»Aaaaaarh!«, schreie ich.

Er fährt zurück. Ich muss zugeben, es verschafft mir einen Kick, diesen Herkules von einem Mann zusammenfahren zu sehen, und das befeuert mich nur weiter. Ich schreie, den Kopf in den Nacken geworfen, die Hände zu Fäusten geballt. Schreie von ganz tief unten in meinem Bauch bis zur Kehle. Brülle wie ein Kind. Ich muss schon feuerrot sein, als Amma endlich ins Zimmer stürmt.

»Was ist los? Was ist passiert?«

Ich neige den Kopf und sehe sie auf der Schwelle stehen, mit einem tropfenden Spüllappen in der Hand. Ich klappe den Mund zu und atme tief durch.

»Er wollte meinen Schmerz hören, also habe ich ihm eine Kostprobe gegeben«, sage ich, dann lasse ich meinen Kopf zurück ins Kissen fallen.

Ich war noch nie bei einem Date, deswegen ist mir die Etikette nicht ganz klar, aber ich schätze, wenn ich den Physiotherapeuten hätte beeindrucken wollen, wäre mein Geschrei nicht unbedingt ein kluger Schachzug gewesen. In allen großen Liebesgeschichten, ob Literatur oder Bollywood, kann ich mich an keinen Helden erinnern, der durch einem Schreikrampf verführt worden wäre.

Der Physiotherapeut huscht hinüber zu Amma und flüstert mit geröteten Wangen auf sie ein. Die Röte unter seiner dunklen Haut verleiht ihm ein noch begehrenswerteres Aussehen. Er macht einen neuen Termin mit ihr aus, den er sich nicht mal in seinen Kalender schreibt, dann sammelt er hastig seine Sachen zusammen. Ich versuche, mir das Gefühl seiner Hände auf meinem Arm einzuprägen, damit ich etwas habe, woran ich heute Nacht denken kann.

»Sie hat gute und schlechte Tage«, sagt Amma noch zu ihm.

Was so unwahr ist, wie eine Lüge nur sein kann. Ich habe immer dieselben Tage, immer und immer wieder von vorn. Dieselben Wände, dasselbe Bett, dieselben Gedanken, die in meinem Kopf kreisen.

Ich höre das Gekrächze der Vögel auf der Tapete, das Lachen von My Little Ponys auf den Vorhängen. »Alle verschwinden sie«, murmle ich, während Amma meine einzige Chance auf sexuelle Erfüllung hinausbegleitet. »Am Ende verschwinden sie alle.«

Letzte Nacht bin ich aufgewacht und hatte den Singsang deines Bruders im Ohr. Er rief mich durch die Nebel eines Albtraums voll senfgelber Augen und Riesennacktschnecken.

»Ravine, Ravine, Wörterbuch-Queen!«

Ich konnte sie nicht abschütteln, und meine Erwiderung »Wetterfrosch-Jonathan« half auch nicht viel. Ich schlug die Augen im Halbschlaf auf und lenkte mich mit anderen Gedanken ab: die Straßenlaterne, deren Licht unter der Gardine hindurchleuchtete, die Erinnerung an die Haare des Physiotherapeuten, die sich auf seiner Brust ringelten wie Federn.

Noch immer konnte ich das schwache Echo meines Namens hören. Es verschwand erst, als ich meine Nachttischlampe anschaltete, mich aufsetzte und dir schrieb.

»Ravine.«

Du hast meinen Namen immer durch die dünne Wand zwischen unseren Zimmern geflüstert, hast ihn gerufen, wenn die Türglocke die Zeit zum Spielen einläutete, und ihn von Baumwipfeln gerufen, wenn wir Verstecken spielten.

»Raviiiiine!«

Es ist gar kein richtiger Name. Das weißt du wahrscheinlich nicht, weil du ihn gewöhnt warst, so wie du es gewöhnt warst, unter deinen Röcken knallbunte Unterhosen zu tragen und von deinem Bruder aus der Luft gegriffene Wettervorhersagen zu hören. Aber du wirst niemand anderen finden, der diesen Namen trägt, weil Amma ihn quasi auch aus der Luft gegriffen hat. Sie hat ihn aus der Zeitung.

Am Tag meiner Geburt prangte er auf der Titelseite.

YOUNG MAN DROWNS IN RAVINE

»Junger Mann ertrinkt in Schlucht« – man möchte meinen, dass Amma ihre Aufmerksamkeit eher auf die Tragik des Ereignisses gerichtet hätte und nicht auf das Wort mit den sechs Buchstaben am Ende der Überschrift, aber wir wissen ja alle, dass Amma ihrer eigenen Logik folgt. Sie hatte »*ravine*«, das Wort für Schlucht, noch nie gehört, und als sie es aussprach, machte sie es zu ihrem eigenen. Es klang weder indisch noch englisch, und angesichts ihrer Geschichte passte das ja sehr gut zu Amma.

Um meine Mutter zu verstehen, muss man ihre Vergangenheit verstehen, eine Geschichte, die sie mir im Laufe der Jahre bröckchenweise erzählt hat, meistens in den Phasen, in denen meine Krankheit am heftigsten war, denn das war die einzige Zeit, in der sie nicht befürchten musste, von mir unterbrochen zu werden. Manchmal finde ich ja, dass ihr Leben eher nach einer Seifenoper klingt als nach realen Ereignissen – jedes Ereignis eine Folge.

Folge 1 – Dorfszene in Bangladesch

Ammas Geschichte begann an dem Tag, als ihre Eltern sie nach England schickten, damit sie dort einen Mann heiratete, den sie nicht kannte. In ihrem kleinen Dorf sorgte man sich mehr und mehr, dass die einstmals so gehorsame Tochter sich langsam, aber sicher in ein nicht mehr kontrollierbares »Individuum« verwandeln könnte. Als älteste von sechs Schwestern hatte sich Amma zu so einem ungebärdigen Charakter entwickelt, dass ihre Eltern überzeugt waren, kein respektabler Bengale würde sich mehr als zehn Meter an das Mädchen heranwagen, von einer Heirat ganz zu schweigen. Sie schob sich den Rock ihres Shalwar Kameez in die Hose, wenn sie mit anderen Kindern um die Wette rannte (was ihr den Spitznamen »Baggy Bum Rekha« einbrachte).

Sie schwamm im Fluss, mit einer Plastiktüte auf dem Haar. Sie wollte an die Universität gehen und sich für einen Beruf qualifizieren. Dieser Plan war so absurd für die Tochter eines Ladenbesitzers, die in eine der unteren Kasten hineingeboren war, dass ihre Eltern sie von da an für geistig labil hielten. Deswegen brachen sie auch in Freudentänze aus, als die Passfotos, die sie Verwandten nach England geschickt hatten, auf Anhieb einschlugen. Ein Geschäftsmann, fünfzehn Jahre älter als Amma, wollte so verzweifelt heiraten und Erben für sein Imperium zeugen, dass er nicht nur einwilligte, Ammas Flug zu bezahlen, sondern auch auf eine Mitgift verzichtete.

Folge 2 – Ankunft in fremden Landen

Meine Mutter lebte mit ihrem Ehemann (einem Mann, auf den sie regelmäßig als »der Trottel« Bezug nahm) insgesamt sieben Monate lang zusammen. Sein Imperium stellte sich als kleine Fabrik heraus, die sich irgendwo zwischen den Straßen am Stadtrand von Leicester versteckte und ausschließlich Rubiks Zauberwürfel nachbaute (unter dem Namen »Roobix Blocks«). Der Zauberwürfel war damals der letzte Schrei, und sein Nachahmerprodukt brachte genug Geld ein, um eine Dreizimmerwohnung in der Vorstadt zu kaufen. Zuerst war Amma beeindruckt, nicht nur von seinem Haus, sondern auch von ihrem neuen Ehemann, der sich als höflich und zuvorkommend entpuppte und überhaupt nicht so ein Büffel war, wie sie erwartet hatte. Aber seine besten Eigenschaften waren zugleich seine schlechtesten. Er hatte hochfliegende Pläne und den verzweifelten Wunsch zu gefallen, eine Kombination, die sich als ziemlich kostspielig herausstellte. Er kaufte Amma regelmäßig rote Tulpen, nicht ahnend, dass solche Gesten verschwendet waren an eine Frau, die alles hasste, was keinen praktischen Nutzen hatte. Als sie ihn dann bei einer dieser Gelegenheiten einen Dummkopf nannte, weil er es immer wieder tat, stieg ihm das Wasser in die Augen.

»So sah er ständig aus«, erzählte Amma, »als würde er jeden Moment losheulen. Kein Wunder, dass ihn keine Engländerin heiraten wollte! Aber sein Gesicht war trügerisch, Ravine, ich sollte ihn für unschuldig halten – wo er in Wirklichkeit nur ein kleiner Ausreißer war.«

Folge 3 – Das seltsame Verschwinden des Mr Roobix

Drei Tage bevor Amma mich in ihrem Bauch entdeckte, verschwand mein Vater wie ein Geist von der Bildfläche. Es war genau das Szenario, vor dem sich jede Ehefrau fürchtet: Mein Vater verließ das Haus am Morgen, um Milch zu holen, und kehrte nie wieder zurück. Obwohl sein Verschwinden sie doch etwas durcheinanderbrachte, war sie letztlich frei! Eine selbstbestimmte Frau im Land der religiös Liberalen und der moralisch Zweideutigen! Obendrein mit einer Dreizimmerwohnung!

Doch mein Vater war nicht ohne Grund gegangen.

Die Beliebtheit der Roobix Blocks hatte dramatisch nachgelassen, und in seiner Panik hatte er sein gesamtes Vermögen verspielt. Mein Vater war so tief in die Spielerwelt verstrickt, dass er von einer Truppe Schlägertypen gejagt wurde. Innerhalb weniger Wochen stand meine Mutter verlassen, schwanger, sowie obdach- und mittellos in einem Land, das nicht das ihre war.

Folge 4 – Die Nachwehen

Amma war noch nie der konventionelle Typ, aber vor der Jahrtausendwende eine bengalische Alleinerziehende in Großbritannien zu sein, war nicht ganz einfach. Sie hatte kein Geld, um sich ein Flugticket in die Heimat zu kaufen, und meine Großeltern riefen natürlich nie zurück. Da Amma keine andere Wahl hatte, schritt sie zur Tat. Sie sicherte sich diverse Putzstellen, lernte Englisch, indem sie den Gesprächen folgte, die sie belauschen konnte, und ertrug nebenbei den alltäglichen Rassismus und Sexismus, der damals (laut ihrer Aussage) an der Tagesordnung war. Mithilfe eines Übersetzers füllte sie die nötigen Formulare aus und besorgte sich eine Sozialwohnung und eine kleine Stütze vom Staat, um ihren jämmerlichen Lohn aufzustocken. Das Geld sollte ihr helfen, bis sie sich für einen besseren Job qualifiziert hätte und ich alt genug wäre, um mir mit meinem Universitätsabschluss eine fett bezahlte Stelle zu schnappen.

Amma erzählt mir ständig, dass die Welt vor Chancen nur so strotzt. Sie sagt, dass es für asiatische Frauen noch nie so gut aussah: Sie studieren an den Top-Universitäten und besetzen Führungspositionen in Wirtschaft und Politik. Sie hat diese Chancen nie gehabt, und ich kann sie nicht ergreifen. Oder werde sie nicht ergreifen. Deswegen bin ich Ammas größte Enttäuschung.

Folge 5 – …?

Die Wahrheit ist – Folge 5 bin ich. Ich bin die neue Storyline in Ammas Saga, und seit ich da bin, ist die gesamte Produktion zum Erliegen gekommen. Jetzt will sie beim Rest der Geschichte Regie führen. Sie hat alles vorbereitet für den großen Höhepunkt (Schnitt: ein gefaltetes Blatt Papier, das in eine Wahlurne gesteckt wird), aber es ist egal, wie viel Pläne sie schmiedet und wie viele neue Übungen sie mit mir macht, denn ich spiele die Hauptrolle und weigere mich, am Drehort aufzutauchen.

Amma hat mich Ravine genannt, um sich von ihrer Vergangenheit zu befreien. Sie wollte, dass ich etwas anderes werde, etwas *Neues*. Aber der Name quält mich, denn ich kann diese Erwartungen niemals erfüllen. Außerdem will ich gar nicht anders sein. Ich will nicht die Ravine sein, die mit Chronischem Schmerzsyndrom in ihrer Wohnung festsitzt. Ich will nicht die Ravine, Ravine, Wörterbuch-Queen sein, von der dein Bruder gesungen hat. Ich möchte dieses Lied nicht mehr in meinen Träumen hören und dann auch noch beim Aufwachen feststellen, dass dieser Name durch die Wand meines Zimmers gerufen wird.

»Ravine?«

Ich kann es ganz deutlich hören. Dann wieder.

»Ravine?«

Als würde mich ein Geist aus der Nachwelt rufen. Aber sobald ich mich wach geblinzelt habe und meine Augen sich an die Leere gewöhnt haben, ist die Stimme wieder verstummt. Langsam beschleicht mich das Gefühl, dass es jetzt wirklich passiert ist, jetzt bin ich endgültig »plemplem« (wie du es immer ausgedrückt hast). Als ich zu Shiva hinüberschaue, sieht er mich mit einem sorgenvollen Blick an, der mir recht zu geben scheint.

Als ich aufwache, ist Ammas Gesicht direkt über mir.

»Na, wie geht's dir heute, Shona?«, fragt sie.

Ohne meine Antwort abzuwarten, legt sie mir den Handrücken an die Stirn.

»Du siehst blass aus«, meint sie.

Ich will ihr sagen, dass ich nicht geschlafen habe. Dass ich Stimmen gehört habe, die meinen Namen rufen. Dass die Schuldgefühle mich auffressen und es an der Zeit ist, ihr die Wahrheit zu sagen. Aber bevor ich etwas sagen kann, fährt sie schon fort:

»Wahrscheinlich hat es dich erschöpft, deinen Physiotherapeuten so anzuschreien.«

Sie zieht die Werbesendungen aus ihrem Unterrock.

»Ich habe nicht geschrien«, sage ich.

Sie setzt sich auf ihren Stuhl. »Doch. Hast du sehr wohl.«

»Das gehörte zur Therapie. Du weißt schon, Urschrei und so.«

Sie schaut mich von oben herab mit einem »Erzähl mir doch nichts«-Blick an.

»Das gibt es wirklich«, beharre ich.

Amma schaut mich weiter an und reißt dabei einen Umschlag auf, sie hält meinen Blick fest. »Er hat gezittert, als er ging«, sagt sie.

Als sie mir das sagt, kränkt es mich genauso wie damals, wenn du jedes Mal, wenn ich im Recht war, hartnäckig Jonathans Partei ergriffen hast. Ich war verlegen und beschämt, aber in erster Linie war ich wütend.

Ich bohre mir einen Finger in den Brustkorb. »Ich habe *auch* gezittert«, sage ich.

Das scheint Ammas Interesse zu wecken. Sie lässt die Post auf den Schoß sinken. »Und warum?«

Ich versuche, mein zitterndes Kinn ruhig zu halten. Meine Wut wird von Verlegenheit und Beschämung noch übertrumpft.

»Könnten wir das Thema bitte lassen?«, bitte ich.

Sie schweigt kurz, dann nickt sie langsam. »Worüber würdest du denn gerne reden, Shona?«, fragt sie.

Ich überlege einen Augenblick lang. Es ist schwer, seine Gefühle so zu unterdrücken. Ich habe einen Damm um mich herum errichtet, aber langsam bekommt er Risse, das ist nicht zu übersehen. Ich schaue Amma in die Augen und überlege, ob ich es tun soll. Ob ich ihr die Wahrheit sagen soll.

»Nichts.«

Als Amma aus dem Zimmer geht, lässt sie die Schultern hängen. Ich fühle mich hohl, als hätte sie einen Teil aus mir herausgeschöpft und mit hinausgenommen. Als ich sie in der Küche herumwerkeln höre, krieche ich aus dem Bett und knie mich langsam vor Shivas Statue. Es muss eine Antwort auf all das geben, eine Lösung, die alle glücklich macht, es mir aber erspart, die Wohnung zu verlassen und mich der großen Welt da draußen zu stellen. Eine Lösung, die Amma nicht enttäuscht.

Ich drücke die Handflächen aneinander und schließe die Augen.

»Lieber Shiva«, sage ich, aber dann wird mir klar, dass ich ja keinen Brief schreibe. »Oh Großer und Mächtiger«, sage ich, aber das klingt gekünstelt und dämlich. »Gott ... ?«

Ich lasse die Hände sinken und schlage die Augen auf, nur um zu sehen, wie Shiva hinter einer seiner vielen Hände kichert. Ich verdrehe die Augen und überlege, warum Amma mir nicht ein paar Pujas beigebracht hat, als ich noch klein war.

Früher dachte ich, dass alle Einwanderer ihre Religion genauso lax handhaben wie Amma, doch die Kinder der Ahmeds gingen jeden Tag nach der Schule in die Madras. An manchen Abenden hörten wir ihren Vater durch die Wände sein Gebet verrichten, und einmal beobachtete Amma, wie die Familie ausflippte, weil ein Hund an ihren Schuhen schnüffelte, als sie auf der Treppe an dem Tier vorbeigingen. Mr Chavda ist strenger Hindu und geht jeden Tag in den Tempel in der Stadt, während die Singhs, die unsere Schule besuchten und mehr westliche Kleidung trugen, als in ein Einkaufszentrum hineinpassen würde, an den hohen Feiertagen fasteten, nur Nüsse und Obst aßen und Wasser und Milch tranken. Einmal, als du krank warst und nicht in die Schule konntest, führte der jüngste Sohn der Singhs in der Schule eine riesige Trommel vor, die er bei der Vaisakhi-Parade gespielt hatte. Er trommelte so laut, dass wir sicher waren, man würde ihn ausschimpfen, doch als nichts dergleichen passierte, applaudierten wir.

Seit ihrer Kindheit in Bangladesch hat Amma sich geweigert, an religiösen Ritualen teilzunehmen. Ja, sie hat aus nostalgischen Gründen Bilder ihrer Gottheiten in der Wohnung verteilt, und ja, sie kramt an Diwali das Fernglas heraus, um von unserem Balkon im vierten Stock aus das Feuerwerk in der Melton Road zu suchen.

»Aber niemals«, sagt sie, »werde ich ein Sklave der Dogmen von Religion und Tradition werden.«

Sie hat gesagt, ich könne mir selbst aussuchen, was ich glauben wolle. Ich wünschte, sie hätte das für mich entschieden. Woher soll ich wissen, ob sonntäglicher Kirchgang, Fasten während des Ramadan oder Lichteranzünden zum Diwali-Fest Gott gefällt oder Ihn wütend macht?

Oder Sie.

Oder Es.

Manchmal möchte man einfach nur eine Antwort haben.

Wieder schaue ich Shivas Statue an, und mein Magen krampft sich zusammen. Er schaut mich selbstgefällig an, als wäre es gaaanz einfach, ein Gott zu sein, gaaanz mühelos. Dann höre ich Schritte die Treppe hochkommen.

»Möchtest du einen Chai, Shona?«, ruft Amma.

Ich drehe Shiva mit dem Gesicht zur Wand und hüpfe schnell wieder ins Bett.

»Nein danke«, sage ich laut mit meiner ICH-BIN-BESCHÄFTIGT-Stimme.

Ich ziehe mir die Decke bis ans Kinn, während sich ihre Schritte wieder entfernen, und ich male mir aus, was sie wohl denken würde, wenn sie mich erwischt hätte, wie ich vor Shivas Statue knie. Oder, noch schlimmer, wenn sie mich erwischt hätte, wie ich ins Bett zurückgesprungen bin, ohne Zittern, ohne Zucken, ohne Schmerzen.

Die Buddhisten glauben, dass Leben Leiden ist. Das habe ich einmal in einem Buch aus der Bibliothek gelesen. Ich dachte, dass der Buddhismus mit seiner ruhigen, meditativen Einstellung zum Leben die richtige Religion für mich sein könnte, aber nachdem ich diese Aussage gelesen hatte, knallte ich das Buch schleunigst zu und warf es weit von mir. Ich wollte nicht, dass Leben Leiden ist. Ich litt schon genug, und bei der Vorstellung, dass das niemals ein Ende nehmen sollte, hätte ich schreien mögen. Aber vielleicht haben die Buddhisten ja recht.

Leben ist Leiden.

Leben ist ein Kampf.

Leben ist eine Krise nach der anderen, die einem ohne langes Federlesen um die unerleuchteten Ohren geknallt wird.

Das Sternbild der Häschenköpfe

Onkel Walter war ein erfolgreicher Mann, obwohl wir das erst erfuhren, als das unwahrscheinlichste Detektiv-Duo, bestehend aus Amma und Sandy Burke, beschloss, den Dingen auf den Grund zu gehen. Sandy hämmerte eines Morgens gegen unsere Tür. Sie hatte ihre Zwillinge dabei, festgeschnallt in ihren Autokindersitzen. Sie balancierte ein Mädchen rechts, eines links, wie eine Waage, und fragte Amma geradeheraus, ob sie wisse, was nach Elaines Verschwinden in der Wohnung nebenan »abgeht«. Zu ihrem eigenen Ärger musste Amma feststellen, dass sie nichts wusste. Sie rief mich dazu und versuchte, mir Informationen aus der Nase zu ziehen, indem sie mich in die Wangen kniff und mich aufforderte, ihr in die Augen zu schauen. Nach einer intensiven Befragung gelangte sie zu der Überzeugung, dass ich genauso viel wusste wie sie.

Sandy jonglierte die Sitze auf ihren Armen, und eines der Mädchen fing an zu weinen. Die Augen in ihrem verschrumpelten Gesicht traten hervor, dazu schüttelte sie den Kopf und machte Geräusche mit der Zunge. Das war noch in Sandys Bohnenstangen-Zeiten, als sie nichts als Haut und Knochen war.

»Können wir ihm über den Weg trauen? Das ist es, was mich

interessiert«, sagte sie. »Du weißt schon, bei seinen Problemen und so …«

Ammas Augen weiteten sich. »Problemen?«

Sandy ließ die Frage in der Luft hängen, dann reckte sie das Kinn vor. »Steht mir nicht zu, darüber zu tratschen«, sagte sie.

Mit leicht zusammengekniffenen Augen schaute Amma zu mir herab und legte mir die Hand auf den Kopf, als wollte sie – durch irgendwelche unterschwelligen Vibrationen – die Wahrheit erspüren.

»Ravine, kann man diesem Kerl trauen, diesem Walter?«, fragte sie.

Ich zuckte mit den Schultern.

»Denke schon«, erwiderte ich.

Amma ließ sofort die Hand fallen und rannte in die Küche. Als sie zurückkam, hatte sie eine Schüssel mit den Resten eines Linsengerichts in der Hand.

»Das reicht mir nicht«, murmelte sie, ging hinüber zu eurer Tür und klopfte.

Obwohl ich normalerweise unaufgefordert in eure Wohnung spazierte, wollte Amma mich jetzt nicht hineingehen lassen. Onkel Walter öffnete die Tür, und im gleichen Moment schob ihm Amma ihre Gabe vor die Brust, die Onkel Walter mit einer solchen Begeisterung annahm, man hätte meinen können, er hätte die ganze letzte Woche Hunger gelitten.

Wir blieben stehen, wo wir waren, bis er irgendwann nickte.

»Kommen Sie herein, kommen Sie herein! Ich wollte gerade Tee aufsetzen.«

Sandy Burke schob sich an uns beiden vorbei und bahnte sich ihren Weg zum Esstisch, an dem sie immer mit deiner Mutter gesessen hatte. Sie stellte ihre Mädchen auf dem Boden ab und begann, sie mit den Spitzen ihrer Turnschuhe zu schaukeln. Dabei lehnte sie sich auf ihrem Stuhl zurück, als gehörte er – und nicht nur er, sondern die ganze Wohnung – nur ihr.

Du saßest am Tisch mit deinem Schachbrett vor dir, während

dein Bruder auf dem Sofa ein Meteorologiebuch las. Sandys plötzliches Auftauchen schien dich gar nicht aus der Ruhe zu bringen, und erst als ich kam und mich neben dich setzte, blicktest du von deinem Schachbrett auf.

»Ich glaube, ich hab es fast geknackt, Ravine«, sagtest du, dann senktest du den Kopf, während du dir in jede Schläfe einen Finger drücktest und auf die Figuren schautest.

Du hattest das Schachbrett im Sommer bei einer Schultombola gewonnen. Alle Preise waren von den Eltern gestiftet und von den Lehrern überprüft worden (Wodkaflaschen und alte Pin-up-Kalender wurden eingezogen), sodass am Ende nur eine fragwürdige Auswahl übrig blieb. In dem üppigen Angebot einäugiger Puppen und kaputter Spielzeugautos war dein Schachbrett einer der hochwertigeren Gegenstände, und obwohl der Karton angeschlagen war, zwei Bauern und die Spielanleitung fehlten, hast du das Brett gehütet, als wäre es brandneu. Aber ohne die Anleitung waren wir aufgeschmissen. Wir wussten nicht, wie man die Figuren aufstellen musste, wie viele Züge man machen durfte, oder auch nur, wie die einzelnen Figuren sich bewegen durften. Onkel Walter kannte die Namen der Figuren, aber sonst nichts, wohingegen Jonathan behauptete, die Regeln zu kennen, sie uns aber nicht beibringen wollte, weil »jeder Trottel das selbst herausfinden könnte«. Ebendas versuchten wir jetzt schon seit einem Monat.

Während du dich weiter darauf konzentriertest, durch eine Art von Telepathie mit dem König zu kommunizieren, begann Amma mit ihren Nachforschungen. Sie setzte sich kerzengerade hin, und ihre Armreifen klirrten leise auf der Tischplatte, als sie die Arme verschränkte. Ihre Fragen kamen schnell und geradeheraus. Wo Onkel Walter früher gelebt habe? Wo er arbeite? Wie lang er zu bleiben gedenke? Ich sah diesem Pingpong eine Weile zu und war verblüfft, welche Dinge die Leute so übereinander wissen wollten. Die einzige Frage, die wir Onkel Walter jemals gestellt hatten, war, wie viele Sterne es seiner Meinung nach in unserer Galaxie gab, und nicht mal das konnte er uns zufriedenstellend beantworten.

Wenigstens schienst du zu den Figuren durchzudringen. Du hast dich gerade hingesetzt, die Dame genommen und sie auf den König gestellt, als wären sie Pferd und Reiter.

»Nein, nein«, hast du gemurmelt, als die Dame herunterfiel. »Das kann es auch nicht sein.«

Ich schob die Bauern über das Brett, wie ich es für richtig hielt, in der Hoffnung, dass Jonathan vom Sofa aufstehen würde, um sich anzuschauen, wie wir dieses kinderleichte Spiel einfach nicht hinkriegten. Doch er blieb gleichgültig und hielt sich stur das Buch vor die Nase. Die zwei Bilder wirbelnder Wolken auf dem Umschlag schauten mich an wie ein Paar rollende Augen.

Amma ließ ihre Fragen auf Onkel Walter einprasseln, und wir zogen die Köpfe ein. Wir schafften es, dabei so auszusehen, als würden wir nicht lauschen – eine Kunst, die man beherrscht, wenn man jung ist, und die erst dadurch zu voller Blüte gelangt, dass die Erwachsenen die Angewohnheit haben, einen völlig zu vergessen. Meine Mutter feuerte ein ganzes Arsenal von Fragen auf euren Onkel ab, auf die er ohne jeden Ärger antwortete, sondern vielmehr mit dem gleichmäßigen Lächeln, dem Charme und der Würde eines Diplomaten. Er hatte keinen Grund, höflich zu seiner neugierigen Nachbarin zu sein, und deswegen bin ich ihm so dankbar. Wenn meine Mutter eines ist, dann fair, und als euer Onkel sie respektvoll behandelte, sah sie keinen Grund, ihn anders zu behandeln.

Sandy Burke war da schon eine härtere Nuss. Sie lehnte sich zurück und schaute Onkel Walter durch leicht zusammengekniffene Augen an, als wäre er der Verdächtige in einer Mordermittlung. Während sie ihre Zwillinge mit den Zehen schaukelte, blitzten immer wieder Tony Blairs Augen auf der Rückseite der Kindersitze auf. Je heftiger sie schaukelte, umso mehr sah man von den Aufklebern. NEUE ARBEITERPARTEI, NEUES GROSSBRITANNIEN.

»Dann ist Westhill jetzt also gut genug für dich, hm?«, fragte Sandy.

In ihrem Ton lag etwas Angriffslustig-Trotziges, und sie saß da, die Arme in einem festen Pythongriff um die Brust geschlungen. Dein Onkel wiederum lächelte so herzlich, dass sein rundes Doppelkinn glänzte wie glasiertes Schmalzgebäck.

»Es fühlt sich an, als wäre ich nach Hause zurückgekommen«, sagte er.

»Es *ist* ja auch dein Zuhause!«, giftete Sandy ihn an. »Zumindest wäre es das gewesen, wäre da nicht deine blöde Kuh von Mutter gewesen, Gott hab sie selig.«

Ihr Kinn bekam kleine Fältchen bei »Gott hab sie selig«. Sie lehnte sich zu Onkel Walter vor.

»Ich weiß, wo du die ganze Zeit gewesen bist, Walt. Elaine hat mir alles erzählt.«

Onkel Walter wurde rot. »Alles?«, fragte er.

Sandy zuckte mit den Schultern. »Natürlich«, sagte sie, allerdings so lässig, dass er wieder erleichtert schien.

Ich schaute dich an, aber du starrtest nur weiter auf deine Schachfiguren. Ich suchte in deinem Gesicht nach Anzeichen, dass auch du diese wichtigen Informationen aufsaugtest. Doch deine Aufmerksamkeit galt ganz den Holzfiguren, dein Blick schweifte keinen Millimeter ab.

Ich schaute wieder zu den anderen. Sandy Burke schob einen Schnuller in den Mund eines ihrer Zwillinge zurück.

»Was hast du überhaupt die ganze Zeit getrieben?«, fragte sie. »Warum bist du nie zurückgekommen?«

Onkel Walter schaute zur Decke. »Tja«, sagte er, »ich glaube das hat alles beim Militär angefangen.«

Sandy hörte auf, die Sitze zu schaukeln. »Beim Militär?«, fragte sie und zog ungläubig den Kopf zurück. »*Du?*«

Onkel Walter lächelte. Er hatte, wie er dem Untersuchungsausschuss erklärte, die letzten sechs Jahre in Italien für die Army gearbeitet. Dort hatte er seine Survivaltechniken vervollkommnet und die italienische Sprache bis in die feinsten Schattierungen erlernt. Nachdem er ausgeschieden war, hatte er ein Buch über sein erworbenes Wissen geschrieben und handelte gerade mit britischen und italienischen Verlegern einen Buchvertrag aus. Er hoffte, das Buch werde Anfang März 2000 erscheinen. Wir waren alle völlig von den Socken.

Wir hatten Onkel Walter in einem wilden Silbenfluss telefonieren hören, wobei er exaltiert mit den Händen gestikulierte, aber wir hatten es für eine Fantasiesprache gehalten. Erst als du ihn fragtest, erfuhren wir, dass es Italienisch war. Danach versuchtest du, seine Gesten beim Sprechen zu kopieren, und wiederholtest holprig die aufgeschnappten Wörter. Die einzigen fremdsprachigen Ausdrücke, die du bis dahin gekannt hattest, waren »*jaldi*«, das sagte meine Mutter immer, wenn sie uns zur Eile antrieb, und »*c'est la vie*«, was du immer sagtest, wenn du gerade in der Stimmung warst, obwohl du nicht recht wusstest, was es eigentlich bedeutete. Damals hatten wir nicht groß über das Sprachentalent deines Onkels nachgedacht – uns war nie klar gewesen, dass das eine Bereicherung und eine nützliche Fähigkeit war. Meine Mutter sprach Bengali und Hindi, das schien ihr aber nie viel geholfen zu haben. Aber die Zweisprachigkeit deines Onkels, in Verbindung mit seinem Fachwissen über Survivaltechniken, hatte ihm Erfolg beschert. Amma schaute mit jäher Reue auf ihre Schüssel mit den Resten des Linsengerichts. »Ich habe mich geirrt«, sagte sie und drückte die Tupperschüssel an die Brust. »Ich habe Ihnen das falsche Essen mitgebracht.«

Sie schaute mich an mit ihren großen Augen, die durch den schwarzen Kajal, mit dem sie die Lider umrandete, noch größer wirkten.

»Ravine, Shona, geh doch mal schnell rüber, und hol mir das Lamm-Biryani, der Topf in der Küche.«

Sie bewegte den Kopf wie eine spaßhaft zustoßende Ziege, als würde ich dann schneller laufen. Ich stellte meine Spielfiguren auf dem Brett ab. Ich wusste sehr gut, dass das Biryani, das sie am Morgen gekocht hatte, unser heutiges Mittag- und Abendessen abgeben sollte. Wenn sie unser Essen verschenkte, würden wir später vielleicht etwas *ohne* Chilis essen.

»Wie damals, als wir Kinder waren«, meinte Sandy und lockerte ihre verschränkten Arme etwas. »Bobby und du, ihr habt ständig diese blöden Schützengräben ausgehoben. Und versucht, eure Hütte zu tarnen.«

»Unser Versteck«, korrigiertest du.

Onkel Walter schaute auf dich herab, und rasch gingst du wieder dazu über, die Schachfiguren auf deinem Brett hin und her zu schieben.

»Daran kannst du dich noch erinnern?«, fragte er.

»Natürlich!«, sagte Sandy. »Ihr zwei wart ja wie siamesische Zwillinge. Aber Bobby war immer so launisch. Und hat alles so ernst genommen. Er und seine Pläne.«

Als ich zu Onkel Walter hinüberschaute, hatte er lauter Grübchen im Kinn, und seine Augen waren auf einmal ganz nass. Sandy schüttelte den Kopf.

»Wer hätte gedacht, dass all das mal zu etwas führen würde, trotz allem?«

Dein Onkel lachte kurz auf, dann rieb er sich die Augen. In dem Moment erinnerte sich Sandy wieder daran, dass sie ja auf zynisch machen wollte, und verschränkte die Arme erneut felsenfest.

»Ravine«, zischte Amma und stieß mich in die Seite.

Als ich von meinem Stuhl glitt, folgtest du mir. Jonathan kam kurz hinter seinem Buch hervor. Er schnaubte vernehmlich vor Verachtung über unsere Unfähigkeit, die kleinste Kleinigkeit ohne die Gesellschaft der anderen zu machen.

»Kommst du mit, Jonathan?«, fragtest du.

»Lieber ess ich meinen eigenen Rotz.«

Ich warf einen Blick zu Amma, die nie davor zurückgeschreckt war, Jonathan zu tadeln, nicht mal in Mrs Dickersons Anwesenheit. Aber jetzt war sie viel zu beschäftigt damit, deinen Onkel manisch anzugrinsen, als dass sie die Bemerkung gehört hätte. Als wir aus der Wohnung gingen, merkte ich, dass auch ich lächelte. Es tut mir leid, dir das sagen zu müssen, aber Amma war nicht unbedingt der größte Fan deiner Mutter. Natürlich, sie war ihr gegenüber höflich, aber in unserem Wohnzimmer hielt sie mit ihren wahren Gefühlen nicht hinterm Berg. Mrs Dickerson war eine »verantwortungslose Närrin«. Mrs Dickerson war eine »Egomanin«. Mrs Dickerson war eine »Alkoholikerin«. Ich habe diese Wörter nachgeschlagen und fand heraus, dass keines davon ein Kompliment war.

Aber mit deinem Onkel war es anders. An jenem Tag in der Küche hielt meine Mutter den Hals gerade und zeigte jeden ihrer betelgefleckten Zähne. Sie lächelte Onkel Walter an und sie sonnte sich im Glanz seines Erfolges. Sie war nicht höflich, sie betete ihn an. Und das allein war schon ein Wunder.

Die Häschenmorde begannen im Sommer 2007 in den Kaninchenställen und Hinterhausgärten im Ruhrgebiet in Deutschland. Häschenleichen wurden auf Wiesen gefunden, blutgetränkt und geköpft. Zu Anfang schrieb man die Morde einem herumstreifenden Fuchs oder einem großen Hund zu. Aber als die Zahl der Todesfälle stieg, wurde klar, dass hier menschliche Hände im Spiel waren. Satanisten, so spekulierten die Fachleute, die mithilfe von Google-Earth-Aufnahmen ihre Opfer erwählten.

Die Mörder lösten in der ganzen Stadt eine Panik aus, Kaninchenbesitzer holten ihre Tiere in die Häuser und erhöhten die Sicherheitsmaßnahmen. Angesichts des Massakers geriet ganz Deutschland in einen Würgegriff der Angst, und die Menschen malten sich aus, wo der Mörder als Nächstes zuschlagen würde. Mir war das Ganze relativ schnuppe, bis Amma mich eines Morgens bei einem Linsencurryfrühstück über die Sache aufklärte.

»Fussel war drei Jahre alt, als er seinem schrecklichen Schicksal begegnete«, las sie aus der Zeitung vor, die sie auf dem Schoß aufgeschlagen hatte. »Das Kaninchen wurde zusammen mit seiner Schwester Marianne im Ruhrgebiet im Westen Deutschlands aus seinem Stall gestohlen. Beide wurden geköpft und ausgeblutet. Ihre leblosen Körper ließ man am Tatort zurück, wo die verstörten Besitzer sie am nächsten Morgen fanden.«

Wenn ich mit einer Gabel gegessen hätte, ich hätte sie in diesem Moment fallen lassen. Stattdessen tropften gelbe Klümpchen von meinen Fingern und klatschten zurück auf den Teller, während Amma, die meinen Schock gar nicht bemerkt hatte, die Zeitung auf der Suche nach noch grässlicheren Nachrichten durchforstete.

Das Häschen hatte Marianne geheißen, lächerlich, aber wahr, und das hatte mich so sehr verstört, dass ich anfing zu zittern. Es war Jahre her, dass ich deinen Namen gehört hatte, und niemals in Verbindung mit so barbarischen Taten. Ich setzte die Geschichten zusammen wie die Teile eines Puzzles, ich quetschte sie aneinander, egal ob die Bilder passten oder nicht. Am Tag deines Verschwindens im Dezember 1999 warst du aus dem Land geflohen, hattest dich als deutsches Kaninchen versteckt und Zuflucht bei einem gutherzigen Kerl namens Fussel gefunden, der sich bereit erklärt hatte, deinen Ersatzbruder zu spielen, auf dass ihr ein glückliches, karottiges Leben zusammen führen konntet. Doch dann, eines Nachts, wurdet ihr aus eurem Versteck gezogen und von einem Satanisten abgeschlachtet. Fussel hatte dem Eindringling noch die Zähne in den Knöchel gegraben, aber auch ihm war der Kopf sauber abgetrennt worden.

Meine fantasievolle Bearbeitung verdanke ich wohl dem wiederholten Ansehen von *Unten am Fluss*. Obwohl es im Grunde ein Zeichentrickfilm für Kinder sein soll, war es der brutalste und realistischste Film, den wir jemals gesehen hatten. Als ich mir vorstellte, wie Köpfe von flauschigen Körpern gerissen wurden, tröstete ich mich mit dem Bild, wie deine schwarze, kaninchenförmige Seele über die Hügel davonhüpfte und Art Garfunkel dazu »Bright Eyes« sang.

Doch nicht mal Garfunkel konnte meine Albträume an diesem Abend verhindern. Häschenköpfe liegen auf meinem Kinderzimmerteppich und rollen über die Bettdecke. Das Blut aus den abgetrennten Köpfen versickert im Weiß der Bettwäsche, ihre großen schwarzen Augen starren die Wand an.

»Stopp!«, rufen sie. »Jetzt reicht es aber mit den ganzen Enthauptungen und dem ganzen Blut!«

Ich erwähne das alles aus einem bestimmten Grund.

Heute Morgen hatte ich denselben Traum von den Köpfen der enthaupteten Kaninchen, nur dass diesmal auch Katzen dabei waren. Nicht geköpft, aber mit Messern in den Eingeweiden lagen sie auf der Seite. Rundherum krächzten die Vögel auf der Tapete und schlugen mit den Flügeln, so heftig, dass es aussah, als wollten sie jeden Moment die Leichen angreifen, und jeder Schlag ihrer Flügel trug die Möglichkeit in sich, ihrem Papiergefängnis zu entfliehen. Erst als ich aufwachte, den Nachhall ihres Lärms immer noch im Ohr, wusste ich, dass es nur ein Albtraum gewesen sein konnte. Aber dann machte mir eine Erinnerung an Sandy Burke klar, dass die toten Katzen nicht komplett aus der Luft gegriffen waren.

Erinnerungen geben nur vor, sie würden irgendwann verschwinden, aber sie sind immer da. Immer bereit, dich auf dem falschen Fuß zu erwischen, dich daran zu erinnern, dass das Leben nie so einfach ist wie das, womit auch immer du dich gerade herumschlägst.

Da ist immer auch die Vergangenheit, und die wartet nur darauf, dir eins überzuziehen.

Das Sternbild von Phagol Betty

Es dauerte eine Weile, bis wir merkten, dass Sandy Burke einen Narren an eurem Onkel gefressen hatte. Sie hatte eine seltsame Art, ihn zu umwerben – sie gebärdete sich gehässig und distanziert, sobald Onkel Walter in der Nähe war. Erst an dem Tag, als wir von dem erstochenen Kadaver erfuhren, ging uns ein Licht auf.

Um uns Survivaltechniken beizubringen, hatte Onkel Walter so getan, als wäre er ein Bär in eurem Wohnzimmer. Nachdem wir herausgefunden hatten, dass er ein Experte auf diesem Gebiet war, hatte er uns die Grundlagen erläutert: wie man Killerbienen entkommt und was man tun muss, wenn man sich in der Wüste verläuft.

Für unsere Lektion über die Bären hatten wir die Möbel so zusammengestellt, dass sie eine Höhle bildeten, und dann waren wir in unsere Jagdkluft geschlüpft: Angelhüte und grüne Tarnfarbe auf den Wangen (Amma schrie auf, als ich ihr später über den Weg lief. Im ersten Moment hielt sie mich für einen Kobold). Wir kauerten uns hinter den Wohnzimmertisch, und dein Onkel tat so, als würde er schlafen und dabei einen Honigtopf in den Armen halten. Zwischendurch kratzte er sich den Bauch und wischte sich die Nase am Handrücken ab. Jedes Mal, wenn wir uns der Höhle näherten, warf er sich mit lautem Knurren hin und her, sodass wir zurücksprangen und uns rasch in die Sicherheit des Wohnzimmertischs zurückzogen. Als wir endlich bis in Reichweite des Honigs vorgedrungen waren, wachte dein Onkel auf und brüllte so heftig, dass wir unverzüglich Reißaus nahmen und unsere Hüte festhalten mussten. Wir kreischten auf wie Tiere, gefangen in einer Schlinge.

»Nein, nein, neiiiin!«, rief er alarmiert. »Niemals lauft ihr vor einem Bären davon, es sei denn, ihr wollt, dass er euch hinterherrennt.«

»Aber es ist so *schwer*, nicht davonzurennen«, sagtest du aus dem Versteck hinter dem Tisch.

»Das ist Instinkt«, fügte ich hinzu.

Euer Onkel schüttelte den Kopf. »Soll ich euch etwa nachlaufen?«

Wir waren uns beide einig, dass wir das nicht wollten.

»Dann müsst ihr euch hinlegen und dürft euch nicht bewegen. Nicht vergessen, *hinlegen und nicht bewegen.*«

Als wir es noch einmal probierten, war ich die Erste, die wieder schreiend davonrannte. Dein Onkel jagte uns mit großen, plumpen Schritten durchs Wohnzimmer. Er legte uns den Arm um den Bauch, hob uns kopfüber hoch und brüllte: »Hinlegen und nicht bewegen!« Wir fühlten das Grollen in seinem Brustkasten, als er seinen Befehl bellte und die Worte »Hinlegen und nicht bewegen!« wiederholte, bis er irgendwann unsere kichernden Körper losließ und in seine provisorische Höhle zurückkehrte, um von vorne zu beginnen.

Während dieser Bärenjagd kam Sandy Burke an die Tür. Jonathan, der sich wegen »dem ganzen dämlichen Gebrüll« in sein Zimmer eingesperrt hatte, kam mit selbstgefälligem Grinsen heraus.

»Hey, Bär, willst du vielleicht mal an die Tür gehen, oder wie sieht's aus?«

Onkel Walter rollte sich aus seiner Winterschlafposition auf.

»Aye, aye, Mr Griesgram«, sagte er, rappelte sich auf die Füße und durchquerte das Wohnzimmer.

Onkel Walter brauchte immer sehr lang, bis er irgendwo anlangte. Grund dafür war nicht nur sein Gewicht, sondern auch die ungünstige Position, in der sich sein Kopf befand, wodurch er nur wenig von dem erkennen konnte, was direkt vor ihm lag. Wenn er ging, kam zuerst sein Bauch, dann die Beine, dann der Kopf. Als würde jeder Teil seines Körpers eine andere Schicht des Zimmers antesten und nach Gegenständen Ausschau halten, über die er stolpern oder in die er hineinlaufen konnte. Als er endlich an der Tür war, trommelte Sandy Burke schon wie wild darauf ein, doch Onkel Walter schaute trotzdem vorher noch einmal durch den Türspion. Bradley Patterson und seine Fahrradbande hatten ihn einfach zu oft reingelegt und ihm jedes Mal, wenn er die Tür aufmachte, eine Flut von Beleidigungen an den Kopf geworfen, bevor sie hysterisch lachend davonrannten.

»Fettes Schwein!«, riefen sie. »Marshmallowmännchen! Schlabberbacke!«

Sobald Onkel Walter die Tür einen Spaltbreit geöffnet hatte, drängelte Sandy sich auch schon in die Wohnung. Sie balancierte die Zwillinge in ihren Sitzen zur Tür herein.

»Hast du es gehört?«, stieß sie hervor und schnappte nach Luft. »Hast du von der Messerstecherei gehört?«

Jede einzelne Locke ihres Afros federte auf ihrem Kopf wie ein Ausrufezeichen. Ihre Mascara hatte graue Streifen auf ihren eingefallenen Wangen hinterlassen, und ihr skelettartig dünner Körper zitterte so heftig, dass wir ihre Zähne klappern hörten. Da erst bemerkte sie das Chaos in unserem Wohnzimmer und vergaß einen Augenblick lang, dass sie in Panik war.

»Was zum Teufel macht ihr denn hier?«, fragte sie. Onkel Walter ging an ihr vorbei und stellte das umgekippte Sofa wieder richtig hin.

Sandy drückte dir den einen Sitz in den Arm, mir den anderen. Sie wartete gar keine Antwort ab, sondern setzte sich aufs Sofa und fing an zu heulen. Wir stellten die Babys auf den Boden, knieten uns vor sie hin und schaukelten sie vor und zurück. Sie waren rund und prall wie Tomaten, trugen lächerliche hellrosa Kleider und Blümchenhaarbänder. Aber nicht mal die Cherubengesichter der Zwillinge konnten uns von Sandys verstörenden Neuigkeiten ablenken. Sie hatte den Körper in den Abfalltonnen gefunden, mit einem Küchenmesser im Bauch.

»Ich war gerade auf dem Weg zum Einkaufen, da hab ich es gesehen«, sagte sie und wischte sich die Nase am Ärmel ab. »Ich wollte bloß ein bisschen Milch holen, weiter nichts. Mit so was hab ich nicht gerechnet. Ich weiß, das ist hier eine harte Gegend, aber *so* was … Direkt vor mir ragte der pelzige schwarze Schwanz aus einer Mülltonne.«

Wir brauchten einen Augenblick, bis wir es kapierten.

»Ein Tier?«, fragte Jonathan. »Das ist alles?«

Sandy Burkes runzliger Hals fuhr herum, als sie Jonathan ansah.

»Tiere sind auch Menschen«, zischte sie leise. »Ich dachte, deine Mutter hätte dir das beigebracht.«

Jonathan machte den Mund auf, um ihr zu widersprechen, aber Sandy warf ihm einen so bitterbösen Blick zu, dass er den Mund wieder zuklappte. Sandy Burke war der einzige Mensch, der deinen Bruder zum Schweigen bringen konnte. Ich weiß nicht, warum, vielleicht weil sie eine Freundin deiner Mutter war oder wegen ihres Tattoos.

»Das Ding macht ihm eine Höllenangst«, hast du mir einmal anvertraut und mir die Hand für unseren Geheimnishandschlag hingehalten. Ich hätte alles darum gegeben, ihm das bei nächster Gelegenheit unter die Nase zu reiben, doch sowie wir uns die Hand darauf gegeben hatten, war das Geheimnis besiegelt.

Onkel Walter brachte eine Schachtel Taschentücher und tätschelte Sandy Burke die knochige Schulter. Angespannt warteten wir auf weitere grausame Details.

»Es war eine Katze. Eine schwarz-weiß gefleckte. Armes kleines Ding. Ich muss ständig an sie denken, Walt. Und wenn sie demnächst auf meine Katzen losgehen? Was, wenn das noch nicht alles war? Du weißt doch, dass Serienmörder so anfangen – mit kleinen Tieren. Die Zwillinge könnten als Nächstes dran sein. Weiß Gott, es könnte einen von uns treffen.«

Trotz Jonathans überheblichen Getues waren wir beide wie versteinert von dieser Neuigkeit. Wir hatten noch nie von jemandem gehört, der ermordet worden war. Und dass es sich bei dem Opfer um eine Katze handelte, machte für uns kaum einen Unterschied. Während Sandy an der Brust deines Onkels schluchzte, schautest du mich mit aufrichtiger Besorgnis an.

»Und wenn sie auf Stanley losgehen?«

Ich verdrehte die Augen. Über diese eklige fette Nacktschnecke machte ich mir nur wenig Gedanken. Sehr wohl aber über die gelben Augen des Seelentrinkers. Ich erzählte es dir damals nicht, aber ich war mir ganz sicher, dass er der Schuldige war. Er hatte seinen Raubzug als Seelenfänger begonnen, und ich war die Einzige, die es wusste.

Wir warteten darauf, dass Sandy uns noch mehr erzählte, aber als sie sich so an deinen Onkel klammerte, schienen ihre Gedanken abzuschweifen.

»Ich weiß nicht, ob ich das aushalte, Walter«, sagte sie und drückte die Arme um die Fleischberge seines Bauches. »Es ist genau wie bei Bobby.«

Sie begann, den Oberkörper deines Onkels zu reiben. Sein Rücken versteifte sich, sein Gesicht lief himbeerrot an, und er warf uns einen Blick zu.

»Wir sollten nicht darüber reden«, sagte er. »Das regt dich nur unnötig auf.«

Sie schaute ihn blinzelnd an.

»Aber ich kann nicht anders, Walt. Es war genauso, oder? Mit einem Messer in den Bauch.«

Zur Demonstration ballte Sandy die Faust und schlug sich damit in den Unterbauch. Ich beobachtete, wie ihre Hand zurückschnellte und imaginäres Blut durchs Zimmer spritzte.

Onkel Walter krümmte und wand sich, die Speckfalten seines Körpers wackelten auf und ab.

»Wir sollten so was nicht vor den Kindern sagen«, meinte er und deutete mit einem Nicken auf uns.

In Anbetracht der Tatsache, dass dein Onkel uns erzählt hatte, wie seine eigene Mutter an einem elektrischen Schlag gestorben war, waren wir doch etwas überrascht von dieser Aussage und öffneten den Mund zum Protest.

»Du hast recht«, sagte Sandy. »Kinder, warum geht ihr nicht in Jonathans Zimmer und spielt mit den Zwillingen, hm?«

Jonathan runzelte die Stirn. »Warum in mein Zimmer?«, fragte er.

Sandy hob das Kinn, und Gevatter Tod mit seiner Kapuze wurde ganz groß auf ihrem Hals. Als wir in Jonathans Zimmer kamen, ließ er sich aufs Bett fallen und verschränkte die Arme.

»Blöde Kuh«, murmelte er. »Was glaubt die eigentlich, wer sie ist?«

Zuerst hörten wir sehr wenig aus dem Wohnzimmer und waren zufrieden, mit den Zwillingen zu spielen. Sogar Jonathan beteiligte sich, als wir ihre Haarreifen austauschten und ihn aufforderten zu raten, welches Kind welches war. Irgendwann hatten wir so viele Accessoires getauscht, dass niemand sie mehr identifizieren konnte. Wir gingen dazu über, ihre Namen zu rufen, als wären sie kleine Welpen, um zu hören, ob sie reagierten.

»Hooope … Faaaaith.«

Sie waren genauso verwirrt wie wir, und erst als wir das Geschrei hörten, rissen wir unsere Aufmerksamkeit von ihren schiefen Schleifchen los.

»Typisch! Das ist ja mal wieder *typisch*, verdammt!«, schrie Sandy.

Wir hörten ihre Plattfüße über den Wohnzimmerboden klatschen. Dann Gemurmel von Onkel Walter, dann ein Grunzen von Sandy.

»Wann bist du denn mal bereit? Ich bin eine Frau, Walt. Ich habe Bedürfnisse… Unglaublich, und ich hab auch noch versucht, dich zu verteidigen!«

Wir schlichen uns die Treppe hinunter, setzten die Zwillinge im Flur ab und knieten uns hin. Dann krochen wir zur Wohnzimmertür, drückten sie einen Spaltweit auf und zwängten die Köpfe in die Öffnung. Drinnen erspähten wir Onkel Walter auf dem Sofa, an seinem Hemd standen ein paar Knöpfe offen, und seine zerzausten Haare sahen aus wie ein Vogelnest. Sandy beugte sich über ihn und hatte den Reißverschluss ihres Kapuzenpullis heruntergezogen, sodass man den fuchsiarosa Pushup-BH darunter sehen konnte. Sie senkte die Stimme und zeigte mit dem Finger auf ihn.

»Die Leute haben geredet, Walt. Du müsstest schon blöd sein, wenn du glauben würdest, dass die Leute nicht geredet hätten. Louisa Cartwright kam neulich vorbei und erzählte mir, sie sei entschlossen, das Sozialamt anzurufen, weil Elaine einfach so davongerannt ist. Sie hat gesagt, man sollte dir überhaupt nicht erlauben, dich um die Kinder zu kümmern, wegen deiner ganzen Probleme.«

Onkel Walter schüttelte den Kopf. Sandy bohrte ihm einen Finger in die Brust.

»Weißt du, was ich getan hab, Walt? Ich hab *gelogen*. Ich hab gesagt, sie wäre gar nicht davongelaufen, sie wäre nur im Urlaub, während du dich um die Kinder kümmerst. Ich hab behauptet, dass sie den Behörden Bescheid gegeben hätte und alles ganz sauber wäre, und dass die Geschichten, die sie über dich gehört hat, sowieso nicht wahr wären.«

Onkel Walter nuschelte irgendetwas in seinen Bart, er blinzelte so schnell, dass es aussah wie bei einem überfordert flimmernden Computerbildschirm. Sandy stützte die Hände auf den Hüftknochen ab.

»Und warum hab ich gelogen, Walt? Für mich? Für deine hinterhältige Kuh von Schwester? Vergiss es, Mann! Deinetwegen hab ich gelogen. Wegen *dir*. Weiß Gott, hätte ich mir das mal gespart!«

Sandy warf den Kopf in den Nacken, bevor sie auf den Totempfahl unserer drei Gesichter im Türspalt zuschoss.

»Tut mir leid, Kinder«, sagte sie und riss die Tür auf, sodass wir haltlos übereinanderpurzelten. »Wie es aussieht, bin ich hier nicht willkommen.«

Sie murmelte irgendetwas in sich hinein, während sie nach den beiden Tragschalen griff. Als sie sich aufrichtete, sah ich, dass die New-Labour-Aufkleber, die dort immer geklebt hatten, abgerissen worden waren. Die Überreste des Papiers, die auf dem blauen Plastik klebten, erinnerten an Zähne.

»Nicht *bereit?*«, schrie sie zurück Richtung Wohnzimmer. »Du bist dein Lebtag noch nicht bereit gewesen für irgendwas, Walter Dickerson!«

Sie knallte die Tür hinter sich zu, dass das Geländer im Flur bebte. Wir tauschten einen Blick, dann rannten wir ins Wohnzimmer.

»Was ist denn passiert, Mann?«, fragtest du, erstarrtest aber, als du deinen Onkel auf dem Sofa sitzen sahst, den Kopf in den Händen vergraben.

Er schaukelte vor und zurück. Nasse Flecken hatten sich in großen Kreisen auf seinem Hemd ausgebreitet. Als wir näher herankamen, sahen wir Schweißperlen überall auf seiner feuchtkalten Haut und hörten sein schnelles leises Murmeln.

»Aber ich wollte doch nicht … Das kannst du nicht machen … Das kannst du einfach nicht!«

»Onkel Walter?«, sagtest du.

Er schaukelte weiter.

»Sag das nicht. Nein, nein, bitte nicht!«

»Onkel Walter?«, sagtest du noch einmal, diesmal mit höherer Stimme.

Er schien nur noch mehr in Panik zu geraten. Seine Haut war weiß gefleckt. Auf einmal boxten seine Hände seinen Bauch, wie Sandy sich selbst geboxt hatte.

»Bobby, nein! Bobby …«

»Hey, Walt!«

Jonathans Stimme dröhnte so laut, dass wir alle zusammenfuhren, einschließlich Onkel Walter. Er blickte jäh hoch, sein ganzer Körper richtete sich von einer Sekunde auf die andere kerzengerade auf, als hätte man ihm in den Rücken geschlagen. Sein Blick irrte wild durch den Raum, seine Augen zuckten in den Augenhöhlen wie Fische, die man gerade aus dem Wasser gezogen hat.

»Onkel Walter?«, sagtest du zum dritten Mal, aber er schien dich gar nicht zu hören. Er murmelte nichts mehr, aber sein Blick irrte immer noch suchend durch den Raum.

Du drehtest dich um und sahst mich an. Deine sonnengebräunte Stirn lag in Falten.

»Was hat er denn?«, fragtest du.

Ich schaute zu Jonathan hinüber, dessen Augen hinter seiner Brille weit aufgerissen waren. Ich hoffte, dass er wüsste, was jetzt zu tun war, aber er erwiderte meinen Blick nur achselzuckend. Ich trat einen Schritt vor, kniete mich auf den Boden und ergriff die Hände deines Onkels.

»Denk an deine Survivaltechniken«, sagte ich und drückte seine Hände ganz fest.

Onkel Walters Blick beruhigte sich wieder. Als er mir in die Augen sah, konnte ich in seiner smaragdgrünen Iris braune Linien erkennen. Er drückte mir die Hände, dann holte er tief Luft.

»Überleben«, sagte er und atmete tief ein. »Überleben.«

»Ja, genau«, sagtest du und knietest dich neben mich. »Denk an deine Überlebenstechniken!«

Onkel Walter schnappte weiter nach Luft, als wäre er soeben aus dem Wasser aufgetaucht und bräuchte dringend Sauerstoff. Ich merkte, wie Jonathan sich neben uns auf den Boden hockte. Er sagte nichts, aber als er seine Knie umklammerte, wurden seine Finger ganz weiß.

Onkel Walter ließ meine Hände los und sank ins Sofa zurück. Dort saß er eine Weile keuchend, aber als er aufblickte, irrten seine Augen nicht mehr suchend umher. Er zog ein Taschentuch aus seiner Hose und tupfte sich die nasse Haut ab.

»Schon gut«, sagte er. »Jetzt ist alles wieder gut.«

Wir schauten ihn trotzdem skeptisch an. Er schenkte uns ein kleines Lächeln.

»Danke, Kinder«, sagte er. »Ich weiß nicht, was ich ohne euch machen würde.«

Amma kommt mit ihrem »Ich weiß alles«-Lächeln in mein Zimmer. Sie wirkt irgendwie anders, und erst als sie sich ihren Haarknoten im Nacken tätschelt, fällt mir auf, dass die weißen Strähnen, die sich normalerweise wellenförmig von ihrem Scheitel herunterziehen, durch die matte Farbe von verbranntem Holz ersetzt sind. Doch das gefärbte Haar schmeichelt ihr nicht, vielmehr betont es ihre Falten. Ihre Haut sieht auf einmal schlaff aus, ihre Augen leuchten nicht mehr so wie sonst neben dieser falschen Farbe. Es ist irgendwie künstlich, als würde sie eine Perücke tragen.

»Warum hast du das gemacht?«, frage ich.

Ihre Selbstgefälligkeit weicht ernsthafter Überraschung, das merke ich daran, dass sich ihr Kinn nach unten streckt und ihre Wangen plötzlich schmal aussehen.

»Ich habe dir sicher nie beigebracht, unhöflich zu sein, Ravine«, erwidert sie mit einer Kühle, die mich sofort zum Schweigen bringt.

Amma ist selten böse auf mich, und als ich ihren Gesichtsausdruck sehe, wird mir bewusst, dass ich eine Grenze überschritten habe. Ich bleibe mucksmäuschenstill, während sie mir die Werbesendungen vorliest, und sage auch nichts zu den schwarzen Flecken oben an ihren Ohren.

Die einzige andere Gelegenheit, bei der ich Amma so streng habe dreinschauen sehen, war, als ich beschlossen hatte, dass ich nicht mehr deine Freundin sein wollte. Davon weißt du nichts, denn Amma redete mir ins Gewissen, ehe ich etwas zu dir sagen konnte, aber wenn ich unsere Vergangenheit schon wieder ans Licht zerre, dann muss ich dir auch alles erzählen.

Mit Nacktschnecken und allem Drum und Dran.

Seit deinem Sieg in Bobbys Versteck hast du Stanley die Schnecke in einem großen Marmeladenglas gehalten, mit Blättern und Zweigen darin. So thronte er in der Ecke deines Schlafzimmers, während ich Sandarine III. in einer alten Keksdose halten musste, in deren Deckel ich Luftlöcher gebohrt hatte. Ich befürchtete, dass Amma sie finden, für Ungeziefer halten und am Ende meine Vollblutnacktschnecke unter der Sohle ihres weißen Turnschuhs zerquetschen könnte. Ich hatte bereits zwei Nacktschnecken verloren und konnte den Gedanken nicht ertragen, auch noch eine dritte zu verlieren.

Die erste Sandarine musste als auf dem Schlachtfeld vermisst gemeldet werden, nachdem eines unserer Schneckenrennen dadurch unterbrochen worden war, dass Jonathan rücklings von einem Holzscheit fiel und sich den Kopf anschlug. Er schluchzte auf dem ganzen Heimweg nach Bosworth House, als würde ihm gleich das Hirn aus dem Schädel quellen. Als Amma ihm erklärte, dass er nur eine Schürfwunde habe, die nicht genäht zu werden brauche, bestand er darauf, dass sein Kopf über und über mit Bandagen umwickelt wurde. Als wir zum Versteck zurückkamen, saß Stanley schon wieder stolz hinter der Ziellinie unter unserem Regenschirm-Dreifuß. Von Sandarine hingegen war weit und breit nichts zu sehen.

Sandarine II. war auf weniger mysteriöse Art und Weise verschwunden. Wir hatten beschlossen, im Wald zu picknicken, und während du so vernünftig warst, Stanley im Schutz des Marmeladenglases zu verwahren, hatte ich meine Keksdose geöffnet, damit Sandarine ein bisschen frische Luft abbekam. Als wir unsere Marmeladenbrote und die Salz-Essig-Kartoffelchips zur Hälfte aufgegessen hatten, kam eine Krähe – die groß genug gewesen wäre, um *mich* zu fressen –, flog zur Keksdose und schlang Sandarine in einem Stück herunter. Wie schnell und geschmeidig sie landete, wie rasch sie zupickte und den gefiederten Hals zurückbog, bevor sie wieder in die Bäume davonflatterte, war für mich Beweis genug, dass die Krähe unser unschuldiges Picknick schon vorher umschlichen und ihren Angriff geplant hatte. Man kann keinem trauen, Vögeln schon gar nicht.

Sandarine III. fand ich auf dem durchweichten Boden eines Tetrapacks. Sie war so klein und grau, dass man sie mit einer Assel hätte verwechseln können. Ich hatte eine Schwäche für kleine Dinge, auch wenn es bei näherer Betrachtung schlauer gewesen wäre, sich ein Riesenvieh auszusuchen, das annähernd Stanleys Größe hatte, damit es zumindest eine Chance auf den Sieg hatte. Bei diesen Größenverhältnissen hatte deine Schnecke einen Vorsprung von vier Zentimetern, bevor wir auch nur »LOS!« riefen.

Als uns im Winter auffiel, dass Stanley deutlich dünner war als sonst, warst du überzeugt, dass er sich erkältet hatte. Du wickeltest einen alten Schal um sein Marmeladenglas und warfst Hustenbonbons hinein, bis du merktest, dass er genauso pflaumenlila wurde wie die Lutschpastillen. Du musstest sie mit der Pinzette aus dem Glas holen, wobei du aufpassen musstest, das fette Viech nicht in die gewölbten Flanken zu pieken. Du liebtest diese Schnecke wie ein Baby, es war schon lächerlich. Gleich einem erstgeborenen Kind missfiel mir die Aufmerksamkeit, die er einheimste, bedeutete es doch, dass weniger für mich übrig blieb.

An deinem Geburtstag beschloss ich, dich für dieses Verhalten zu bestrafen, indem ich dir im Gegenzug keinerlei Aufmerksamkeit schenkte. Ich saß im Schlafanzug auf dem Sofa, als Amma mich aufforderte, mein schlagsahnefarbenes Partykleid anzuziehen. Ich weigerte mich aufzustehen.

»Ich bin nicht mehr Mariannes Freundin«, sagte ich.

Ammas Wange zuckte. Wäre sie ein anderer Typ Mutter gewesen, hätte sie mich hochgezogen und mir eins hintendrauf gegeben. Stattdessen strafte sie mich mit der Grausamkeit ihres Blicks.

»Sag mir nur einen guten Grund, warum das so sein sollte«, verlangte sie.

Ich verschränkte die Arme. »Das würdest du sowieso nicht verstehen.«

»Einen guten Grund!«

Man muss es Amma zugutehalten, dass sie nicht eine Sekunde lang glaubte, du hättest etwas mit diesem Zerwürfnis zu tun. Mädchen in unserem Alter zerstritten sich ständig, aber du warst eine standhaftere Natur, und das wusste meine Mutter. Als sie auf mich hinunterblickte, begann ich hektisch, meine Gründe zu erwägen. Amma wusste nichts von den Rennen im Wald, aber selbst wenn, hätte ich niemals zugeben können, dass ich eifersüchtig war auf eine Nacktschnecke. Also seufzte ich stattdessen dramatisch.

»Es ist was *Geheimes*«, antwortete ich.

Amma stemmte die Hände in die Hüften, die Falten ihres Saris legten sich kreuz und quer übereinander. Hinter ihr waren die Vögel auf den immergleichen Disteln meiner Tapete mitten im Flügelschlagen erstarrt. Als sie endlich etwas erwiderte, war Ammas Stimme nur noch ein tiefes Grollen.

»Du hast nur ein Leben, Ravine«, erklärte sie. »Und man weiß nie, wie lange deine Lieben daran teilhaben. Sie können verschwinden. Puff! Einfach so!« Sie spreizte die Finger, um ihr »Puff!« zu illustrieren.

Es dauerte Jahre, bis ich kapierte, wie recht sie hatte. Ich dachte, du würdest für immer da sein. Ich hielt unsere Freundschaft für selbstverständlich. Dann warst du eines Tages weg. Puff! Einfach so.

Amma beugte sich vor und sah mich durchdringend an.

»Wenn du etwas machst, dann solltest du einen guten Grund dafür haben. Nenn mir einen Grund, warum du Marianne die Freundschaft verweigern solltest – ansonsten ziehst du dieses Kleid an und gehst Geburtstagskuchen essen!«

Überflüssig zu erwähnen, dass ich das Kleid anzog.

Als wir später in eurem Wohnzimmer Twister spielten – Jonathan saß mit dem Verband um seine »Kopfverletzung« daneben –, war mir schon entfallen, warum ich nicht mehr deine Freundin sein wollte. Wir lachten und tranken und schauten *Pokémon – Der Film*. Stanley erwähntest du kein einziges Mal.

Nach dem Haarfärbedebakel heute Morgen höre ich nicht allzu viel von Amma. Ein leises Rascheln dringt über den Flur, und dazu zieht ein Geruch von Essig und Zitrone herein. Als sie eine Stunde später wieder zu mir kommt, trägt sie einen neuen Sari mit verschnörkeltem Paisleymuster. Amma hat sich seit zehn Jahren keinen neuen Sari mehr gekauft, und ich muss zugeben, dass das Gelb und Lila toll aussieht zu dem strahlenden Weiß ihrer Turnschuhe und ihrem frisch gefärbten Haar. Sie hat sich die Lider mit Khol umrahmt, eine kleine Tasche in der Hand und einen Regenmantel über dem Arm. Obwohl heute weder Großmarkt-Tag noch Entenfütter- oder Arzt-Tag ist, frage ich nicht, wo sie hingeht, und sage ihr auch nicht, wie gut sie aussieht.

»Ich fühl mich unwohl«, verkünde ich.

Ihr Gesicht verzieht sich voller Sorge, es erscheinen Fältchen darauf, sie blinzelt. Schon bereue ich meine Worte, aber nicht genug, um sie wieder zurückzunehmen.

»Sind es die Schmerzen?«, fragt sie.

Ich spanne den Körper an und ziehe eine Grimasse wie an meinen schlimmsten Tagen. Ich nicke.

»Auf einer Skala von eins bis zehn?«

Ich halte die Spannung.

»Achteinhalb.«

Sofort lässt sie ihre Tasche fallen und wirft den Regenmantel auf einen Stuhl.

»Keine Sorge, meine liebe Shona«, sagt sie und legt mir den Handrücken auf die Stirn. »Ich mache dir gleich einen kühlen Umschlag.«

Während ich die Muskeln wieder entspanne, spüre ich eine Schwere im Bauch, als würde er sich mit Steinen füllen. Unten höre ich Amma etwas in sich hineinmurmeln. Sie rennt den Flur auf und ab, dann greift sie zum Telefon.

»Nein, nein«, höre ich sie sagen. »Ich muss mich um sie kümmern. Wir können uns ja ein andermal treffen.«

Die Tapetenvögel schauen mich mit ihren Knopfaugen an. Sie kennen all meine Geheimnisse, sehen all meine Lügen. Sie lachen mich aus, verachten mich, verurteilen und hassen mich.

Ich liege flach auf dem Bett und schließe die Augen. Habe ich Schuldgefühle? Ja. Erwarte ich, dass für diese Lüge der Schmerz zweimal so schlimm zurückkommen wird? Ja. Aber ansonsten spüre ich nur Erleichterung. Man hat nur ein Leben, Marianne, und man weiß nie, wie lange die Lieben daran teilhaben. Ich habe vor, meine Mutter so lange festzuhalten, wie es meine Kräfte erlauben.

Sie ist der einzige Mensch, der mir noch geblieben ist.

Bevor ich krank wurde, hatten Amma und ich ein Ritual. Am Freitag, nach einem langen Arbeitstag, an dem sie Dutzende von Toiletten fremder Leute geschrubbt hatte, setzte sie sich aufs Sofa, legte die Füße hoch, und dann behandelte ich sie, als wäre sie die Maharani von Westhill. Ich brachte ihr Obst und Kekse auf geblümten Tellern und arrangierte alles auf unserem Wohnzimmertisch. Sie hatte ihn bei einem Räumungsverkauf ergattert, und er war viel zu schick für uns: dicke Tischbeine mit geschwungenen Füßen, komplizierten Schnitzereien an den Schubladen und Kanten. Er nahm sich lächerlich aus in unserem kleinen, durchschnittlichen Wohnzimmer. Aber an den Abenden, an denen ich das Minibankett anrichtete, schaute Amma den Tisch immer an, als wäre er ein Kunstwerk.

»Das sieht äußerst prachtvoll aus!«, verkündete sie dann in ihrer königlichsten Maharani-Stimme.

Nachdem ich sie ungefähr eine halbe Stunde lang verwöhnt hatte, nahm sie mich auf den Schoß, und wir schauten zusammen Spielshows an. Erst rückblickend fällt mir auf, dass Amma an diesen Abenden immer nur das Obst gegessen hat und mir alle Kekse übrig ließ.

»Ravine.«

Zischelnd tönt es durch die Wand. Im ersten Moment rede ich mir ein, dass der Wasserkessel kocht oder die Rohre rauschen, aber da ist es wieder.

»Raviiine.«

Mein Körper versteift sich. Das ist dieselbe Stimme, die mich aus dem Schlaf gerissen hat, derselbe Singsang, der mich glauben ließ, ich würde wahnsinnig.

»So, hier ist er«, sagt Amma, die gerade ins Zimmer kommt. Sie legt mir den kalten Umschlag auf die Stirn und drängt sich neben mich. Als ich ihren Körper wie ein warmes Kissen dicht an mir fühle, entspanne ich mich, aber die Stimme hallt immer noch in meinem Kopf.

Ich atme den Geruch von Ammas Parfüm ein. Der Duft von Rosen und Räucherkerzen ist so intensiv, dass ich verschwommen sehe und einen Augenblick lang das Stechen frischer Tränen in meinen Augen spüre.

»Habe ich dir schon erzählt, wie ich mal barfuß über eine Schlange gerannt bin?« Sie streichelt mir über den Hinterkopf.

Ich blinzle die Tränen aus den Augen, und obwohl sie mir

diese Geschichte schon so oft erzählt hat, dass ich sie auswendig hersagen könnte, schüttle ich den Kopf.

»Das war damals in Sylhet, im ausgetrockneten Wasserstaubecken neben den Geschäften im Dorf«, sagt sie. »Es war so trocken, dass die Kleider sich vom Staub rot verfärbten, wenn man darüberlief, aber wir rannten trotzdem. Ich war eine gute Läuferin, viel besser als meine Nachbarn, die immer so die Klappe aufrissen, und viele andere Kinder waren neidisch. Neid ist eine böse Sache, Ravine; pass gut auf, dass er dich nie in seine Klauen kriegt.«

Ich muss an Stanley in seinem Marmeladenglaszuhause denken, um das du deinen Schal gewickelt hattest.

»Die anderen Kinder haben mich immer aufgezogen«, sagt Amma, »weil ich mir meinen Shalwar Kameez in den Hosenbund gesteckt habe.«

»Baggy Bum Rekha«, murmle ich.

Meine Mutter schnalzt mit der Zunge, als sie wieder daran denkt. Während sie mir erzählt, wie die Kinder sie bei den ersten beiden Wettrennen verhöhnten, zieht sie die Kissen hinter sich zurecht und lässt sich dann in die dick aufgebauschten Daunen sinken. Aber Amma machte weiter, qualifizierte sich fürs nächste Rennen und dann für das nächste, bis der Tag sich dem Ende zuneigte und nur noch zwei Jungs und sie übrig waren. Sie kämmten sich das geölte Haar und gratulierten sich gegenseitig zu ihren läuferischen Fähigkeiten, während Amma ihre Dehnübungen machte. Die Männer, die von der Arbeit nach Hause kamen, stellten sich am Rand des Beckens auf. Sie setzten sich im Schneidersitz hin, klemmten sich ihre Lungi-Sarongs hinter die Knöchel und tranken Chai dazu, als würden sie ein Cricketmatch verfolgen. Als Amma aufblickte und ihren Vater in der Menge entdeckte, wurde sie nervös. Seine finstere Miene sagte: Wie wird meine missratene Tochter mich diesmal blamieren?

Noch an der Startlinie machten sich die zwei anderen Finalisten weiter über Amma lustig. Sie zogen sie an dem langen Zopf, der ihr vom Kopf baumelte, lachten ihr laut ins Ohr, sie umkreisten sie, tauschten die Seiten und stiegen ihr auf die Zehen. Doch meine Mutter blieb voll konzentriert. Sie blickte geradeaus zum Ende des Beckens und ignorierte den Geruch von Bhelpuri und Mangos, die die Straßenverkäufer der stetig anwachsenden Zuschauermenge andrehten. Sie behielt ihre Startposition bei, obwohl die anderen Mädchen kicherten und sich darüber lustig machten, wie dämlich sie aussähe. Doch als der Schuss ertönte, war Amma bereit und hämmerte die Füße in den roten Staub.

Obwohl sie einen guten Start erwischt hatte, holten die Jungen sie rasch ein. So schnell sie auch rannte, sie konnte ihre Führungsposition nicht verteidigen, und als sie sich dem Ende des Beckens näherten und die Menge immer lauter und lauter schrie, meinte sie schon, sie hätte verloren.

In dem Moment sah sie die Schlange.

»Es war keine Ringelnatter, das kann ich dir sagen«, betont Amma. »Das war eine Monokelkobra. Blass und giftig lag sie mit ihrem langen Körper vor uns im Staub.«

Einer der Jungen schrie auf, als er sie sah, und blieb stehen, um sofort in die andere Richtung davonzurennen. Der andere Junge drehte sich verdattert nach ihm um und rannte weiter, bis auch er den langen Körper auf dem Weg entdeckte. Amma spürte, dass der Junge in Panik zu ihr hinüberblickte, aber für kein Wesen auf dieser ganzen weiten Welt würde sie stehen bleiben, für keinen Menschen und für kein Tier. Als ihr letzter Gegner die Flucht ergriff, trat der Fuß meiner Mutter auf den Körper der Schlange. Die zog sich zusammen und wirbelte hoch, aber Ammas Knöchel waren zu schnell für die giftigen Fangzähne, und so rannte sie dem Sieg entgegen.

»Wie hat sich das angefühlt?«, frage ich Amma, die ganz aufrecht auf dem Bett sitzt.

Sie überlegt einen Augenblick. »Komisch«, sagt sie.

»Und dein Vater?«

Sie atmet geräuschvoll aus. »Er dachte, ich hätte die Jungen mit einer Art Voodoo erschreckt«, sagt sie. »Auch als ihm die anderen von der Schlange erzählten, meinte er, ich sei *phagol*, weil ich überhaupt drübergelaufen sei.«

»*Phagol*«, wiederhole ich, und ein Lächeln schleicht sich auf meine Lippen.

»Verrückt«, erklärt meine Mutter.

»Ich weiß«, sage ich und stupse sie gegen die Hüfte. »So hast du mich früher dauernd genannt.«

Meine Mutter lächelt und tätschelt mir die Wange.

Ein paar Dorfbewohner hielten sie ebenfalls für verrückt, andere meinten, sie sei gesegnet. Auf eine Schlange zu treten ohne gebissen zu werden, das musste einen Akt Gottes bedeuten oder mindestens (für die muslimische Fraktion) das eines Heiligen. Von diesem Tag an begegnete man ihr sowohl ehrfürchtig als auch ängstlich, und sie wurde berühmt in allen umliegenden Dörfern.

»Dein Vater hatte die Geschichte auch gehört«, erzählt Amma. »Als ich ihm davon berichtete, meinte er, an seiner Schule nannten sie mich ›das verrückte Bengalenmädchen, das über eine Schlange gerannt ist‹.«

Wieder grinst sie. Sie trägt den Titel stolz um den Hals wie eine Medaille.

Ich wiederhole die Worte, mit denen meine Mutter mich früher immer tadelte: »*Phagol betty*«, sage ich.

Frei übersetzt: »verrückte Frau«.

Amma blickt mit hochgezogenen Augenbrauen auf mich herab. Nachdem ich so ein deutliches Desinteresse für meine Muttersprache entwickelt hatte, bemerkte Amma nach und nach, dass auch sie die Sprache immer weniger benutzte. Aber sie sprach ein wenig Bengali, wenn ihr Bekannter sie besuchte, und im Laufe der Zeit gewöhnte sie sich wieder daran. Wenn sie es spricht, liegt eine Geschmeidigkeit in ihrer Stimme, die sie auf Englisch nicht erreichen kann; eine Geschwindigkeit, die ihrem Charakter wesentlich besser entspricht. Wenn ich sie Bengali sprechen höre, ist es, als sähe ich dabei zu, wie jemand im Wasser schwimmt, nachdem er vorher fünfzig Kilometer durch den Matsch waten musste. Ein Teil von mir ist glücklich zu sehen, wie ihre Zunge plötzlich so frei ist, ein anderer Teil von mir hat Angst, dass die Zunge zusammen mit ihrem Körper wieder in ihr Heimatland zurückschwimmen wird.

Ich sehe, wie Amma sich durch mein einfaches *»phagol betty«* ermutigt fühlt. Ihre Augen glitzern im Licht des Nachttischlämpchens, und dann singt sie die Nationalhymne von Bangladesch.

Sie hat sie mir einmal übersetzt.

»Mein goldenes Bengalen, ich liebe dich …«

Ich lausche ihrem weichen Gesang, und da mir in dem Moment einfällt, dass der Hausbesetzer von nebenan uns genauso deutlich hören kann, wie ich ihn vorhin meinen Namen zischen hörte, stimme ich ein. Noch während mir die Augen zufallen, überlege ich, ob er sich wohl gerade ein Kissen auf den Kopf drückt.

Dein Bruder hat es nie gemocht, wenn ich gesungen habe.

Das Sternbild der Sandwiches

Nachdem Onkel Walter in Bosworth House eingezogen war, saht ihr zwei gleich viel sauberer aus. Nicht, dass ihr vorher schmutzig gewesen wärt, aber im Vergleich mit den Zeiten von Mrs Dickerson änderte sich einiges. Denn während Amma mir das Haar zu ausgeklügelten Zöpfen frisierte, blieben deine so wild und ungekämmt, dass darin Spinnen hätten nisten können. Jonathan kam oft die ganze Woche mit denselben Kleidern in die Schule, und die Flecken vermehrten sich von Tag zu Tag. Wenn wir Sport hatten, musstet ihr stinkende Kleidungsstücke aus der Kiste mit den übrigen Sachen ziehen – Turnschuhe, die nicht zusammenpassten, T-Shirts, die so groß waren, dass sie euch bis zu den Knien reichten –, denn Mrs Dickerson wusch eure Sachen nie. Als Onkel Walter kam, passten eure Sachen zusammen, eure Gesichter waren sauber geschrubbt, ihr gabt eure Hausaufgaben pünktlich ab, und eure Vorlese-Übungen waren jeden Tag von ihm unterschrieben. Am Elternabend beugte sich Mrs Jenkins im Gespräch mit Onkel Walter so enthusiastisch vor, als wollte sie ihm gleich um den Hals fallen und ihn abknutschen.

Aber das alles war nicht genug für Jonathan. Damals hielt ich ihn für einen Flegel, aber wenn ich genauer darüber nachdenke, war es wahrscheinlich doch die Abwesenheit seiner Mutter, die ihn so unausstehlich machte. Er lächelte Onkel Walter nie an, lachte nie über seine Witze. Wenn euer Onkel sich ausgefallene Namen für seine Gerichte ausdachte – Pinguineintopf, Schmetterlingssalat, Einhorn Stroganoff –, schob Jonathan sie nur beiseite und meinte, dass sie heißen mochten, wie sie wollten, sie sähen trotzdem komisch aus und würden dazu noch seltsam riechen. Manchmal war er regelrecht gemein, kleckerte »versehentlich« klebrige Cola ins Lieblingskochbuch eures Onkels oder zog ihm den Stuhl weg, wenn er sich gerade hinsetzen wollte. Aber ich hatte auch gesehen, wie er mit den Fingern Onkel Walters Knie umklammerte, als der seinen Anfall hatte, und hatte ihn einmal dabei erwischt, wie er über die obere Kante seines Meteorologiebuchs spähte, als euer Onkel uns beibrachte, wie man einen Angriff von Killerbienen überlebt. Sein Hass auf Onkel Walter war so aufgesetzt wie seine Forderung, dass bei unseren Notaufnahme-Spielchen immer jede Menge Eingeweide und Blut dabei sein mussten. Zumindest dachte ich das bis zu dem Vorfall mit dem Sandwich.

Jonathan klopfte an diesem Morgen besonders verdrossen an die Tür unserer Wohnung. Onkel Walter brachte dir Italienisch bei, und Jonathan war das konstante Brummen ausländischer Wörter auf den Nerv gegangen. Als Amma ihm aufmachte, hatte er seinen schmollenden Gesichtsausdruck mit der vorgeschobenen Unterlippe aufgesetzt und die Arme ganz oben vor der Brust verschränkt.

»Raviiine!«, rief Amma in einer Lautstärke, die völlig unnötig war, weil ich direkt hinter ihr stand.

Ihre Nerven lagen damals ziemlich blank wegen einer Reihe anonymer Quälgeist-Anrufe mit schwerem Geschnaufe im Hintergrund. Wir vermuteten, dass Bradley Patterson dahintersteckte, aber ohne Beweise wurde Amma immer angespannter. Das ging so weit, dass sie ein Nebelhorn neben das Telefon gelegt hatte.

»Ich will nicht zu Ravine«, beeilte sich dein Bruder zu sagen.

Ich spürte einen kleinen stechenden Schmerz, aber ich zeigte es nicht. Jonathan reckte das Kinn hoch und schaute Amma an.

»Ich will Chili-Pulver.«

Amma legte die Hände auf dem Bauch übereinander und bedachte ihn mit einem Blick, mit dem man von meiner Mutter lieber nicht angeschaut werden will. Jonathan schluckte, die Muskeln an seiner Kehle tanzten auf und ab.

»Ich meine, könnte ich bitte ein bisschen Chili-Pulver haben, Mrs Roy?«

Amma hob das Kinn, aber nur ein paar Millimeter. »Und wofür, junger Mann?«

»Ich mache ein Experiment, und dazu brauch ich Chili«, erklärt er. »Das *richtig* scharfe Zeug. Sie wissen schon, von dem wir alle so husten müssen, als würden wir gleich sterben.«

Ich sah Amma an, dass es ihr widerstrebte, denn sie bewegte sich ein paar Sekunden lang nicht von der Stelle. Aber nach Nächten des gestörten Schlafs, verursacht durch die anonymen Anrufe, gab sie ziemlich bald nach und ging in die Küche. Dort maß sie ihm einen Teelöffel voll Chili ab (weit mehr, als irgendjemand braucht) und überreichte es Jonathan in einer Pausenbrottüte. Das knallige Orange des Pulvers leuchtete durchs Plastik. Er hielt es ins Licht, als würde er ein kostbares Juwel untersuchen.

»Darf ich zugucken bei deinem Experiment?«, fragte ich und lief Jonathan zu eurer Wohnung nach.

»Nein.«

»Warum nicht?«

»Weil du nur alles ruinieren würdest.«

Seine Antwort hätte mich nicht weiter berühren sollen – es wäre schließlich seltsamer gewesen, wenn er mir erlaubt hätte, zuzusehen –, aber seine Worte trafen mich trotzdem. Während Jonathan in die Küche schlenderte, folgte ich dem Lärm des unverständlichen Geplauders und ließ mich im Wohnzimmer neben dich und deinen Onkel plumpsen.

»*Bagno*«, wiederholtest du. »*Bagno, bagno, bagno.*«

Du sagtest es mit vermeintlich italienischem Akzent, dabei klang es eher nach Walisisch; du bewegtest den Mund betont elastisch und sperrtest die Augen so weit auf, dass es aussah, als würden sie dir gleich aus den Höhlen treten.

»Was heißt denn *bagno?*«, fragte ich.

»Badezimmer«, antwortetest du, bevor du wieder die Augen weitetest. »*Bagno, bagno.*«

Jonathan begann in der Küche zu hantieren, aber wir interessierten uns viel mehr für Onkel Walter, der uns zeigte, wie wir unsere Zungenspitze an den Gaumen legen mussten. Wir saßen alle drei da und zeigten die fleischigen Venen an unseren Zungenunterseiten, als Jonathan mit einem Teller zum Sofa kam.

»Ich hab dir ein Sandwich gemacht«, sagte er zu Onkel Walter.

Man hörte einen Dreiklang aus Klicks, als unsere Zungen wieder in ihre normale Position zurückschnalzten. Onkel Walter bohrte sich einen Finger in den eigenen Brustkorb.

»Für mich?«

Jonathan nickte so energisch, dass ihm fast die Brille von der Nase fiel. Als er vortrat, erfüllte ein durchdringender Geruch die Luft. Er war stark und so würzig, dass uns die Augen davon tränten. Dann fingst du an zu husten und drücktest dir ein Kissen aufs Gesicht, um den Geruch nicht riechen zu müssen. Jonathan hatte das gesamte Chili aufgebraucht, auch die orange verschmierten Flecken auf der Oberseite des Weißbrots zeigten, dass er alles andere als sparsam gewesen war. Auf dem Sandwich lag nicht mal ein Salatblatt, das wenigstens angedeutet hätte, dass er wirklich etwas Essbares anbot. Jonathan servierte hier ein Chili-Sandwich, und er wollte, dass euer Onkel es wusste.

Und natürlich wusste euer Onkel, was Sache war. Jeder mit einer Nase im Gesicht hätte es gewusst. Aber er sagte kein Wort. Er griff nach dem Teller, nahm die orange gefleckten Brotscheiben zwischen die Finger und drehte sie prüfend hin und her.

»Riecht gut«, sagte er und nickte dazu, als wäre das die Wahrheit.

»Hab ich selbst gemacht«, sagte Jonathan. »Es wäre unhöflich, wenn du es nicht essen würdest.«

»Jonathan Dickerson«, hörte man deine erstickte Stimme hinter dem Kissen.

Du linstest kurz über die Kante des Kissens, aber die Chilidämpfe trieben dir sofort die Tränen in die Augen, und du musstest dich wieder dahinter verstecken.

Jonathan runzelte die Stirn. »Kümmer dich um deinen eigenen Kram, Marianne.«

Ich klappte den Mund auf.

»Das gilt auch für dich, Wörterbuch-Queen.«

Er zog einen imaginären Reißverschluss über seinen Lippen zu, mit einer genauso energischen Bewegung wie jemand, der sich ein imaginäres Messer quer über die Kehle zieht. Ich klappte den Mund wieder zu.

»Du brauchst nicht böse zu werden, Jonathan«, sagte euer Onkel. »Es sieht wirklich toll aus. Vielen Dank.«

Ich hielt mir den Mund zu, nicht wegen des Chiligeruchs (den war ich ja gewöhnt), sondern weil ich wusste, was Onkel Walter vorhatte. Dein Bruder sah verwirrt aus, weil er auch wusste, was euer Onkel vorhatte, und es war nicht das, womit er gerechnet hatte. Deine Augen waren unter dem Kissen verschwunden, aber als Onkel Walter das Sandwich an den Mund hob, schaute er deinen Nichtsnutz von Bruder an, neigte den Kopf und zwinkerte ihm zu.

Er nahm einen großen Bissen. Onkel Walters dicke, viereckige Zähne versanken im Brot und rissen ein solches Stück heraus, dass sogar Jonathan die Panik in die Augen trat. Als er zu kauen begann, drückte ich die Hände noch fester auf den Mund, weil ich die Hitze dieses flammenden Infernos in seinem Mund vorausahnte.

»Hmmmm«, machte er, während seine Kiefer mahlten.

»Nicht schlecht.« Er schluckte einen Mundvoll und hielt deinem Bruder das restliche Sandwich hin. »Magst du auch mal?«

Dein Bruder schaute mit geballten Fäusten auf das Sandwich. Auf seinem Hals blühten rote Flecken auf wie tödliche Blumen. In seinem Zorn lag mehr Hitze, als irgendeine Art von Chili hätte hervorrufen können.

»Du bist ein fettes Stück Scheiße! Ich hasse dich!«, rief er, dann stürmte er hoch in sein Zimmer.

Sofort hobst du deinen Kopf hinter dem Kissen.

»Jonathan Dickerson!«

Du ranntest ihm nach. Am Fuß der Treppe bliebst du noch einmal kurz stehen und schautest uns an.

»Er hat's nicht so gemeint«, sagtest du.

»HAB ICH WOHL!«, schrie Jonathan.

Als du ihm hinterherranntest, seufzte Onkel Walter und legte die Reste des Chili-Sandwichs auf den Tisch. Ich sah zu, wie er ein Taschentuch aus der Brusttasche zog, und kam zu dem Schluss, dass ihm das jahrelange Survivaltraining offenbar gute Dienste geleistet hatte. Sie mussten ihm beim Eintritt in die Army die Geschmacksknospen abgetötet haben. Oder sie hatten seine Widerstandskräfte gestärkt, indem sie ihm ganze Chilis zu essen gaben. Als ich gerade den Mund aufmachte, um ihn zu fragen, ob es auch noch andere Lebensmittel dieser Art gab, die ihm nichts ausmachten, tupfte sich Onkel Walter die Stirn ab und schaute mich an.

»Könntest du mir wohl zufällig ein Glas Milch bringen, Ravine?«, bat er mit blutunterlaufenen Augen. »Ich fühle mich nicht besonders.«

Er ist zurückgekommen. Die Stimme, von der ich dachte, ich hätte sie mir nur erträumt, der Spottvers »Ravine, Ravine, Wörterbuch-Queen«. Das war alles dein Bruder.

Wetterfrosch-Jonathan ist zurückgekommen, um mich zu quälen.

Ich habe seinen Geist wiederauferstehen lassen. Jahrelang habe ich versucht, dich zu vergessen, und jetzt, da ich mich an dich erinnere, ist auch dein blöder Bruder wieder aufgetaucht. Ich habe die Gestalten unserer Kindheit heraufbeschworen, einfach so, indem ich dir geschrieben habe. Trotzdem mache ich weiter. Vielleicht erhöht das die Chance, dass du wieder in mein Leben trittst. Je mehr ich dir schreibe, desto größer wird sie.

Heute Morgen habe ich ein raschelndes Geräusch gehört, und das bloße Wissen darum, dass dieses Geräusch von Jonathan kam, verursachte mir Schwindel. Womit raschelte er da? Warum raschelte er so laut? War es meinetwegen? Um mich endgültig in den Wahnsinn zu treiben?

Als Amma mit einem currygewürzten Frühstück hereinkommt, kann ich ihr kaum in die Augen sehen.

»Wie geht's dir, auf einer Skala von eins bis zehn?«, fragt sie.

Ich suche nach einer Zahl, die glaubwürdig ist, ihr aber keinen Anlass zur Besorgnis gibt.

»Sechs«, sage ich.

Ihre Augen weiten sich unmerklich.

»Fünfeinhalb?«, schlage ich vor.

Ihre Lider erschlaffen wieder.

Lügen ziehen Lügen nach sich. Und das Schlimmste ist, fast kann man sich selbst einreden, dass man das Richtige tut, weil man seine Nächsten und Liebsten vor den Dingen schützt, mit denen sie nicht zurechtkommen können. Aber die ganze Zeit verdreht es einem die Eingeweide, und die Galle will einem auf die Zunge steigen.

Amma nimmt mein Gesicht sanft in die Hände. »Du bist so ein tapferes Mädchen«, sagt sie.

Ich merke, wie meine Wangen ganz heiß werden. Und höre, wie dein Bruder sich nebenan totlacht.

Das Sternbild der Geständnisse

Es wird Zeit, dass ich ein Geständnis ablege.

In meinem Leben gibt es viele Dinge, die ich wohl nicht hätte tun sollen, und dazu gehört auch, dass ich unser Leben für dich niederschreibe. Ich habe mich an alles mit einer so intensiven Lebendigkeit erinnert, dass mir die Augen schmerzen und der Kopf dröhnt. Und jetzt ist Jonathan nebenan, und ich kann nur an all die Dinge denken, die ich falsch gemacht habe. Die Dinge, für die ich mich schäme.

Geständnis Nummer eins: Einmal war ich so sauer auf deinen Bruder, dass ich ihm ein Bonbon gab, das ich auf der Treppe gefunden hatte. Es waren Fussel, Dreck und Überreste von Mrs Simmons' schmutzigem Vogelwasser daran, aber ich wischte die ekligen Sachen ab und drückte es ihm in die Hand. Zwei Tage lang lag er danach flach.

Geständnis Nummer zwei: Ich bin eine Mörderin.

Protestier jetzt nicht, du kennst noch nicht die ganze Geschichte.

Ich hatte ein Motiv. Ich hatte den Vorsatz. Was ich damals nicht hatte, war der Mut, es dir zu sagen. Weswegen ich es dir jetzt sagen muss.

Es geschah an dem Tag, an dem sich Stanley von seiner Erkältung erholte. Er war wieder bereit fürs nächste Rennen, und du warst ganz aufgekratzt, hast auf meinem Bett gesessen und die Beine baumeln lassen, dass deine Fersen gegen die Seitenteile schlugen. Stanley war in seinem Marmeladenglas, das auf deinem Schoß stand, und du beobachtetest, wie er auf seinem Schleim über die Blätter glitt. Das Licht fiel durch seinen dicken brauen Körper, er glänzte wie frische Hundekacke. Als ich das Schachspiel auf dem Teppich aufbaute, redetest du ihm Mut zu.

»Du schaffst das, Stanley. Ich glaube an dich.«

Noch während ich die Spielfiguren in beliebiger Anordnung aufstellte, nahmst du mir das Versprechen ab, dass wir nach einer Partie hinausgehen und ein Schneckenrennen abhalten würden.

»Weil er jetzt mental bereit ist«, sagtest du, »und wenn wir zu lange warten, kann es sein, dass er alles vergisst, und dann muss ich es ihm noch mal sagen, und wenn ich es ihm noch mal sage, heißt das, dass wir auch noch länger warten müssen, und wenn wir noch länger warten …«

Ich verdrehte die Augen. »Okay, okay!«, sagte ich. »Aber wir müssen *eine Partie ganz bis zu Ende* spielen.«

Leider wurde es uns nach zwei Minuten schon langweilig.

»Na, dann komm!«, sagtest du, griffst dir Stanleys Glas und ranntest zur Tür.

»Warte!«

Du bliebst stehen, die Beine leicht gespreizt, eine Hand umklammerte die Klinke, mit der anderen drücktest du Stanleys Glas an dich. Ich wusste nicht, was ich sagen sollte, ich wusste nur, dass ich genug von den Schneckenrennen hatte. Genug davon, jedes einzelne zu verlieren, genug davon, jedes Mal eine Handvoll Murmeln zu verlieren, wenn du wieder gewonnen hattest, aber vor allem: genug davon, deine ungeteilte Aufmerksamkeit zu verlieren. Du hattest gelesen, dass eine Nacktschnecke in Gefangenschaft bis zu fünfzehn Jahre überleben konnte. Fünfzehn Jahre. So lange konnte ich nicht warten. Es war ganz einfach. Ich wollte dich zurück und ich wollte, dass Stanley verschwand, und ich war (wie bei Amma und der Schlange) so auf mein Ziel konzentriert, dass ich keine Sekunde lang über die Folgen nachdachte.

Du wartetest schon an der Tür auf mich, und ich fragte dich in einem Ton, der nach skeptischem Arzt klingen sollte, ob du wirklich mit Sicherheit wüsstest, dass es Stanley besser ging. Du schautest auf das Marmeladenglas und nicktest.

»Hundert Prozent«, sagtest du.

Ich runzelte die Stirn und rieb mir das Kinn mit den Fingerspitzen.

»Aber geht es ihm *hundertundzehn Prozent* besser?«

Du schautest mich verdattert an, denn obwohl du in Mathe nicht gerade die größte Leuchte warst, wusstest du, dass das keine gängige Prozentzahl war. Ich fing an, wie nebenbei die Schachfiguren zusammenzupacken.

»Ich kenne zufällig ein Mittel, mit dem es ihm hundertundzehn Prozent besser gehen wird.«

Du schnapptest nach Luft. »Hundertundzehn Prozent?«

Ich blickte von meinen Schachfiguren auf. »Definitiv.«

Dein Griff um die Klinke lockerte sich. Du schautest auf Stanley herab und wägtest den Wert von hundertundzehn Prozent gegen hundert Prozent ab. Dann wandtest du mir den Kopf zu.

»Und was ist das für ein Mittel?«

Ich sah dir fest in die Augen. »Salz«, sagte ich.

Es war böse, das wusste ich damals schon. Aber mir pulste eine Erregung durch die Adern, die zum einen von meinem Egoismus befeuert wurde, zum anderen von dem Teil in mir, der dich auf die Probe stellen wollte.

Du nahmst mir meine Salzlüge voller Enthusiasmus ab. Sofort fragtest du, wo wir welches hätten, und ich spazierte schnurstracks aus meinem Zimmer, die Treppe hinunter und geradewegs zum Gewürzregal neben der Küchenspüle. Das Salz war in einem zugeknoteten Tütchen aus Cellophan. Ich hatte beobachtet, wie Amma ebendieses Salz gegen die Schnecken einsetzte, die immer über ihre Blumenkästen herfielen. Ich hatte ihr zugesehen, Marianne. Ich hatte die ganze Prozedur verfolgt. Und ich wusste sehr wohl, was an diesem Tag mit Stanley passieren würde.

Du brachtest das Vieh in die Küche und stelltest sein Marmeladenglas auf den Tisch. Du trugst ein Sommerkleid mit Gänseblümchen, und als du dich hinsetztest, rutschte dir der Rock hoch bis zur Taille, sodass man deine knallgrüne Unterhose sehen konnte. Ich stand an der Spüle mit der Tüte Salz in der Hand und sah, dass deine Füße unter dem Tisch vor- und zurückschwangen. Du schautest zu mir herüber und lächeltest.

»Vielleicht wird er sogar noch schneller«, meintest du. »Dann könnten wir ihn bei den Nacktschnecken-Renn-Meisterschaften anmelden.«

Ich nickte, ohne nachzufragen, ob es so etwas überhaupt gab, und dann verfolgte ich gespannt, wie du den Deckel des Glases abschraubtest und Stanleys fetten Körper mit beiden Händen herausholtest. Er sah größer aus als je zuvor, sein dicker Glibberkörper glitt dir vom Handgelenk bis zum oberen Rand der pfirsichzarten Handfläche. Ich wollte seine wackelnden Fühler und seinen riesigen buckligen Rücken nicht sehen, deswegen wandte ich das Gesicht ab.

»Na komm, Ravine«, sagtest du und nicktest mir aufmunternd zu. »Man sollte das Eisen schmieden, solange es kalt ist.«

Du grinstest übers ganze Gesicht. Ich versuchte nicht mal, dich zu korrigieren.

In dem Moment kam mir die Erkenntnis. Als deine haselnussbraunen Augen mich anstrahlten, stand mir glasklar vor Augen, wie schäbig mein Vorhaben war. Mir wurde klar, was jetzt passieren würde, und damit nicht genug – ich wusste, dass es böse war. Amma hatte recht gehabt: Es bedurfte weder Pfarrer noch Kirchen, um dem Menschen Moral zu lehren, es bedurfte schlicht eines Gewissens.

»Marianne …?«, begann ich und trat vorsichtig einen Schritt auf dich zu.

»Mach schnell«, sagtest du. »Bevor er mir noch von der Hand gleitet.«

Du legtest abwechselnd eine Hand vor die andere, um Stanley im Vorwärtsgleiten abzufangen. Deine Stimme klang so drängend, dass ich mich dazu gezwungen sah, eine Entscheidung zu treffen. Problematisch wurde es erst, wenn ich auf ihn hinunterblickte: Er war so eklig. Es ging mir einfach nicht in den Kopf, warum du ihn so lieben konntest. Sein dicker, schleimiger Körper, das Rillenmuster, das seine seltsame Haut zierte, sein riesiger Fuß, der deine ganze Handfläche mit Schleim überzog. Ich schaute auf Stanley hinab, verzog die Oberlippe und öffnete die Tüte.

Zugegeben, es war sicherlich nicht die beste Idee, gleich das gesamte Salz über Stanley auszuleeren. Ich machte es Amma nach, die jeden Sünder in ihrem Blumenkasten unter einem kleinen weißen Häuflein begrub, rasch und ohne Gnade, bedenken- und gefühllos.

Einen Augenblick sah es so aus, als wäre da mehr Salz als Schnecke auf deiner Hand, und du blicktest mit einem so breiten Grinsen zu mir auf, dass sich deine Augen zu schmalen Schlitzen verengten und deine Bäckchen das ganze Gesicht beherrschten.

Da begann er sich zu winden.

Meine Haut wurde so heiß, dass ich schon dachte, mich hätte ein Fieber befallen. Mir zitterten die Knie, und mein Körper machte sich bereit, unter der niederträchtigen Tat zusammenzubrechen, die ich gerade begangen hatte. Beim Anblick von Stanley, der sich unter heftigen Zuckungen wand, verschwand das Lächeln von deinem Gesicht, und deine Augen wurden so groß, dass ich das Weiß um deine Iris sehen konnte.

»Was ist denn jetzt los?«, fragtest du.

Ich antwortete nicht. Ich war zu sehr damit beschäftigt, Stanleys schrumpfenden Rumpf anzustarren. Es sah aus, als würde ihm das Leben selbst ausgesaugt. Eine Sekunde lang meinte ich, ihn schreien zu hören, ein kleiner, schwacher Schrei aus winzigen Nacktschneckenlungen. Du standest so rasch auf, dass dein Stuhl nach hinten umkippte, und hieltest dir seinen Körper an das Ohr.

»Wir müssen Maßnahmen zur Reanimation ergreifen«, sagtest du.

Ich schaute dich mit einer Ausdruckslosigkeit an, die du nicht einzuordnen wusstest.

»Willst du nicht wissen, was eine Reanimation ist, Ravine?«

Wieder gab ich keine Antwort, und ich glaube, in dem Moment wusstest du Bescheid. Ich blieb stocksteif stehen, während dir Stanleys Körper von den Händen rutschte und zu Boden fiel. Unsere Köpfe folgten seinem Fall, und wir wurden Zeugen seines Todeskampfes auf dem Küchenlinoleum.

Ich weiß nicht, was ich erwartet hatte, auf jeden Fall etwas anderes als das, was darauf folgte. Als sein Körper sich nicht mehr bewegte, schrumpelte er in sich zusammen und vertrocknete zu einem braunen Klümpchen. Ich schaute auf und suchte nach irgendeiner Reaktion in deinem Gesicht. Du hieltest den Kopf gesenkt. Alles, was ich sah, waren deine Locken und die zerknitterten Gänseblümchen auf deinem Kleid.

»Ich glaub, ich geh in dein Zimmer«, sagtest du.

Jetzt weißt du also Bescheid. Ich habe Stanley getötet. Ich habe deine Nacktschnecke ermordet.

Später stand ich vor meinem Zimmer und war überzeugt, dich verloren zu haben. Ich drückte mein Ohr an das Holz der Tür, wartete darauf, dass du die Schachfiguren an die Wand warfst. Ich hörte dich nicht weinen, aber als du herauskamst, waren deine Lider am Rand gerötet, und deine sonnengebräunten Wangen glänzten wie die einer Plastikpuppe. Du schnieftest und wischtest dir die Nase mit dem Handrücken ab und atmetest mit zuckenden Schultern kleine Schlucke Luft ein. Schon merkte ich, dass mein Kinn zitterte, und blinzelte rasch, um zu verhindern, dass die Nässe in meinen Augen überlief. Unter den überlangen Pulloverärmeln ballte ich die Fäuste und machte mich bereit, den Kopf einzuziehen und im Kragen verschwinden zu lassen, als wäre ich eine Schildkröte.

Du standest auf der Schwelle und starrtest mich an. Dein Gesicht war ausdruckslos, als würdest du schlafen, und als du blinzeltest, war die Bewegung so automatisch, dass ich kaum einschätzen konnte, ob du mich tatsächlich wahrnahmst. Irgendwann zucktest du mit den Schultern.

»*C'est la vie*«, sagtest du.

Zuerst meinte ich, mich verhört zu haben, nur zu hören, was ich hören wollte. Aber als ich dich ansah, lag da weder Wut noch Bitterkeit in deinen verweinten Augen, nur Resignation. Ich werde nie vergessen, was es für ein Gefühl war, als du mir vergeben hast. Es fühlte sich an, als würde ich von einer Klippe stürzen. Ich fühlte, wie ich fiel, auf den Boden zuraste, während der Wind meinen Körper umtoste, fühlte, wie die Panik mich bei der Kehle packte. Doch dann, als ich mich schon auf den Schmerz gefasst machte, wurde ich von den Flügeln einer Taube aufgefangen und gerettet.

Du warst die Taube, Marianne. Du hast mich gerettet.

Du hast nie jemandem erzählt, was ich mit Stanley gemacht habe. Wenn die Leute nachfragten, hast du ihnen gesagt, er sei einer tragischen Nacktschnecken-Influenza zum Opfer gefallen.

»Ich musste die ganze Nacht bei seinem Marmeladenglas wachen, ihm die Stirn abtupfen und ihn mit frischen Blättern füttern. Wie Florence Nightingale in diesem Krieg bei den Soldaten. Am Ende, als er langsam blau anlief, schaute er zu mir empor und lächelte. Als wollte er sagen: ›Danke, Marianne, du warst eine wirklich tolle Krankenschwester, aber jetzt ist es Zeit für mich zu gehen.‹«

Onkel Walter ließ dich den Rest der Woche Schwarz tragen. Sogar Jonathan zeigte Mitgefühl. Er hatte Stanley zwar immer nur für eine »dumme Nacktschnecke« gehalten, aber nach seinem Tod behielt er Kommentare dieser Art für sich. Sogar als wir das Schneckenbegräbnis im Wald abhielten, mit Schuhkarton, Spinatblättern und Grabreden, verdrehte er nur ein einziges Mal die Augen.

Trotzdem wusste Jonathan irgendwie Bescheid. Wenn du den Leuten deine Geschichte von der Nacktschnecken-Influenza erzähltest, schaute er mich von der Seite durch seine Brille an und erforschte meinen Gesichtsausdruck so gründlich, dass ich den Blick senken musste. Wenn du besonders traurig warst und ich dir den Arm um die Schulter legte oder dir meine schwarzen Jelly Babys überließ, weil das deine Lieblingsbonbons waren, bedachte er mich mit einem Blick, der besagte: »Mach dich nicht lächerlich. Du wolltest ihn doch aus dem Weg räumen.«

Aber damals war mir das egal. Nach jenem Tag in der Küche war es mir nur noch wichtig, dich zu beschützen. Ich hatte das Böse gesehen, hatte es in meinem Blut gespürt, und ich würde es nie wieder in deine Nähe kommen lassen. Ich versuchte, dich zu trösten, obwohl es Jonathans Misstrauen weckte, obwohl es mich zur Heuchlerin und zum Narren abstempelte. Und du erlaubtest mir, dich zu trösten, und das ist mehr, als ich jemals verdient hatte.

Als ich heute Morgen aus dem Fenster schaue, haben sich die Knospen im Baumwipfel, zuvor noch prall und rund, in smaragdgrüne Blätter verwandelt. Sie zieren die Zweige wie die Handabdrücke einer Höhlenmalerei, und das Licht blitzt funkelnd hinter ihren Rändern auf. Als Amma mit ihrem Tablett mit Kartoffelcurry hochkommt, esse ich alles ohne Meckern auf und lasse sogar ein paar interessierte Geräusche verlauten, als sie mir die Speisekarte eines neuen indischen Restaurants vorliest.

Sie kneift die Augen zusammen.

»Das ist natürlich nie so gut wie Selbstgekochtes«, sagt sie und wendet sich den Rechnungen zu.

In der Vergangenheit haben die schweren Schmerzanfälle nicht nur über Tage angedauert, sondern auch Tage der Erholung nach sich gezogen. Amma schaut mich daher skeptisch an, als ich ihr erkläre, dass ich mich besser fühle.

»Vier auf einer Schmerzskala von eins bis zehn«, verkünde ich. »Vielleicht sogar weniger.«

Nach viel Getue, Schmerzmitteln und Fiebermessen beschließt sie, einen Gang zum Großmarkt anzutreten. Ich winke ihr zum Abschied zu und hole mein Rätselheft hervor, um eine neue Seite anzufangen.

Ich glaube nicht, dass ich Vergebung erlangt habe; was ich Stanley angetan habe, war unverzeihlich. Aber nachdem ich es aufgeschrieben habe, gestanden habe, was damals wirklich passiert ist, fühle ich tatsächlich eine Leichtigkeit im Nacken (wie der Seemann, dem der Albatros vom Hals genommen wird, in Coleridges Ballade *Die Ballade vom alten Seemann*, meinem Prüfungstext beim Examen – Mr Chavda meinte ja, dieses Gedicht »entziehe sich meinem Verständnis«. Ha!).

Aber genug davon. Ich muss dir von Jonathan erzählen.

Nachdem Amma zum Großmarkt gegangen ist, gerate ich in einen regelrechten Rätsel-Flow. In solchen Momenten löse ich manchmal ein ganzes Kreuzworträtsel in weniger als zehn Minuten. Die Buchstaben fliegen kreuz und quer vor meinen Augen hin und her, und für einige Sekunden erlange ich meinen ganz eigenen Zen-Moment, und alles wird eins. Und just in diesem Augenblick, als ich wie wild die Buchstaben auf die Seite kritzle, höre ich Jonathans Stimme durch die Wand.

»Ravine«, sagt er. »Kannst du mich *murmel*?«

Ich erstarre, mein Stift schwebt über dem Papier. Beim nächsten Mal spricht er lauter.

»Ich weiß, dass du mich hören kannst, Ravine!«, sagt er.

Ich höre die Verzweiflung in seiner Stimme. Derselbe »Verdammt noch mal, jetzt komm schon!«-Ton, den er anschlug, als wir noch klein waren. Aber dein Bruder ist kein Kind mehr, er ist ein einundzwanzigjähriger Mann. Wenn ich an ihn zurückdenke, sehe ich ein strubbeliges, blasses Balg mit einer Brille, die viel zu groß ist für sein kleines Gesicht. Wenn ich jetzt an ihn denke, sehe ich dasselbe Balg, nur größer. Ich weiß, das ist irrational, aber so wie du in meiner Vorstellung nie altern wirst, bleibt auch er immer derselbe.

Ich höre noch ein bisschen Gemurmel, aber seine Stimme ist so leise. Ich greife nach dem leeren Glas auf dem Nachttisch, lege es an die Wand und drücke das Ohr an den Glasboden. Ein paar Wörter schnappe ich auf (»geben«, »nie«, »jetzt«), bis seine Stimme auf einmal wieder laut ist, als lehnte er direkt an der Wand.

»Ich will doch nur mit dir reden!«, sagt er.

Ich antworte nicht, stelle das Glas beiseite und konzentriere mich angestrengt darauf, die nächste Rätselfrage durchzulesen. Da fängt er an, gegen die Wand zu hämmern.

»Ravine!«, ruft er. »Das ist kein Witz hier!«

Ich verdrehe die Augen. Als ob er, der größte Griesgram von Westhill, jemals für seinen Humor bekannt gewesen wäre.

Das Hämmern wird lauter, schneller. Das Klopfen in meinem Brustkorb fällt in den Rhythmus ein. Allmählich geht er mir auf die Nerven. Er verdirbt mir einen schönen Tag. Mit dem Rätsel-Flow ist es vorbei, langsam stellen sich Kopfschmerzen ein. Dein Bruder war schon immer groß darin, anderen Leuten Dinge zu verderben. Er fand immer einen Weg, etwas zu ruinieren, einem etwas zu vergällen, zu zerstören. Offenbar glaubt er, das funktioniere noch immer. Glaubt, er könne mich herumschubsen, als wäre ich immer noch ein kleines Mädchen.

Ich schaue zu Shiva hinüber, der seinen kosmischen Tanz von Schöpfung und Zerstörung tanzt. Ich wäge ab, ob es angemessen wäre, wenn ich ihn um die Taille fassen und durch die Wand dreschen würde, sodass er Jonathan den Schädel zerschmettert.

Das Hämmern hört auf.

»Ravine!«, ruft Jonathan. »*Ravine!*«

Ich lasse den Stift fallen, als er meinen Namen schreit. Es ist so laut, dass ich den Kopf einziehe und unter die Decke stecke, in der Hoffnung, dass ich diese Stimme nie wieder hören werde, wenn ich nur unten bleibe und mir die Finger in die Ohren stecke.

»Geh weg«, murmle ich in die Matratze. »Geh weg, geh weg, *geh weg!*«

Er hört auf zu schreien. Ich beiße mir auf die Lippe und hoffe, dass er mich nicht gehört hat.

Das Sternbild des Versteckbleibens

Amma hat heute wieder Besuch von ihrem Bekannten. Sein letzter Besuch liegt so lange zurück, dass ich im ersten Moment dachte, der Gasmann wäre zum Ablesen gekommen. Wenig später höre ich das vertraute Brummeln seiner Stimme.

»*Bala asini?*«, sagt er, als er auf dem Flur steht.

»Gut, gut«, erwidert Amma und führt ihn rasch ins Wohnzimmer.

Gestern Abend, als Amma vom Entenfüttern nach Hause kam, hörte ich sie mit jemandem telefonieren. Sie sprach Bengali, also ging ich davon aus, dass sie mit ihrem Bekannten redete, aber im Verlauf des Gesprächs, merkte ich, dass ihr Ton zu formell war, die Wiederholung der Sätze hatte einen fast schon offiziellen Ton. Ich lauschte und versuchte, die paar wenigen englischen Worte aufzuschnappen.

»Flughafen«, hörte ich sie sagen. »Bangladesch … Tickets.«

Da haben wir es also: Amma wird mich verlassen.

Nach all der Pflege, der Geschichte von der Schlange und dem Gesinge der bengalischen Nationalhymne hatte ich doch gehofft, dass wir uns ein bisschen nähergekommen wären, stattdessen zieht sie sich immer weiter von mir zurück. Kein Wunder, dass sie so darauf erpicht ist, mich aus der Wohnung zu bekommen, kein Wunder, dass sie mich so drängt, mein Leben wieder in die Hand zu nehmen. Sie selbst ist es, die die Wohnung verlassen möchte, um ihr Leben wiederaufzunehmen. Ich weiß, dass ich es verdient habe. Ich weiß, ich sollte sie glücklich sein lassen. Aber ganz im Ernst – was soll ich ohne Amma anfangen?

Ich lausche der Stimme ihres Bekannten, die durch die Bodendielen vibriert. Einmal höre ich sie sogar lachen. Dieses Gelächter versetzt mir einen Stich, so wie der Stich, den es einem versetzt, wenn man in der Sportstunde als Letzte in die Mannschaft gewählt wird.

Nachdem er gegangen ist, kommt Amma zu mir hoch. Sie setzt sich mit einem Sieb auf dem Schoß auf ihren Stuhl und beginnt, mit dem unschuldigsten Gesichtsausdruck Erbsen zu palen.

Bangladesch. Es wäre mir nie in den Sinn gekommen, dass Amma tatsächlich zurückgehen würde. Als ich jünger war, hatte sie manchmal davon gesprochen, mich dorthin mitzunehmen, damit ich »meine Wurzeln entdecke«, aber als ich krank wurde, zerschlugen sich diese Hoffnungen. Doch die Dinge ändern sich. Sie spricht jetzt so laut mit ihrem Bekannten, fast so, als *wollte* sie, dass ich sie höre.

Vielleicht sollte ich ihr die Wahrheit sagen. Sie ihr so ganz nebenher unterschieben, wie sie mir die Tickets untergeschoben hat.

Ich bin überhaupt nicht krank!

Ich schmolle eine Weile, während sie die Erbsen schält. Jedes Mal, wenn sie mit dem Finger durch die Schote fährt, hört man das leise Ploppen, wenn sich die einzelnen Erbsen lösen. Ein zarter, süßer Geruch erfüllt das Zimmer, den ich jedoch im Moment nicht recht genießen kann. Ich versuche, mich an die Neuigkeiten über diesen Vulkan in Island zu erinnern, die sie mir vor ein paar Tagen vorgelesen hat. Der hatte den europäischen Flugverkehr fast lahmgelegt mit der riesigen Aschewolke, die er ausspuckte. Spuckte er immer noch? Würde er ihre verrückten Reisepläne vereiteln? Auf einmal wünschte ich, ich hätte besser zugehört, als sie mir die Nachrichten vorlas, statt mir zu denken, dass solche Informationen sowieso wertlos waren für einen Körper, der wahrscheinlich nie wesentlich weiter als bis zum Badezimmer reisen würde, geschweige denn das Land verlassen. Ich schaue zu Amma, der die grünen Perlen von den Fingern springen.

»Was willst du eigentlich von mir?« Ich lege den Kopf zurück und strecke die Arme auf dem Bett aus. Ich drehe die Handflächen nach oben und liege da wie gekreuzigt.

Ich sehe aus dem Augenwinkel, wie sie von ihren Erbsen aufblickt, aber der Schock, den ich ihr damit aufs Gesicht schreiben wollte, bleibt aus. Sie schüttelt den Kopf.

»*Ich* will gar nichts von dir.«

Sie schüttelt immer noch den Kopf, während ich meine Gekreuzigtenhaltung beibehalte. Irgendwann hebe ich den Kopf.

»Okay – was will *er* dann von mir?«

Wieder bleibt der Schock aus.

»Dich sehen.«

»Wozu?«

Ammas Augenbrauen springen nach oben, als hätte ich ihr die Eine-Million-Frage gestellt. Ich lasse den Kopf zurück in die Kissen fallen.

»Ach, egal«, sage ich. »Ich will es gar nicht wissen.«

Als ich zu ihr hinüberschaue, sieht sie nicht wütend aus, sondern müde, als wäre es schon anstrengend, nur mit mir zu reden.

»Du kannst dich nicht für immer vor der Welt verstecken, Ravine«, sagt sie und steht auf, obwohl erst die Hälfte der Erbsen geschält ist.

In der Peripherie meines Blickfelds sehe ich sie hinausgehen. Amma gibt mich auf. Ich erkenne es an den hängenden Augenlidern, an der Art, wie sie kaum noch mit mir streitet. Sie hat ihren Bekannten, für den sie sich die Haare färbt und sich neue Saris kauft. Sie wird umworben, ein Gedanke, von dem mir richtig schlecht wird. Bald wird sie mich gänzlich satthaben und ihr eigenes Leben beginnen.

Und das sollte sie auch. Ich bin ein hoffnungsloser Fall. Ich bin undankbar. Aber was am schlimmsten ist – ich bin eine Lügnerin. Und wenn sie das herausfindet, was für einen Grund hat sie dann noch, bei mir zu bleiben?

Ich kann mich nicht für immer verstecken. Sagt Amma. Trotzdem liege ich hier und wünsche mir, dass ich es könnte.

Das zweite Mal sah ich den Seelentrinker im Großmarkt. Amma hatte mich an einem Samstagmorgen zu einem »lehrreichen Ausflug« mitgenommen. Wie sie mich auch in den Park, zum Markt, ins Gasmuseum oder in die Bibliothek mitnahm. Auf der Liste von Ammas »lehrreichen Ausflügen« rangierten Orte mit freiem Eintritt ganz weit oben.

»Wenn du vom Leben nicht lernen kannst, wovon kannst du dann lernen?«, sagte sie, während sie rote Linsen in eine durchsichtige Tüte schaufelte.

Es machte mir nichts aus, zum Großmarkt zu fahren. Es war ein bunter Ort voll exotischer Waren, die man in den normalen Läden in Westhill nicht zu sehen bekam. An diesem Ort versammelte sich die asiatische Gemeinschaft und hielt ihre Treffen ab. Es war Tempel, Gurdwara, Moschee und Kirche in einem, mit dem Bonus, dass man dort auch noch billige Importware verkaufen konnte. Als ich die Halle betrat, schaute ich die braunen Gesichter in den Gängen an, als wäre ich ein Alien, der gerade seinen Heimatplaneten wiedergefunden hat. Es machte mir nichts aus, das einzige asiatische Mädchen in der Siedlung zu sein. Abgesehen von den gelegentlichen Hänseleien durch Bradley Patterson ließ man mich in Ruhe. Ich registrierte nur ab und zu die verblüfften Blicke, wenn Amma in ihrer Sari-Turnschuh-Kombi auftrat. Auch in der Schule schienen die anderen Kinder meine Hautfarbe nicht wahrzunehmen. Die einzige Ausnahme war Luke Judd, der mich auf dem Pausenhof einmal als »Paki« bezeichnete. Ich schaute ihn an und verdrehte die Augen.

»Ich bin doch nicht aus *Pakistan*. Ich bin aus *Bangladesch*.«

Diese Aussage ließ ihn völlig ratlos zurück, und erst als Mrs Jenkins ihm später eine widerwillige Entschuldigung abzwang, wurde mir klar, dass er mich hatte beleidigen wollen.

Doch im Großmarkt waren einfach zu viele Leute, als dass Bradley Patterson und Luke Judd sie alle hätten beleidigen können. Da liefen Scharen von anderen Ammas in knallbunten Saris und Trenchcoats mit ordentlich hochgesteckten Haaren herum. Auch Männer waren dort, mit pechschwarzen Haaren und dunkler Haut und Kugelbäuchlein unter kurzärmligen Hemden, die sie ordentlich in den Hosenbund steckten. Einer von diesen Männern könnte mein Vater sein, dachte ich. Ich müsste nur einen Mann mit einem Strauß roter Tulpen finden, der ein Gesicht zog, als würde er gleich anfangen zu weinen.

Ich mochte den Großmarkt auch, weil es Amma nicht störte, wenn ich auf eigene Faust herumstöberte. In der Siedlung musste ich immer ihre Hand halten, was im Alter von acht Jahren langsam peinlich wurde. Im Großmarkt war sie so damit beschäftigt, Kichererbsenkonserven im Sonderangebot anzusehen und Mangos zu prüfen, dass sie es gar nicht merkte, wenn ich davonschlenderte, um einen Blick auf die Chili-Chips zu werfen.

Ich glaube, der Großmarkt hätte dir auch gefallen. Ich wünschte, ich hätte dich mal mitnehmen können. Er sah anders aus als die ordentlichen westlichen Supermärkte mit ihren schnurgeraden Gängen und den sauber gestapelten Waren. Im Großmarkt standen oft Schachteln mit irgendwelchen Artikeln in der Mitte der Gänge herum, die Lichter über den Kassen flackerten, und neben der Tür waren riesige, gefährlich schwankende Warentürme aufgestapelt. Die Gewürze wurden offen in Fässern angeboten, in denen riesige Schaufeln steckten, stachlige Gemüsesorten lagen in Kisten neben Tiefkühltruhen voller Fertig-Samosas und gefrorener Okraschoten. Die asiatische Bevölkerung kaufte gern in größeren Mengen ein, und oft verglich ich meinen kleinen Körper mit den Reissäcken, den Fässchen mit Sonnenblumenöl und langen Zwiebelnetzen, die mir bis zu den Schultern reichten.

Als ich den Seelentrinker sah, las ich gerade das Etikett auf einem Sack mit Kichererbsenmehl und schlug (mit wenig Erfolg) das Wort »*besan*« in meinem Taschenwörterbuch nach. Als ich zur Seite blickte, sah ich ihn im Gang mit den Chutneys herumlungern. Er trug dieselbe Kombination aus kurzärmligem Hemd und Hose wie die anderen Männer und wäre nicht weiter aufgefallen, hätte er seine Schultern nicht so seltsam hochgezogen, als er sich hinter die Regale duckte. Er tat so, als würde er das Etikett auf einem Glas mit Mango-Zitronen-Chutney lesen, aber seine Augen spähten die ganze Zeit zu Amma hinüber, die sich durch eine Kiste mit grünen Chilischoten wühlte. Seine gelben Augen waren ganz auf sie fixiert, und in dem Moment wusste ich, dass der Seelentrinker nicht nur hinter meiner Seele her war, sondern auch hinter der Seele meiner Mutter.

Ich umklammerte mein Taschenwörterbuch und starrte den Seelentrinker an. Dabei hielt ich den Atem an, als wäre dein Ausspruch »wenn du nicht atmest, sieht er dich nicht« wirklich wahr. Seine Haut war so dunkel wie Kaffeebohnen, und auf der Wange hatte er kleine Dellen, die seine Haut überzogen wie winzige Krater. Er kaute heftig auf der Unterlippe, und die gleichmäßigen kleinen Vierecke seiner Zähne waren rot gefleckt, sei es von Betelresten oder Blut. Ich stand neben dem Kichererbsenmehl und war mir sicher, dass es sich um Letzteres handelte.

Ich weiß nicht, womit ich seine Aufmerksamkeit auf mich gezogen habe – ob ich geschrien habe, mein Wörterbuch fallen ließ oder ob er mit seinen übernatürlichen Kräften meine starrenden Augen spürte –, aber im nächsten Moment schaute der Seelentrinker mich direkt an. Seine Augen wirkten im Licht der Ladenbeleuchtung so hell wie die einer Ampel, und er riss sie überrascht auf. Er blickte zu Amma und duckte sich in den Gang.

Dass er sich vor mir versteckte, verwirrte mich einen Augenblick lang, bis ich begriff, was geschehen war. Ich hatte den Seelentrinker in einem unerwarteten Moment ertappt, und damit hatte ich ihm all seine Kräfte geraubt. Ich holte wieder Luft, stolperte beinahe über eine zerbrochene Kokosnuss und einen Preisauszeichner und rannte kreischend zu Amma. Sie zuckte kaum zusammen, als ich am Stoff ihres Saris zerrte.

»Wir müssen gehen, wir müssen gehen!«, rief ich.

Ich warf noch einen Blick in den Gang mit den Chutneys, wo der Kopf des Seelentrinkers wieder auftauchte, um uns zu beobachten. Ich sah weg, damit er mir mit seinen Augen nicht die Seele aussaugen konnte, und zerrte weiter an Ammas Sari. Sie schlug mir den Stoff aus der Hand und wühlte ungerührt in einem Stapel mit abgepackten geschälten Erdnüssen.

»Wir haben noch zehn Minuten, bis der Bus kommt«, sagte sie. »Du kannst dir einen Lutscher holen.«

Als ich wieder in den Chutney-Gang schaute, war der Seelentrinker verschwunden. Ich sah nur noch, wie sich sein Hemd hinter ihm blähte, als er durch die Schiebetüren hinausrannte. Innerhalb weniger Sekunden war er verschwunden, ohne dass Amma gemerkt hätte, was vor sich ging, und trotz aller Erleichterung war ich verärgert, dass ich ihn als Einzige gesehen hatte.

»Aber er war genau hier«, beharrte ich und deutete auf die Stelle, von wo aus er uns mit seinen wässrigen Augen beobachtet hatte.

Amma schaute auf mich herab und drückte mir ein 50-Pence-Stück in die Hand.

»Warte an der Kasse auf mich«, sagte sie.

Auf der Heimfahrt im Bus und während ich an meinem Zimtlolli lutschte, musste ich die ganze Zeit aus dem Fenster starren, nur für den Fall, dass uns die gelben Augen verfolgten. Amma plauderte über die steigenden Preise für Kidneybohnen, während ich darüber nachdachte, wie knapp wir davongekommen waren. Diesmal hatten wir noch Glück gehabt, aber ob es nächstes Mal genauso glimpflich abgehen würde? Und ebenda, während wir uns Westhill Estate näherten, beschloss ich zu tun, was Onkel Walter tun würde. Ich würde eine Survivalstrategie entwickeln, um uns vor dem Seelentrinker zu schützen.

Letzte Nacht träumte ich, dass ich auf See war. Als ich über die Reling blickte, waren da kleine Wellen im diamantklaren Wasser, Tausende tropischer Fische, die dicht unter der Oberfläche schwammen. Als ich mich aufsetzte, sah ich die Küste in meinem Rücken verschwinden, und ein durchtrenntes Tau schlängelte sich im Wasser hinter mir wie ein nasser Schwanz. Ich war frei. Endlich war ich frei.

Doch dann wachte ich auf und begriff, dass ich es nicht war.

Geheimnisse sind Fleischfresser. Je länger ich mich auf diesen Gewässern aufhalte, umso eher werden diese Fische an Bord springen, um mich zu fressen. Nicht, dass dann noch viel von mir übrig wäre. Ich bin zu einem Stanley-großen Klümpchen zusammengeschrumpft. Karma, würde meine Mutter sagen, obwohl sie an solche Dinge nicht glaubt. Aber wenn die Hindus recht haben, bin ich dazu bestimmt, als nasse, schleimige Nacktschnecke wiedergeboren zu werden.

»Ravine, ich weiß, dass du mich hörst«, hat dein Bruder heute Morgen durch die Wand gesagt. »Bitte rede mit mir.«

Ich wandte mein Gesicht ab und versuchte, meine Tränen vor der Wand zu verbergen.

»Bitte«, sagte er zu mir, und als ich das hörte, musste ich weinen. Das hatte ich Jonathan noch nie zu mir sagen gehört.

Das Sternbild des Anziehens

Ich konnte dir nicht schreiben, weil ich auf ein neues Notizbuch gewartet habe. Du hättest Ammas Gesicht sehen sollen, als ich sie darum bitte. Das Bindi auf ihrer Stirn rutscht so weit nach oben, dass es fast unter ihrem Haaransatz verschwindet.

»Hast du das von deinem Geburtstag denn schon vollgeschrieben?«, fragt sie. »Alles schon voll?«

»Ich kritzle da ab und zu drin herum. Das hilft mir beim Lösen der Kreuzworträtsel.«

Wieder eine Lüge, die wie ein Stein von einer Klippe poltert. Amma lehnt sich zurück und seufzt.

»Ich habe Papier, auf dem du *herumkritzeln* kannst. Zeitungen und alte Umschläge.«

»Das wird nicht reichen.«

Amma schaut verdutzt, als würde ich ihr ein Rätsel aufgeben. Sie hebt einen Finger.

»Ich habe da dieses Toilettenpapier, das ist viel zu hart. Ich habe es günstig im Großmarkt gekauft, und sie wollen es nicht zurücknehmen.«

Durch die Wand höre ich deinen Bruder kichern.

»Nein, Amma«, sage ich laut. »Ich will Schreibpapier. Etwas, was nicht zerfallen kann. Ich zahle es auch selbst.«

Ich zeige auf die Schublade meiner Kommode, und Amma schaut mich aus großen Augen an. Sie zieht das Sparschwein heraus, das ich als Sechsjährige gebastelt habe. Von seinen Ohren sind Stückchen abgesplittert, die Schnauze sieht eher aus wie ein kleiner Ast, und mit dem ungleichmäßigen roten Lack hat es etwas Sonnenverbranntes. Alles Geld, das ich jemals zum Geburtstag geschenkt bekommen habe, steckt in diesem Sparschwein, ebenso das Pfund, das Amma mir allwöchentlich als Taschengeld gibt. (Es ist kein richtiges Taschengeld, weil es ja nie in meine Tasche wandert. Sowie sie mir die Münze auf die Hand legt, werfe ich diese umstandslos ins Sparschwein.)

Ich strecke die Hand aus, damit Amma es mir gibt, aber sie hält es fest.

»Ich dachte, du sparst.«

Je weiter ich die Hand danach ausstrecke, umso fester hält sie das Schwein. Irgendwann lasse ich den Arm sinken.

»Worauf denn sparen? Außerdem wird das bisschen Papier mich schon nicht ruinieren.«

Amma schaut immer noch auf das Sparschwein. Ich weiß, dass mindestens 480 Pfund darin sein müssen, deswegen kann ich ihr Zaudern nicht verstehen. Sanft tätschelt sie dem Schwein den Kopf, bevor sie es wieder in die Schublade zurückstellt.

»Nein, Shona. Das Geld wirst du noch brauchen. Ich zahle für das Papier.«

Noch bevor ich irgendwelche Einwände erheben kann, marschiert sie schon die Treppe hinunter und sprüht ihre Turnschuhe mit Essig und Limone ein, bevor sie zum Geschäft geht.

Wenn dasselbe vor einer Woche passiert wäre, hätte ich keinen weiteren Gedanken darauf verschwendet. Amma ist die Sorte Mensch, die selbst in der Sahara für regnerische Zeiten sparen würde. Aber jetzt kenne ich ihre Pläne, und plötzlich haben ihre Worte einen unheilvollen Klang.

Das Geld wirst du noch brauchen.

Als Amma zurückkommt, höre ich sie unten herumschleichen, dann betritt sie mit einem neuen Notizbuch mein Zimmer. Noch bevor ich mich bedanken kann, zieht sie einen Stapel zusammengerollter Wahlkampf-Flyer aus ihrem Unterrock, wo sie sich aufgefächert haben wie Nelken. Sie grinst mich an. Zu den Pillen auf dem Plastiktablett serviert Amma mir heute Wahlversprechen. Die Arbeiterpartei wird das Haushaltsdefizit bis 2014 halbieren, die Konservativen werden den Arbeitslosen »Hilfe zur Selbsthilfe« geben, indem sie die Sozialhilfe kürzen. Die Liberalen hingegen werden die Studiengebühren abschaffen. Wenn es nach den Flyern geht, ist jede Partei die beste, und alle anderen Parteien haben nur das Ziel, das Land geradewegs in den Ruin zu treiben. Gordon Brown ist unglücklich und hitzköpfig, David Cameron viel zu vornehm, um mit uns, dem Fußvolk, zu sympathisieren, und wer noch mal war eigentlich Nick Clegg?

Betreffend Ammas Zwangswahlkomplott, hatte ich auf etwas mehr Mitgefühl von Sandy gehofft. Sie hatte mich besucht, und als sie ihre Zigarette aus dem Fenster hielt, setzte ich zu meiner Verteidigungsrede an. Doch sowie ich das Wort »Wahlen« fallen ließ, gingen bei ihr alle Lampen an, und sie erzählte mir, dass sie die Einzige ihrer Freundinnen in Westhill sei, die überhaupt wählen ging.

»Die Leute sagen, dass es niemand gibt, der es wert wäre, ihm eine Stimme zu geben«, sagte sie. »Ich frage sie also, ob sie sich der Wahl enthalten. Und die schauen mich an, als wäre ich verrückt geworden, aber weißt du, ich schaue mir am Sonntag immer die Politiksendung an. Man muss sich mit diesem System vertraut machen, Ravine. Man muss wissen, was die da oben treiben. Weiß Gott, in den verdammten Blair-Jahren hab ich meine Lektion gelernt.«

Ich war völlig ernüchtert, dass sie die Pläne meiner Mutter so energisch unterstützte.

»Ich stimme auf jeden Fall für Cameron«, fuhr sie fort. »Der ist zwar ein reicher Pinkel, aber schlechter als die derzeitige

Regierung geht's gar nicht. Eines sage ich dir – solange der an der Macht ist, ist mir meine Stütze sicher.«

Sandy ist äußerst wachsam, wenn es um ihre Stütze geht. Sie ist davon überzeugt, dass Cameron ihr die Zahlungen nicht streichen wird, weil sie unter einer attestierten klinischen Depression leidet, ganz im Gegensatz zu Mrs Patterson, die behauptet, sie habe ein Rückenleiden, obwohl sie jeden Mittwoch zum Zumba geht. Sandy lebt von der Stütze, seit sie sechzehn ist. Nur unter diesen Bedingungen schafft sie es, zu funktionieren. Das ist genauso wie mit mir und diesem Zimmer. Mag ja sein, dass man in einem finsteren Loch festhängt, aber wenn man das Tageslicht nie gesehen hat, ist es einfach bequemer, im Dunkeln zu bleiben.

Während Amma also die Flyer liest, mustere ich ihre entspannte Miene und frage mich, wann sie mir wohl von ihrer Rückkehr nach Bangladesch erzählen will.

»Kommst du heute eigentlich noch bei Lasers Kofferraum vorbei?«, frage ich sie beiläufig, als sie die Flyer wegsteckt.

Ihre Schultern sacken herab. »Nenn ihn doch nicht immer so.«

»Aber das ist sein Name.«

»Er heißt Ian. Und es ist kein Kofferraum, sondern ein Verkaufsstand mit preisreduzierter Ware.«

Sie schüttelt den Kopf und lächelt mich an, als hätte ich da etwas falsch verstanden.

»Ian hat mir versichert, dass seine Waren alle ganz offiziell vertrieben werden und von höchster Qualität sind.« Hinter Amma sehe ich die Blätter des Baumes, die ihr wie ein grüner Heiligenschein der Unschuld um den Kopf tanzen.

»*Laser* war auch schon wegen Betrugs im Gefängnis, also würde ich keinen Heller auf das geben, was er sagt.«

Amma bläst die Backen auf, als wäre ich nur patzig. Dabei hat sie zu mir dasselbe über Laser gesagt, als ich klein war, und hat ihre Meinung erst geändert, als er ihr einen Rabatt auf ein Pfannenset aus rostfreiem Stahl gegeben hat.

»Hab schon immer eine Schwäche für exotische Ladys gehabt«, hatte er durch seine Zahnlücke gegrinst.

Während jede andere Frau so einen Spruch widerlich gefunden hätte, war meine Mutter in manisches Gekicher ausgebrochen. Sie hatte schon immer eine Schwäche für Komplimente und für Rabatte, und beides im Doppelpack benebelt sie vollkommen. Jetzt lässt sie nichts mehr auf den Mann kommen, den sie früher als »verlogenen kleinen Betrüger« bezeichnet hat.

Nach der Bemerkung über Lasers Gefängnisstrafe ist Amma ganz zugeknöpft.

»Brauchst du jetzt was von ihm oder nicht?«, fragt sie.

»Nein.«

»Gut.«

Sie setzt sich die Lesebrille auf die Nasenspitze und wendet sich den Rechnungen zu. Ich reiße ein Stückchen von meinem Chapati ab und überlege, ob ich mich irgendwie zu Lasers Kofferraum schleichen kann, ohne dass Amma es merkt. Vielleicht wird es nicht ganz so schlimm, demnächst mit Amma zur Wahl zu gehen, wenn ich jetzt schon mal allein hinausgehe. Außerdem könnte ich ein paar neue Rätselhefte gebrauchen und vielleicht auch seine Sammlung gebrauchter CDs durchschauen, in der Kiste mit den Sonderangeboten, die er immer auf dem Boden stehen hat.

Wie ich Amma kenne, wird sie gleich nach dem Frühstück zu Laser hinuntergehen, um sich als Erste etwas aus seinen »Waren höchster Qualität« herauszuangeln, und dann wird sie weitergehen in den Park, um die Enten zu füttern. Das eröffnet mir ein Zeitfenster von gut anderthalb Stunden, in dem ich hinunterhuschen, mir schnell das Angebot durchsehen und wieder in mein Zimmer zurücklaufen kann. Ich versuche, den Plan zu visualisieren, wie ich die vollgepissten Treppen hinunterlaufe und in das Licht von Westhill hinaustrete. Ich stelle mir vor, wie ich den Blick auf den Gehweg richte und mein Haar gleich einem Schild meine Identität verbirgt. Ich werde die Menge absuchen, bis ich Lasers ausgeblichene Jeans und den Tommy-Hilfiger-Pulli, seine Dienstbekleidung, ausgemacht habe. (Bei näherer Betrachtung steht übrigens TOMMY HILLFINGER auf dem Teil). Ich versuche zu visualisieren, wie ich auf sein zahnlückiges Grinsen zugehe und den Mund zum Gruß öffne, aber wenn ich zu diesem Teil der Szene komme, spüre ich einen bohrenden Schmerz in der Brust, der mich aus meinen Gedanken reißt. Der Schmerz ist so scharf, als würde sich eine winzige Hand um meine Speiseröhre legen. Wahrscheinlich ist es das Chili in Ammas Kichererbsencurry. Doch nachdem ich den Mangosaft hinterhergegossen habe, packt die Hand nur noch fester zu. Das Licht im Zimmer wird blendend hell, mir wird ganz schwindlig davon.

»Ich habe Neuigkeiten«, sagt Amma unvermittelt.

Als ich sie ansehe, hat sie das Kinn auf die Brust gedrückt, und ihr Blick ruht auf dem Umschlag in ihrer Hand. Schon sie einfach nur dort sitzen zu sehen, mit den Ponys, die hinter ihr über die Vorhänge tanzen, lindert meinen Schmerz. Die Welt da draußen rückt wieder in weite Ferne, da draußen vor den Wänden unserer Wohnung.

»Neuigkeiten?« Ich versuche, einen möglichst gleichgültigen Ton anzuschlagen.

»Es geht um Mr Chavda«, sagt sie.

Sie starrt weiterhin den Umschlag an, also gehe ich vom Schlimmsten aus. Ich schiebe mir das Chapati in den Mund und denke an all die Gelegenheiten, bei denen ich Mr Chavda nicht zugehört und nur die Augen verdreht habe. Wenn es irgendjemand ähnlichsehen würde, zu sterben und mir als Geist nachzustellen, dann ihm. Der würde nachts durch mein Zimmer schweben und mir Multiplikationstabellen ins Ohr heulen.

»Was ist los mit ihm?«, frage ich.

Amma öffnet energisch den Umschlag und reißt in ihrer Wut eine Ecke des Schreibens mit ab.

»Nichts«, sagt sie, schüttelt den Kopf und zieht die verstümmelte Rechnung heraus. »Er führt sich nur auf wie ein großes Kind.«

»Wie meinst du das?«, frage ich.

Amma schiebt die Lippen vor. »Vergiss es.«

Ich lasse die Schultern sacken. »Warum fängst du dann überhaupt erst davon an?«

Sie schaut kurz auf, dann fixiert sie wieder die Rechnung. »Weil er dich eine Weile nicht unterrichten wird. Er ist zu sehr mit Schmollen beschäftigt.«

Ich dringe nicht weiter in sie, da Amma offensichtlich nicht in der Stimmung für weitere Erklärungen ist. Außerdem errate ich den Grund für Mr Chavdas Schmollen auch so: Sie hat ihm wohl von ihrer Rückkehr nach Bangladesch erzählt, und er hat mit einem Wutanfall reagiert. Amma (die auf solche Taktiken erst gar nicht einsteigt) wird sich geweigert haben, weiter mit ihm zu sprechen, wenn er sich nicht entschuldigt, und Mr Chavda (von dem ich annehme, dass er sich sein Lebtag noch nicht bei jemandem entschuldigt hat) wird dasselbe tun.

»Welche Übung wollen wir heute machen?«, fragt Amma, die sich jetzt ein paar Werbesendungen vorknöpft.

»Wie wär's mit Im-Bett-bleiben?«, schlage ich vor.

Sie lässt den Kopf hängen. »Das machst du schon genug … Ich weiß was! Wir stoppen die Zeit, wenn du dich aufsetzt und wieder hinlegst. Mal schauen, ob wir deinen Rekord brechen.«

Ich stöhne auf und lasse meinen Körper dabei zusammensinken.

»Kann ich nicht die Fensterübung machen? Darin werd ich langsam richtig gut.«

Sie scheint mich gar nicht zu hören, so abgelenkt ist sie von unserer Stromrechnung.

»Das Heizöl ist im Moment ganz schön teuer«, murmelt sie.

In Bangladesch ist es garantiert billiger, denke ich und stopfe mir schnell ein Chapati in den Mund, bevor ich die Worte noch tatsächlich ausspreche.

Ich muss eingeschlafen sein, denn später am Tag schlage ich zum Klang von Ammas Stimme die Augen auf.

»Du kannst dich nicht für immer verstecken, Ravine. Du kannst dich nicht verstecken.«

Sie flüstert es mir ins Ohr, wiederholt die Worte so oft, bis ich den Kopf zurückwerfe und sie bitte, mich endlich in Ruhe zu lassen. Aber sie ist gar nicht da. Als ich mich umschaue, höre ich, wie unsere Wohnungstür klickend ins Schloss fällt, und mir wird klar, dass Amma einkaufen geht.

Ich setze mich auf. Mein Kopf fühlt sich an, als bestünde er aus tausend losen Puzzleteilchen. Ich versuche, ihn wieder zusammenzusetzen, und reibe mir die Augen. Die Schultern tun mir weh vom ganzen Hin- und Herwerfen. Amma hat ein Tablett mit Mittagessen auf dem Nachttisch abgestellt, doch als ich die Lammstückchen unter gelben Reiskörnern sehe, reagiert mein Magen mit Gleichgültigkeit. Mein Blick wandert von den Rätselbüchern auf dem Tisch zu dem Zickzackstapel aus Büchern von der Bibliothek, der auf dem Boden steht, zur verkehrt herum liegenden Fernbedienung am Fuß des Bettes. Nichts reizt mich. Irgendwann fasse ich einen Entschluss. Ich werde heute etwas anderes machen. Etwas, was ich schon lang nicht mehr gemacht habe. Ich werde mich anziehen.

Das letzte Mal habe ich mich vor vier Monaten angezogen, als ich einen Termin im Krankenhaus hatte. Natürlich habe ich seitdem auch Sachen getragen, aber das waren nur Schlafanzüge oder alte Shalwar Kameez mit grellbuntem Paisleymuster. Sie sind bequem für die Nacht, aber nicht unbedingt geeignet, um in dieser Wohnsiedlung vor die Tür zu gehen.

Ich schwinge die Beine aus dem Bett und stelle sie auf den Teppich. Ich zwicke mich ein paarmal leicht in den Arm, danach spanne ich verschiedene Körperteile an und entspanne sie wieder. Ich gehe zu meinem Schrank in der Zimmerecke und öffne die Türen. Vor mir sehe ich eine Sammlung aus bürotauglichen Outfits und Partykleidern, dazwischen gibt es nichts. Anzüge,

Westen, Hemden und Röcke. Kleider wie für den Abschlussball, glitzernde Saris, die ich alleine gar nicht anzulegen wüsste, figurbetonte Satinabendkleider und rüschenbesetzte Teile, die ohne Probleme mit den Sahnebaiserkleidchen mithalten können, die wir als Siebenjährige trugen. Amma hat meine Garderobe jedes Jahr erneuert, und wenn ich mir den Inhalt so ansehe, erwartet sie wohl, dass ich ausschließlich zu Bewerbungsgesprächen und Siegerehrungen gehe. Ihr scheint nicht in den Sinn gekommen zu sein, dass ich auch ganz alltägliche Stücke brauche – T-Shirts, Kleider, Jeans.

Am Ende beschließe ich, eines der weniger überladenen Kleider anzuziehen: ein kurzärmliges rotes Hängerkleid, das mir bis zu den Knöcheln reicht und unter der Brust abgenäht ist.

Ich gehe ins Badezimmer, um mir die Haare zu bürsten und mir ein bisschen Wasser ins Gesicht zu spritzen. Als ich am Waschbecken stehe, fällt mein Blick auf Ammas Eyeliner und ich unternehme einen Versuch und fahre mir mit der wächsernen Spitze über die Lider. Zuletzt bleibt mir nichts anderes übrig, als die schwarzen Striche wegzureiben. Mit der schwarz verschmierten Farbe habe ich Augen wie ein Pandabär, und die Lidränder sind so rot, dass es aussieht, als hätte ich die letzte Stunde nur geheult. Ich überlege, ob ich es vielleicht mit ein bisschen Talkumpuder korrigieren könnte, entscheide mich aber dagegen. Ich will ja nicht lange draußen bleiben.

Ich gehe die Treppen hinunter. Es ist das erste Mal seit Jahren, dass ich es ohne Hilfe bis nach unten schaffe. Ich muss mich schwer auf das Holzgeländer stützen, um nicht *Knacks! Knacks! Knacks!* die Stufen hinunterzupoltern wie das kleine Mädchen in Jonathans Seelentrinkergeschichte. Meine Beine sind gar nicht so wacklig, wie ich befürchtet hatte – Ammas Übungen haben wirklich eine gewisse Kraft in meinen Oberschenkeln und Waden aufgebaut. Als ich unten anlange, bin ich nur leicht außer Atem, und ich bleibe kurz stehen, bevor ich in ein Paar von Ammas Plastiksandalen schlüpfe. Als ich mich umdrehe, sehe ich den großen Flurspiegel. Früher habe ich mein Gesicht an die Scheibe gepresst und so fest daraufgeblasen, dass der Spiegel um meine Lippen herum beschlug. Damals reichte ich nur bis auf halbe Höhe, jetzt bin ich so groß wie ein Erwachsener (zumindest wie ein bengalischer). Es macht mir Angst, mich so groß und gut angezogen zu sehen: Ich sehe aus wie ein anderer Mensch. Eine Erwachsene mit langem, wallendem schwarzen Haar und überraschend großen Brüsten. Ich lege die Hand auf die Türklinke und trete einen Schritt aus der Wohnung, ohne die Tür zuzuziehen.

Eine kühle Brise trifft mich ins Gesicht. Ich recke den Hals, um den Treppenabsatz zu überprüfen. Als ich sehe, dass er leer ist, schleiche ich mit eingezogenem Kopf aus der Tür. Ich mache einen Schritt zur Seite, zu der Tür, die einmal deine war, und schaue auf die Fußmatte, die die Ahmeds zurückgelassen haben. Es ist eine Rattanmatte, darauf das Wort WILLKOMMEN auf der britischen Flagge. Es war eine Loyalitätserklärung an ihr neues Land und eine höfliche Bitte, die Tür nicht mit Eiern zu bewerfen.

Vor ein paar Tagen hat dein Bruder durch die Wand mit mir geredet. Zu Anfang habe ich ihn nicht verstanden. Ich dachte er sagt: »Die Schüssel ist unter der Ratte, Ravine, der Ratte.« Dann, als ich ein Glas an die Wand drückte, verstand ich, was er wirklich sagte: »Der Schlüssel ist unter der Matte, Ravine, der Matte.« Er möchte, dass ich ihn besuchen komme.

Es ist offensichtlich, dass dein Bruder sich hier versteckt hält und beschlossen hat, dass er sich ausschließlich mir zu erkennen geben will, aus irgendeinem Grund, den mal wieder nur Jonathan selbst nachvollziehen kann. Ich schätze, dass es in gewisser Hinsicht durchaus schmeichelhaft ist, aber ich bin immer noch unsicher. Ich habe deinen Bruder über zehn Jahre nicht gesehen, und unsere letzte Begegnung war nicht gerade eine glückliche.

Er besuchte mich zusammen mit einer Dame vom Sozialamt im Krankenhaus. Sein Gesicht war bleich, sein Körper stocksteif, und wenn nicht die Dame in einem gedämpften Ton ein paar Worte gesagt hätte, wäre nur das Piepsen der Apparaturen im Zimmer zu hören gewesen. Jonathan würde zu Pflegeeltern kommen, sagte sie, bis man entschieden hätte, was das Beste für ihn sei. Er schaute mich nicht ein einziges Mal an, als sie das erklärte. Sein Blick blieb ans Fußende des Bettes geheftet, als wäre meine Krankenkarte das faszinierendste Bild, das er jemals gesehen hatte. Als er ging, rief ich ihm noch einmal nach: »Hey, Wetterfrosch-Jonathan, wie wird das Wetter?«, obwohl mir bei jedem Wort der Schmerz durch den Kiefer hochschoss. Ich sagte es ohne Boshaftigkeit, einfach nur in der Hoffnung, ihm eine Reaktion zu entlocken, dass er »Ravine, Ravine, Wörterbuch-Queen« sänge und seinen Feentanz dazu aufführte. Einen Augenblick lang blieb er tatsächlich stehen, mit hängenden Schultern, doch dann ging er einfach weiter.

Ich bücke mich zum Union Jack hinunter und ziehe den Schlüssel darunter hervor. Ich frage mich, was Jonathan wohl zu meinem Rotkäppchenaufzug sagen wird. Dann frage ich mich, wie er jetzt wohl aussieht – nicht mehr der kleine Junge mit der zu großen Brille, sondern ein erwachsener Mann. Ist er gut aussehend und breitschultrig oder so schmächtig wie früher? Trägt er immer noch diese Brille mit dem dicken Rand oder etwas Feineres, was ihm das Flair eines Universitätsprofessors verleiht?

Ich drehe den Schlüssel im Schloss. Es öffnet sich mit einem Klicken. Ich mache die Tür auf. Ich höre das Schlurfen von Füßen. Seinen Füßen. Den Füßen deines Bruders.

Ich weiß nicht, warum mich das Geräusch in Panik versetzt, aber ich ziehe die Tür ganz schnell wieder zu, schiebe den Schlüssel unter die Matte und jage zurück in unsere Wohnung, dann die Treppen hoch und in mein Bett. Dort liege ich unter der Decke, die Sandalen immer noch an den Füßen, das rote Kleid hat sich mir um die Füße gewickelt. Und in dem Moment, als ich ganz still liege, schlägt der Schmerz zu. Als ich zu Shiva hinüberschaue, hat er das Kinn gesenkt und hat eine äußerst missbilligende Miene aufgesetzt.

5 **waagrecht**: ängstlicher Mensch. Hasenfuß. (8)

Ich sehe zu, wie die Wände näher rücken, ein kleines weißes Kreuzworträtselkästchen, das sich um meinen Körper zusammenzieht. Es gibt keinen Verweis auf mich, nur ein Meer von Schwarz an jeder Kante. Als sich die Dunkelheit immer mehr um mich schließt, versuche ich, tief zu atmen und warte auf Jonathans Stimme.

Ich höre, wie er sich bewegt, aber er sagt kein Wort. Dann ein lautes, brutales Geräusch. Geschirr schmettert auf der anderen Seite gegen die Wand, ein Geräusch, das so durchdringend ist, dass ich zusammenzucke und mir die Ohren klingeln. Ich halte mich an den Knien fest und warte darauf, dass die Wände einstürzen. Aber da ist kein weiteres Krachen, kein erneuter Lärm. Nichts als Schweigen, umgeben von Dunkelheit.

Das Sternbild der verschwindenden Sonnen

Als ich mit Amma die Sendung über das Universum anschaue, zeigt der Professor Bilder einer Sonnenfinsternis in Varanasi. Er steht am Ufer des Ganges, während die Zuschauerscharen bis zu den Hüften in den Fluss hineinwaten, mit nacktem Oberkörper oder in Saris. Wie gelähmt starre ich auf dieses Bild von Indien. Die üppige Vegetation, die bunten Kleider, die heiß glühende Sonne – und ich begreife, dass das die Dinge sein müssen, die Amma am meisten fehlen. Ich frage mich, wie unser Leben ausgesehen hätte, wenn sie niemals in ein anderes Land verschifft und an den erstbesten Mann verhökert worden wäre, der ein annehmbares Gebot abgab. Wenn sie geblieben wäre, hätte sie alle Konventionen überwinden und Anwältin oder Akademikerin werden können. Vielleicht hätte sie nicht mal mich bekommen.

Schweigend verfolge ich, wie die Scheibe des Mondes über die orange Kugel der Sonne wandert, und ich höre andächtig zu, wie der Professor erzählt, welche erstaunlichen Faktoren zusammenspielen müssen, um eine Sonnenfinsternis überhaupt erst möglich zu machen.

Der Mond hat einen ungefähr vierhundert Mal kleineren Durchmesser als die Sonne, und die Sonne ist ungefähr vierhundert Mal so weit von der Erde entfernt wie der Mond. Dieser schicksalhafte Umstand bringt es mit sich, dass es so aussieht, als würde der Mond die Sonne genau verdecken, wenn sich die drei Himmelskörper bei einer Sonnenfinsternis alle hintereinander auf einer Achse befinden. Der Professor nimmt eine grüne Kokosnuss und eine Limone vom Karren eines Straßenhändlers und hält die Objekte eines hinter dem anderen vor die Kamera, bis die Kokosnuss zur Gänze von der grünen Kugel verdeckt wird.

»Das ist«, sagt er, »einer der bemerkenswertesten Zufälle in der ganzen Natur, und es ist ein wahrhaft atemberaubender Anblick für jeden Zuschauer.«

Varanasi wird in Dunkelheit gehüllt. Die Menge jubelt.

Nebenan höre ich das Knarzen von Bettfedern. Ich blicke zu Amma hinüber. Ihre Hände, die in einer Metallschüssel Teig für Chapatis geknetet haben, rühren sich nicht mehr, während sie den Professor anstarrt. Erst als der Abspann durchläuft, kommt wieder Leben in sie, und sie springt kopfschüttelnd mit bemehlten Händen auf.

»Dieser Professor ist ein sehr kluger Mann.«

Ich feixe, weil ich sehr gut weiß, dass sie die Sendung bestimmt nicht anschaut, weil er so klug ist, dann lasse ich mich von ihr auf die Wange küssen und schalte den Fernseher aus. Als sie das Zimmer verlässt, höre ich ein Klopfen an der Wand. Ich schaue zur Tür, höre Ammas Füße die Treppe hinuntertappen. Ich hatte schon Angst, dass dein Bruder nach gestern aufhören würde, mit mir zu sprechen. Dass er sich in seinem ganz eigenen und allmächtigen Missmut suhlen würde. Ich redete mir ein, dass es mir egal sei – ich hatte all die Jahre ohne Jonathan Dickerson überlebt, da würde ich es sicher auch noch ein paar mehr schaffen –, trotzdem fahre ich herum in eine halb kniende Position und drücke mein Glas an die Wand. Irgendwann höre ich seine tiefe Stimme durch den Putz vibrieren.

»Ravine?«

Ich schlucke meinen Speichel hinunter und schließe die Augen.

»Ja?«

Noch bei dieser einzelnen Silbe höre ich, wie meine Stimme zittert. Ich lehne mich schwer gegen die Wand, um Halt zu finden. Eine Weile herrscht Schweigen.

»Wie sah sie aus?«, fragt er.

Ich schaue zum Fernseher und runzle die Stirn.

»Besser als die andere«, erwidere ich. Ich kann mich noch an den Tag erinnern, an dem er die (partielle) Sonnenfinsternis verpasst hat. Wir hatten uns alle im obersten Geschoss von Bosworth House versammelt. Ich kann mir vorstellen, wie es ihn frustrieren muss, so nah an einer anderen Sonnenfinsternis zu sein, auch wenn sie nur im Fernsehen übertragen wurde. Den Applaus und Jubel von Tausenden von Indern zu hören, selbst aber nichts zu sehen.

Ich höre, wie zwei Handflächen mit leisem Klatschen auf der Wand landen. Bei der Vorstellung, wie nah er ist, zucke ich fast zurück.

»Besser?«

Ich lege das Ohr an den Boden des Glases und suche nach dem passendsten Pseudonym.

»Phänomenal.«

Pause. »Kannst du sie beschreiben?«

Ich denke kurz darüber nach.

»Na ja …«, beginne ich. »Als der Mond die Sonne komplett verdeckt hat, war trotzdem noch dieses Glühen rundrum. Weiß und irgendwie so ausgefranst.«

»Die Corona der Sonne«, sagt dein Bruder.

Ich verdrehe die Augen. Er war schon immer so ein Klugscheißer.

»Ja, kann schon sein«, sage ich. »Und der Himmel war rabenschwarz. Der Mond war rabenschwarz. Alles war rabenschwarz außer dieser fransigen weißen Scheibe am Himmel. Sie war so … klar. Als wir klein waren, hat man ja nur Wolken gesehen.«

Wieder eine Pause. Ich lasse die Hände von der Wand gleiten und setze mich auf die Fersen.

»Wahrscheinlich kannst du sie auf YouTube anschauen«, sage ich.

Es dauert einen Augenblick, bis er antwortet. Es hört sich an wie »Danke«.

Ich schaue die Wand an. »Bitte.«

So höflich sind wir wahrscheinlich noch nie miteinander umgegangen.

Der Tag der Sonnenfinsternis von 1999 war der Tag, an dem sich Jonathan vollkommen veränderte.

Für die Mehrheit im Land war die Sonnenfinsternis von eher untergeordneter Bedeutung, denn der schmale Streifen, in dem die Sonnenfinsternis richtig zu sehen war, beschränkte sich auf die südlichsten Gebiete von Cornwall. Und selbst dort war es nur eine partielle Sonnenfinsternis. Das hielt die BBC nicht davon ab, eine Warnung zu verbreiten: »Achtung! Wenn Sie in die Sonne schauen, können Sie sich ernsthafte Schäden am Auge zuziehen!« Daraufhin durchsuchte Amma ihre Schublade mit den kostenlosen Geschenken aus den Cornflakespackungen, fischte zwei Paar 3-D-Brillen heraus und behauptete, wenn man die zwei Sonnenbrillen übereinanderlege, grünes Plastik auf rotes, rotes auf grünes, seien meine jungen Augen geschützt.

Genau wie die Errichtung des Millennium Dome in London war die Sonnenfinsternis ein Meilenstein auf dem Weg ins neue Jahrtausend. Der Y2K-Bug hatte uns alle schon ganz nervös gemacht (wir erwarteten, dass beim ersten Glockenschlag zu Mitternacht sämtliche Flugzeuge vom Himmel fallen würden). Wir traten über in ein neues Zeitalter, und alles schien möglich – ein Umstand, den das Verschwinden der Sonne noch zu bestätigen schien.

Jonathan versuchte gar nicht erst, seine Aufregung zu verbergen. Für ihn als Wettergroßmeister war die Sonne das, was einem Freund am nächsten kam. Er opferte sogar sein ganzes Taschengeld für drei Paar Sonnenfinsternisbrillen aus Lasers Kofferraum, für dich, ihn und Onkel Walter. Ich hingegen musste mich mit Ammas Cornflakes-Improvisation begnügen.

Am Tag der Sonnenfinsternis versammelten sich also alle auf dem Balkon des obersten Geschosses von Bosworth House. Wenn man wenig bis gar kein Geld hat, sind die besten Dinge im Leben tatsächlich die kostenlosen, und nichts hätte das besser belegen können als die brodelnde Aufregung, die sich an diesem Tag im vierten Stock zusammenbraute. Die Leute brachten Klappstühle mit, Saft in Tetrapaks und Sandwiches in Plastikboxen. Die Türen zu ihren Wohnungen ließen sie offen stehen, damit sie regelmäßig bei der Live-Übertragung aus Cornwall hineinschauen konnten, das war unser Countdown für das große Ereignis. Dieser Anlass sollte in die Annalen von Westhill eingehen als dieser eine alle vereinende Moment, der die Macht kleiner innerstädtischer Gemeinschaften konstituierte. Beziehungsweise er hätte als ein solcher eingehen können, wäre da nicht Bradley Patterson gewesen.

Er lehnte mit seinen Schlägern an den Türen hinter uns. Ohne ihre Räder waren sie so klein und unbedeutend, dass wir kaum Notiz von ihnen nahmen. Erst als sie mit ihren Hänseleien begannen, drehten wir uns um und schauten in ihre finsteren Gesichter.

»Wer hat all den Pie gefressen? Wer hat all den Pie gefressen?«

Zu Anfang sangen sie es nur leise vor sich hin, wiederholten dieselbe Zeile immer und immer wieder, obwohl sie wussten, dass Bradleys Mutter nur einen knappen Meter neben ihnen auf einem Liegestuhl saß. Nicht, dass das einen großen Unterschied gemacht hätte. Mrs Patterson war gegen die gefühllose Art ihres Sohns immun, und selbst wenn sie schwerere Vergehen wie Diebstahl und Brandstiftung durchaus auch mal tadelte, ließ sie ihm kleinere Vergehen einfach so durchgehen. Als Bradley sich seinen Weg zur Balkonbrüstung bahnte, um Onkel Walter aus nächster Nähe zu verhöhnen, zog sie dementsprechend nur eine Augenbraue hoch.

»Wonach stinkt's denn hier?«, bellte Bradley. »Riecht ihr das, wonach's hier stinkt, Freunde?«

»Nach Huhn und Pilzen?«, schlug ein Junge mit einer etwas zu ausgeprägten Mundpartie vor.

»Leber und Zwiebeln?«, meinte ein anderer.

Glucksend zählten sie eine Pie-Füllung nach der anderen auf. Wir waren nicht sicher, wie wir reagieren sollten, deswegen schauten wir an Onkel Walters schwitzendem Körper empor, während ihm die Beleidigungen nur so um die Ohren flogen. Er zuckte unter jedem einzelnen Ellbogenstoß zusammen, den ihm der Junge mit den strähnigen Haaren in den Bauch versetzte.

Nach einer Weile schien Bradley seinen Pie-Witz überzuhaben. Er blickte zu eurem Onkel hinauf und schob sich einen Streifen Kaugummi in den Mund.

»Hey, Walt«, sagte er mit mahlenden Kiefern. »Mum hat mir erzählt, dass du verrückt bist. Stimmt das?«

Onkel Walter senkte ganz kurz den Blick. Es war eine winzige, kaum merkliche Bewegung. Bradley grinste zu seiner Bande hinüber, und sie gluckten.

»Sie hat gesagt, du bist durchgedreht, nachdem dein Freund erstochen wurde«, setzte er nach. »Bist eingesperrt worden, weil du einen *Zusammenbruch* hattest. Haben sie dich da zu viel gefüttert? Bist du deswegen so *fett*?«

Bradleys Lachen war so laut, dass niemand so tun konnte, als hätte er ihn nicht gehört. Die Menge schloss sich ihm zwar nicht an, aber sie hielt ihn auch nicht auf. Bradley demonstrierte seine Macht über die Siedlung. Man brauchte ihn nur anzuschauen, und schon wurde man feige.

Ich schaute zu deinem Onkel auf und wartete, dass er irgendeine Survivaltechnik anwandte: zum Beispiel so laut kreischte, dass Bradley die Ohren bluteten, eine Elektroschockpistole herausholte und sie ihm zwischen die Rippen bohrte. Stattdessen stand er mucksmäuschenstill da, während Bradley ihn immer fester und fester in seinen runden Bauch boxte. Irgendwann stieß er so fest zu, dass Onkel Walter ins Straucheln kam und sich am Geländer festhalten musste, um nicht zu fallen. Stur schaute er weiter geradeaus und hielt sich fest.

»Das reicht jetzt«, sagte er.

Bradley zog ein finsteres Gesicht. »Und – was willst du jetzt machen? Mich auch noch essen?«

Als seine kleinen Schläger dröhnend loslachten, schaute Mrs Patterson von ihrem Stuhl herüber und grinste ebenfalls hämisch. Wirklich wahr! Ich habe die kleinen Grübchen auf ihrer Wange gesehen. Neben Mrs Patterson saß Sandy Burke, die sich sichtlich auf die Lippen beißen musste. Seitdem ihr die Verführung eures Onkels misslungen war, weigerte sie sich, mit ihm zu sprechen. Auch sie konnte sich ein höhnisches Grinsen nicht verkneifen, aber es wirkte halbherzig und nervös. Sie hielt den Blick gesenkt und war außerstande, einem von uns in die Augen zu schauen.

Als die Jungs nicht aufhörten zu lachen, flüsterte Onkel Walter diskret etwas in Ammas Ohr. Sie nickte und berührte ihn sanft am Arm, bevor er zur Treppe schlurfte. Seine Augen waren groß und glänzten wie bei einem Kind, das einen Horrorfilm anschaut.

Bradley Patterson ging zurück zu seiner Wand, als hätte er gerade Goliath in die Knie gezwungen. Er klatschte seine Freunde mit einer Geste ab, die er wahrscheinlich für supercool hielt, dann lehnte er sich in Gangsterpose an die Wand.

Jonathan kochte vor Wut. Er zischelte und murmelte unverständliches Zeug, und er lief puterrot an. Schließlich hatte er die Sonnenfinsternisbrillen von seinem Taschengeld bezahlt, ganz offensichtlich verärgerte ihn die Aussicht, dass die eine Brille gar nicht benutzt würde.

»Ich kapier nicht, warum Onkel Walter gehen musste«, murmelte er und warf einen Blick über die Schulter zur Wand. »Er hat doch gar nichts gemacht.«

Es war das erste Mal, dass Jonathan von Onkel Walter als »Onkel« sprach. Hätte er nicht die Brauen gerunzelt und so wütend geknurrt, wäre es richtig süß gewesen. Er starrte die Jungs grimmig an, dann verschränkte er die Arme.

»Die schauen ja nicht mal hin.«

Du versuchtest, deinen Bruder zur Vernunft zu bringen. Onkel Walter sei nur hinunter in die Wohnung gegangen, um eine Art Schlinge zu basteln, mit der er Bradley fangen würde. Anschließend werde er ihn damit foltern und ihm seine Geheimnisse abpressen (irgendwie wurden wir die Vorstellung nie ganz los, dass dein Onkel doch ein Spion war). Doch je mehr du redetest, umso mehr verengten sich die Augen deines Bruders, wie immer, wenn er eine Gemeinheit ausheckte.

Die Sonne war fast gänzlich hinter der dicken grauen Wolke über uns verschwunden. Wir setzten die Brillen auf und schauten durch unsere Gläser den kleinen weißen Ball an. Wir stellten uns auf Zehenspitzen und blinzelten, während wir uns immer näher zur Balkonbrüstung vorarbeiteten. Sogar Sandy Burke und Mrs Patterson standen von ihren Stühlen auf, als der schwarze Rand des Mondes die Kante der Sonne berührte.

Gerade als wir dachten, wir könnten sehen, wie der dunkle Kreis in den Sonnenkuchen biss, hörten wir den Schrei. Wir drehten uns um, rissen uns die Brillen herunter und entdeckten Jonathan auf dem Boden kauernd. Neben ihm lag seine zerbrochene Sonnenfinsternisbrille. Er selbst lag vor Bradley Patterson, Blut bedeckte seine kleine Knubbelnase.

Mrs Patterson warf ihre Zigarette auf den Boden.

»Was hast du gemacht, du kleiner Scheißer?«

Bradley hob abwehrend die Hände. »Hab ihn nicht angefasst.«

Jonathan heulte auf, dicke Tränen rollten ihm die Wangen herunter, während er sich die eingedrückte Nase hielt. Mrs Patterson rannte zu ihm.

»Schon gut, mein Junge«, sagte sie und half dem schluchzenden Jonathan auf die Füße. Sie warf Bradley einen Blick zu. »Verdammt noch mal! Der ist doch gerade mal halb so groß wie du!«

»Das hat er selbst gemacht!«, sagte Bradley.

»Die können dich anzeigen, du Idiot! Du hast doch schon genug Ärger mit den Bullen!«

Bradley Patterson holte tief Luft. Er schaute zu seinen Kumpels, die plötzlich ganz stumm geworden waren, dann wieder zum aufgedunsenen Gesicht seiner Mutter. Als er sprach, hörte er sich an wie ein Zeuge, der langsam und überlegt vor Gericht aussagt.

»Er ist plötzlich vor mir aufgetaucht, ich hab überhaupt nichts zu ihm gesagt. Dann hat er seine Brille auf den Boden geworfen, hat sie mit dem Fuß zertreten und wie blöd auf sich selbst eingedroschen. Das ist die Wahrheit, ich schwör's dir, Mum.«

Er hob die Handflächen zum Himmel, um seine Unschuld zu beteuern. Doch Mrs Patterson lachte nur.

»Ja, klar, sehr witzig«, erwiderte sie und schleifte ihn am Kragen zurück in ihre Wohnung.

Seine Bande stand verdattert daneben, als ihr Anführer von einer knapp 1,60 Meter großen Frau mit riesigen Brüsten abgeführt wurde.

Eine halbe Stunde später schleifte Mrs Patterson ihren Sohn dann zu eurer Wohnung und zwang ihn, sich bei Onkel Walter für das Verbrechen zu entschuldigen, das er nicht begangen hatte, wie er unablässig beteuerte. Er saß geduckt und mit knallroten Augen da und brachte schniefend seine Entschuldigung vor. Euer Onkel hörte sich ganz ruhig den Handel an, den Mrs Patterson ihm vorschlug: Sie schwor, persönlich dafür zu sorgen, dass Bradley eure Familie in Ruhe ließ, wenn Walter auf eine Anzeige verzichtete.

»Er hat nicht mehr viele Chancen, Walt«, sage sie. »Wenn du es nicht für ihn tun magst, tu es für mich. Eine Frau kann nur ein gewisses Maß an Kummer ertragen.«

Amma verarztete immer noch Jonathans blutige Nase, während Onkel Walter mit den Pattersons verhandelte. Wir beide beobachteten fasziniert, wie die dunkelrote Flüssigkeit stetig vom Gesicht deines Bruders troff. Bei jedem Tupfen und jeder Berührung zuckte er zusammen, und ich überlegte, ob es vielleicht wirklich so gewesen war, wie Bradley behauptet hatte. Derselbe Jonathan, der heulte wie ein Baby, wenn er in der Schule seine Impfungen bekam. Derselbe Jonathan, der sich nach einem harmlosen Sturz meterweise Verbandsmaterial um den Kopf wickeln ließ. Konnte dieser Jonathan seinem Gesicht *mit der eigenen Faust* solche Verletzungen beigebracht haben? Das schien unmöglich.

Erst als Onkel Walter ins Esszimmer kam, sollte ich Gewissheit erlangen. Er sah so erschöpft aus, als wäre er hundertmal nacheinander die Treppe in Bosworth House hinaufgestiegen. Er goss sich ein Glas Apfelsaft ein und setzte sich an den Tisch, um sich zu erholen. Während Amma weiter Blut abwischte, schaute Jonathan auf das Häufchen rot verfärbter Watte. Er fing den Blick eures Onkels auf und nickte ihm zu wie ein alter Mafiapate.

»Keine Sorge, Onkel Walter«, meinte er. »Diese Jungs werden dich nie wieder belästigen.«

Gestern Abend habe ich wieder mit deinem Bruder gesprochen. Amma kochte, und der Geruch war durchs Küchenfenster in seine Wohnung gezogen, deswegen wollte er wissen, was es zu essen gab.

»Gemüse-Dhansak«, erzählte ich ihm.

Er fragte, welches Gemüse ich in meinem Dhansak hatte. Ich schaute auf den Mix auf meinem Teller und stupste das Essen mit dem Finger an, bunte Würfel ragten aus der Soße.

»Kartoffeln, Karotten, Erbsen, Mais. Und Chilis, wenn das für dich als Gemüse zählt.«

»Das sind Beerenfrüchte«, sagte er. »Wegen der Samen.«

Ich verdrehte die Augen.

»Wie schmeckt es?«, fragte er.

Ich runzelte die Stirn, dann schaufelte ich mir etwas davon in den Mund. »Scharf.«

Ich aß weiter, während er in Schweigen verfiel. Mit jedem Mundvoll merkte ich, dass dieses Gericht mehr zu bieten hatte als bloße Schärfe. Ich schob die Stücke in meinem Mund herum und entdeckte die raffinierte Mischung aus Gewürzen: Kreuzkümmel, Kurkuma, Kardamom und Chili. Wenn ich mit der Zunge das Gemüse am Gaumen zerdrückte, fühlte ich, wie weich jedes Stückchen war, bevor es sich in der aromatischen koriandergewürzten Soße auflöste.

»Deine Mutter *murmelmurmel* gut *murmel*«, sagte er.

»Gut was?«, fragte ich laut.

»Knochen«, erwiderte er.

»Knochen?«

»Kochen.«

Ich runzelte die Stirn und dachte daran zurück, wie Jonathan immer das Gesicht verzogen hatte, wenn Amma ihm einen Teller Curry hinstellte. Dann hatte er sie um ein Glas Wasser gebeten und jede Gabelvoll mit einem großen Schluck heruntergespült, während ihm die Schweißperlen auf die gerunzelte Stirn traten. Ich starrte auf den Teller Essen, der vor mir stand. Dampf stieg daraus auf wie der Rauch aus einem Kamin. Ich kann mir nicht vorstellen, dass die Ahmeds viele Lebensmittel in der Wohnung gelassen haben, und ich habe nicht gehört, dass Jonathan seit seiner Ankunft auch nur einmal weggegangen wäre, um Vorräte einzukaufen.

Ich wusch mir die Hand in der Wasserschüssel, die Amma mir hingestellt hatte, und trocknete sie an dem kleinen Handtuch ab, das danebenlag. Als ich Jonathan wieder murmeln hörte, leerte ich mein Glas und legte es an die Wand.

»Tut es sehr weh?«, fragte er.

Ich wusste nicht, wie er von meiner Krankheit erfahren hatte.

Amma hat seit Jahren nichts mehr von ihm gehört, und Sandy hat ihn nie wieder erwähnt.

»Ja, es tut sehr weh«, sagte ich.

Die nächste Lüge. Der nächste Stich in die Eingeweide. Aber ich konnte nicht einfach mit meinem Geheimnis herausplatzen. Wenn ich jemandem die Wahrheit schulde, dann der Frau, die mich die letzten zehn Jahre gepflegt hat, und nicht deinem verlorenen Bruder, der froh sein darf, dass ich überhaupt mit ihm spreche.

»Es klang schlimm, als der Arzt bei dir war.«

Ich überlegte angestrengt, von welchem Arzt er redete, dann ging mir auf, dass er den Krankengymnasten meinte.

»Du solltest nicht die Gespräche anderer Leute belauschen«, sagte ich.

»Schwierig, wenn sich jemand die Lunge aus dem Hals schreit.«

Ich schnaubte verächtlich durch die Nase, aber dann fiel mir ein, dass er das ja gar nicht hören konnte.

»Hey, Ravine«, sagte er. Er sprach jetzt langsamer, lockender. »Ich wollte dich die ganze Zeit schon was fragen ...«

Ich wartete und hielt die Luft an.

»Kannst du mal eine andere Platte auflegen? Du weißt schon, irgendwas anderes als Stevie Wonder? Zu Anfang war das ja ganz okay, aber jetzt macht es mich langsam wahnsinnig.«

Wäre er vor mir gestanden, hätte ich ihm eine geknallt.

»Wie lang bleibst du denn?«, fragte ich.

Ich hatte ihn ganz bewusst aus dem Konzept bringen wollen, und tatsächlich sagte er ein paar Sekunden lang gar nichts. Als er antwortete, war Jonathans Stimme so schwach, dass ich ihn bitten musste, es noch einmal zu sagen.

»Weiß nicht genau!«, schrie er.

Ich verdrehte die Augen. »Typisch.«

Ich hätte fragen können, warum er zurückgekommen sei, was er wolle oder vor wem er sich verstecke, aber ich fragte nicht, weil ich es nicht wissen wollte. Ich war nicht bereit, mich wieder in Jonathans Leben hineinziehen zu lassen. Noch nicht.

Ich wusste, dass Amma jeden Augenblick hereinkommen konnte, um mein Tablett abzuräumen. Ich beugte mich über die Bettkante und zog eine Keksdose darunter hervor. Es war dieselbe, in der Sandarine I., II. und III. gewohnt hatten. Ich hatte sie danach natürlich gewaschen für den Fall, dass du dich das gefragt haben solltest, und jetzt nutze ich sie, um die Unmengen von Vitaminpillen, Schmerzmitteln und anderen Medikamenten zu lagern, die Amma mir jeden Tag gibt. Ich will wissen, ob ich sie überhaupt noch brauche. Mittlerweile sind drei Wochen vergangen, die Dose ist halb voll, und obwohl ich manches Mal noch Schmerzen hatte, ist das nichts im Vergleich zu dem, wie es mir früher ging.

»Ravine … ?«, sagte dein Bruder durch die Wand.

Ich setzte mich auf. »Willst du jetzt etwa wissen, was für einen Nachtisch ich esse?«, fragte ich.

Ich hörte ihn schnauben. Dann hörte ich das Geräusch von Ammas Füßen auf der Treppe.

»Hast du mit mir geredet?«, rief sie nach oben.

»Nein«, rief ich zurück.

Ich legte die Hand vor den Mund und lehnte mich zur Wand. »Ich glaube, sie kommt jetzt hoch.«

Ich legte mein Ohr wieder auf den Glasboden.

»Okay«, sagte er. »Aber Ravine …«

Er hielt inne. Ich presste mich an die Wand und spitzte auch das andere Ohr, um auf das Geräusch von Ammas Schritten auf der Treppe zu horchen.

»Ja?«, sagte ich.

Er blieb still, und einen Augenblick lang dachte ich, dass er versuchte, mich zu provozieren wie in Kindertagen. Mich zu triezen, mich aufzuziehen. Ich hörte das dumpfe Geräusch von Füßen auf den Stufen.

»Tut mir leid, dass ich dich nie besucht habe«, sagte er, als Amma am Treppenabsatz war.

Ich stellte das Glas auf den Tisch und rutschte unter die Bettdecke.

»Ich schwöre, diese Stufen werden jedes Jahr höher!«, rief sie und hielt sich den Rücken, als sie ins Zimmer gewatschelt kam.

Ich warf einen Blick zurück zur Wand.

»Wahrscheinlich wachsen sie«, sagte ich, als sie mein Tablett abräumte. »Entweder das, oder du schrumpfst.«

Amma gab ein missbilligendes *tss* von sich. Die Falten ihres Saris schwangen hin und her, als sie das Zimmer wieder verließ. Ich hoffte, dass sie das breite Lächeln auf meinem Gesicht nicht gesehen hatte.

Später an diesem Abend, als Amma selbst im Bett liegt, schleiche ich die Treppe hinunter und in die Küche. Als ich den Kühlschrank öffne, stehen dort aufeinandergestapelte Tupperdosen, die sie für Krisenzeiten bunkert. Wenn man nach der schieren Anzahl geht, glaubt Amma ganz offensichtlich, dass einzig Biryanis und Fischcurry unser Überleben im Fall der Apokalypse sichern werden. Ich ziehe die oberste Dose heraus und schließe die Kühlschranktür so vorsichtig, dass sie nur ganz leise quietscht. Mit der Dose und einer Gabel in der Hand schleiche ich zur Wohnungstür und mache sie langsam auf, bevor ich das Essen auf das WILL der WILLKOMMEN-Türmatte vor deiner Wohnung stelle. Ich klopfe kräftig gegen die Tür und schlüpfe mit Ninja-Geschwindigkeit zurück nach Hause. Ich schleiche mit langsamen, gleichmäßigen Schritten die Treppen hoch, und als ich mein Zimmer betrete, bemühe ich mich, nicht zu atmen. Sowie ich unter der Decke liege und die Federn der Matratze knarzen, höre ich eine Stimme durch die Wand:

»Danke, Ravine«, sagt sie.

Das Sternbild der Murmeln

Nachdem ich den Seelentrinker schon zweimal gesichtet hatte, war ich extrem wachsam geworden. Seine gelben Augen und das dunkle Gesicht verfolgten mich in meinen Tag- und Albträumen. Um nicht nur dich, sondern auch Amma zu schützen, packte ich eine Trillerpfeife in meine Schultertasche und trug ein Armband mit gezackten Perlen am Handgelenk. Wenn wir zum Einkaufen in den Großmarkt gingen, stellte ich mich neben Amma, um Wache zu halten, und war bereit, sofort in meine Pfeife zu blasen, sobald ich das geringste Anzeichen von ihm entdeckte. Für den Fall, dass er mich packen sollte, wollte ich ihm mit dem spitzen Armband das Gelb seiner Augen ausstechen und ihn seiner Kraft berauben. Das waren meine Survivalstrategien, und ich war überzeugt, dass ich damit auf der sicheren Seite war.

Wenn wir in den Wald gingen, sorgte ich dafür, dass wir nie allein waren und aufhörten, Verstecken zu spielen. Jonathan murrte zu Anfang, aber irgendwann zuckte er mit den Schultern und gab nach. Er war viel zahmer in dieser Zeit. Seit dem Vorfall mit Bradley Patterson und der Sonnenfinsternisbrille musste er nichts mehr beweisen. Er machte Onkel Walters Kochbücher nicht mehr kaputt und brachte ihm keine Chili-Sandwiches mehr. Er machte kein Theater mehr wegen des Essens und half ihm stattdessen in der Küche: Er schälte Zwiebeln, kochte Pasta, wusch das Geschirr – alles Tätigkeiten, die in den Tagen von Mrs Dickerson »nichts für Männer« waren. Er aß seine Mahlzeiten, ohne sich zu beklagen, und beteiligte sich sogar an unseren Italienischstunden, wenn auch nur aus der Ferne.

Ein paarmal ging er sogar so weit und spielte auf dem Rasenstück vor dem Wohnblock Fußball mit Onkel Walter. Er war geschickt mit dem Ball, immer bereit für ein Tackling. Euer Onkel war überraschend schnell, gerade wenn man sich vor Augen hielt, wie korpulent und groß er war und dass er kaum den Kopf bewegen konnte. Bradley Patterson und seine Schläger standen in der Nähe und taten, als schauten sie nicht zu. Doch wann immer Jonathan sie mit großen Augen anstarrte, machten sie sich schnell vom Acker und murmelten im Davongehen so was wie »der Durchgeknallte«.

Mir gefiel die neue Version deines Bruders. Er war mir gegenüber nicht mehr so mürrisch und lieh mir sogar sein Wetterbuch, sodass ich alle Begriffe im Glossar durchlesen konnte. Wenn wir in den Wald gingen, ließ er nicht mehr den älteren Bruder heraushängen, sondern machte sich auf die Suche nach Waldtieren, während wir unsere »albernen Mädchenspiele« spielten. Er wollte einen Eber fangen, obwohl er nicht sicher war, wie dieses Tier überhaupt aussah, und er dachte sich alle möglichen Fallen aus Zweigen und Netzen aus. Ab und zu halfen wir ihm, und wenn er uns Anweisungen gab, verdrehte er nicht die Augen und schnaufte genervt, sondern gab uns ruhig wohlüberlegte Ratschläge. Dein Bruder hatte verstanden, dass eure Mutter nicht zurückkommen würde, gab die Vorstellung auf, dass er die Stellung halten musste, und übertrug eurem Onkel das Kommando. Es schien ihn zu erleichtern, als er die Verantwortung abgeben konnte, und im Zuge dieser Erleichterung wurde dein Bruder ein sehr erträglicher Mensch.

Bis zu dem Vorfall mit den Murmeln.

Wir hatten die Murmeln als Preis für die Nacktschneckenrennen in Bobbys Versteck eingesetzt (die du dauernd gewannst), aber seit dem Schneckenmord, dem Stanley zum Opfer gefallen war, hatten wir sie wieder auf eher traditionelle Art benutzt. Wir rollten sie durch Abflussrohre, ließen sie kräftig gegeneinanderprallen, tauschten und gewannen sie und verkauften sie dann dem Höchstbietenden zurück. Ich hatte eine große Murmelsammlung, in erster Linie deswegen, weil sie im Ramschladen bei einer »Zwei zum Preis für eins«-Aktion angeboten worden waren, da hatte Amma sechs Tüten gekauft, »nur für den Fall«. Ich teilte die Murmeln gerecht unter uns dreien auf, und ich hörte Jonathan flüstern: »Danke, Ravine«, als er meinte, dass du gerade nicht hinhörtest.

Da wir schlecht auf dem unebenen Matschboden im Wäldchen spielen konnten, beschlossen wir, unsere Wettkämpfe auf der glatten Plane im Versteck auszutragen. Wir kamen eine Weile damit durch, bis wir eines Morgens eine schrille Stimme keifen hörten:

»Frevler! Habt ihr denn keinen Respekt vor den Toten?«

Wir saßen auf den Knien, tauschten einen kurzen Blick und sammelten panisch die verstreuten Murmeln ein. Wir füllten unsere Taschen, mussten aber feststellen, dass die glatten Kugeln einfach wieder herausfielen. Du rafftest deinen Rock hoch und deutetest auf die entstandene Mulde, wo hinein wir unsere Murmeln füllen konnten.

»Scheiße, Scheiße, Scheiße!«, sagte Jonathan.

»Scheibenkleister, Scheibenkleister, Scheibenkleister«, sagtest du.

»Frevler, Frevler, Frevler«, sagte ich, um mir das Wort einzuprägen, damit ich es später in meinem Taschenwörterbuch nachschlagen konnte.

Wir hatten die Hälfte unserer Sammlung beisammen, als der krähenartige Kopf von Mr Eccentric am offenen Fenster erschien.

»Raus!«, schrie er uns an. »Raus da!«

Du hobst den Rocksaum bis an die Brust und humpeltest mit einem geschwollenen Bauch voll Murmeln nach draußen. Doch fast sofort purzelten sie wieder hinaus.

»Die Murmeln!«, rief ich und stürzte mich auf den Boden.

Alles verschwamm vor meinen Augen. Ich sah nur buntes Glas, das mir durch die Finger glitt. Ich spürte eine Hand auf meiner Schulter. Einen Augenblick dachte ich, es wäre Mr Eccentric, aber dann blickten Jonathans viereckige Brillengläser auf mich herab.

»Ich mach das hier«, sagte er. »Lauft!«

Ich rappelte mich hoch und rannte zur Tür hinaus, während Jonathan die Murmeln aufsammelte. Mr Eccentrics lächerliche Vogelscheuchengestalt erhob sich zu voller Größe, er hielt den Fensterrahmen fest umklammert.

»Hör mal, Junge, das ist hier kein Platz zum Spielen!«, sagte er.

Jonathan hielt inne und schaute zu ihm hoch. »Hör mal, Kumpel, ich brauch hier nur noch ein paar Sekunden. Halt mal so lange die Luft an, ja?«

Wir standen draußen und sahen, wie Mr Eccentric sich aufplusterte, dann mit zwei Riesenschritten in Bobbys Versteck ging und Jonathan am Ohr hinausschleifte. Du standest da mit deinem Rock voll Murmeln und der weithin sichtbaren knallbunten Unterhose. Ich zog meine Trillerpfeife aus der Tasche und blies hinein. Die Pfeife (die ich aus Lasers Kofferraum hatte) gab nur ein jämmerliches Trillern von sich, weswegen du anfingst, mir mit Schreien beizuspringen.

»Lass ihn, lass ihn, lass ihn!«, schriest du, bis deine Wangen knallrot waren.

Mr Eccentric blieb am Eingang des Verstecks stehen, reckte das Kinn in die Luft, die Finger immer noch um Jonathans Ohr verklammert. Ich bin mir sicher, wenn dein Bruder nicht den Arm voller Murmeln gehabt hätte, er hätte Mr Eccentric kräftig in den Bauch geboxt und wäre davongerannt, bevor der alte Mann auch nur kapiert hätte, was los war. Wie sie so nebeneinanderstanden, mit ihren zu großen Brillengläsern und den zuckenden finsteren Mienen, sahen sie aus wie eine jüngere und eine ältere Version ihrer selbst.

»So, jetzt hört mal schön her«, sagte Mr Eccentric über den Krach meiner Pfeife und deiner Schreie. »Wir treffen jetzt eine Abmachung …«

»Verdammte Scheiße, jetzt rennt doch endlich weg!«, schrie Jonathan. »Holt Onkel Walter!«

Zum ersten Mal in unserem Leben hörten wir auf den Befehl deines Bruders. Wir rannten aus dem Wäldchen hinaus, ließen Murmeln auf den matschigen Boden fallen, während die Stimme von Mr Eccentric hinter uns immer leiser wurde.

»Kommt sofort zurück!«, schrie er, als wir schon dreimal nach rechts und links geschaut und dann die Straße überquert hatten.

Wir fanden Onkel Walter im Wohnzimmer, wo er einen großen Eimer Eis löffelte. Er hatte den Arm um den Riesenbecher gelegt, und ein Dessertlöffel steckte in seinem Mund. Wir hatten deinen Onkel fast noch nie so beim Essen erwischt, und erst als wir seine erschrockene Miene sahen, wurde uns klar, dass er das heimlich hatte machen wollen. Als wir ihm erzählten, was passiert war, war der Schreck schnell verflogen, und er ballte die Hände zu Fäusten. Er stand auf und marschierte aus der Wohnung, während wir die Treppe hinter ihm her hopsten. Wir hatten deinen Onkel noch nie wütend gesehen.

»*Non preoccuparti, sii felice!*«, schriest du.

»Nom precku party …«, versuchte ich nachzusprechen.

Erst als wir unten waren, fragte ich dich, was das bedeutete.

»*Don't worry, be happy*«, erklärtest du, bevor du davonranntest.

Als wir bei Bobbys Versteck anlangten, war weder von Mr Eccentric noch von Jonathan eine Spur zu sehen. Wir machten uns daran, die verbliebenen Murmeln aufzusammeln, während Onkel Walter die Porenbetonwände betrachtete. Er schien abgelenkt, musterte die Postkarten aus aller Welt, dann starrte er auf den riesigen Aschenbecher in der Mitte des Raumes. Er wurde aschfahl, und ich befürchtete, dass er gleich wieder einen Anfall haben würde, wie damals, als Sandy versucht hatte, ihn zu verführen. Stattdessen sah er uns prüfend über seinen Bauch hinweg an und legte uns die Hände auf die Schultern. Er war Gulliver, der auf die Stadt Lilliput herabschaut, und wir waren seine Liliputaner.

»Ihr solltest hier nicht herkommen, Mädels«, sagte er. »Das ist nicht recht.«

Als wir zur Siedlung zurückmarschierten, schaute Onkel Walter kein einziges Mal zurück zum Versteck, sondern heftete den Blick fest auf Tewkesbury House. Als wir auf das Haus zugingen, klammertest du dich an meinen Arm.

»Vielleicht hat er ihn in eine Uhr verwandelt«, meintest du.

Bei der Vorstellung musste ich grinsen. Ich malte mir aus, wie Jonathan sich als kleine Uhr in meiner Tasche machen würde. Ich stellte mir vor, wie er mich mit finsterer Miene anschrie, wenn ich ihn aus der Tiefe hervorholte und ihm den Deckel über dem zornigen Gesicht zuschlug.

»Na, wie wird das Wetter, Wetterfrosch-Jonathan?«, würde ich durch die Scharniere flüstern, wohl wissend, dass er nicht antworten konnte.

Dann fiel mir wieder ein, dass er uns gerade vor Mr Eccentric gerettet hatte und das Grinsen fiel mir vom Gesicht.

Als wir bei Mr Eccentrics Wohnung ankamen, stellten wir fest, dass Jonathan noch immer ein wohlbehaltener kleiner Junge war. Durchs Fenster sahen wir, dass er auf der einen Seite von Mr Eccentrics riesigem Eichenholzschreibtisch saß und der Mann selbst auf der anderen. Zwischen ihnen stand eine Platte mit Sandwiches, und rund um sie herum schwangen die Uhrenpendel hin und her.

»Es ist nicht recht«, murmelte euer Onkel und atmete immer lauter. »Es ist nicht recht.«

»*Non preoccuparti, sii felice!*«, sagtest du, obwohl du nicht ganz sicher warst, ob es von der Stimmung her passte.

Als wir die Wohnung betraten, hob Mr Eccentric trotzig das Kinn und benahm sich, als wäre es eine völlig alltägliche Sache, ein Kind zu entführen. Er begleitete uns in sein Wohnzimmer mit den Uhren und brachte uns Stühle mit einer Höflichkeit, wie wir sie nur aus antiquierten Theaterstücken kannten.

»Habt Dank, edler Herr«, sagtest du und zogst deinen Rock straff, bevor du dein Hinterteil auf einen der Stühle absenktest.

Als Mr Eccentric endlich sprach, war seine Stimme so ruhig wie dahinplätscherndes Wasser, nicht das schrille, harsche Kreischen, das wir von ihm gewöhnt waren. Er fragte uns, ob wir etwas trinken wollten, und bot uns an, uns von den Sandwiches auf dem Tisch zu bedienen. Du nahmst dir eines, doch Jonathan warf dir einen Blick zu und schüttelte den Kopf mit solch kummervoller Schwere, dass du das Dreieck sofort wieder auf die Platte legtest.

»Können wir uns draußen unterhalten, Reginald?«, bat Onkel Walter, dem der Schweiß übers Gesicht rann wie Tränen.

»Selbstverständlich«, erwiderte Mr Eccentric, bevor er ihm zur Tür hinaus folgte.

Wären wir schlauer gewesen, hätten wir ihre Unterhaltung durch die windige Zwischenwand der Wohnung belauscht. Stattdessen fragten wir Jonathan, womit die Sandwiches belegt seien.

»Sardinen«, sagte er und presste sich eine Hand auf den Bauch, als müsste er sich gleich übergeben.

»Ich habe noch nie Sardinen gegessen«, sagte ich.

Jonathan wandte mir den Kopf zu. Seine Haut war grau, sein Körper auf eine Art zusammengesunken, die ihm ein irgendwie seekrankes Aussehen verlieh. »Da hast du nichts verpasst.«

Danach sagte er nicht mehr viel, aber wir waren sowieso vollauf damit beschäftigt, uns über dieses Zimmer voll Uhren zu unterhalten. Jede Wand war von oben bis unten mit den tickenden Geräten bedeckt. Runde Uhren, viereckige Uhren, Standuhren und Wanduhren. Sogar die schmalen Streifen neben dem Fenster waren mit Uhren behängt – präzise und sorgfältig übereinander angeordnet, bis sie oben an die Gardinenstange stießen. Dieses Zimmer war nicht einfach ein Zimmer, sondern eine Galerie von Objekten aus sämtlichen Zeitaltern – von traditionellen runden Uhren mit römischen Ziffern bis hin zu modernen, ungewöhnlichen Uhren, die wie Flaschen, Drachen, Blumen und Herzen geformt waren. Eine dieser Uhren sah aus wie eine Pizza mit Peperonistückchen als Zahlen, eine andere war ein Billard-Dreieck mit verschiedenfarbigen Kugeln darin. Wir starrten die Uhren an und vergaben Punktwertungen zwischen eins und zehn.

»Elf von zehn«, sagtest du und deutetest auf eine Uhr in Form einer Kuh.

»Elf von zehn geht nicht«, sagte ich, bevor ich einen Blick zu deinem Bruder warf. »Elf von zehn geht nicht, oder?«

Jonathan, den das Zeit-Museum völlig kaltließ, blickte nicht mal auf. Er starrte immer noch die Sardinen-Sandwiches an und hing seekrank auf seinem Stuhl. Ich führte es auf die Ticks und Tacks zurück, die im Zimmer durcheinandertönten. Sogar du schwanktest von links nach rechts, als hätte der Rhythmus deinen Körper erfasst.

»Glaubst du, Mr Eccentric ist in Wirklichkeit eine Uhr?«, fragte ich.

Du dachtest einen Augenblick darüber nach und pendeltest dabei weiter nach links und rechts.

»Davon dürfte auszugehen sein«, sagtest du, immer noch in deiner Historiendramen-Sprechweise.

»In der Tat«, erwiderte ich.

Du recktest einen Finger hoch. »Nicht von der Hand zu weisen.«

Ich suchte nach einem weiteren passenden Synonym, hielt meinen Finger hoch und schüttelte ihn hin und her.

»Zweifelsohne.«

Jonathan seufzte laut.

»Verdammt noch mal«, murmelte er. »Hört doch endlich auf mit dem Scheiß.«

Als wir ihn anschauten, sahen wir wieder in seine alte verbitterte Miene. Er sah traurig und wütend zugleich aus. Du lehntest dich nah zu mir und senktest deine Stimme zu einem Flüstern:

»Unbestreitbar.« Dann kichertest du in deine Hand hinein.

»Mr Eccentric ist mein Großvater«, sagte Jonathan.

Wir beäugten ihn ungläubig. Er war blasser denn je, und er sah dich mit weit aufgerissenen Augen an.

»Keine Sorge, deiner ist er nicht«, sagte er. »Dein Vater ist der im Gefängnis. Meiner ist der, der schon tot ist.«

»Tot?«, echote ich.

»Tot«, sagte er und stieß sich pantomimisch ein Messer in den Bauch.

Dein Gesicht verzog sich vor Verwirrung, aber mir dämmerte in dem Moment die ganze Wahrheit.

Mr Eccentrics Sohn war Bobby Blake. Der tote Bobby Blake. Bobby Blake plus Mrs Dickerson ergab Jonathan Dickerson mit dem Aussehen von Mr Eccentric.

»Verstehe«, sagte ich und nickte Jonathan zu.

»Genau«, sagte er und nickte zurück.

Du schautest noch immer verwirrt drein, als Onkel Walter die Tür aufmachte und verkündete, dass es nun an der Zeit sei zu gehen. Wir rutschten von unseren Stühlen, Jonathan zockelte mit gesenktem Kopf hinterher. Die ganze Zeit über tauschten wir Blicke aus und versuchten, zu verarbeiten, was wir gerade erfahren hatten. Du machtest den Mund auf, aber es kam nichts heraus. Und ich machte den Mund auf, aber es kam auch nichts heraus. Als wir an der Tür waren, blickte Jonathan zu Mr Eccentric auf, dann zu Onkel Walter. Er streckte Mr Eccentric die hellrosa Handfläche hin und schüttelte die seine. Es war ein kurzer, fester Handschlag, als wollte er damit einen Handel besiegeln.

Wir schauten einander an, als hätten wir gerade ein Gespenst über Westhill Estate fliegen sehen.

Als wir Tewkesbury House verließen, schwieg Jonathan und hielt den Kopf gesenkt. Onkel Walter legte ihm den Arm um die Schulter, doch Jonathan schlüpfte darunter weg und schlug ein scharfes Marschtempo an. Du versuchtest, ihn einzuholen.

»Woher weißt du, dass Mr Eccentric dein Großvater ist?«, fragtest du.

Er schob die Hände in die Hosentaschen. »Er heißt nicht Mr Eccentric, er heißt Reginald Blake.«

Du zogst verärgert die Brauen zusammen. Ich holte dich ein.

»Woher weißt du dann, dass Reginald Blake dein Großvater ist?«

Dein Bruder warf mir einen finsteren Seitenblick zu. »Geht dich gar nix an«, sagte er. »Und jetzt hau ab.«

Mit der Friedensherrschaft in Jonathans Königreich war es wieder vorbei.

Ich kam heute in den Genuss eines Überraschungsbesuchs von Mr Chavda.

»Ich nehme meine Verpflichtung sehr ernst, Mrs Roy«, höre ich ihn unten an der Treppe donnern. »Ich erlaube nicht, dass persönliche Angelegenheiten meine professionelle Arbeit beeinflussen.«

Amma spricht ganz ruhig. Ich setze mich auf und rutsche näher ans Matratzenende, in der Hoffnung, ihre gedämpften Worte aufzuschnappen. Einmal stand Amma geschlagene achtzehn Minuten im Flur und lauschte dem tiefen Schnaufen des anonymen Anrufers. Sie blieb stehen und glättete die Falten ihres Saris, während Minute um Minute verstrich. Als ich sie irgendwann fragte, was denn los sei, hob sie einfach abwehrend die Hand und lauschte weiter. Der Anrufer knickte zuerst ein, und nachdem Amma sicher war, dass er aufgelegt hatte, legte sie den Hörer ebenfalls auf und ging in die Küche, wo sie mit einem dünnen Messer Okra entstielte, als wäre nichts geschehen.

Mit Mr Chavda wird es genauso laufen. Egal, wie er sich aufführt, Amma wird nicht nachgeben. Er kommt in mein Zimmer und atmet stoßweise aus.

»Ffft! Ffft! Ffft!«

Dieses Geräusch gibt er weiter von sich, während er seine Krawatte zurechtrückt, die Aktentasche aufs Fußende meines Bettes legt und klickend die Schlösser öffnet.

»Dann fangen wir mal an«, sagt er. »Ich habe ein paar Multiple-Choice-Tests für dich mitgebracht. Die geben Aufschluss darüber, welches Niveau du mittlerweile erreicht hast. Danach können wir dann entscheiden, wie es mit deinem Unterricht weitergehen soll.«

Er zieht einen Stapel Heftchen heraus und blättert darin. Während dieser ganzen Ansprache hat er mich kein einziges Mal angesehen, also nutze ich die Gelegenheit und streiche mir meine Bettfrisur mit den Handflächen glatt und zwicke mich in die Wangen, um wach auszusehen. Als er mir den ersten Test reicht, schaut er mir immer noch nicht in die Augen, sondern setzt sich auf Ammas Stuhl und zieht seine silberne Rolex heraus, um meine Zeit zu stoppen. Es wäre wohl zwecklos, ein paar Tränen zu verdrücken, um mich aus der Affäre zu ziehen.

»Zwei Minuten sind vorbei!«, bellt er und klopft dabei auf das Glas seiner Uhr.

Ich gebe mir Mühe mit dem Test, aber es ist früh am Morgen, und die erste Frage dreht sich gleich um quadratische Gleichungen. Ich arbeite mich hindurch, aber nach zehn Minuten merke ich, wie mein Blick durchs Zimmer und zu Mr Chavda schweift. Er sitzt schlaff in Ammas Stuhl, hält die Rolex lose in der einen Hand und reibt sich mit der anderen geistesabwesend das Kinn. Er hat seine Krawatte so festgezogen, dass sie ihm ganz oben am Hals sitzt, und als ich sein Hemd mustere, stelle ich fest, dass es falsch zugeknöpft ist. Ich folge seinem Blick, der zu meiner Zimmertür hinausgeht. Vielleicht erwartet er, dass Amma hereinkommt und die weiße Fahne schwenkt. Seine großen Lider sinken herab, und einen Augenblick lang meine ich, eine Träne in einem Augenwinkel funkeln zu sehen.

Dann blicke ich wieder auf meinen Test und blättere zurück zum Deckblatt. Die Prüfungszeit beläuft sich auf anderthalb Stunden. Ich weiß, dass Mr Chavda nur zu gern bereit ist, die maximal erlaubte Zeit abzuwarten. Ich lege meinen Stift neben das Blatt.

»Ich glaube, dieser Test ist einfach zu schwierig für mich, Mr Chavda.«

Der Klang meiner Stimme reißt ihn aus seiner Träumerei. Er schaut auf die Rolex und setzt sich aufrecht hin.

»Mein liebes Mädchen, ich denke nicht, dass diese Tests wirklich *einfach* sein sollen.«

Obwohl sein Ton scharf ist, hält mich die Traurigkeit in seinen trüben Augen davon ab, meinerseits gereizt zu reagieren. In all den Jahren ist mir nie in den Sinn gekommen, dass Mr Chavda *Gefühle* haben könnte. Natürlich ist er wütend auf mich gewesen, manchmal sogar sehr, aber diese Einlagen von Lehrerverhalten wirkten immer irgendwie inszeniert. Auch seine Werbung um Amma hatte immer einen übertriebenen Touch. Er scheint die Dinge auf eine bestimmte Art zu tun, weil er meint, dass es so richtig ist, nicht weil ihn irgendetwas innerlich dazu drängt. Erst als ich in seine wässrigen Augen blicke, wird mir klar, dass seine Liebe zu meiner Mutter nicht ausschließlich dem Schema F folgt. Sondern dass wirkliche Zuneigung dahintersteckt.

Mr Chavda spürt, dass ich seine privatere Seite mustere, verändert seinen Gesichtsausdruck und zieht eine strenge Miene.

»Das Problem ist wohl eher, dass du *alle* Tests zu schwierig findest.«

Auch sein Spott lässt mich kalt.

»Na, das sagt dann ja wohl etwas über mich aus«, sage ich.

Mr Chavda hebt das Kinn an. »Und was genau sollte das sein?«

Ich zucke mit den Schultern. »Dass ich nicht zur Akademikerin geboren bin.«

Meine Antwort bringt ihn aus dem Konzept, und in der folgenden Stille sucht er nach einer passenden Antwort darauf. Irgendwann macht er ein blubberndes Geräusch mit den Lippen.

»Aber dein Englisch ist tadellos.«

In all den Jahren seines Unterrichts hat Mr Chavda mir kein einziges Kompliment gemacht, und die Tatsache, dass er gerade eines ausgesprochen hat, reicht, um ihm die Röte auf die Wangen zu treiben.

»Du schreibst sehr gut«, murmelt er, »auch wenn das darin formulierte Wissen, rein technisch gesehen, manchmal etwas fragwürdig ist.«

Er legt seine Uhr wieder an, und ich sehe, dass ihm die Hände zittern, als er an dem Armband herumfummelt. Ich mustere den Kranz aus weißem Haar rund um seinen Kopf und stelle fest, dass er es in Eile gebürstet haben muss, denn einzelne Strähnen liegen kreuz und quer übereinander.

»Geht es Ihnen gut, Mr Chavda?«, erkundige ich mich.

Er reckt ruckartig den Hals und schaut mich an, als hätte ich ihn gefragt, ob er ein Trottel sei. Er verengt die Augen.

»Ich gehe davon aus, dass du über diesen Rikesh im Bilde bist?«

Ich runzle die Stirn. »Rikesh?«

Als ich es ausspreche, wird mir klar, wen er meint. Amma hat mir nie den Namen ihres Bekannten verraten, und es bringt mich aus dem Konzept, als ich ihn jetzt aus meinem eigenen Munde höre. Mr Chavda ist begeistert.

»Dann bin ich also nicht der Einzige, den sie im Unklaren lässt.«

Er schaut kurz zur Tür, dann beugt er sich zu mir vor.

»Ich habe die beiden im Park erwischt«, sagt er leise. »Sie haben zusammen Enten gefüttert und … *Händchen gehalten.*«

Von seinem verstohlenen Geflüster und der Art, wie Mr Chavda sich mit irrem Blick vorbeugt, wird mir ganz schlecht. Auf einmal wirft er mit jäher Verzweiflung die Arme hoch.

»Der Mann trug nicht mal eine Krawatte!«, sagt er. »Als ich sie darauf ansprach, meinte sie, dass ich überreagiere und sie tun und lassen könne, was sie wolle. Aber was ist mit dem Lächeln, das sie mir so oft geschenkt hat? Dem Essen? Sie hat mich zum Narren gehalten, und das alles für einen Mann, der sich nicht mal die Schuhe putzt!«

Erneut wirft er die Hände in die Luft, dann lässt er sich zurück gegen die Lehne plumpsen. Er schaut mich aus dem Augenwinkel an.

»Für dich haben sie auch schon Pläne, weißt du?«, sagt er. »Sie hat es mir erzählt: ›Wir sind Ihnen dankbar für Ihre Dienste, Mr Chavda, aber wir haben jetzt andere Pläne für Ravine.‹ Dass sie das wagt!«

»Pläne?«, frage ich. »Was für Pläne?«

»Im Park, für alle sichtbar. Ich hätte nie gedacht, dass deine Mutter so schamlos sein könnte.«

Schwäne sind dafür bekannt, dass sie einem Menschen auch mal den Arm brechen, um ihr Nest zu beschützen. So geht es mir jetzt auch. Ich merke, wie meine Bescheidenheit verfliegt, und meine Wirbelsäule richtet sich auf, als ich zum Gegenschlag aushole.

»Tja, ich würde mal sagen, das ist einzig und allein ihre Sache, oder?«

Mr Chavdas Augen weiten sich, drahtartige Haare ragen aus seinen Brauen. Nicht der Inhalt meiner Worte hat ihn geschockt, sondern die Art, wie ich es gesagt habe. Fest, selbstbewusst. Zehn Jahre lang hat mich dieser Mann wie ein Kind behandelt, und jetzt sieht er sich auf einmal einer Erwachsenen gegenüber.

»Selbstverständlich«, sagt er und nimmt wieder Haltung an. »Zurück zu deinem Test.«

Er tippt auf das Heft auf meinem Schoß, wie um seine Autorität zurückzugewinnen. Ich schaue auf die Fragen und Kästchen, dann schiebe ich das Blatt beiseite.

»Es ist jetzt vorbei mit den Tests, Mr Chavda.«

Wieder reißt er die Augen auf, wieder muss er eine Niederlage einstecken. Ein verletzter Ausdruck zieht über sein Gesicht. Rasch steht er auf, sammelt seine Blätter zusammen. Er habe sowieso zu viel zu tun, um sich mit solcher Dummheit abzugeben. Ich stelle mir seinen Gang zurück zum Auto vor, wie er mit gesenktem Kopf über den Gehweg huscht und dabei gegen alleinerziehende Mütter und Kinderwagen rempelt. Einsame Menschen sehen sich oftmals veranlasst, Mauern um sich herum zu errichten. Das weiß ich besser als die meisten anderen.

»Kommen Sie doch mal zum Tee vorbei«, sage ich, bevor er geht. »Dann können wir ein bisschen plaudern oder so.«

Er schaut mich an, rückt seine Krawatte zurecht und versucht, meine Worte blinzelnd zu verarbeiten. Er scheint zu überlegen, ob er dieses Angebot als Beleidigung auffassen soll. Dann holt er tief Luft, sodass sein Brustkorb sich wölbt.

»Ja, vielleicht«, sagt er. Und damit stürmt er hinaus.

Ich höre kein Abschiedswort von ihm an Amma. Stattdessen knallt er die Wohnungstür so laut zu, dass man es auf jeden Fall bemerken muss.

»Idiot«, sagt Jonathan durch die Wand.

Ich starre auf den Kalender von 2010, der immer noch an meiner Zimmertür hängt. Er ist verrutscht.

»Hör auf zu lauschen«, sage ich. »Und nenn ihn nicht Idiot. Du kennst den Mann doch nicht mal.«

Der Tadel bringt deinen Bruder für ungefähr vier Sekunden zum Schweigen. Als er wieder spricht, klingt es laut und deutlich durch die Wand:

»Ich erkenne einen Idioten, wenn ich einen höre.«

Ich schüttle den Kopf und hebe die Stimme. »Warum? Weil du *selbst* einer bist?«

Es entsteht eine Pause, schon glaube ich, zu weit gegangen zu sein. Mr Chavda war immer der Ansicht, dass ich ein zu vorwitziges Mundwerk hätte und dass ich mit einer so scharfen Zunge niemals einen Ehemann finden würde (als ob ich auf der Suche wäre).

Ich höre, wie Jonathan sich auf der anderen Seite der Wand zurechtsetzt.

»Sehr witzig, Ravine«, sagt er.

Ich schlüpfe unter die Bettdecke, und obwohl ich weiß, dass dein Bruder mich nicht sehen kann, ziehe ich sie mir über den Mund, um mein Grinsen zu verstecken.

Das Sternbild der Überraschung

In jenem Winter, und ganz im Geiste der jahreszeitlich bedingten Eintracht, beschlossen wir, ein Roy-Dickerson-Weihnachten abzuhalten. Amma erklärte mir, dass man in England nicht an die Feste glauben musste, um sie zu feiern. Zu Halloween verkleideten sich die Leute als Gespenster, an deren Existenz sie nicht glaubten, in der Guy Fawkes Night verbrannten sie Puppen, die einen Mann darstellten, gegen den sie keinen Groll mehr hegten, und am Faschingsdienstag stopften sie sich mit süßen Sachen voll, ohne die geringste Absicht, anschließend die Fastenzeit einzuhalten.

»So ist eben die englische Kultur«, erklärte sie. »So *erfreuen* sie sich eben.«

In diesem Jahr beschlossen wir also, uns ganz im englischen Stil zu erfreuen. Wir schmückten unsere Wohnung mit so viel Lametta und Lichterketten, dass es für ein ganzes Kaufhaus gereicht hätte. Der Weihnachtsbaum, ein großes Plastikding aus Lasers Kofferraum, lehnte schief und krumm an der Wohnzimmerwand und drohte jeden Moment umzukippen und uns alle unter einem Regen aus Glitzer und Christbaumkugeln zu begraben (als wir unsere Geschenke aufmachten, blieb Amma neben uns stehen und hielt schützend die Hände über uns für den Fall des Falles). Während wir unsere Festkleidchen angezogen hatten, behielt Jonathan den Gewitterschlafanzug an, in dem er geschlafen hatte. Eifrig rissen wir unsere Päckchen auf, als befürchteten wir, sie könnten uns davonlaufen. Malbücher, Zauberfilzstifte, Puppen und Teddys – unsere Geschenke waren von bester Ramschladenqualität. Je mehr Schachteln wir öffneten, umso lauter quietschten wir. Sogar Jonathan schien beeindruckt von seinen Bauklötzen, dem elektronischen Thermometer und den Billig-Computerspielen.

»Und, wie sieht die Wettervorhersage aus?«, fragtest du ihn.

Er war gerade dabei, das nächste Päckchen aufzureißen und hielt mitten in der Bewegung inne, mit einem zusammengeknüllten Ball aus Geschenkpapier in der Hand, das mit Stechpalmen bedruckt war. Als er loslegte, klang seine Stimme tief und ernst:

»Zunächst sonnige Abschnitte, gefolgt von Gewitterstürmen in der gesamten Region.«

Wir tauschten einen Blick.

»Cooool.«

Als wir eines der neuen Spiele auf Jonathans Commodore 64 spielten, kam Sandy Burke dazu. Den Commodore 64 hatte er von einem von Mrs Dickersons Ex-Freunden zum Geburtstag bekommen. Er hatte ihm das veraltete Gerät mitgebracht, um ihn für sich einzunehmen, doch Jonathan wollte die Schachtel nicht mal aufmachen und verlangte stattdessen einen Sega Mega Drive. Erst als sich die beiden trennten, schraubte Jonathan seine Ansprüche etwas herunter. Wir saßen stundenlang auf seinem Bett und beobachteten, wie streifenweise knallbunte Regenbogenfarben über den Bildschirm flimmerten, während das Spiel geladen wurde. Heute gibt es Computerkonsolen, die auf Bewegung reagieren, das habe ich in der Werbung gesehen. Man stellt sich davor und tut so, als würde man Tennis spielen – ohne Schläger –, oder man spielt Bowling ohne Kugel. Die laden heutzutage in Sekundenschnelle und speichern mehr Information ab, als ganze Reihen von Computern unserer Kindheit es gekonnt hätten. Die Tage, als man auf die Pfeiltasten auf der Tastatur hämmerte und zusah, wie das weiße Oval von Dizzy dem Ei sich drehte und drehte, während das Spiel abstürzte, sind endgültig vorbei.

Jonathan hatte die Kabel seines eigenen Fernsehbildschirms entwirrt, um den Commodore im Wohnzimmer aufstellen zu können. Onkel Walter faltete Servietten, und Amma lief zwischen seiner und unserer Wohnung hin und her und schleppte ohne Ende Tabletts mit chiligewürztem gebratenen Gemüse an, während wir auf dem Boden saßen und den Bildschirm anschrien. Dass Sandy Burke gekommen war, merkten wir erst, als sie sich vor Dizzy schob, der gerade über einen krokodilverseuchten Fluss springen wollte. Damals war sie so dünn, dass wir einfach nur den Hals zur Seite recken mussten, um den Bildschirm wieder zu sehen. Sie schnaufte entnervt und drückte den Aus-Knopf.

»Mann!«, schrie Jonathan. »Wir spielen da gerade!«

Sandy lächelte und hob die beiden Tragschalen auf, die sie auf dem Boden abgestellt hatte.

»Ich bin gekommen, um euch euer Geschenk zu geben«, sagte sie und federte auf und ab.

Sandy war seit dem Katzenmord nicht mehr in dieser Wohnung gewesen, und der Anblick ihrer Zuckerwattehaare und das Versprechen von Geschenken reichten, um uns das Spiel vergessen zu lassen. Amma und Onkel Walter blickten von ihren Knallbonbons auf und erstarrten.

Sandy wurde nervös. Ihr Blick zuckte von den Erwachsenen zu uns Kindern, während sie auf und ab schaukelte wie ein Boot in Seenot. Das sah Sandy gar nicht ähnlich, eure Mutter hatte einmal gemeint, sie habe »mehr Eier als ein ganzer Hühnerhof«. Schließlich lachte Sandy unsicher auf.

»Ihr werdet euch freuen, wenn ihr es erst seht«, sagte sie, doch das Zucken in ihrem linken Auge sprach eine andere Sprache. »Das wird eine absolute Überraschung!«

Du klettertest auf das Sofa und spähtest über die Lehne.

»Ich seh nichts«, sagtest du und drehtest dich mit enttäuschter Miene wieder um.

Sandy schluckte. Damals war sie so dünn, dass man die Muskeln an ihrem Hals wellenförmig arbeiten sah, wenn sie das tat. Sie schielte zur Seite.

»Es ist vor der Tür.«

Wir wandten den Kopf, als würde gleich der Weihnachtsmann persönlich aus den Schatten treten. Statt eines schmerbäuchigen Mannes mit weißem Bart sahen wir eine große, schlanke Gestalt mit übertrieben energischen Schritten auf uns zukommen. Sie schwankte, als sie näher kam, behindert von ihren 15-Zentimeter-Absätzen und dem engen Jeansminirock.

»Überraschung!«, kreischte Mrs Dickerson und breitete die Arme aus, als wäre ihr gerade ein Zaubertrick gelungen.

Niemand sagte ein Wort. Ich glaube, niemand hat auch nur geatmet. Mrs Dickerson hielt die Arme weiter ausgebreitet, bis ihr das Grinsen langsam vom Gesicht fiel.

»Mum!«, schriest du, sprangst vom Sofa und ranntest in ihre Arme.

Der Schrei riss uns alle aus unserer Starre. Mrs Dickersons Grinsen war sofort wieder da, als sie dich umarmte und dich so hoch herumschwang, dass wir die rosa Sohlen deiner Turnschuhe sehen konnten.

»Genau, mein Schatz«, sagte sie und verlangsamte die Drehung. »Ich bin wieder zu Hause.«

Sie schaute zu Onkel Walter hinüber. Der stand da, ließ die Arme herabhängen und bekam den Mund nicht mehr zu. Schweiß bildete sich in Kreisen um seine Achseln, und seine Haut sah so bleich aus wie der Truthahn im Kühlschrank, der später in den Ofen sollte. Als sie seinen Blick auffing, lächelte dein Onkel mechanisch, aber es war so gekünstelt, dass es ganz eckig aussah auf seinem runden Gesicht. Mrs Dickerson reckte das Kinn und lächelte zurück. Onkel Walters Lächeln fiel in sich zusammen. Er senkte den Kopf und fummelte an den Servietten herum, während deine Mutter dir einen dicken Kuss aufs Kinn drückte. Du kichertest manisch und umklammertest ihren Hals.

Damals begriff ich nicht, warum Onkel Walter wegschaute, aber mittlerweile habe ich genug Sendungen über Tiere in der Wildnis gesehen, um es zu verstehen. Als deine Mutter ihren Bruder angrinste, lag darin dieselbe Drohung, wie wenn ein Tiger seinen Gegner anknurrt. Es war keine Geste geschwisterlicher Zuneigung oder ein Zeichen ihrer Freude über das Wiedersehen; dieses Lächeln war eine Zurschaustellung von Dominanz. Mit einer schlichten Bewegung ihres Kinns hatte sich Mrs Dickerson ihr Territorium zurückgeholt.

»Hat ja lang genug gedauert!«, bemerkte Amma.

Sie hatte die Hände auf dem Bauch gefaltet, über ihrem festlichen rot-grünen Sari mit den Bügelfalten.

»Wir dachten, du würdest nie wiederkommen.«

Deine Mutter setzte dich ab.

»Es war ein Urlaub, Rekha. War doch klar, dass ich zurückkomme.«

»Es wäre nett von dir gewesen, deinen Bruder darüber zu informieren«, murmelte Amma.

Mrs Dickersons Mund zuckte, aber nur ganz kurz. Sie ging zu einem der Sessel und ließ sich mit einem gekünstelten Seufzer hineinplumpsen.

»Walt macht das nichts aus«, sagte sie und zog eine Schachtel Zigaretten aus dem Ärmel. »Er ist mir was schuldig. Stimmt's nicht, Walt?«

Sie starrte Onkel Walter an, als sie sich ihre Zigarette ansteckte. Der hielt den Blick gesenkt und faltete weiter seine Servietten.

Jonathan hatte die ganze Szene beobachtet, mit Augen so groß wie die von Dizzy dem Ei. Sein Gesichtsausdruck war derselbe, wie wenn er sich Hurrikans im Fernsehen anschaute: offener

Mund, kaum ein Blinzeln. Als eure Mutter ihn ansah, klappte er den Mund zu.

»Komm doch mal her, kleiner Mann.«

Sie beugte sich vor, und der Rauch ihrer Zigarette stieg in Spiralen nach oben.

»Komm und nimm deine Mutter in den Arm.«

Jonathan drehte sich weg, als hätte sie gar nichts gesagt.

»So, können wir den Fernseher jetzt wieder anmachen?«, fragte er.

Die Schlacht zwischen diesen beiden hatte noch nicht mal ansatzweise begonnen.

Als Amma zu ihrem Routinebesuch beim Arzt geht, erwähne ich nicht, was Mr Chavda zu mir gesagt hat. Beim Anblick des Kajals auf ihren Lidrändern und des neuen Bindis, das sie sich sorgfältig mitten auf die Stirn gemalt hat, grinse ich nur. Auch als sie sich zu mir herabbeugt und ihr üblicher Rosenduft von einem herben neuen Parfüm überdeckt wird, von dem mir fast die Augen tränen, halte ich es so.

»Viel Spaß«, wünsche ich ihr.

»Ich geh doch nur zum Arzt«, erwidert sie und fliegt zur Tür hinaus.

Als sie weg ist, schwinge ich meine Füße aus dem Bett und beginne mit den täglichen Tests. Ich wackle mit den Zehen, lasse die Fußgelenke kreisen und hebe meine Beine in verschiedenen Winkeln an. Bei jeder Bewegung merke ich, wie meine Muskeln sich erst anspannen, dann entspannen, ich fühle die Dehnung und die Anstrengung, während ich die Gelenke biege und drehe, aber keinen Schmerz. Nach Jahren im Nichtschwimmerbereich schwimme ich endlich im tiefen Wasser.

»Schleppst du eigentlich immer noch dieses *murmel* überall mit hin?«, fragt dein Bruder.

Ich schaue zur Wand, dann lasse ich die Beine sinken. Ich bitte ihn, seine Frage zu wiederholen.

»WÖRTERBUCH«, sagt er. »Ob du immer noch dieses WÖRTERBUCH überallhin mitschleppst?«

Ich seufze. »Ich geh doch nirgendwohin, Jonathan.«

Ich stehe auf, drehe Ammas Stuhl zum Fenster, setze mich an die Wand und drücke ein Glas dagegen.

»Du gehst *nirgendwohin*?«, fragt er.

Ich stütze den Ellbogen auf die abblätternde Farbe des Fensterrahmens. »Nur ins Krankenhaus. Und da war ich jetzt auch schon länger nicht mehr.«

Eine Weile schweigen wir beide. Ich schaue auf die Wohnblöcke, die gewundenen Bänder der Wege und Straßen. Das ist alles so groß, so weitläufig, dass mir allein vom Anschauen schwindlig wird. Ich konzentriere mich auf den Baum vor mir und frage Jonathan, ob er wisse, was es für einer ist.

»Eine Rosskastanie«, sagt er.

Ich erinnere mich an die stachligen grünen Bälle, die jedes Jahr an den Zweigen erscheinen. Die braunen Kugeln, die herauskommen, wenn sie auf den Boden fallen.

»Nicht einfach Kastanie?«

Früher hätte Jonathan verächtlich gelacht und die Augen so weit verdreht, wie es nur menschenmöglich war. Ich stelle mir vor, dass er das gerade auch auf der anderen Seite der Wand macht, aber als seine Antwort kommt, ist sie diplomatisch und ehrlich.

»Die Früchte heißen Kastanien«, erklärt er. »Aber der Baum heißt trotzdem Rosskastanie.«

»Woher weißt du das?«

»Ich habe ein Buch über Botanik gelesen in der … Bibliothek.«

Ich nehme die kleine Pause wahr und überlege, welches Wort er wohl ausgelassen hat. Schulbibliothek? Universität? Gefängnis? Ich weiß nicht, welche Variante die schlimmste wäre: dass Jonathan mich in meiner Bildung überholt hätte oder dass er ohne mein Wissen ein verurteilter Krimineller geworden wäre.

»Hast du es also noch?«, fragt Jonathan jetzt. »Ich meine das Wörterbuch.«

Ich schließe fest die Augen. »Ist das wichtig?«

Pause.

»Wahrscheinlich nicht.«

Ich schaue zum Kastanienbaum, der schon mein ganzes Leben lang vor dem Fenster aufragt. Dieser Baum ist genauso wie ich. Hier verwurzelt, für immer in dieser Siedlung gefangen.

Ich drücke die Wange an das Wasserglas und schaue die Wand an. Es ist seltsam, sich vorzustellen, dass dein Bruder auf der anderen Seite sitzt. Vielleicht weil ich ihn nicht sehen kann. Vielleicht wäre es anders, wenn ich wüsste, wie er aussieht.

Ich drücke die freie Hand an die Wand und lausche angestrengt durch das Glas.

»Warum bist du zurückgekommen, Jonathan?«

Die Frage entschlüpft mir, obwohl ich mir vorgenommen hatte, sie nicht zu stellen. Ich will nicht fragen, weil ich nicht möchte, dass Jonathan denkt, es sei mir wichtig. Aber vielleicht ist es das ja. Vielleicht ist es mir wichtiger, als ich zugeben mag.

»Reginald liegt im Sterben«, sagt er.

Meine Hand rutscht von der Wand.

»Wer?«

Ich höre, wie sein Bett quietscht, als er sich aufsetzt, dann das Geräusch seines Körpers, der sich an der Wand hochschiebt.

»Mr Eccentric. Er hat mir einen Brief geschrieben, dass er mich noch mal sehen will, bevor … Na ja, bevor es zu spät ist eben.«

Ich zerknautsche den Stoff meines Morgenmantels in der Hand. »Deswegen bist du zurückgekommen?«

»Er ist mein Großvater. Ich dachte, ich muss. Aber jetzt …«

Ich setze mich kerzengerade auf. »Ich gehe jetzt schlafen!«

Es ist noch früh am Morgen, aber dein Bruder hinterfragt meine Antwort nicht, als ich mich wieder ins Bett lege. Ich rolle mich zusammen und vergrabe den Kopf im Kissen. Wenn ich wüsste, dass niemand mich hörte, würde ich schreien. Wenn er meint, dass er mich aus der Fassung gebracht hat, wird er glauben, dass er gewonnen hat, und ich werde ihn nicht gewinnen lassen, nicht noch einmal.

»Geht es dir gut, Ravine?«, fragt er.

Ich weiß, dass sein Gesicht nah an der Wand sein muss, denn seine Stimme klingt auf einmal richtig laut. Allein von dem Klang zieht sich mir der Magen zusammen, als würden kleine Fäuste auf ihn einschlagen.

»Ravine?«

Ich hebe den Kopf. »Nenn mich nicht so.«

Als er wieder spricht, klingt er verwirrt. »Aber so heißt du doch.«

»Nenn mich nicht so!«

Danach bleibt er still und sagt nichts mehr.

Ich bin ein Trottel, Marianne, ein vollkommener, lächerlicher Trottel. Aus irgendeinem albernen Grund habe ich gedacht, dein Bruder wäre zurückgekommen, um mich zu sehen.

Das Sternbild der gelben Augen

Heute ist Wahl, und obwohl die Wahllokale bis zehn Uhr abends geöffnet haben, beschließt Amma, dass es dem Wahlvorgang irgendwie zuträglich sein wird, wenn wir absurd früh hingehen.

»Für dieses Recht haben Frauen ihr Leben gelassen«, erklärt sie, als sie mich um 7 Uhr 30 wach rüttelt.

Ich gähne. »Ich dachte, die Suffragetten wollten dem Leid der Frauen ein Ende setzen.«

Amma ist zu sehr damit beschäftigt, in meinem Zimmer herumzuschwirren, um meine witzige Replik zu würdigen. Sie ist aufgeregt, nicht nur weil Wahlen sind, sondern weil ich die Wohnung verlassen werde.

Ich bin selbst schuld. Als die Wahlbenachrichtigung kam, hätte ich gleich sagen sollen, dass das eine lächerliche Vorstellung ist, statt Amma zu erlauben, mir Übungen aufzugeben und mich beständig über die neuesten politischen Entwicklungen zu informieren. Am Tag der ersten Wahldebatte saßen wir mit Popcorn auf dem Schoß vorm Fernseher. Rote, blaue und gelbe Streifen schmückten das Fernsehstudio, in dem die Parteichefs saßen und ihr Plädoyer in die Kamera sprachen. Sie führten die Namen von »ganz normalen Menschen«, mit denen sie gesprochen hatten, im Munde, als wären es Familienmitglieder. Sie leierten lange, öde Monologe herunter und gestikulierten mit der flachen Hand, sie trugen ein so unehrliches Grinsen zur Schau, dass Amma die Befürchtung äußerte, sie könnten sich einen Muskel zerren.

»So viel Gegrinse, das kann ja nicht gut sein für einen Menschen«, meinte sie.

»Das erklärt, warum ich so gesund bin«, sagte ich.

Amma räumte das Popcorn weg, ohne auch nur leise zu kichern. Sie ist meinen Sarkasmus mittlerweile so gewöhnt, dass sie es gar nicht merkt, wenn ich aus guter Laune heraus scherze. Vielleicht sollte ich es mal mit ganz normalen, schlichten Scherzen versuchen.

Erzählt ein Chemiker einen Witz. Keine Reaktion.

Das war einer von deinen Lieblingswitzen.

Als die Debatte vorbei war und Amma nach unten gegangen, begann sich Jonathan wieder durch die Wand mit mir zu unterhalten.

»Klingt alles ganz schön scheiße in meinen Ohren«, sagte er.

Ich schnappte nicht nach Luft, sondern musste kichern.

Das werde ich mir in Zukunft verkneifen!

Seit unserer Unterhaltung über Mr Eccentric habe ich nicht mehr mit deinem Bruder gesprochen. Ich habe beschlossen, stumm zu bleiben, auch wenn er klopft und mich durch die Wand ruft. Doch aus Gründen, die ich selbst nicht begreife, habe ich ihn weiterhin mit mitternächtlichen Mahlzeiten versorgt. Ich bin also doch nicht völlig herzlos. Das überrascht mich mehr als jeden anderen.

Als ich mir den Schlaf aus den Augen reibe und zu dem Tablett mit Matar Paneer auf dem Nachttisch blicke, taucht Amma mit wildem Grinsen in meinen Kleiderschrank. Ich sehe zu, wie sie Saris herauszieht und Gewänder, die eher einer königlichen Hochzeit angemessen wären als einer Wahl. Kunstseide und Taft schmücken das Fußende meines Bettes, tief ausgeschnittene

Kleider, die sie im Winterschlussverkauf erstanden hatte – quasi im Geiste der vergangenen Weihnacht.

»Ich zieh das rote an«, sage ich, als mein Fußende völlig unter Polyester begraben ist. »Das an der Taille enger ist.«

Amma weiß genau, welches ich meine. Sie versucht zu verbergen, wie unglaublich es sie befriedigt, dass ich mir die Kleider durchgesehen habe. Grinsend wackelt sie mit dem Kopf.

Als ich angezogen bin, überzeuge ich Amma, dass ich genug Medikamente und Schmerzmittel eingenommen habe, um ohne ihre Hilfe die Treppe hinuntergehen zu können. Jeder Schritt wird genauso enthusiastisch gefeiert wie bei einem Baby, das gerade das Laufen lernt. Obwohl ich weiß, dass es Betrug ist, freue ich mich doch, als Amma die Hände zusammenschlägt und ich die Freude auf ihrem Gesicht aufwallen sehe. Als hätte ich es verdient, als würde ich tatsächlich etwas Besonderes erreichen.

Auf der dritten Stufe merke ich, wie ich ins Wanken komme. Ich werfe einen Blick zur Tür und denke an den Tag, an dem ich in genau diesem Kleid losging, um mich mit Jonathan zu treffen. Ich stelle mir die Welt draußen vor, die hellen Lichter, die leeren Gesichter, den Ozean des Unbekannten. Die Furcht schlägt über mir zusammen wie Wellen, und am Wellenkamm jeder einzelnen fühle ich

Schrecken Panik Grauen

Wie ein Kind, das man am tiefen Ende ins Becken wirft, spüre ich, wie meine Arme rudern, als wollte ich nach der Wasseroberfläche greifen, während meine Lungen nach Luft gieren.

Amma, die nichts von diesem Grauen mitbekommt, sieht nur, wie ich erstarre

»Ich wusste, dass du mehr Tabletten hättest nehmen müssen!«, ruft sie.

Ich klammere mich ans Geländer, und die Blumen der Tapete verschwimmen in einer bunten Spirale. Als ich mir all die Dinge vorstelle, die mich dort draußen erwarten, halte ich mich noch krampfhafter fest. Das Metallgeländer, wo wir Onkel Walter zum ersten Mal sahen. Der gewundene Pfad, der den Hügel hinunterführt, die abblätternde Farbe auf den Geländern, die Chipstüten, die über den Boden geweht wurden, das Wahllokal in der Eingangshalle unserer alten Grundschule, wo du beim Anstehen fürs Mittagessen immer Handstand machtest, die weiß gestrichenen Häuser der anderen Anlagen: Bonchurch House, Tewkesbury House, Battenberg House. Laser und sein schäbiger Kofferraum. Die alte Mrs Simmons, obwohl, die ist mittlerweile schon tot. Mr Eccentric in seinem Zimmer voll tickender Uhren. Jonathan.

Es muss Ammas Schrei gewesen sein, der ihn herauslockt. Weiß Gott, wie lang er gewartet hat oder worauf, aber als er aus dem Wohnzimmer kommt, balanciert Ammas Bekannter eine Teetasse auf der Handfläche. Als die Spiralen auf der geblümten Tapete sich lichten, sehe ich ihn zum ersten Mal richtig.

Den Trenchcoat. Die dunkle, fleckige Haut. Die gelben Augen.

Amma sieht, wie sich mein Gesichtsausdruck verändert, und fuchtelt mit den Händen herum.

»Na, jetzt lass uns mal nicht überreagieren!«

Aber ich habe mich bereits umgedreht, bin die drei Stufen wieder hochgeklettert und im Bad verschwunden.

»Ravine«, ruft er noch, als ich die Tür hinter mir zuknalle. »Bitte komm zurück, Ravine. Bitte komm zurück.«

Als ich in der Nacht nach deinem Verschwinden im Krankenhaus aufwachte, saß der Seelentrinker neben meinem Bett, auf einem Stuhl mit hoher Lehne, die geballten Fäuste auf dem Schoß. Wäre ich nicht mit Medikamenten vollgepumpt gewesen, hätte ich den Kopf in den Nacken geworfen und geschrien, aber so konnte ich mich gerade mal genug winden, um gegen den Nachttisch zu schlagen. Die Vase kam einen Augenblick ins Wanken, blieb dann aber doch stehen. Ich wollte, dass sie fiel, mit einem dramatischen Knall auf dem Boden zerschellte.

Das Wackeln der Vase reichte, um die Aufmerksamkeit des Monsters zu erregen, und als er zu mir aufblickte, blieb mir nichts anders übrig, als ihm in die kränklich gelben Augäpfel zu blicken. Im grellen Licht der Krankenhauslampen erkannte ich den kahlen Fleck auf seinem Kopf und den bunten Grobstrickpullover, der seinen Schmerbauch verdeckte. Er hatte Fältchen auf der Stirn, die verschwanden, sobald er grinste. Dieses Wesen hätte fast menschlich sein können.

»Rekha!«, rief er, ohne den Blick von mir zu nehmen. Er stand auf und winkte.

Ich versuchte zu fliehen, aber als ich den Kopf drehte, war der Schmerz mörderisch. Ich hatte mir noch nie einen Knochen gebrochen, man hatte mir noch nie einen Zahn gezogen, und obwohl ich anfällig für blaue Flecken war, heilte mein Körper eigentlich immer recht schnell. Doch dieser Schmerz war so durchdringend, dass sich meine Muskeln augenblicklich zusammenzogen, Tränen schossen mir in die Augen, und für eine kurze Zeitspanne verschwand die Welt um mich herum.

Als ich die Augen wieder aufschlug, sah ich Amma an meinem Bett stehen, mit zwei Plastiktassen in der Hand, aus denen Dampf aufstieg. Ihre Augen waren ganz groß, die Neonröhren spiegelten sich in ihrer dunklen Iris. Als mein Blick wieder klarer wurde, erkannte ich Sorgenfältchen in ihren Augenwinkeln.

»Ravine Roy?«, sagte sie, als wollte sie überprüfen, ob ich das Mädchen sei, das sie in ebendiesem Krankenhaus zur Welt gebracht hatte.

Ich versuchte, die Tränen wegzublinzeln, während meine ganze linke Seite vor Schmerz nur so pochte. Jeder Muskel verfiel in einen Krampf, meine Nerven stachen, meine Haut war so überempfindlich, dass ich mich fühlte, als läge ich auf einem Bett aus Glasscherben. Als ich wieder klarer sehen konnte, nahm ich den verschwommenen Schatten des Seelentrinkers wahr, der sich ihr von hinten näherte.

»Shona.« Amma trat weinend näher an mein Bett. »Shona, mein Schätzchen.«

Mit einem Mal fand ich die Kraft zu schreien.

Es war ein schriller, gellender Schrei, und sosehr sich Amma auch bemühte, mich zu beruhigen, ich konnte nicht aufhören, bis das Monster das Zimmer verlassen hatte. Nachdem er weg war, konnte ich nicht aufhören zu wimmern. Erst später, nach einer Runde tiefem Schlaf und einer Schüssel scharfer Gemüsesuppe, erklärte Amma mir alles.

Der Seelentrinker war gar kein Seelentrinker – er war mein Vater.

*

Ich verschanze mich im Badezimmer. Amma tut ihr Bestes, mich durch die Tür zur Vernunft zu bringen. Sie behauptet, es sei alles nur ein Missverständnis, nicht die große Verschwörung, die ich dahinter vermuten würde.

»Dein Vater wollte einfach nur zum Plaudern vorbeikommen«, sagt sie. »Er hatte nicht erwartet, dich zu sehen.«

»Dein Vater«, sagt sie, nachdem sie ihn jahrelang ausschließlich als Feigling und Trottel bezeichnet hat. Ich laufe im Bad auf und ab, um die Kraft in meinen Beinen zu überprüfen, und überlege, wie weit sie mich wohl tragen würden, wie schnell ich von hier wegkommen könnte.

Amma gibt ihre sanfte Überredungstaktik bald auf und nimmt mich stattdessen in die Mangel.

»Er will dich doch nur *sehen*!«, sagt sie, obwohl sie mir kurz zuvor noch das Gegenteil weismachen wollte.

Ich habe das alles schon mal gehört. Als mein Vater mich im Krankenhaus besuchen wollte, einen Tag nachdem ich aufgewacht war, weigerte ich mich, ihn zu empfangen. Amma quatschte mir was von kriminellen Banden und Drohungen gegen seine Familie ans Ohr, als wäre das ein Beweis seiner Aufrichtigkeit. Sie erzählte, dass er jahrelang auf der Flucht gewesen sei und sich bemüht habe, sie ausfindig zu machen, ohne sein Versteck verlassen zu müssen. Nach sieben Jahren hatte er die Zeitung aufgeschlagen und das Bild eines kleinen asiatischen Mädchens gesehen, unter der Überschrift: STÄDTISCHE SCHULE GEWINNT GEMÜSEANBAU-WETTBEWERB. Obwohl ich bei dieser Gärtneraktion überhaupt nicht beteiligt gewesen war, hatte man mich mit einem Kürbis vor die Kamera geschoben, um dem Rest des Landes zu demonstrieren, wie multikulti die Westhill Primary School war. Hinter mir stand meine Mutter, die grundlos stolz auf mich war, und bei unserem Anblick verspürte mein Vater eine Aufwallung von Stolz (Er hatte eine Tochter!) und einen Grund, aus seinem Versteck zu kommen. So viel Melodrama und 180-Grad-Wendungen, das würde bestens auf die Bonus-CD von *Ammas Leben – Die Seifenoper* passen.

Als ich nach Hause kam und für den Rest der Ewigkeit ins Bett gepackt wurde, beschloss Amma, es sei an der Zeit, dass ich meinen nichtsnutzigen verschwundenen Vater kennenlernte. Sie versuchte, mir das Thema immer wieder unterzujubeln, ganz unauffällig, versteht sich.

»Bist du heute bereit, deinen Vater zu sehen, Shona?«, fragte sie so zuckersüß, dass man fast Zahnschmerzen kriegte.

»Nein«, sagte ich.

Neuer Tag, neue Taktik.

»Dein Vater hat dir ein Geschenk mitgebracht. Möchtest du, dass er heraufkommt und es dir gibt?«

»Nein.«

»Vielleicht würdest du gern hören, was für gute Neuigkeiten dein Vater hat?«

»Nein.«

Irgendwann kapierte sie, dass ich eine Frage, die mit meinem Vater zu tun hatte, nie mit irgendetwas anderem als einem

»Nein« beantworten würde. Sie wurde es müde, ihr Lächeln schliff sich allmählich ab, verwandelte sich in Stirnrunzeln und einen müden Gesichtsausdruck. Ich kam mir vor wie eine verwöhnte Dreijährige, die sich trotzig weigert, sich anziehen zu lassen. Irgendwann hörte sie ganz auf zu fragen. Ich dachte, sie hätte es aufgegeben.

Aber egal, wie oft ich vor ihm weglaufe, der Seelentrinker holt mich immer wieder ein. Für diesen Mann, der sich damals, *puff*, in Luft aufgelöst hat, wird jetzt das gute Service herausgeholt, er darf stundenlang in unserem Wohnzimmer sitzen und bengalische Lieder singen, dass ich es durch meinen Zimmerboden höre. Ammas lächerliche Tarnung für ihre Treffen ist aufgeflogen. Dieses Hereinschmuggeln, Herausbegleiten, hinterher wieder Hereinkommen und unschuldig tun. Amma weiß sehr gut, dass ich jede Vibration in dieser Wohnung hören kann, trotzdem reibt sie mir ihre Affäre direkt unter die Nase. Sie will es provozieren, dass ich sie darauf anspreche. Ihr Fragen stelle und darauf bestehe, die Wahrheit zu hören.

Aber ich will nicht die Wahrheit, ich will Heuchelei. Ich will so tun, als hätte es ihn nie gegeben. So tun, als wäre es nie passiert. Aber als ich ihn im Flur sah, war alle Hoffnung, ihn zu verdrängen, zunichte.

»Er ist dein *Vater*«, wiederholt Amma durch die Tür, als würde diese Aussage an Gewicht gewinnen, wenn sie sie nur oft genug sagt.

»Er ist dein *abbah*«, bekniet sie mich, als könnte es meine Einstellung irgendwie ändern, wenn sie dasselbe in einer anderen Sprache sagt.

Ich will ihr alles erklären, aber es ist so viel, und es fällt mir zu schwer, es zu sagen. Sie findet, ich sollte ihn treffen, nur einmal. Ihrer Meinung nach hätte ich nichts zu verlieren und viel zu gewinnen. Im Gegensatz zu dir und Jonathan oder auch ihr selbst hätte ich einen Vater, der mich kennenlernen wolle, und aus diesem Grund solle ich ihm eine Chance geben.

Aber mir wirbeln Geschichten durch den Kopf, die Erzählungen deines Bruders und das Bild des Seelentrinkers, der mich im Wald verfolgt. Kindheitsängste sind die schlimmsten Ängste, sie fußen nicht auf Logik, haben etwas Reflexartiges. Ein Reflex, der so ins Gehirn eingegraben ist, dass es nur einen Geruch oder ein Bild braucht, um ihn auszulösen – und dann dreht sich dir der Magen um, die Verspannungen schießen dir in die gekrümmten Schultern, und du reißt die Augen weit auf vor lauter Panik. Die einzigen Verbindungen zu diesem Mann fußen also auf Angst. Wie könnte ich sein Gesicht ansehen, ohne diese Angst auszulösen? Ohne mich daran zu erinnern, was uns passiert ist? Aber Amma versteht das nicht, denn Amma weiß nichts. Sie hat nie vom Seelentrinker gehört, hat keine Ahnung von den quälenden Ängsten aus der Kindheit. Sie glaubt, dass ich widerspenstig bin und dass es nur ein bisschen Genörgel braucht, um mich auf den richtigen Weg zu führen.

»Er ist ein netter Mann, Ravine«, erklärt sie mir durch die Badezimmertür. »Du wirst ihn mögen. Das weiß ich.«

Als ich jünger war, hatte sie ihn mir als rührseligen Trottel geschildert, den eine englische Frau nicht mal mit der Kneifzange angefasst hätte. Jetzt ist er *nett*. Ich klappe den Toilettendeckel herunter und setze mich auf das abgestoßene Holz.

»Ich will ihn nicht sehen«, sage ich und ziehe die Knie bis ans Kinn.

»Aber *warum* denn nicht?«

»Ich will halt nicht.«

Ich höre meine Mutter seufzen und stelle mir vor, dass die bauschigen Stoffbahnen ihres Saris in ihr Seufzen einfallen.

»Es ist jetzt *zehn Jahre* her, Ravine.«

Sie sagt das, als wären zehn Jahre genug Zeit, um über seine schlimmsten Ängste hinwegzukommen. Als ob zehn Jahre den Kindheitsreflex auslöschen könnten, der mich doch bis ins Erwachsenenalter verfolgt.

Ich halte meine Knie fest umschlungen und lasse mein Schweigen meine Antwort sein. Ich höre Amma leise genervte Laute ausstoßen und vor sich hin murmeln. Ich kann mir richtig vorstellen, wie sie die Schultern strafft und das Kinn hochreckt.

»Na, ich weiß ja nicht, was du vorhast, aber ich werde jetzt zur Wahl gehen.«

Das sagt sie in einem drohenden Tonfall, als hätte sie mir verkündet, dass sie sich jetzt von einer Klippe stürzen werde. Ich höre sie die Treppe hinuntermarschieren, wo sie ihrem Bekannten etwas zumurmelt und beinahe den Kleiderständer umwirft, als sie ihre Siebensachen herunternimmt.

»So eine sture *phagol betty!*«, schallt es die Treppe hinauf. »Ich weiß wirklich nicht, woher sie diese Sturheit hat!«

»Von dir, von wem denn *sonst?*«, schreie ich zurück.

Mein Gebrüll wird vom Geräusch der zuknallenden Wohnungstür unterbrochen. Kurz darauf ertönt noch ein Knall, als mein Vater ihr hinterherrennt.

Ich zucke zusammen. Seit meiner Genesung habe ich mir ein einziges Versprechen gegeben, und zwar, dass ich zumindest versuchen will, lieb zu Amma zu sein, wenn ich ihr schon die Wahrheit vorenthalte.

Aber wie es aussieht, sind Versprechen so zuverlässig wie die Wahrheit.

Das Sternbild der Rückkehr

Die Rückkehr deiner Mutter war für unsere Welt wie ein Elektroschock. Nicht, dass wir sie vergessen hätten, aber als die Wochen zu Monaten wurden, war uns ihre Rückkehr immer unwahrscheinlicher erschienen. Sie versuchte ihr Glück wohl als Star in Broadway-Musicals, hatten wir uns eingeredet, vielleicht zog sie auch Lara-Croft-mäßig durch peruanische Gruften. Eines Tages würde sie zurückkommen, das schon, aber der läge weit in der Zukunft, wenn sie euch in ihrem Privatjet mitnehmen konnte zu ihrem Anwesen, wo sie euch mit Kirschlollis und Triple-Choc-Eis füttern würde. Derartige Fantasien halfen euch, mit dem Verlassenwerden zurechtzukommen (es hatte einen *Grund* gegeben, und es würde auch eine *Belohnung* für euch geben), deswegen war es schwierig, das Ende dieser Fantasie zu akzeptieren.

»Hast du Tiger gesehen?«, fragtest du sie. »Bist du auf Berge gegangen? Hast du berühmte Leute getroffen?«

Wir beobachteten das Gesicht deiner Mutter, während wir gespannt auf die Flut von großartigen Geschichten warteten, die wir gleich aus ihrem Mund hören würden. Doch sie grinste uns nur durchtrieben an.

»Keine Sorgen, Mädchen. Wenn ihr älter werdet, könnt ihr eure eigenen Abenteuer erleben.«

Unsere freudige Gespanntheit wich der Enttäuschung. Abenteuer erlebten wir schon selbst genug, wir wollten aber von *ihren* hören. Wir konnten die Veränderung immer noch an ihr riechen. Sommerobst, exotische Blumen – irgendwo auf ihren Reisen hatte sie die Gerüche der ganzen Welt mitgenommen.

Nach Mrs Dickersons Heimkehr wurde euer Onkel ganz schüchtern. Er putzte pflichtschuldigst das Haus und bekochte euch jeden Abend, aber mit den ausgefallenen Namen für die Gerichte war es vorbei, und beim Essen kicherte er nicht mehr in sich hinein. Er spielte auch nicht mehr Schlafender Bär mit uns und wollte uns auch keine Survivaltechniken mehr zeigen. Einmal erwischte ihn Mrs Dickerson dabei, wie er uns Italienischunterricht gab. Sie baute sich neben ihm auf und verengte die Augen.

»*Non preoccuparti, sii felice*«, wiederholtest du. »*Non preoccuparti, sii felice.*«

»Was heißt ›Taschenwörterbuch‹ auf Italienisch?«, fragte ich.

Onkel Walter warf einen Blick zu deiner Mutter, die die Hände in die Hüften gestemmt hatte. Sie starrte ihn an, und er tupfte sich mit einem Taschentuch den Schweiß von der Stirn.

»Das müsste ich mal nachschlagen«, sagte er.

Deine Mutter kicherte.

»Und wie frage ich jemanden, ob er Notaufnahme mit mir spielen will?«, fragtest du.

»Das müsste ich auch nachschlagen.«

Mrs Dickerson schaute auf deinen Onkel hinunter und lachte so höhnisch, dass er aufstand und erklärte, dass wir den Unterricht ein andermal fortführen würden. Aber das geschah dann nie.

Er schlief auf dem Sofa, und obwohl er euch immer noch die Haare bürstete und eure Sachen wusch, war Mrs Dickerson diejenige, die das Kommando hatte. Sie bestimmte, wann ihr einkaufen gingt, diktierte, was ihr tragen durftet und was nicht, und nannte mir sogar eine Uhrzeit, zu der ich nach Hause gehen musste. Dieselbe Mrs Dickerson, die früher so viel getrunken hatte, dass man sie tagelang nicht wach bekam. Die die Wohnung kurz und klein schlug, wenn ihr danach war, euer Spielzeug, Teller und Nippes, und es dann dir und Jonathan überließ, das Chaos wieder aufzuräumen. Kann sein, dass eine Amnesie diese Ereignisse aus deinem Kopf gelöscht hatte, aber nicht aus meinem. Ich gebe offen zu, ich traute ihr nicht, und Amma traute ihr genauso wenig.

»Bald wird sie wieder weg sein«, meinte Amma, als wir einmal Zwiebeln schälten.

Während sie sie klein hackte, rollte ihr keine einzige Träne über die Wange.

»Leute, die einfach verschwinden, nehmen keine Rücksicht auf andere Menschen. Die kommen und gehen einfach so und scheren sich nicht um das Chaos, das sie hinterlassen.«

Sie wedelte so überzeugend mit dem Messer durch die Luft, dass ich ängstlich glaubte, was sie sagte. Also wartete ich darauf, dass eure Mutter wieder ging. Ich gebe das erst jetzt zu, denn wenn ich es damals zugegeben hätte, wärst du wütend geworden. Ich beobachtete und musterte sie, suchte nach Anzeichen potenziellen Verschwindenwollens. Ich für meinen Teil wollte, dass sie ging. Sie war despotisch und gemein, nicht nur zu uns Kindern (mir zu sagen, wann ich nach Hause gehen musste – ich bitte dich!), sondern auch zu Onkel Walter. Sie nannte ihn einen Waschlappen, einen Trottel, einen Fettarsch. Sie machte sich offen über ihn lustig, und einmal warf sie ihm einen Briefbeschwerer in Drachenform an den Kopf, während wir die Ziehung der Lottozahlen verfolgten.

»Hey!«, schrie Jonathan. »Willst du uns umbringen?«

Deine Mutter lehnte sich auf dem Sofa zurück und lackierte sich die Nägel.

»Nein«, sagte sie lachend, »nur euren Onkel Walter.«

Wenn sie ein paar Monate früher zurückgekommen wäre, wäre dein Bruder auf den Witz eingestiegen und hätte eurem erschütterten Onkel ins Gesicht gelacht, der sich den Lottoschein fest an die Brust drückte. Aber dein Bruder befand sich nicht mehr im Krieg mit eurem Onkel.

»Wenn du das noch mal machst, dann hau ich dir eine rein!«, sagte er, reckte die Brust vor und ballte die Fäuste.

Deine Mutter wurde ganz still. Das Licht des Fernsehers spiegelte sich hell auf ihren Augäpfeln.

»Was glaubst du eigentlich, mit wem du hier redest?«

Du unterbrachst sie schnell, bevor Jonathan ihr eine Antwort geben konnte. »Jonathan wollte nur sagen, dass es nicht besonders nett ist, wenn man mit Gegenständen schmeißt.«

»Vor allem nicht auf Onkel Walter«, fügte ich hinzu.

Deine Mutter schaute uns an, als hätten wir sie in den Bauch geboxt. Das Blut stieg ihr am Hals hoch wie Öl einen Förderturm.

»Schon gut«, sagte Onkel Walter, dem der Schweiß über die runden Wangen sickerte. »Es war doch nur ein Scherz, oder? Es macht mir nichts aus.«

Mrs Dickerson pustete sich auf die Nägel, alle anderen richteten die Augen wieder auf die trudelnden Bälle auf dem Bildschirm. Während sie die Finger im Luftstrom flink hin und her bewegte, spürte ich, wie sich mir ihr Blick von der Seite ins Gesicht bohrte.

»Ravine«, sagte sie, als die erste Zahl verkündet wurde. »Es ist schon nach acht. Du solltest nach Hause gehen.«

Ich knallte beim Hinausgehen die Tür zu, aber der Fernseher übertönte den Aufprall. Ich ging in unsere Wohnung, wo ich Amma schlafend und mit einer Schüssel ungepalter Erbsen auf der Brust auf dem Sofa fand. Ich kuschelte mich an sie und ließ mich in ihre vertraute Wärme sinken.

Die Liebe zu deiner Mutter machte dich blind. Du fandest Ausreden für sie und erzähltest mir, alles sei super-duper. Du dachtest, dass in der Welt genug Platz für deinen Onkel *und* deine Mutter sei, aber ich hatte den Blick gesehen, den sie

Onkel Walter an Weihnachten zugeworfen hatte, und wusste, dass dem nicht so war. Ich hoffte nur, dass deine Mutter als Erste gehen würde.

Heute stehe ich nicht auf, um zu baden. Amma belästigt mich nicht mit ihren beängstigenden Geschichten von fleischfressenden Bakterien und Gangränen. Stattdessen lässt sie den Geruch von Essig und Zitrone zu meiner Zimmertür hineinziehen. Als sie hochkommt, schauen die Spitzen ihrer Turnschuhe unter einer lila Jogginghose hervor. Sie reckt die Nase in die Luft.

»Ich fahre nach Blackpool«, sagt sie. »Und ich komme erst morgen zurück.«

Ich drücke mir eine Ecke der Bettdecke ans Kinn. »Mit wem fährst du?«

Sie verengt die Augen. »Gordon Brown. Ich habe gehört, dass der jetzt viel freie Zeit hat.«

Selbst wenn sie wütend ist, kann Amma es sich nicht verkneifen, mir die neuesten Nachrichten mitzuteilen. Den ganzen Morgen über war sie bei der Hausarbeit mit voll aufgedrehtem Radio herumgelaufen, sodass ich mehrfach gegen meinen Willen auf den neuesten Stand gebracht worden war. Die Wahlbeteiligung war unerwartet hoch gewesen, viele Wähler wurden von den Wahllokalen noch einmal weggeschickt, weil so viele kamen. Die Menschen im Land wünschten sich eine Veränderung, und die bekamen sie dann in Form der verschwommenen Uneindeutigkeit einer Koalitionsregierung. Gordon Brown war draußen, und die Konservativen paktierten mit den Liberalen. Die Reporter gaben der Sache ein Jahr.

In ihrer lila Jogginghose erscheint mir Amma wie ein Symbol für weitere Veränderungen, die sich am Horizont abzeichnen.

»Was ist das mit euch beiden?«, frage ich.

Sie glättet sich das gefärbte schwarze Haar. »Mit Gordon und mir?«

Ich runzle die Stirn. »Du weißt genau, wen ich meine.«

Das sage ich so streng wie ein Lehrer, und auf einmal sind unsere Rollen vertauscht. Amma errötet, ein subtiles Aufblühen von Farbe, das ich nicht bemerkt hätte, wenn sie einfach das Gesicht abgewandt hätte.

»Wir nähern uns wieder an.«

Ich seufze. »Ihr seid euch doch nicht mal beim ersten Mal nähergekommen«, sage ich. »Der hat dich doch schon nach ein paar Monaten verlassen.«

Ammas Augen sind noch immer zu Schlitzen verengt. »Du glaubst auch, du weißt alles, oder, du kleine Schlaubergerin?«

Ich gebe keine Antwort, sondern umklammere weiter die Decke. Sie starrt mich aus ihren Knopfaugen an.

»Ich muss jetzt los«, sagt sie. »Ich muss meinen Zug erwischen.«

Ich spüre, wie mein Herz klopft, als die Wohnungstür laut zuschlägt. Dann sickert Stille durch die Wohnung.

Nach Jahren der Hingabe, Tabletten und Sodbrennen verursachenden Frühstückstabletts, Routineausflügen zum Großmarkt, zum Arzt, in den Park und nicht weiter – warum hat Amma da auf einmal beschlossen, mit dem Mann, der sie vor fast zwanzig Jahren verlassen hat, in einen Zug zu steigen und mit ihm nach Blackpool zu fahren? Die Antwort ist ganz einfach.

Sie weiß Bescheid.

Am Tag der Wahl konnte Amma ihre Wahlkarte nicht finden. Sie kam zurück in die Wohnung gestürmt und wirbelte durch alle Zimmer, während ich hinter verschlossenen Türen im Bad hockte. Sie stampfte die Treppen hinauf und hinunter, und als sie das Dokument gefunden hatte, verkündete sie laut, dass sie jetzt ihr Wahlrecht wahrnehmen werde. Ich hörte, wie sie in ihrem Zimmer herumlief, dann in meinem, aber erst später entdeckte ich, was sie gesehen hatte.

Amma kam mit ihrem üblichen Tablett nach oben. Darauf standen eine Schüssel Tomatensuppe und ein Brötchen.

»Was ist das?«, fragte ich.

Sie schaute mich von oben herab an. »Na, was meinst du denn, was das ist?«

Ich schaute die dunkelrote Pfütze an. »Suppe?«

Sie nickte kurz. »Richtig.«

Ich runzelte die Stirn. »Kein Curry?«

»Ich hatte zu viel zu tun, um Curry zu kochen.«

Sie setzte sich auf ihren Stuhl und streckte die Nase in die Luft.

Ehrlich gesagt, war mir das fehlende Curry egal, aber die plötzliche Veränderung verstörte mich. Ich schlürfte die Suppe. Ein Teil von mir wusste, dass sie mich testete, aber ich war so entschlossen, die Änderung der Abläufe zu genießen, dass ich hastig die ganze Schüssel leer löffelte. Erst als ich meinen Löffel weglegte, merkte ich, dass etwas fehlte. Ich suchte den oberen Rand meines Tabletts mit den Augen ab, dann den unteren und die Seiten.

»Du hast meine Pillen vergessen«, sagte ich.

Amma zog in gespielter Überraschung die Augenbrauen hoch. Sie öffnete den Mund, um die Worte hervorsprudeln zu lassen, aber dann überlegte sie es sich doch wieder anders und presste die Lippen zusammen. Sie senkte den Kopf.

»Stimmt«, sagte sie, stand auf und ging langsam aus dem Zimmer.

Angeblich soll einem ja das Herz flattern, wenn man verliebt ist, aber es flattert auch, wenn man in Panik ist. Als ich das Tablett auf den Nachttisch stellte und den Kopf über die Bettkante senkte, fühlte ich mich, als wäre meine Brust voller Schmetterlinge. Mein Herz flatterte mit einer fast schon kitzligen Geschwindigkeit, ich befürchtete fast, es würde mir gleich durch die Kehle hinausfliegen. Ich ließ den Kopf nach unten hängen und schaute unters Bett. Das Gefühl war mit einem Schlag wieder verflogen. Die Keksdose, in der die Medikamente von drei Wochen lagerten, stand zwar immer noch da, aber der Deckel, normalerweise fest verschlossen, war abgenommen worden und lag daneben. Ich hatte keinerlei Zweifel, was hier passiert war. Ich war aufgeflogen.

Als Amma wieder nach oben kam, setzte ich mich im Bett auf, stellte das Tablett zurück auf meinen Schoß und mied ihren Blick.

»Deine Pillen«, sagte sie und hielt mir die Hand hin.

Ohne hinzusehen, nahm ich sie ihr aus der Hand und legte sie aufs Tablett.

»Danke.«

Ich spürte, dass sie auf die harten kleinen Pillen herunterschaute. Es war ganz klar, dass einer von uns beiden nachgeben musste, aber wer von uns das sein würde – ich war mir nicht sicher. Amma stand einfach da und wartete. Und ich nahm die Pillen, schob mir die runden Dinger in den Mund und schluckte sie alle auf einmal und mit einem einzigen Schluck Mangosaft hinunter. Amma sagte nichts, sie schaute ein letztes Mal auf mein Tablett, dann verließ sie das Zimmer.

Da sind wir also und hängen beide in meinem Netz aus Lügen. Amma wird nicht zugeben, dass sie mein Geheimnis kennt, und ich werde nicht zugeben, dass ich weiß, dass sie es weiß. Mir ist klar, dass wir zwei störrische Maulesel sind, und obwohl ich weiß, dass Amma als Siegerin aus diesem Kampf hervorgehen wird, wie immer, stemme ich die Hufe fest in den Boden. Ich bin nicht bereit nachzugeben, noch nicht. Geheimnisse sind etwas Zerstörerisches, und nachdem der Sicherungsstift nun schon aus der Handgranate gezogen worden ist, kann ich nur noch die Explosion abwarten.

Das Sternbild der Kofferraum-Flohmärkte

Es geschah auf Lasers »Jahrhundertende-Flohmarkt-Fundgrube«. Wir waren alle hingegangen, hatten uns in der Morgenkühle um die Autos geschart und die Schilder gelesen, die mit dickem Leuchtstift beschriftet und auf Lollistiele geklebt worden waren. MILLENNIUM FEUERWERCK las ich und fragte mich, wieso Laser ein Wort wie »Millennium« richtig schreiben konnte, dann aber ausgerechnet bei »Feuerwerk« versagte. Sein Stand gefiel uns am besten, denn darauf stapelten sich lauter große Kartons, die wir nicht anfassen durften – und alle voller Feuerräder, Raketen und Wunderkerzen; Feuerwerk in knallbunten Kartons, auf denen vorne in flammender Schrift Namen wie »Eisbrunnen« und »Smaragdnächte« standen. Dein Bruder verbrachte den Großteil des Morgens damit, Laser davon zu überzeugen, ihm ein sternförmiges Set namens »Die spektakuläre Minute« zu verkaufen.

»Mann, Junge, das kann ich einfach nicht«, sagte Laser und zog am Kragen seines Tommy-Hillfinger-Pullovers. »Du kannst dir gar nicht vorstellen, was für Ärger ich kriege, wenn ich gegen das Jugendschutzgesetz verstoße.«

»Aber ich bin doch noch gar kein Jugendlicher«, protestierte Jonathan. »Da fall ich doch gar nicht unter irgendwelche Jugendschutzgesetze.«

Normalerweise hätte Onkel Walter über so etwas gelacht und Jonathan weiterbugsiert, aber der lungerte im Trenchcoat bei den gebrauchten Büchern herum. Eure Mutter hatte ihn als Fettsack beschimpft, als sie morgens in der Küche an ihm vorbeimusste, und er hatte sich unter ihrem Hohn in ein Schneckenhaus aus Schweigen zurückgezogen.

Wenn Onkel Walter sich an diesem Tag nicht so bedeckt gehalten hätte, wären die Dinge vielleicht anders gelaufen. Aber vielleicht auch nicht. Die Dominosteine waren bereits aufgestellt, und sobald die ersten Steine fielen, gab es keinen Weg, die Folgen aufzuhalten.

Der erste Dominostein, der (buchstäblich) umgeworfen wurde, war Mr Eccentric. Er stand hinter eurer Mutter und durchwühlte einen Karton mit Krimskrams, während sie Sandy Burke gerade eine Kunstpelzjacke zeigte. Als sie sich das zottelige Kleidungsstück um die Schultern legte, traf sie mit ihrem Arm Mr Eccentric auf die Nase und schlug ihm die Brille vom Gesicht. Ich sehe es jetzt noch vor mir wie in Zeitlupe: der rötliche Pelz, der durch die Luft gleitet, der Ellbogen, der das Gesicht rammt, und Mr Eccentrics Gesicht, auf dem sich Empörung breitmacht, als ihm die dicke Brille von der Nase gewischt wird.

»Ich wusste es!«, sagte er und kroch auf dem Boden herum, bis er das Gestell zu fassen bekam. »Ich wusste, dass du irgendwas vom Zaun brechen musst!«

Als er aufsprang, Schmutz an den Knien seines himbeerroten Anzugs, wedelte Mr Eccentric mit einem knochigen Finger vor dem Gesicht deiner Mutter hin und her. Mrs Dickerson wich zurück, aber ihr Mundwinkel zuckte wie der Schwanz einer Kobra, und sie knurrte:

»Halt die Klappe, du alter Wichser.« Und damit wandte sie sich wieder zu Sandy.

Amma schnappte nach Luft und hielt mir die Ohren mit den Händen zu, als hätte ich solche Worte nicht längst aus Jonathan Dickersons Mund gehört. Aber es waren nicht die Worte, es waren vielmehr der Ton, in dem sie geäußert wurden, und die Person, an die sie gerichtet waren. Mr Eccentric mochte ja seltsam und gemein sein, aber er war auch alt und unglücklich.

»*Muuuum* …«, sagtest du und zogst die Silbe in die Länge. In deiner Hand baumelte der Körper einer gebrauchten Barbiepuppe.

»Du widerliches Weibsstück, du hattest schon immer so ein Schandmaul!«, schrie Mr Eccentric. »Verdorben bis in Innerste.«

Deine Mutter lachte und fummelte bei den Make-up-Boxen herum, die am Stand auslagen. Sie war ein wildes Tier, die Schultern unter Kunstpelz, die Zähne gefletscht. Niemand konnte sie zähmen.

»Da schien Bobby aber anderer Meinung zu sein«, sagte sie.

In dem Moment trat Onkel Walter auf den Plan. Er erschien aus dem Nichts, wie ein Riese, der aus seiner Höhle tritt.

»Wag es nicht, meinen Bobby da mit hineinzuziehen!«, schrie Mr Eccentric. Onkel Walter legte seine großen Bärenhände auf Mr Eccentric und zog ihn zurück.

»Komm, Reggie«, sagte er ihm ins Ohr.

Mr Eccentric wehrte sich nicht, er schien sich tatsächlich etwas zu beruhigen, aber dann zeterte er doch wieder los: »Eine Hexe ist sie! Eine verdammte Hexe! Sie hätte nie zurückkommen dürfen!«

Seine strampelnden Beine trafen einen der Stände, und Großpackungen mit Raketen und Feuerrädern segelten zu Boden. Erst da sah ich Jonathan hinter dem zusammengebrochenen Tisch. Er hatte weder Augen für Mr Eccentric noch für Mrs Dickerson, sondern nur für die Packungen mit den Feuerwerkskörpern.

»Jetzt beruhigen wir uns mal schön, hm?«, sagte Laser, der in Panik geriet, als er seine Ware auf dem Boden verteilt sah.

Er drängte sich an den Tischen vorbei, doch Mrs Dickerson stellte sich breitbeinig hin und verstellte ihm den Weg. Sie stützte die Hände auf die Hüften, und ihre bepelzten Schultern bebten.

»Ich hab das gleiche Recht, hier zu sein, wie alle anderen«, sagte sie.

Mr Eccentric machte einen Satz nach vorn, aber sein dünner Körper wurde von der gigantischen Masse deines Onkels zurückgehalten.

»Wir hatten eine Abmachung, du Hexe! Du hast gesagt, dass du weggehst!«

Deine Mutter schaute die Gesichter der Umstehenden an. »Ich bin ja auch gegangen. Und jetzt bin ich wieder da.«

Mr Eccentric schüttelte den Kopf und wedelte mit den Händen, als wollte er ein paar Fliegen verjagen.

»Doch nicht *jetzt* – damals. Wenn du gegangen wärst, als ich dich darum gebeten habe, wäre mein Sohn jetzt noch am Leben.«

Ich verfolgte die Szene mit äußerster Spannung, mein Blick zuckte vom einen zum andern. Ich blickte zu Amma auf, aber die war genauso verwirrt wie ich. Ich blickte zu dir – du hattest die Hand in die Luft gestreckt, wie bei einer Meldung in der Schule. Ich blickte zu Jonathan, der immer noch neben dem Feuerwerk stand, die Augen auf seine Mutter gerichtet wie eine Pistole aufs Ziel. Hinter ihm waren eine Menge Bewohner aus Westhill zusammengelaufen. Sie standen da und glotzten, als wäre das Ganze ein Theaterstück. Mrs Dickerson lachte.

»Dann bin ich also schuld, dass er jetzt tot ist?«, fragte sie.

Mr Eccentric rührte sich nicht. Die Falten seines Himbeeranzugs glätteten sich, als er das Kinn vorreckte.

»Ich weiß, dass du die Männer geschickt hast, die ihn umgebracht haben.«

Deine Mutter taumelte zurück.

»Männer?«, echote Mrs Dickerson. »Was für *Männer*?«

Mr Eccentrics Brillengläser beschlugen. Ich sah die riesigen Glasscheiben in dem breiten Gestell und wie sich seine Augen dahinter mit Tränen füllten. Onkel Walter tätschelte Mr Eccentric sanft die Schulter.

»Lass es gut sein, Reggie«, sagte er. »Gehen wir doch einfach zurück zu deiner Wohnung.«

Mr Eccentric hielt den Kopf gesenkt, der Anzug hing ihm schlaff von den Schultern, was ihn seltsam zerbrechlich wirken ließ. Onkel Walter führte ihn weg und warf im Gehen einen Blick zurück zu deiner Mutter.

Damit hätte die Sache beendet sein können. Ich wünschte, sie wäre damit beendet gewesen. Doch deine Mutter war noch nicht fertig.

»Er hat es doch selbst getan!«, schrie sie. »Bobby wurde nicht ermordet, du dämlicher alter Penner. Er hat sich selbst umgebracht!«

Mr Eccentric wirbelte herum.

»Du bist eine Lügnerin!«, sagte er und zeigte mit dem Finger auf sie. »Eine bösartige Lügnerin!«

Ich schaute Mrs Dickerson an. Ihr Blick zuckte zwischen Walter und Mr Eccentric hin und her, die Venen an ihrem Hals pulsierten. So sah deine Mutter immer aus, kurz bevor sie zum Angriff überging.

»Frag doch deinen Kumpel Walt, wenn du mir nicht glaubst!«, sagte sie. »Der hat die ganze Geschichte doch mit angesehen! Und hat ihn da liegen lassen, bis er verblutet war. Der Vollidiot.«

Als die Worte ausgesprochen waren, fiel ihr Gesichtsausdruck auf einmal in sich zusammen. Sie blinzelte mehrmals, die Arme hingen ihr schlaff an den Seiten herunter. Sie zitterte, und die Menge begann zu flüstern. Du standest neben ihr und versuchtest, ihre Hand zu nehmen, aber sie schüttelte dich ab, ohne dich anzusehen. Ihre Augen zuckten zur Menge, ihre Wangen waren dunkelrot. Sie straffte den Rücken, sog scharf die Luft ein und sammelte sich.

»Na, was sagst du jetzt, Reggie? Jetzt ist dein Kumpel nicht mehr so perfekt, oder? Ein Feigling ist er.«

Sie angelte in ihrer Tasche nach einer Zigarette, doch es kostete sie einige Mühe, sie mit der zitternden Hand zum Mund zu führen.

»Die beiden haben mit Messern herumgespielt, wie immer. Ich hab ihnen gleich gesagt, dass das eines Tages mal ins Auge gehen wird. Aber ich hab *gar niemanden* zu ihm geschickt! Du kannst mir ja alles Mögliche an den Kopf werfen, Reggie, aber eine Lügnerin nennst du mich nicht!«

Kaum etwas illustriert den Ernst einer Situation besser als die Reaktionen einer Menschenmenge. Während einige sich die Hand auf die Brust drückten und mit ihrem Nachbarn tuschelten, verschwanden andere schleunigst, weil sie keine Lust hatten, Teil dieses Dramas zu sein. Hinter Mrs Dickerson stand Sandy Burke, mit zitternden dürren Knien, das Gesicht verzerrt vor Verwirrung. Amma schüttelte den Kopf, ergriff meine Hand und riss mich mit einem Ruck an sich.

Aber ich konnte mich nicht rühren. Ich beobachtete Mr Eccentric, der sich wieder aufrichtete und den Kopf über den Turm seines faltigen Halses erhob. Er war wütend, seine Brille zitterte ihm auf dem Nasenrücken. Der vernichtende Blick, mit dem er deine Mutter ansah, schien stark genug, um sie in die Knie zu zwingen. Doch als er zu deinem Onkel schaute, verschwand der lodernde Hass aus seinen Augen.

Onkel Walter war einen Schritt von Mr Eccentrics schmalem Körper zurückgewichen. Er stand ganz allein da, nur umgeben vom Beton der Häuser rundum. Onkel Walt sah so klein aus wie ein Käfer. Er schüttelte den Kopf.

»Ich habe ihm gesagt, dass er es nicht tun soll.« Er schaute zu Mr Eccentric auf. »Ich habe gesagt, ›Nein, Bobby, lass das!‹«

Mr Eccentrics Augen weiteten sich. »Das hätte er niemals getan. Nicht mein Bobby«, sagte er.

»Er hatte das Messer«, sagte Onkel Walter und ballte die Faust. »Aber ich glaube nicht, dass er es wirklich vorhatte. Nicht wirklich. Und dann … Und dann …«

»Und du hast ihn da liegen lassen?«, fragte Sandy. »Du bist weggerannt?«

Onkel Walters Augen traten ihm leicht aus den Höhlen. Er sah so verängstigt aus wie ein Kind, das auf eine Tracht Prügel gefasst ist. Er blinzelte wie wild und murmelte irgendwas in sich hinein, sein ganzer Körper spannte sich sichtlich an.

»Ich wollte nicht … Das passierte alles so schnell … Ich habe ihm gesagt, er soll das nicht machen. Da war so viel Blut! So viel …«

Mr Eccentric schüttelte den Kopf so heftig, dass seine Brille wieder auf den Boden fiel. Doch er bückte sich nicht, um sie aufzuheben, sondern schlug die Hände vors Gesicht.

»Das ist nicht wahr«, sagte er in die Handflächen. »Das ist nicht wahr!«

Onkel Walter hörte auf mit seinem Gemurmel und holte tief Luft. Seine Schultern sackten herunter, dann atmete er aus. Und dieser Atemzug war so lang, dass ich dachte, er hätte uns damit wegpusten können. Seine Augen füllten sich mit Tränen. Wir hatten deinen Onkel noch nie weinen sehen.

»Ich war ein Feigling, Reginald«, sagte er mit brüchiger Stimme. »Ich werde mir das nie verzeihen.«

Ich weiß nicht, wann er sich in Bewegung setzte, ich weiß nur, dass an diesem Tag in Westhill Estate niemand versuchte, deinen Onkel aufzuhalten. Seine langsamen, tappenden Schritte hatten etwas so Resigniertes, dass niemand ein Eingreifen für nötig hielt. Irgendetwas in seinem Gang sagte ganz deutlich, dass er nicht zurückkommen würde, dass wir ihn zum letzten Mal sahen – trotzdem ging ihm niemand nach.

»Ja, geh nur, hau ab!«, schrie Mrs Dickerson, als er sie schon längst nicht mehr hören konnte. »Lauf weg, wie immer! Ich werd dein Geheimnis *nicht* mehr hüten!«

Mr Eccentric murmelte weiter irgendetwas in seine Hände, die Brille lag neben seinen Füßen. Als ich dich anschaute, waren deine gebräunten Wangen tränenüberströmt. Ich wollte zu dir hinüberlaufen und dich in den Arm nehmen, aber meine Gliedmaßen waren schwer wie Stein. Ich sah mich nach deinem Bruder um, ich hatte Angst, dass er in einem Wutanfall einen der Stände zerlegen würde. Stattdessen sah ich ihn Richtung Bosworth House zurückstapfen. Er ging zurückgelehnt und hatte seine Jacke vollgestopft mit Schachteln, die überall am Rand herauslugten.

Nachdem Amma gegangen ist, finde ich keine Ruhe. Ich werfe mich derart im Bett hin und her, dass ich mir einen Muskel in der linken Schulter zerre. Ich fluche über den Schmerz, dabei ist er nicht mal besonders schlimm. So schnell vergisst der Kopf vergangene Traumen – es gab eine Zeit, da hätte ich mich nach so einem schlichten, kurzlebigen Stich gesehnt. Trotzdem krame ich unter meinem Bett nach der Keksdose und nehme die stärksten Schmerzmittel heraus. Ich schlucke sie ohne Flüssigkeit, und die kleinen harten Dinger bleiben mir in der Kehle stecken, bis ich würge, damit sie sich weiterschieben. Und während ich so daliege und den Kopf über die Bettkante herunterhängen lasse, sehe ich die Ecke eines Buchs zwischen den Latten des Rosts herausschauen. Es ist in Geschenkpapier eingeschlagen, das aussieht wie eine rote Ziegelmauer, und als ich es sehe, fällt mir sofort wieder ein, was das ist. Noch ein Teil der Vergangenheit, der nur darauf wartet, mich zu finden.

Ich setze mich auf, versuche zu vergessen, dass ich irgendwas gesehen habe, und nehme mir ein Kreuzworträtselbuch vom Nachttisch. Aber die Wörter verschwimmen mir vor Augen. Also nehme ich mir die Zeitungen vor, zerrupfe sie in kleine Stückchen und werfe sie in den Abfalleimer. Und dann liege ich einfach nur da. Ich schaue an die gesprungene Farbe an der Decke, beobachte, wie das weiße Licht langsam bläulich wird, dann schwarz, bis schließlich der orange Schein der Straßenlaternen hereinleuchtet. Ich versuche, an Kreuzworträtsel zu denken, um meinen Geist zu beschäftigen, aber ich komme immer wieder auf ein und dasselbe zurück:

9 senkrecht: auf sich selbst gestellt (6) = ALLEIN

Ich schließe die Augen, aber mein Geist will nicht zur Ruhe kommen. Ich versuche, es mit Geschichten und Schlafliedern auszutricksen, aber die Worte meiner Mutter, die deines Bruders und die über unser damaliges Leben haben es überschwemmt. Irgendwann schlage ich die Bettdecke zurück und stapfe die Treppe hinunter in die Küche. Ich durchsuche die Schränke. Ich weiß nicht, was ich suche, bis ich es schließlich unter der Spüle finde. Hinter Päckchen mit Schwammtüchern und einem willkürlich zusammengestellten Erste-Hilfe-Kästchen (Verbandsmaterial, Sicherheitsnadeln und eine Tüte alter Lutschbonbons) stoße ich auf eine Flasche Whisky. Als ich sie aus ihrem Versteck ziehe, glitzert sie im Dämmerlicht; braune karamellfarbene Flüssigkeit hinter einer dicken Milchglaswand. Das Etikett löst sich am Rand schon ab, der Inhalt ist fast nicht angerührt. Ich nehme vier lange Schlucke Whisky, muss bei jedem Schluck würgen, danach stelle ich ihn wieder in sein Versteck und gehe zu Bett.

Ich kichere, die Alkohol-Tabletten-Mischung macht mich langsam schläfrig. Ich spüre, wie ich in den Schlaf hinübergleite, ein verschwommener Dunstschleier willkürlicher Bilder füllt die Dunkelheit. Ich sehe Pikachu, unseren Lieblings-Pokémon, wie er Purzelbäume in der Luft schlägt. Er wirbelt und saust herum, sein Schwanz zieht eine Funkenspur hinter sich her, und er schreit: »Pika-pika … CHU!« Ein Little Pony fliegt von den Vorhängen herüber, als wollte es mitmachen, es schüttelt die Regenbogenmähne, und Feenstaub fällt von seinen Hufen. Dann sehe ich dich, eine beleuchtete Version von dir, an der Zimmerwand. Du bist erwachsen, hast dir das lockige Haar zu einem Pferdeschwanz zusammengebunden und trägst eine rote Lesebrille auf der Nase. Du sitzt auf einem Berggipfel, so einem wie auf einer von Bobbys Postkarten. Mit den Händen umfasst du die Knöchel, und über deinem Kopf schwebt der Marienkäferregenschirm. Dann beginnt sich der Berg zu drehen, und deine Gestalt verschwindet mit ihm. Bilder strömen an mir vorbei – fluoreszierende Leuchtröhren in Schäfchenform, Zuckerwattepferde auf dem Jahrmarkt, Menschen, die hüfttief im Wasser des Ganges stehen und auf die Sonnenfinsternis warten – bis ich irgendwann in einen unruhigen Schlaf falle.

Nicht lange, und das Bild des Seelentrinkers katapultiert mich zurück in einen halb wachen Zustand. Halb wach, weil ich zwar die Augen aufgeschlagen habe, mich aber nicht rühren kann. Das Zimmer ist voll mit grünem Gas, tote Katzen liegen auf meinem Bett. Als ich die Wände anschaue, wimmeln sie vor fetten Nacktschnecken, die von den Vögeln auf der Tapete gierig heruntergewürgt werden. Und mit einem Mal sehe ich in der Ecke des Zimmers seine Augen, gelb und hell wie bei einer Ampel. Sie kommen immer näher, während ich stocksteif im Bett liege. Meine Augen kreisen in ihren Höhlen, das Herz hämmert mir heftig gegen die Rippen, mein Hirn verlangt, dass der restliche Körper gefälligst die Flucht ergreifen soll, aber ich kann mich keinen Zentimeter rühren. Ich weiß nicht, wie lange ich in diesem Halbschlaf bleibe, aber die Zeit scheint sich über Stunden auszudehnen. Dann rast ganz unerwartet das Bild eines gelben Balles durch mein Blickfeld. Aber diesmal ist es nicht Pikachu, sondern ein Feuerwerkskörper.

Das ganze Zimmer ist eine einzige Explosion. Raketen zischen zur Decke und rieseln als chrysanthemenförmige Sterne herab; Römische Lichter spucken ihre Flämmchen vom Boden hoch, das Zischeln ihres Feuers saust und braust mir in den Ohren und macht mich ganz konfus. Schweiß sickert durch meinen Shalwar Kameez. Ich versuche, einen Schrei durch meine verkrampften Lippen zu pressen, doch es steigt nur ein Rasseln aus meiner Kehle empor. Das Zimmer füllt sich mit Rauch, eine Explosion jagt die nächste, erst rot, dann lila, dann grün. Ich kann nur still liegen bleiben und den Rauch würgend einatmen, während der strahlende Glanz der vielfarbigen Feuer vor meinem Gesicht tanzt.

»RAVINE?«

Sein Schrei dringt durch meinen Schlaf. Als ich mir den Schweiß aus den Augen blinzle, sehe ich, dass das Zimmer leer ist: keine toten Katzen, keine Nacktschnecken an der Wand, nur das orange Leuchten der Straßenlaternen, das durch den Spalt zwischen den Vorhängen hereinfällt. Ich kann die Gliedmaßen wieder bewegen, und der Nebelschleier meiner Traumwelt hebt sich, als ich jäh ein dumpfes Pochen in meinem Körper wahrnehme. Im ersten Moment halte ich es für meinen Herzschlag, doch dann wird mir klar, dass das Geräusch von der Wand hinter mir kommt.

»RAVINE?«, ruft Jonathan und schlägt gegen die Wand. »RAVINE!«

»Mir geht's gut!«, rufe ich zurück.

Das Hämmern hört auf. Mit zitternden Fingern kneife ich mir in den Arm. Ich spüre einen stechenden, sehr realen Schmerz.

In meinen Ohren pfeift es immer noch ein bisschen, in meinen Nasenlöchern hängt noch eine Spur von Rauch. Als ich in die Ecke des Zimmers schaue, erwarte ich fast, von zwei Augen angestarrt zu werden. Stattdessen sehe ich nur Shiva, der die Handflächen aneinanderdrückt.

»Du hast dich angehört, als hättest du Angst«, sagt Jonathan durch die Wand.

Ich drehe mich auf die Seite, knülle die Decke unter mich und ziehe die Knie heran, versuche, das Zittern zu kontrollieren. Ich bete um Schlaf – das reine Vergessen, keine Träume, keine Bilder, keine Funken in der Dunkelheit.

»Gute Nacht, Jonathan«, sage ich, denn trotz allem bringe ich es nicht über mich, ihm zu danken.

Ich höre, wie sein Körper schlaff wird, an der Wand zusammensackt und hinuntergleitet.

»Gute Nacht, Ravine.«

Das Klopfen weckt mich. Im ersten Moment halte ich es für ein Produkt meiner Fantasie, aber nach einer Weile wird es schneller.

Ich setze mich auf und reibe mir die Augen. Im hellsten Tageslicht scheinen die Erinnerungen an letzte Nacht sehr weit weg. Meine Schläfen pochen, meine Arme und Beine sind bleischwer. Als ich mich auf die Matratze zurücksinken lasse, spüre ich, dass der dünne Stoff meines Shalwar Kameez schweißnass ist.

Das Klopfen dauert an. Um es zu übertönen, schalte ich den Fernseher ein, wo gerade eine Reihe von »Experten« in Anzügen vor dem Parlament steht. Ich drücke den Ton lauter.

»Nun, das Ergebnis ist beunruhigend«, sagt eine blonde Frau mit einer diamantbesetzten Brosche am Revers, »aber ich habe nicht den geringsten Zweifel daran, dass diese Koalition lebensfähig ist.«

Der Mann neben ihr schnaubt. »Die Aussage überrascht nicht von einer Partei, die über den zweiten Platz nicht hinauskommen konnte. Für die ist der Ausgang der Wahlen natürlich der reinste Jackpot.«

Die Debatte ist ungefähr dreißig Sekunden lang interessant, aber als das Gekeife nicht aufhört, wird mir schnell langweilig. Ich zappe durch die Kanäle, bis mir die aufblitzenden Bilder in den Augen wehtun. Schließlich schalte ich den Fernseher ganz ab.

Dein Bruder klopft noch immer. Tatsächlich hat er während der ganzen Debatte nicht damit aufgehört. Das Getrommel hat so einen gleichmäßigen Rhythmus, dass ich mir vorstelle, wie er sich irgendeinen ausgeklügelten Apparat aus den Hinterlassenschaften der Ahmed-Familie zusammengebastelt hat. Eine Vorrichtung aus lauter Zahnrädern und Flaschenzügen, Gummibändern und Nägeln, erbaut zu keinem anderen Zweck, als mir auf die Nerven zu gehen.

Ich suche auf dem Nachttisch nach der Fernbedienung für meine Stereoanlage und lasse Stevie-Wonder-Songs aus den Lautsprechern tönen. Ich springe von *We Can Work It Out* über

He's Misstra Know-It-All zu *I Ain't Gonna Stand For It.* Dann drehe ich auf bis zum Anschlag und stelle auf Repeat.

Ich vergrabe den Kopf unter meinem Kissen, aber ich höre das Klopfen immer noch. Ich stecke mir die Finger tief in die Ohren, aber das Gehämmer dringt trotzdem noch durch. *Tok-tok-tok-tok-tok,* wie ein Specht, der versucht, sich in meinen Schädel zu picken. Mir schmerzt der Kopf noch von den Abenteuern der letzten Nacht, und je fester ich mir das Kissen daraufdrücke, umso stärker wird das Pochen meiner Migräne. Als Stevie singt »*Oh no… Oh no!*«, reiße ich mir das Kissen herunter und setze mich im Bett auf.

»Hör endlich auf damit!«, schreie ich.

Aber das Geräusch dauert an. *Tok-tok-tok-tok-tok.*

»Jonathan Dickerson, hör mit diesem Lärm auf, und zwar *sofort!*«

Die folgende Pause ist lang genug, um mir zu verraten, dass hinter dem Geräusch keine große Maschine steckt, sondern dein Bruder diese Folter höchstselbst und von Hand inszeniert. Nach wenigen Sekunden fängt er wieder an mit seinem *Tok-tok-tok,* bis ich mein Kissen quer durchs Zimmer pfeffere und die Füße aus dem Bett schwinge.

»Wenn du nicht mit diesem Scheißlärm aufhörst, komm ich hinüber und sorge selbst dafür, dass du aufhörst!«

Der Lärm verstummt. Es dauert eine Sekunde, bis mir klar wird, dass er weg ist, aber als ich den CD-Player ausschalte, ist es tatsächlich still. Ich seufze vor Freude über meinen Sieg und atme tief ein.

BAMM-BAMM-BAMM-BAMM!

Diesmal drischt er auf die Wand ein, und das in wesentlich schnellerem Tempo. Bei jedem Schlag zucke ich zusammen, und meine Schultern verspannen sich. Die Wand zwischen unseren Zimmern ist solche Gewalteinwirkung nicht gewöhnt, sie beginnt zu beben und bringt Shiva bei seinem kosmischen Tanz ins Wanken.

Wenn es eines gibt, was dein Bruder schon immer gut konnte, war es das: mich auf die Palme bringen. Schon nach wenigen Sekunden marschiere ich die Treppe hinunter. Ich habe nichts an als meinen feuchten Shalwar Kameez, ich umklammere mein Kissen, und meine Haare sind hoffnungslos zerzaust und zerwühlt. Ich murmle vor mich hin, unzusammenhängendes Geschnatter, während ich den Schlüssel unter der WILLKOMMEN-Türmatte hervorziehe. Geräuschvoll sperre ich auf, als könnte ich Jonathan durch den Lärm Angst einjagen. Als die Tür sich öffnet, stürme ich in die leere Wohnung und schnurstracks zu deinem alten Zimmer, wo ich deinem Bruder das Kissen ohne Umschweife an den Kopf schmeiße. Er hebt die Arme vor das Gesicht, und erst in dem Moment, als ich vor seinem gekrümmten Körper stehe, wird mir klar, dass ich Jonathan genau das gegeben habe, was er will.

Mich.

Das Sternbild der Wahrheit und der Lügen

Als dein Onkel wegging, hing eine düstere Stimmung über Bosworth House, und Mrs Dickerson konnte sie trotz aller Anstrengungen nicht verscheuchen.

»Kommt, wir gehen zusammen in den Zoo«, sagte sie eines Samstags.

Wir schauten gerade einen Zeichentrickfilm im Vormittagsprogramm. Lange vor ihrer Stimme hörten wir schon das Geräusch ihrer Absätze. Wir sahen kurz zu ihr hinüber. Sie stand an der Wohnungstür und trug eine weite schwarze Bluse, rote Leggins und Stiefel mit Zebraprint.

»Ich hab Rekha gefragt, Ravine kann auch mitkommen«, sagte sie.

Widerwillig hatte Amma mich der Aufsicht deiner Mutter überlassen. Sie sorgte sich so sehr, dass sie ihre Putzstelle verlieren würde, wenn sie anrief und sich krankmeldete, dass sie ihre Ansicht, Mrs Dickerson könnte uns mir nichts, dir nichts irgendwo allein stehen lassen, noch mal überdacht hatte. In Wirklichkeit glaube ich aber, dass sie Amma leidtat. Die anderen Bewohner mieden sie seit dem Vorfall auf Lasers Markt. Sie flüsterten hinter ihrem Rücken und gingen ihr aus dem Weg, wenn sie ihr draußen auf der Straße begegneten. Sogar Sandy

Burke war zu erschüttert, um mit ihr zu reden. Man hatte beobachtet, dass Mr Eccentric zur Polizei gegangen war, und es kursierte das Gerücht, dass die Ermittlungen zum Todesfall seines Sohnes noch einmal neu aufgenommen werden sollten. Er war überzeugt, dass Onkel Walter eine größere Rolle bei Bobbys Tod gespielt hatte, als er zugegeben hatte. Nun saß Mr Eccentric hinter seinem Schreibtisch, musterte alles und jeden in der Siedlung, und wenn deine Mutter vorbeiging, rief er durchs Fenster:

»Sie werden ihn bald finden! Es kann jeden Tag passieren!«

Langsam sah man Mrs Dickerson den Stress an. Wo sie sich früher stundenlang Schicht um Schicht Make-up aufs Gesicht gepinselt hatte, brachte sie es jetzt gerade mal fertig, sich die Lippen anzumalen. Das aufgebauschte Haar war ganz gewaltig in sich zusammengesunken, die Kleidung bequem statt modern, und der süße Geruch, den sie von ihren Reisen mitgebracht hatte, wich dem Geruch von kaltem Rauch.

Die Zebrastiefel waren ein gutes Zeichen, und als sie dir von der Tür zulächelte, sah ich, dass ihr falsche Wimpern an den Lidern flatterten. Du setztest dich gerade auf und schobst die Lippen vor.

»Ein andermal vielleicht«, sagtest du und setztest als Entschädigung dein breitestes Lächeln auf.

Du warst nie der nachtragende Typ, aber wenn du eines warst, dann loyal. Der Zoo war der Ort, an den dich Onkel Walter mitgenommen hatte, der Ort, an dem er dir beigebracht hatte, wie man Schlangengift aussaugte und Pumas erschreckte. Dieser Ort gehörte deinem Onkel, nicht deiner Mutter.

»Jonathan?« Mrs Dickerson wirkte nicht sonderlich optimistisch, als sie deinen Bruder anschaute.

Der lag hingelümmelt auf dem Sofa und gab ein gorillaähnliches Knurren von sich, bevor er in sein Schlafzimmer hochstürmte und die Tür zuknallte. Er hatte seit dem Markt nicht mehr mit deiner Mutter gesprochen, im Grunde überhaupt mit kaum jemandem. Er verbrachte den Großteil seiner Zeit mit übertriebenem Schmollen, flegelte auf Stühlen und Sofas herum, schob die Schultern vor und drückte das Kinn aufs Schlüsselbein. Meistens war er in seinem Zimmer, und folglich durften auch wir die Wohnung nie verlassen. Es war Ende Dezember, draußen machte sich der Frost auf den Gehwegen breit, und wenn es nach Mrs Dickerson ging, konnte nur Jonathan für unsere Sicherheit garantieren. Die Regeln der Prä-Walter-Epoche waren wieder in Kraft getreten, doch obwohl dein Bruder, technisch gesehen, wieder das Kommando hatte, ließ er sich auf diese Rolle nicht mehr ein. Er schlich sich aus der Wohnung, und wenn er zurückkam, weigerte er sich, uns zu erzählen, wo er gewesen war, und marschierte in sein Zimmer, ohne uns auch nur einer Stichelei oder einer Beleidigung zu würdigen. Mir war der alte Jonathan, der egoistische und grausame, lieber gewesen als dieser schmollende Jonathan, der sich nur noch in den Schatten herumdrückte.

Mrs Dickerson war keine große Freundin von Rückschlägen, und nachdem sie gleich eine doppelte Abfuhr von dir und Jonathan kassiert hatte, beschloss sie, die Kränkung auf die beste Art zu verarbeiten, die sie eben kannte. Sie ging einkaufen und kam mit zwei Tüten voll Alkohol zurück. Dann stellte sie sämtliche Flaschen auf den Esstisch: lange, dünne neben kurze, eckige und hellblaue neben himbeerrote, die im Licht funkelten.

Wir knieten uns aufs Sofa und beobachteten das Ganze mit den Nasen auf der Rückenlehne. Nachdem Mrs Dickerson die Flaschen auf den Tisch geknallt hatte, stapfte sie in die Küche und kam mit einem großen Glas zurück. Sie veranstaltete einen solchen Lärm, dass sogar Jonathan aus seinem Zimmer kam, um nachzusehen, was los war.

»Ich kann auch alleine meinen Spaß haben, wenn ihr nicht rausgehen wollt!«, rief sie.

Sie füllte ihr Glas mit einem giftig grünen Getränk. Die Flüssigkeit klatschte gegen die Seiten und hatte sich kaum beruhigt, als sie das Glas auch schon an die Lippen hob.

»Ach Scheiße, das ist so typisch!«, schrie Jonathan und rannte wieder nach oben.

Mrs Dickerson begann zu prusten. Sie schaute uns an, wie wir über die Sofakante spähten, und hob das leere Glas.

»Frohes neues Jahrtausend!«, krähte sie, obwohl Silvester erst am Tag darauf war.

Es war schön, deine Mutter wieder lächeln zu sehen, aber wir wussten, dass es nicht lange vorhalten würde. In einem Moment tanzte sie durchs Wohnzimmer und sang »Ding Dong, die Hex ist tot«, im nächsten Augenblick schluchzte sie in ein Kissen und jammerte, wie sehr sie dieses »Drecksloch von Wohnsilo« hasste. Während die Stunden verstrichen und deine Mutter immer betrunkener wurde, schaute ich auf die Uhr und betete, dass Amma bald nach Hause kommen würde. Sie kam nie zu spät, und als der Minutenzeiger über die Fünf vorrückte, wuchs in mir die Angst, dass sie bei einem Busunfall ums Leben gekommen sein könnte. Panik durchflutete mich bei dem Gedanken, dass a) Amma tot sein könnte und b) ich den Rest meines Lebens in der Obhut deiner Mutter bleiben müsste.

Wir spielten wieder das Spiel, dessen Regeln wir nicht kannten, und hofften, dass deine Mutter uns umso weniger beachten würde, je beschäftigter wir wirkten. Es schien zu funktionieren, und als sie eine Hochgeschwindigkeitsversion von *Over The Rainbow* anstimmte, beschlossen wir, unsere Partykleidchen anzulegen. Wir lagen auf dem Bauch und ließen die Bauern und Könige willkürlich übers Brett ziehen, in dem sicheren Bewusstsein, dass niemand uns schimpfen würde, weil wir unsere Kleidchen schmutzig machten oder zerknitterten.

»Rekha!«

Wir blickten von unserem Spiel auf und sahen deine Mutter schwankend an der Wand lehnen und in den Telefonhörer sprechen. Als sie meine Mutter erwähnte, richtete ich mich auf. Meine Erleichterung darüber, dass sie noch lebte, wurde von der Tatsache gedämpft, dass sie anrief, statt direkt an die Tür zu klopfen.

Ich sah, wie deine Mutter tief einatmete und in die Hand hustete, in dem Versuch, sich selbst davon zu überzeugen, dass sie nüchtern war.

»Was kann ich für dich tun?«, fragte sie.

Während meine Mutter sprach, nickte Mrs Dickerson. Ihre Miene verriet nichts. Sie schaute einmal zu uns hinüber und zwinkerte mir übertrieben zu, als würden wir irgendein Geheimnis teilen.

»Perfekt«, sagte sie. »Mach dir keine Sorgen, Schätzchen. Bis später dann. Tschüssi.«

Die Worte »bis später« flößten mir nicht gerade Vertrauen ein, und als Mrs Dickerson auflegte und auf uns zugetorkelt kam, wusste ich, dass ich jetzt auf mich selbst gestellt war.

»Hier hat die Mutter von irgendjemandem wohl 'n Date«, sagte sie und wedelte mir mit einem Finger vorm Gesicht herum.

»Ein Date?«, fragte ich.

»Du weißt schon«, erwiderte Mrs Dickerson, »mit einem Mann.«

Ich kannte die Bedeutung des Wortes. Ich hatte sie schon mal in meinem Taschenwörterbuch nachgeschlagen und im Fernsehen oft genug *Blind Date* gesehen, um zu begreifen, worum es da ging. Was ich jedoch nicht begriff, war, was Amma bei so einem Date wollte.

»Auf ihrer Arbeit ist ein Verehrer aufgetaucht«, sagte Mrs Dickerson und griff sich eine viereckige Flasche mit orangem Likör darin. »Er hat mit einem Strauß roter Tulpen auf sie gewartet. Was für eine Überraschung, hat sie gemeint. Ist das nicht romantisch?«

Mrs Dickerson sackte auf dem Sofa zusammen, wobei die orange Flüssigkeit auf die Lehne spritzte. Rote Tulpen. Ich hätte es damals schon wissen müssen, aber ich war zu sehr damit beschäftigt, die Worte »Date« und »Verehrer« zu verarbeiten, um die Hinweise zu erkennen. Wenn ich weniger damit beschäftigt gewesen wäre, mit dem Liebesleben einer Frau klarzukommen, deren einziger Daseinszweck doch darin bestand, meine Mutter zu sein, hätte ich vielleicht die richtigen Schlussfolgerungen gezogen. Wie Amma sich oft in der Küche in eine Ecke drückte, mit dem Telefonhörer in der Hand. Wie ich sie manchmal kichern hörte oder sie errötete, wenn sie merkte, dass ich auf der Schwelle stand, woraufhin sie dann ein paar Sätze auf Bengali murmelte, bevor sie geräuschvoll auflegte und mir ein Samosa anbot. Das spielte sich alles vor meiner Nase ab, aber mein Egoismus machte mich blind. Ich nahm keine Notiz von den Dingen, die nicht direkt mit mir zu tun hatten, und erst später wurde mir klar, dass alles miteinander in Verbindung stand, genauso wie bei den Sternbildern. Man musste nur die richtigen Muster finden.

Mrs Dickerson ging dazu über, direkt aus der Flasche zu trinken. Ihre Augen waren schon ganz verhangen, sie blinzelte in langsamem, repetitivem Rhythmus. Ihr Lippenstift war über die Wange verschmiert. Wenn sie etwas sagte, war ihre Aussprache lallend und schleppend, als hätte sie jedes Wort einmal durch flüssigen Teer gezogen.

»Ich wollte nie zurückkommen«, sagte sie. »Ich hätte damals Model werden können. Ich hätte alles Mögliche werden können. Aber dieser Ort, der zieht einen einfach nur ruuuuunter …«

Sie schaute sich in der Wohnung um, als hätte sie den Anblick satt, dann nahm sie noch einen Schluck aus der Flasche.

»Die Männer haben mich damals geliebt«, sagte sie.

Du setztest dich kerzengerade auf. »Ich liebe dich.«

Mrs Dickerson hörte das gar nicht.

»Bobby hat mich geliebt«, sagte sie.

Wir tauschten einen Blick aus großen Augen und mussten daran denken, was Jonathan uns in Mr Eccentrics Uhrengalerie erzählt hatte.

»Wenn Reggie und Walt nicht gewesen wären, hätten wir glücklich sein können«, meinte sie.

Sie starrte den Fernseher an, schaute dabei aber überhaupt nicht auf den Bildschirm. Ihre bleiche Haut reflektierte die flackernden Farben, und ihre Augen glänzten im Lichtschein.

»Wartet mal«, sagte sie auf einmal ganz aufgeregt. »Ich muss euch was zeigen.«

Sie stemmte sich ungeschickt hoch, die Flasche in der Hand, ging zum Schrank und wühlte in einer Schachtel mit Papieren. Als sie zurückkam, umklammerte sie ein Foto.

»Schaut euch das an«, sagte sie und gab es dir, bevor sie sich wieder aufs Sofa plumpsen ließ.

Ich lehnte mich über deine Schulter und sah das Bild. Es zeigte drei Teenager, die sich aneinanderdrückten. Das Bild war grobkörnig und hatte abgegriffene Kanten, aber es war deutlich zu erkennen, dass auf der einen Seite Mrs Dickerson stand, mit zwei Zöpfen, der eine links, der andere rechts. Onkel Walter mit den Pausbacken hatte zwei Finger zum Peacezeichen erhoben und stand auf der anderen Seite, und in der Mitte: ein großer, blasser Junge. Bobby; dieser Junge war Bobby.

»Das war wirklich doof, was da passiert ist«, sagte Mrs Dickerson, als sie sich wieder zurücksinken ließ. »Dass Bobby sich so aufgeregt hat. Ich meine, ich hab das blöde Geld zwar genommen, aber ich hatte nie vor, wirklich wegzugehen. Und dann die beiden, wie sie immer mit ihren Messern rumgespielt haben in ihrem albernen Versteck.«

Du machtest den Mund auf, aber ich drückte dein Handgelenk, weil ich Angst hatte, dass du den Redefluss deiner Mutter unterbrechen könntest.

»Die Leute meinen, dass Walt danach verrückt geworden ist«, fuhr Mrs Dickerson fort. »Aber der war nie ganz richtig im Kopf. Der ist sein ganzes Leben gemobbt worden. Er musste eben so seine Strategien entwickeln, um damit klarzukommen.«

Du zogst die Brauen ganz weit hoch.

»Survivalstrategien«, meintest du. »Wie die, die er im Camp gelernt hat.«

Deine Mutter kicherte und nahm noch einen Schluck aus der Flasche. Ich umklammerte dein Handgelenk noch fester. Du strichst dir die Locken von der Wange.

»Er ist nämlich Experte, weißt du?«, sagtest du. »Er hat eine Ausbildung beim Militär gemacht. Da hat er auch Italienisch gelernt und wie man Bären verjagt. Sie wollten auch ein Buch von ihm veröffentlichen. Er hat mir den Titel verraten: *Dickersons Ratgeber für gesteigertes Durchhaltevermögen.* Es gibt schon so viele Survivalbücher, deswegen hat er im Titel stattdessen ›Durchhaltevermögen‹ geschrieben. Der Markt ist geradezu überflutet mit Survivalbüchern, weißt du?«

Es fiel dir schwer, mit dem Reden aufzuhören, wenn du erst mal in Fahrt warst, und obwohl ich deine Hand drückte und Mrs Dickerson leise in sich hineinkicherte, hörtest du nicht auf.

»Wahrscheinlich ist er im Moment auch im Wald«, sagtest du. »Wahrscheinlich hat er sich ein Lager aus Ästen gebaut und isst gerade Pinguineintopf.«

Deine Mutter hörte auf zu lachen, und plötzlich fiel es dir selbst auf. Früher hätte sie dir wohl einfach den Mund zugeklebt, aber an jenem Abend fuhr sie nur mit dem Finger über den Flaschenrand der Whiskyflasche.

»Du hast deinen Onkel wirklich lieb gehabt, oder?«

Du nicktest so schnell, dass dir die Locken ins Gesicht fielen. Ich gebe zu, dass mein Beitrag nicht gerade nützlich war, aber die Worte drängten einfach heraus, ich konnte sie nicht zurückhalten.

»Wir haben ihn alle lieb gehabt«, sagte ich.

Mrs Dickerson bedachte mich mit einem Blick so kalt wie ein Eiszapfen. Sie beugte sich nach vorne, und der Gestank von Alkohol strömte zwischen ihren Lippen hervor. Sie hatte angenommen, dass Onkel Walters Feigheit unsere Liebe zu ihm geschmälert hätte, aber sie hatte sie nur verstärkt. Das konnte sie nicht ertragen. Sie konnte es nicht ertragen, in deinem Leben die zweite Geige zu spielen.

»Er war ein Lügner«, sagte sie. »Diese fette Platzverschwendung, die ihr so liebt, war ein hundertfünfzigprozentiger Lügner.«

Sie nahm noch einen Schluck aus der Flasche.

»Verdammt, er war nicht mal beim Militär«, fuhr sie fort und wischte sich den Mund mit dem Handrücken ab.

Du runzeltest die Stirn. »Das kapier ich nicht.«

Deine Mutter schaute stur geradeaus.

»Er ist in den letzten sechs Jahren abwechselnd im Irrenhaus und auf freiem Fuß gewesen. Nach diesem Vorfall mit Bobby ist er komplett durchgeknallt… Und Italienisch? Hat er von Tonbändern gelernt. Er hatte vor, mit Bobby nach Italien zu ziehen und in den Bergen zu leben. Lächerlich! Er konnte es nicht ertragen, als Bobby und ich zusammenkamen. Er dachte, ich nehm ihm seinen besten Freund weg. Und als ich dann schwanger wurde, wusste er, dass es vorbei war. Ich hatte gewonnen, versteht ihr? Bobby gehörte *mir*. Wäre nicht Reggie gewesen, der mich da so rausgekauft hat, und dein blöder Onkel, der Bobby überreden wollte, mit ihm mitzukommen… Aber Bobby wollte mich nicht verlassen, nicht mein Bobby. Er hätte lieber…«

Sie verstummte, schaute auf ihre Flasche herab und gönnte sich noch einen weiteren Schluck. Sie fuhr mit dem Finger den Rand entlang und sah zu uns herüber.

»Euer Onkel kam hinterher heulend zu mir gerannt. Heulend wie ein blödes Riesenbaby. ›Ich wollte ihn nicht allein lassen‹, sagte er immer und immer wieder und schluchzte und heulte. ›Da war so viel Blut…‹ Ich musste mich zusammenreißen, dass ich ihn nicht verdresche.«

Sie griff nach der Fernbedienung und zappte durch die Kanäle.

»Da haben dann die Panikattacken angefangen«, erzählte sie und zappte weiter. »Und seine liebe Mami hat beschlossen, ihn in die Psychiatrie einweisen zu lassen. Die dumme Kuh meinte, das wäre alles nur meine Schuld. *Meine* Schuld! Meinte, ich hätte nie was mit Bobby anfangen sollen… Dann hat sie den

Löffel abgegeben, und der arme kleine Walt hatte niemanden, zu dem er gehen konnte. Er hat mir geschrieben und mich um Hilfe gebeten. Hat mich angebettelt, dass ich ihn aufnehme, damit er nicht zurück in die Klinik muss.«

Sie schaute dir in die Augen, als würde sie dich eines schrecklichen Vergehens bezichtigen.

»Du glaubst, dein Onkel wäre zurückgekommen, um sich um euch zu kümmern? *Ich* war diejenige, die *ihm* geholfen hat.«

Mrs Dickerson drückte wieder auf der Fernbedienung herum, bis sie eine Sendung fand, bei der die Wohnungen von Fernsehzuschauern renoviert und neu gestylt wurden. Sofort verlor sie das Interesse an der Unterhaltung. Als ich zu dir blickte, sah ich Tränen in deinen Augen.

»Du Miststück!«

Wir schauten uns um und entdeckten Jonathan auf der Schwelle. Er trug dieselbe Jeans und denselben Pulli, die er schon letzte Woche angehabt hatte. Er hatte die Hände zu Fäusten geballt, und sein Gesicht war puterrot angelaufen.

»Scheißblödes Miststück!«, schrie er noch einmal, dann stürmte er zurück in sein Zimmer, knallte die Tür zu und trat so heftig dagegen, dass es sich anhörte, als zöge über unseren Köpfen ein Gewitter auf.

*

Ich kann es kaum fassen, den erwachsenen Jonathan in deinem Zimmer zu sehen, obwohl ich weiß, dass er schon die ganze Zeit hier ist. Nicht seine Anwesenheit überrascht mich, sondern seine Größe. Zwar liegt er zusammengerollt auf dem Bett und hat die großen Hände erhoben, um das Kissen abzuwehren, das ich nach ihm schmeiße, doch selbst so kann ich sehen, dass seine Arme lang und schlaksig sind und dass er unwahrscheinlich lange Beine hat. Hatte ich erwartet, dass er niemals wachsen würde? Vielleicht. Es war immer leichter, sich einen Jungen mit zu großer Brille vorzustellen als einen ausgewachsenen Mann.

Er lässt die Arme sinken, wenn auch zögerlich, als würde er weitere Geschosse erwarten. Der vertraute braune Strubbelkopf erscheint. Das Haar ist dünner und glänzt nicht mehr so wie in Kindertagen. Auch seine Haut ist mir vertraut, dieses blasse Grau, das niemals Sonne abbekam, aber er hat keine Brille mehr auf der Nase, und zum ersten Mal in meinem Leben sehe ich ganz deutlich das Olivgrün seiner Augen.

Er ist ein gut aussehender Mann, das kann ich nicht leugnen. Gut aussehend, wenn auch auf eine heruntergekommene, pennerhafte Art. Aber gerade ich bin da sicher nicht zum Richter berufen. Der letzte Mann, mit dem ich gesprochen habe, war Mr Chavda, und wahrscheinlich wäre mir jeder attraktiv vorgekommen, der ein paar Jahrzehnte näher an meinem Alter war.

»Ravine«, sagt Jonathan, als ich in meinen feuchten Paisley-Schnörkelmustern vor ihm stehe.

Ich schnappe mir das Kissen vom Boden und halte es mir vor den Oberkörper.

»Jonathan«, sage ich, und mir ist bewusst, dass ich mir heute weder die Haare gebürstet noch die Zähne geputzt habe.

Jonathan macht den Mund auf, schluckt, macht den Mund auf, schluckt. Wie er so auf dem Bett liegt, sieht er aus wie eine Forelle, die am Flussufer liegt und nach Luft schnappt.

»Ich hätte nicht gedacht, dass du kommst«, sagt er.

Ich schaue die Wände an, sehe braune Schmierspuren auf der blauen Tapete, wo er draufgetrommelt hat.

»Du hast mir ja keine andere Wahl gelassen«, antworte ich.

Ich lasse mich resigniert auf den Boden plumpsen, setze mich im Schneidersitz auf den abgetretenen Teppichboden.

Es ist derselbe Teppich in Blasslila, der hier schon lag, als du noch da warst. Deine Mutter hatte ihn billig beim Ausverkauf erstanden. Abgesehen von dem Stockbett, auf dem Jonathan liegt, ist das Zimmer leer. Offensichtlich haben die Ahmeds dieses Bett hiergelassen, denn das Gestell ist übersät mit Fußballaufklebern und Kritzeleien. MANCHESTER UNITED IST

DRECK. FAIZAL STEHT AUF MÄDCHEN. Beim Anblick all dieser Dinge fühle ich mich plötzlich ganz leer. Es ist, als hätten sie deine Existenz ausgelöscht.

Die Matratze quietscht, als Jonathan sich aufsetzt. Er muss sich bücken, um sich nicht den Kopf anzuschlagen. Er trägt einen moosgrünen Kapuzenpulli und eine dunkelblaue Jeans. Seine Wangen sind glatt und makellos, wie ein unbenutztes Stück Seife.

»Du hast dich gestern Abend nicht gut angehört«, stellt er fest.

Seine Stimme ist tief und strahlt wesentlich mehr Verbindlichkeit aus als die gedämpften Klänge, die ich durch die Wand gehört habe.

»Ich hatte einen Albtraum«, erkläre ich. »Ich mag nicht drüber reden.«

Dein Bruder nickt, als wäre die Antwort absolut vernünftig, dann schiebt er die Lippen vor. Er schaut sich in der Wohnung um, als würde er nach etwas suchen, dann klatscht er einmal in die Hände.

»Sieht nach Regen aus«, sagt er. »Zumindest laut meiner Vorhersage.«

Er grinst, und als sich die Muskeln um sein glattes Kinn spannen, entblößt er ordentliche viereckige Zähne. Ich bin es nicht gewöhnt, deinen Bruder lächeln zu sehen, auch nicht als Kind, deswegen bringt mich sein Lächeln völlig aus dem Tritt.

»Was willst du, Jonathan?«, frage ich.

Sein Lächeln verschwindet, stattdessen erscheint das altbekannte Stirnrunzeln, an das ich mich nur zu gut erinnern kann. Seltsam, dass Erinnerungen von einem Gesichtsausdruck wachgerufen werden können. Auf einmal sehe ich deinen Bruder in seinem Gewitterschlafanzug, wie er seinen Feentanz aufführt und dazu »Ravine, Ravine, Wörterbuch-Queen« singt, bevor er mir die Tür vor der Nase zuschlägt.

»Ich möchte einfach mit dir sprechen, Ravine«, sagt er.

Ich drücke das Kissen an mich und setze mich auf den Boden. Er senkt den Kopf und zieht eine Augenbraue hoch.

»Meinst du, wir zwei könnten reden?«

Ich schaue auf den lila Teppich und versuche, mich zu erinnern, woher der weiße Fleck neben meinem Fuß stammt. Mayonnaise von einem Eier-Kresse-Sandwich? Nacktschneckenschleim, von dem einen Mal, als Stanley aus seinem Marmeladenglas ausbüxte? Ich ziehe meine nackten Zehen ein, während ich Jonathans Frage erwäge. Ich denke daran, wie einsam ich mich in der Wohnung nebenan fühle und dass ich gar nicht weiß, um wie viel Uhr Amma zurückkommt. Ich denke daran, dass mein Vater und sie jetzt in einem Café in Blackpool sitzen, Tee trinken und über ihr gemeinsames neues Leben in Bangladesch reden. Ich stelle mir vor, wie sie auf einem abwischbaren Tischtuch Händchen halten, einander anlächeln und die bengalische Nationalhymne singen, während in der Ferne das Meer auf den Kiesstrand brandet.

Als ich so darüber nachdenke, merke ich, dass dein Bruder mich gar nicht gefragt hat, wie ich so schnell in sein Zimmer kommen konnte und warum ich überhaupt so völlig gesund wirke. In all den Jahren, die ich an mein Lebebett gefesselt war, hatte ich niemanden, dem ich mich anvertrauen konnte. Niemand Richtigen. Amma stand mir zu nah, Sandy zu fern, Mr Chavda lebte Lichtjahre von mir entfernt. Ich mustere Jonathan mit seinem großen erwachsenen Körper und der zerzausten braunen Mähne.

Ich schüttle den Kopf. »Es gibt nichts zu bereden«, sage ich und stehe wieder auf.

Er ruft hinter mir her, aber ich werde den Teufel tun, ihm zuzuhören. Ich habe all diese Jahre ohne Jonathan Dickerson gelebt. Ich habe Tag um Tag in diesem Bett geschlafen, ohne auch nur eine Postkarte von ihm zu bekommen. Ich brauchte ihn nicht, damals nicht, heute nicht, überhaupt nicht. Ich schnappe mir mein Kissen, marschiere die Treppe hinunter und durchs

Wohnzimmer, fest entschlossen, deinen Strubbelkopf von Bruder nie wiederzusehen.

Wäre da nicht der Regenschirm gewesen, wäre ich schon längst wieder in meiner Wohnung gewesen, die Stufen hoch und dann innerhalb von Sekunden in der Wärme meiner Bettdecke.

Der Regenschirm, der an der Wand lehnt, ist kurz und tomatenrot. Ich schaue ihn an, lasse das Kissen fallen und fasse den Regenschirm an seinem u-förmigen Griff. Als ich den Schirm aufspanne, sehe ich die großen Glupschaugen und die schwarzen Punkte auf dem runden roten Körper.

»Den wollten sie wegwerfen«, sagt Jonathan.

Ich drehe mich um und sehe ihn hinter mir stehen.

»Ich konnte nicht zulassen, dass sie den wegwerfen«, sagt er.

Das Licht, das durchs Fenster hinter ihm hereinfällt, verwandelt seinen Körper in eine turmhoch aufragende Silhouette. Einen Augenblick lang kann ich sein Gesicht nicht sehen, nur die dunkle Leere, wo es sein müsste. Als sich meine Augen an die Lichtverhältnisse gewöhnt haben, sehe ich, dass er mich direkt anschaut.

»Hör mal«, sagt er und schiebt die Hände in die Taschen. »Ich weiß, dass du sauer bist wegen Reginald. Aber es gibt einen Grund, warum ich zurückgekommen bin, um mich mit ihm zu treffen.«

Ich falte den Regenschirm wieder zusammen und zucke mit den Schultern.

»Er liegt im Sterben«, sage ich. »Das hast du mir schon erzählt.«

Er schüttelt den Kopf. »Nicht nur deswegen.«

»Weil er dein Großvater ist?«, versuche ich es.

Er schüttelt noch immer den Kopf. »Deswegen auch nicht.«

Ich versuche, ungerührt zu wirken, und lasse den Griff des Regenschirms um die Finger wirbeln. Er wirbelt so heftig, dass ich mir selbst fast ins Auge steche und das Tempo etwas zurückschrauben muss. Dein Bruder legt die Hände zusammen wie zum Gebet und schiebt sie bei jedem seiner Worte nach vorne, um das Gesagte zu unterstreichen.

»Ich will Onkel Walter finden«, sagt er. »Und ich glaube, Reggie könnte wissen, wo er ist.«

Ich muss fast lachen. »Warum?«, frage ich.

Er überlegt kurz.

»Weil ich weiß, dass Walter ihm Briefe geschrieben hat. Er wollte, dass Reginald sie mir weiterleitet, aber der hat sie natürlich nie …«

Ich höre auf, mit dem Regenschirm herumzuwirbeln.

»Nein, natürlich.« Ich schüttle den Kopf. »Warum solltest du Walter suchen?«

Er sieht verwirrt aus, aber dann legt er die Hände auf die Lippen. Die Wohnung ist so still und ruhig, dass ich ganz nervös werde. Ich weiß nicht, was ich erwartet habe, aber ich weiß, dass ich es aus seinem Munde hören muss. Irgendwann seufzt er und lässt die Hände sinken.

»Ich will mich entschuldigen«, sagt er.

Ich schaue Jonathan in die grünen Augen.

»Oh«, sage ich.

Das Sternbild der Feuerwerkskörper

Deine Mutter war bewusstlos. Mittlerweile war es spät am Abend, und sie hatte so viel getrunken, dass sie auch nicht aufwachte, als du sie schütteltest. Wir traten vom Sofa zurück, um ihren zusammengesackten Körper zu betrachten. Ein dünnes Rinnsal Spucke lief ihr übers Kinn.

»Vielleicht sollten wir es mit einer Reanimation versuchen«, schlugst du vor.

»Was ist eine Reanimation?«

Du machtest die Augen zu, während du versuchtest, dich zu erinnern. »Herz-Lungen-Wiederbelebung.«

Ich holte mein Taschenwörterbuch aus der Tasche und blätterte zu R.

> **Reanimation**, die: Wiederbelebung erloschener Lebensfunktionen durch künstliche Beatmung, Herzmassage o. Ä.

Ich schaute wieder zu Mrs Dickersons Gesicht. Im Mundwinkel schlug ihr Speichel kleine Bläschen, und ihr Körper wurde von Schluckauf geschüttelt.

»Wenn du mich fragst, sieht sie eigentlich ziemlich lebendig aus«, meinte ich.

Du hobst ihre Hand am Gelenk hoch und ließest sie dann wieder fallen. Sie landete mit einem lauten Klatschen auf ihrem Schoß. Du setztest dich neben deine Mutter, und der pfirsichfarbene Rock deines Kleides knisterte leise, als du seufztest. Es war das erste Mal seit ihrer Rückkehr, dass deine Mutter so betrunken war.

Manche Dinge ändern sich eben nie, wollte ich in ernstem Erwachsenenton sagen. Ich bin froh, dass ich es damals nicht tat, denn es ist gar nicht wahr. Alles ändert sich, ob man will oder nicht.

»Glaubst du, es ist wahr, was sie gesagt hat?«, fragtest du und schautest zu mir hoch. »Du weißt schon, über Onkel Walter?«

Ich machte den Mund auf, um etwas zu erwidern, aber wie immer war dein Bruder schneller als ich.

»Natürlich ist es wahr.«

Er hatte eine Mülltüte in der Hand, die er hinter sich die Treppe herunterzog. Als er damit ins Wohnzimmer kam, sah ich, wie sich die eckigen Formen der Schachteln von innen in das schwarze Plastik bohrten.

»Das sind Lügner«, sagte er. »Alle miteinander.«

»Mum lügt nicht«, sagtest du. Deine Mutter lag betrunken neben dir.

»Ha!«, rief Jonathan. »Die ist doch die Schlimmste von allen! Ihr ganzes Leben ist eine einzige riesige Scheißlüge.«

Du sagtest ihm, er solle nicht so unhöflich sein, er sagte dir, du sollest nicht so dumm sein. Du sagtest ihm, er solle Respekt haben, er sagte dir, du sollest ihm zeigen, wovor er denn bitte schön Respekt haben solle. Das ging eine Weile so hin und her, bis ich mich irgendwann einmischte.

»Was ist das?«, fragte ich.

Jonathan schaute auf die Mülltüte, als hätte er vergessen, dass sie da war.

»Geht dich einen feuchten Dreck an«, erwiderte er und schleifte sie zur Tür.

Wir gingen mit auf den Flur, um ihm zuzuschauen. Erst als er die Schüssel von der Garderobe nahm, fiel mir auf, dass dein Bruder Gummistiefel anhatte.

»Wo willst du hin?«, fragte ich.

Er gab keine Antwort.

»Wo willst du hin?«, fragtest du, aber lauter, als hätte er mich nur einfach nicht gehört.

Er versuchte, dich zu ignorieren, und machte die Tür auf. Du fragtest ihn immer wieder, und deine Stimme wurde jedes Mal schriller.

»Wo willst du hin? Wo willst du hin? Wo willst du hin?«

»Verdammt und zugeschissen, Marianne, ich hab dich schon verstanden«, sagte er. »Ich geh zu Bobbys Versteck.«

Wir tauschten einen blinzelnden Blick.

»Warum?«, fragte ich.

Jonathan seufzte dramatisch. »Weil ich nicht bei Reginald Blake wohnen will«, sagte er.

Wir blinzelten wieder.

»Bei wem?«, fragten wir.

Er seufzte und verdrehte die Augen. »Mr Eccentric.«

Wir sahen zu, wie er sich seine Wollmütze über den Kopf zog.

»Der isst den ganzen Tag Sardinen«, sagte er. »Ich mag keine Sardinen.«

Diese Auskunft trug nicht wirklich zu unserer Erleuchtung bei.

»Aber wir werden doch gar nicht bei Mr Eccentric wohnen«, erklärtest du deinem Bruder. »Mum ist doch jetzt wieder da.« Sie nickte zu dem Haufen auf dem Sofa.

»Ja«, murmelte er, »fragt sich bloß, wie lang, verdammt.«

Er war aus der Tür, bevor du etwas erwidern konntest. Wir rannten ihm in unseren Partykleidchen hinterher und blieben oben am Treppenabsatz stehen, von dort aus beobachteten wir, wie er die Mülltüte Stufe um Stufe hinter sich herschleifte. Du warfst einen Blick zurück, als würdest du überlegen, wie es deiner komatösen Mutter ging, dann schautest du wieder zu deinem Bruder.

»Warte!«, schriest du. »Ich muss noch schnell meine Gummistiefel holen.«

Du ranntest zurück in die Wohnung, während ich wie vom Donner gerührt im Treppenhaus stehen blieb. Sogar Jonathan schien erschrocken – seine Augen zuckten hinter den dicken Brillengläsern von einer Seite zur andern, und er war blasser denn je. Ich schaute in die dunkle Nacht hinaus und spürte fröstelnd die Kühle an meinen nackten Beinen, Regentropfen prasselten gegen die Seite des Treppenhauses.

»Wie ist die Wettervorhersage?«, fragte ich.

Jonathan zog sein ernstes Meteorologen-Gesicht und deutete neben sich, als hinge dort eine Karte der Britischen Inseln.

»Die Temperaturen erreichen ein Rekordtief. Es ist mit Regen, Gewittern und Schneestürmen zu rechnen.«

»Regen, Gewitter *und* Schneestürme?«, echote ich.

Er ließ den Arm sinken. »Ich bin nur der Überbringer der schlechten Nachricht.«

Ich schaute zurück in die Wohnung. Du hattest deinen Butterblumenregenmantel an und dich auf den Boden gesetzt, um dir die Gummistiefel anzuziehen. Ich musste an Amma auf ihrem Date denken, ich musste an den Seelentrinker denken, der mich in deiner Wohnung schnappen würde, ohne dass jemand auch nur annähernd bei Bewusstsein gewesen wäre, um mir zu helfen. Dann musste ich an dich denken, draußen in der Dunkelheit, und an mein Versprechen, dich zu beschützen, und damit war auf einmal meine ganze Angst wie weggeblasen. Ich schaute auf deinen Bruder hinunter, der sich die beschlagene Brille abwischte.

»Ich komm auch mit«, sagte ich.

Ich holte den Ersatzschlüssel aus der Tasche und rannte zur Nachbarwohnung.

»Oh verdammt noch mal!«, hörte ich ihn rufen.

Aber als ich mit Mantel, Handschuhen und Gummistiefeln zurückkam, wartete er immer noch auf uns. Und als wir ihm auf Zehenspitzen die Treppe hinunterfolgten, sah ich, wie sich ein kleines Lächeln über sein Gesicht stahl. Dein Bruder wollte genauso wenig allein sein wie der Rest von uns.

*

Ich folge dem erwachsenen Jonathan durch die Wohnung. Er ist so groß, dass er sich auf dieser Tour unter den Türrahmen ducken muss. Er zeigt mir die Fülle an Sachen, die er hier entdeckt hat.

»Die haben das Zeug einfach hiergelassen«, sagt er und hält einen rostigen Wasserkocher hoch, bei dem hinten die losen Kabel heraushängen.

Abgesehen von diesem Schatz haben die Ahmeds noch ein Sofa mit Blättermuster im Wohnzimmer zurückgelassen und einen alten Kleiderschrank, den sie zwar irgendwie die Treppe hinuntergekriegt, dann aber doch in letzter Minute im Flur haben stehen lassen. Zu Achten aufgerollte Computerkabel, ein hölzerner, ultramarinblau angemalter Trittschemel und ein schlaffer Fußball, aus dem Mr Ahmed wahrscheinlich die Luft herausgelassen hatte, als die Jungs sich weigerten, den Hügel hochzukommen. Ich halte nach Anzeichen eures früheren Lebens Ausschau, nach zurückgelassenen Gegenständen. Ich finde tote Fliegen vor sämtlichen Fenstern, Staub auf dem Treppengeländer, aber nichts, was Teil von euch gewesen wäre.

Jonathan beschließt, mir mit dem äußerst dubiosen Kocher einen Tee zu machen. Ich folge ihm durch den Flur und sehe zu, wie er ihn in der Küche befüllt. Auf der Arbeitsplatte sind Pot-Noodles-Becher zu einer Pyramide aufgeschichtet, und in der Spüle stapeln sich leere Tupperdosen. Würde Amma nicht so furchtbar viel kochen, wäre der Mann längst an Mangelernährung gestorben.

»Ich habe leider keine Milch«, erklärt er. Er reicht mir einen

Becher mit abgestoßenen Kanten, der bis zum Rand mit schwarzem Tee gefüllt ist, und zuckt mit den Schultern. »Die wird immer so schnell schlecht.«

Ich setze mich auf den zurückgelassenen Hocker neben dem Herd und schließe die Hände um die Tasse. Als ich auf die abgestoßene Stelle schaue, fällt mir wieder ein, wie ich Porzellan splittern hörte, als ich bei meinem letzten Ausflug durch den Flur in letzter Sekunde kehrtgemacht hatte. Das erinnert mich an seinen Jähzorn. Seine ganze Art, wie er damals war.

Jonathan lehnt sich ans Waschbecken. »Als wir klein waren, traf Reginald eine Abmachung mit mir«, sagt er. Er nimmt einen Schluck aus seiner Tasse, und ich ahme ihn nach und nippe einmal von meiner. Ich verziehe das Gesicht, als mich die Bitternis in die Zunge beißt.

»Auch keinen Zucker«, sagt er.

Ich stelle den Becher auf den Boden. »Und was habt ihr da verabredet?«, frage ich.

Er wendet den Blick ab und schaut auf seinen Becher. Er starrt hinein, als wäre die Antwort irgendwo auf der Oberfläche seines Tees zu finden. Nach einer Weile beginnt die Tasse zu zittern. Er legt auch die andere Hand darum, um sie zu stabilisieren. Er ist nervös. Jonathan Dickerson ist nervös, meinetwegen.

»Es war an dem Tag, als er mich mit den Murmeln erwischt hat«, sagt er. »Er hat mich in seine Wohnung geschleift und mich gezwungen, mit ihm Leberwurstbrote zu essen.«

»Sardinen«, unterbreche ich. »Du meinst Sardinen.«

»Nein«, sagt er, und sein ganzer Körper würgt bei der Erinnerung, »es war definitiv Leberwurst.«

Er stellt den Becher auf die Arbeitsplatte. Ist meine Erinnerung wirklich so falsch? Jonathan erzählt mir von seiner Unterhaltung mit Reginald Blake. Er erzählt umständlich und doch detailliert, und mir wird klar, dass er an dieser Rede gearbeitet haben muss, seit wir vor ein paar Tagen aufgehört haben, miteinander zu sprechen. Ich lasse ihn erzählen, denn ich will es ja wissen, aber während er redet, kann ich nicht umhin, seine Gesten und Manierismen zu beobachten, die ich schon von seinem jüngeren Ich kenne und von deinem.

An jenem Tag in der Wohnung hatte Reginald deinen Bruder über Mrs Dickerson und Bobby aufgeklärt. Wie sie hinter seinem Rücken eine Beziehung angefangen hatten, wie sie nach Tewkesbury House gekommen war, um zu erklären, sie sei schwanger, und wie Reginald ihr Geld gab, damit sie wegging. Er hatte die Frau nie gemocht und wollte nicht, dass sie Bobbys Zukunft ruinierte. Es kostete ihn nicht viel Mühe, sie zu überreden. Deine Mutter nahm das Geld, und obwohl sie ihr Wort brach und nie wegging, war der Schaden angerichtet. Bobby wollte nichts mehr mit ihr zu tun haben, und Reginald war überzeugt, gewonnen zu haben.

»Aber ich glaube, Bobby bekam Depressionen«, sagt Jonathan. »Vielleicht war da irgendwas in ihm, was ihn unaufhaltsam in die Tiefe zog.«

Er sieht selbst ganz schwermütig aus, als er das sagt. Ich verdrehe die Augen.

»Du bist nicht wie Bobby«, sage ich.

Jonathan schaut mich an und blinzelt. Dann lächelt er. Nach dem ersten Schreck brauche ich gar nicht lange, um mich an sein Lächeln zu gewöhnen. Es ist aufrichtiger als das höhnische Grinsen und der Schmollmund seiner Jugend, und außerdem viel hübscher anzuschauen.

»Du konntest schon immer meine Gedanken lesen, Ravine«, meint er.

Es gefällt mir nicht, dass er das sagt. Es gefällt mir nicht mal, dass er meinen Namen sagt. Ich verschränke die Arme.

»Du hast von einer Abmachung gesprochen.«

Jonathan schließt die Augen und nickt.

»Reginald hat gesagt, wenn ich ihm verrate, was Mum vorhat, wird er sich überlegen, wie er sie loswerden kann. Dann könnten Marianne und ich bei ihm wohnen.«

Es ist das erste Mal, dass er deinen Namen sagt. Er starrt auf seine Teetasse, deswegen sieht er nicht, wie ich zusammenfahre.

Marianne. Es ist so lange her, dass ich deinen Namen laut ausgesprochen gehört habe.

»Ich war wütend, dass sie weggelaufen war, also ließ ich mich darauf ein«, sagt er. »Ich hatte nicht damit gerechnet, dass Onkel Walter weggehen würde. Ich hätte nie gedacht, dass ich das wirklich durchziehen müsste.«

Jonathan wirft die Hände in die Luft, und ich sehe, wie die Last seiner Geheimnisse mit ihnen auffliegt wie Tauben in den Himmel. Trotzdem sieht er nicht erleichtert aus, seine Schultern scheinen eher noch schwerer. Er lässt den Kopf sinken und zupft an der Haut an seinen Fingern.

»Es kam dann ja nicht mal dazu«, sagt er. »Am Ende haben sie mich einfach geholt.«

Ich erinnere mich an die Szene im Krankenhaus. Wie er die Krankenkarte am Fuß meines Bettes anstarrte, als die Sozialarbeiterin ihn zu mir schob. Die Haut unter seinen Augen war schwer und herabgesackt, rund um seine Nase war alles wund und rot. Trotz allem war ich froh gewesen, ihn zu sehen. In dieser Welt, wo der Seelentrinker Ammas Schulter massierte und der Schmerz durch jede Faser meines Körpers schoss, war er etwas Vertrautes, etwas, was ich begreifen konnte. Aber er wollte mich nicht anschauen. Nicht ein einziges Mal. Ich habe die Szene immer wieder in Gedanken abgespult, in der vagen Hoffnung, die Dinge hätten ganz anders kommen können, wenn er nur einmal aufgeschaut, mir nur eine Sekunde lang in die Augen gesehen hätte.

»Aber er hat mir geschrieben«, sagt Jonathan. »Als ich bei den Pflegeeltern war, hat er mir Briefe geschrieben, und in diesen Briefen hat er Onkel Walter erwähnt, dass er sich gemeldet habe, dass er irgendwo im Norden lebe. Deswegen bin ich zurückgekommen, Ravine. Nicht wegen Reginald …« Er hält inne, schluckt schwer und räuspert sich. »Sondern wegen Onkel Walter.«

Er schaut mich an. Ich nehme meinen Becher in die Hand, betrachte den dünnen, zerrissenen Film, der auf dem Tee schwimmt, dann wieder deinen Bruder.

»Bist du dir sicher, dass es nicht Sardinen waren?«

Jonathan hebt den Blick und verdreht die Augen.

»Ja, Ravine, ich *bin* mir sicher.«

Als wir schließlich unten am Eingang zu Bosworth House standen, war der Regen in Schnee übergegangen. Winzige weiße Flocken wirbelten im Licht der Straßenlaternen, wirbelten auf den Gehweg und schmolzen in den Zement. Wir gingen die Treppe von Westhill hinunter, und mir wurde klar, dass Partykleidchen sich nur bedingt für Ausflüge in die Natur eigneten. Trotz meiner Gummistiefel waren meine Beine schon jetzt so taub, dass ich kaum die Knie beugen konnte, und du schlottertest so erbärmlich, dass jeder deiner Schritte wirkte wie ein kleiner Ausdruckstanz. Ich sah einen kleinen Haufen Sterne, streckte die Zunge heraus, stellte mir vor, der Schnee wäre Sternenstaub, der auf seinem Weg von oben bis zu meiner Zunge funkelt und knistert. Als ich den Kopf wieder senkte, hatte dein Bruder seine Kapuze aufgesetzt. Er hatte die Bänder zugezogen, sodass sich der Stoff fest um sein Gesicht legte.

»Regen … Schnee …«, sagte ich und zählte die Worte an meinen Fingern herunter. »Was hattest du noch gesagt?«

Er verengte die Augen und spähte in den Himmel. »Gewitter.«

Rasch spanntest du deinen Regenschirm auf.

Wir wechselten uns mit der Tüte ab und schleiften sie zu Bobbys Versteck. Unterwegs fragten wir Jonathan immer wieder, was darin war. Seine Antwort kam schließlich mit so einem tiefen, leisen Knurren, dass wir die Frage nicht noch einmal wiederholten.

»Top secret«, sagtest du und tipptest dir seitlich an die Nase.

Als wir die Hauptstraße erreichten, klapperten mir die Zähne, und meine Fingerspitzen waren taub. Ich schaute zurück zur Siedlung und hielt Ausschau nach einem orangen Sari, einem Aufblitzen von weißen Turnschuhen, in der Hoffnung, dass Amma ihr sogenanntes »Date« beendet hatte und nach Hause gekommen war. Und in der Hoffnung, dass sie auch noch prompt irgendwie hinter unseren Plan gekommen war (wie es Erwachsenen ja immer gelang), uns schnurstracks nach Hause führen und uns vor Jonathans tragischer Expedition erretten würde. Aber sosehr ich auch suchte, ich konnte sie nirgends erkennen, und wenig später stapften wir durch den spärlichen Baumbestand in die Dunkelheit.

»Wir sind da«, verkündete dein Bruder schließlich.

Als wir vor dem Versteck standen, nahm er dir die Mülltüte aus der Hand und schüttete den Inhalt ohne viel Federlesen auf den Boden.

Feuerwerkskörper. Große Packungen, verschweißte Tüten und einzelne Raketen – die Menge an Sprengstoff, die dein Bruder da zusammengesammelt hatte, war verblüffend. Er kniete sich hin, riss die Schachteln auf und legte den Inhalt auf einen Haufen.

»Äääåh ...«, war alles, was du hervorbrachtest.

Jonathan arbeitete wie in blinder Wut, seine Fingerspitzen wurden weiß, so heftig riss er an den Verpackungen. Ich stemmte die Hände in die Hüften und versuchte mich an einem tadelnden Ausdruck.

»Du darfst nicht mit Feuerwerkskörpern spielen.«

Er verzog keine Miene.

»Jonathan, *du darfst nicht mit Feuerwerkskörpern spielen.*«

Er schaute zu mir auf und zuckte gleichgültig mit den Achseln. »Es gibt vieles, was ich nicht darf.«

Ich blinzelte und wusste nicht recht, was ich darauf erwidern sollte. Je mehr Feuerwerk zum Vorschein kam, umso größer wurde meine Panik. Irgendwann warf ich verzweifelt die Arme in die Luft.

»Jetzt sei doch nicht so ein Philister!«, rief ich.

Jonathan hielt inne, hob die Hände und wedelte damit hin und her.

»Ravine, Ravine, Wörterbuch-Queen«, sagte er, aber mit wesentlich weniger Inbrunst als sonst.

»Halt den Mund, Wetterfrosch.«

»Kommt, Leute«, sagtest du und hobst beschwichtigend die Hände wie die Polizisten in den Krimis. »Beruhigen wir uns doch, bevor jemand verletzt wird.«

Jonathan verzog angewidert das Gesicht. Er warf den Kopf in den Nacken und brüllte zu den Bäumen: »Verdammte Scheiße, ich hab euch nicht darum gebeten mitzukommen! Warum verpisst ihr euch nicht einfach nach Hause?«

Dein Regenschirm fiel in den Schnee, so wütend warst du.

»Jonathan Dickerson!«, sagtest du. »Nimm das *sofort* zurück.«

Jonathans Wangen wurden tomatenrot. Er ballte die Fäuste und drosch mit der einen auf den Boden.

»Du bist nicht meine Mutter!«, rief er. »Du bist nur so *gerade eben* meine Schwester!«

Wir standen beide da wie vom Donner gerührt, während Jonathan nur den Kopf schüttelte. Er stand auf und trug die Feuerwerkskörper nach und nach in die kleine Hütte, dort steckte er sie in jede Ecke und jeden Spalt, den er finden konnte. Du folgtest ihm und zogst systematisch jede Rakete wieder heraus, während ich draußen blieb und die ungeöffneten Packungen wieder zurück in die Tüte stopfte.

Während ich so über die dünne Schneeschicht kroch, wurde ich plötzlich von einem hellen Licht geblendet. Ich blickte auf und hörte das Brummen eines Automotors. Als Jonathan dich gerade anschrie, dass du die Finger von seinen Sachen lassen solltest, spähte ich durch die schwarzen Baumstämme und sah, wie dort ein Taxi auf die Straße bog. Meine Augen wurden ganz groß, als die Autotür sich öffnete und ein Paar weiße Turnschuhe in meinem Blickfeld aufblitzten.

»Amm…«, begann ich, doch dann sah ich, wer ihr folgte.

Heute weiß ich, dass die Gestalt mit den zurückgegelten Haaren und den roten Tulpen in der Hand nicht nur ein Mensch ist, sondern auch mein Vater, aber damals sah ich in ihm nur den Seelentrinker. Ein Monster, das gekommen war, um Besitz von menschlichen Seelen zu ergreifen, damit es seine eigene füttern konnte. Ein böses Tier, das meine Mutter buchstäblich in seinen Klauen hatte. Die beiden standen an der Straße, er hielt ihre Hand und schaute ihr mit der ganzen Macht seines gelben Blicks in die Augen. Er hatte ihr ihre Seele schon abgeluchst. Wir wären als Nächste dran.

Ich zog die Pfeife aus meiner Tasche und pfiff hinein, was natürlich dumm war, denn die Augen des Seelentrinkers zuckten sofort zum Wäldchen hinüber, als er das Trillern hörte.

Meine Augen weiteten sich. Ich sprang auf und rannte an deinem Bruder vorbei, der gerade einige Feuerwerkskörper auf der Schwelle des Verstecks aufreihte.

»Hey!«, schrie er, als ich mich in eine Ecke flüchtete, mich hinsetzte und die Arme um die nackten Beine schlang. Die Pfeife klemmte immer noch zwischen meinen Lippen

Er kam herein, und hinter ihm sah ich deine Gestalt: Mit haufenweise Raketen auf dem Arm folgtest du ihm ins Versteck. Drinnen war es dunkel, aber durch die Türöffnung fiel genug Mondlicht, um den Zorn auf Jonathans Gesicht zu beleuchten.

»Jetzt sei nicht so blöd, geh raus hier!«, schrie er.

Ich ließ die Pfeife aus meinen Lippen fallen. »Ich geh nirgendwohin. Er wird uns finden«, sagte ich.

Jonathan schüttelte den Kopf, dann schaute er dich an: »Was faselt sie denn da?«

Du warst genauso ratlos wie dein Bruder, schautest auf die Feuerwerkskörper in deinem Arm und ließest sie schnell auf den Boden fallen.

»Wir müssen hier raus, Ravine, und zwar richtig pronto.«

Ich schüttelte nur weiter den Kopf, schaute zum Eingang, wo

ich jeden Moment die Augen des Seelentrinkers erwartete. Damals hast du meine Angst nicht verstanden, niemand verstand sie, aber ein Monster war hinter uns her, ein Monster, das meine Mutter bereits in seiner Gewalt hatte.

Ich legte den Kopf auf die Knie. Dein Bruder fluchte und hörte erst wieder damit auf, als er merkte, dass ich weinte.

»Was ist denn los mit ihr, verdammt noch mal?«, fragte er.

Ich hörte deine Antwort nicht, aber als ich wieder aufblickte, knietest du neben mir. Dein rundes, sonnengebräuntes Gesicht war direkt neben meinem, deine Locken sahen aus wie ein leuchtender Heiligenschein. Ich versuchte, meine Tränen herunterzuschlucken, wischte mir mit dem Mantelärmel die Tränen vom Gesicht, während du leicht auf die Tasche klopftest, die ich immer dabeihatte.

»Schlag mal die Bedeutung von ›tapfer‹ nach«, sagtest du.

Ich schnappte unkontrolliert nach Luft, und meine Knie zitterten, aber ich zog das Taschenwörterbuch aus der Tasche. Es dauerte eine Weile, bis ich den Eintrag gefunden hatte, und als ich die Worte las, kostete es mich äußerste Mühe, sie über meine tauben Lippen zu bringen.

»Tapfer: in der Lage, sich Gefahr oder Schmerzen zu stellen und sie auszuhalten.«

Du lächeltest und bohrtest mir einen Finger in die Brust. »Siehst du, und genau das bist du.«

Ich schaute wieder ins Buch und las die Erklärung ein zweites Mal. »Nein, das bin ich nicht«, sagte ich. »Das bist *du*.«

Du schautest mich verdutzt an, während ich mir die nassen Wangen abwischte.

»*C'est la vie*«, meinte ich schließlich achselzuckend.

Du kichertest. »*Non preoccuparti, sii felice*«, flüstertest du.

»Jetzt reicht's mir aber langsam«, kreischte dein Bruder.

Er stand immer noch am gleichen Fleck. Seine Brillengläser waren beschlagen, hinter ihm hingen Bobbys Postkarten: Berge, Wasserfälle und Wüsten. Jonathan ballte die Fäuste.

»Jetzt geht endlich raus hier, verdammt noch mal, sonst jag ich diese Scheißhütte in die Luft und euch beide gleich mit!«

Die Decke des Verstecks war nur unwesentlich höher als Jonathan, und der Boden des kleinen Innenraums war komplett mit Feuerwerk bedeckt. Wenn er wollte, konnte er das tun: Er konnte das Ganze in die Luft jagen.

Ich schob das Wörterbuch zurück in die Tasche und schlang die Arme wieder um die Beine.

»Das würdest du nicht tun«, sagte ich.

Jonathan presste die Kiefer aufeinander. »Oh doch, das würde ich!«

Er zog eine Schachtel aus der Tasche. Ich erkannte sie wieder, weil meine Mutter dieselbe Marke Streichhölzer in ihrer Küchenschublade hatte.

»Ich werde es tun!«, schrie er.

Deine Augen wurden ganz groß und rund, aber für mich gab es deswegen keinen Grund zur Panik. Die einzige Gefahr, deren ich mir bewusst war, lauerte vor dem Versteck mit einem Strauß Tulpen in der Hand. Ich schüttelte den Kopf.

»Das würdest du dich nicht trauen.«

Du schautest mich entsetzt an, und in dem Moment wusste ich, dass ich zu weit gegangen war. Jonathan zog die Schachtel auf und holte ein Streichholz heraus, er riss es außen an und hielt das brennende Hölzchen hoch.

»Wetten doch?«, sagte er.

Du standest auf und strecktest mir die Hand hin. »Scheibenkleister, Ravine, steh auf, wir müssen hier raus.«

Ich ergriff deine Hand und drückte sie.

»Scheiße.«

Als wir zu Jonathan hinüberblickten, hatte er das Streichholz nicht mehr in der Hand. Er schaute sich panisch um, aber erst als wir die Feuerwerkskörper am Boden aufglühen sahen, begriffen wir, was geschehen war.

Erst gab es ein leise brutzelndes Geräusch, dann kam der

Knall. Funkenregen. Ein Lichtkörper raste nach oben, knallte gegen die Decke und prallte wieder zu Boden. Einen Augenblick lang herrschte Stille, aber die dauerte nur eine Sekunde.

Dann folgten die Explosionen blitzschnell aufeinander. Das Pfeifen der nächsten Rakete, ein plötzlich loswirbelndes Feuerrad. Wir hatten uns auf die Knie fallen lassen und nicht mal Zeit zum Schreien gefunden. Es war ein solcher Lärm, dass wir uns die Hände auf die Ohren pressten. Bei jeder neuen Explosion zuckten wir zusammen, zogen die Köpfe ein und versuchten, gleichzeitig alles im Blick zu behalten. Buntes Feuer loderte so hell auf, dass es Streifen auf meiner Netzhaut hinterließ. Ich kniff die Augen zu und versuchte, mich an unsere Survivaltechniken zu erinnern. Als ich wieder aufblickte, sah ich Jonathan, der nach hinten schaute, sein Mund schrie, meine Ohren dröhnten. Es war meine Pflicht, dich zu beschützen. Ich musste schnell denken, bevor es zu spät war. Du krochst langsam vorwärts.

»Leg dich hin und rühr dich nicht!«, schrie ich. »Leg dich hin und rühr dich nicht!«

Als ich die Hand nach deinem Arm ausstreckte, traf mich die Rakete.

Im ersten Moment fühlte es sich nicht viel anders an als ein Tritt vors Schienbein, nicht so, als würde ich brennen, oder als ob mir ein Messer ins Bein gestochen würde. Es fühlte sich überhaupt nicht so an, wie man erwarten würde – wobei mir natürlich auch noch nie jemand gesagt hat, was genau eigentlich passiert, wenn einem ein Feuerwerkskörper das Bein verbrennt. Es war wie Schmelzen, mein ganzes Bein sank in sich zusammen, und mein Körper verfiel in Schockstarre.

Von den folgenden Geschehnissen habe ich nur noch verschwommene Bilder. Ich kann mich erinnern, dass ich geschrien habe. Ich kann mich erinnern, dass du deinen Bruder angeschrien hast (»Hol Ravine! Hol Ravine!«). Ich weiß noch, dass mir die Lider schwer wurden und ich das Gefühl hatte, die Augen nie wieder aufschlagen zu können. Erst als Jonathan mich aus dem

Versteck schleifte und mich die kalte, frische Luft umschloss, konnte ich wieder klar sehen. Die Grashalme auf dem Boden, die Rauchwolken. Als ich zu deinem Bruder hinüberschaute, sah ich die geflochtenen Fasern der Kordel an seiner Kapuze. Er hielt mich fest, als würde die Welt einstürzen, wenn er mich losließe. Nach ein paar Schritten legte er mich behutsam auf den Rücken, hob mein Bein an und bettete es auf einen Stein.

»Ich muss Marianne holen«, sagte er.

Erst als er davonrannte, wurde mir klar, was er gemeint hatte. Du warst immer noch dort drinnen, du warst immer noch im Versteck.

Ein schwaches Klingeln vibrierte mir in den Ohren. Ich versuchte, den Kopf zu heben, konnte die Hütte aber nur durch Nebelschwaden sehen, die Zementblöcke mit den Rissen, die Spalten, die von innen durch farbige Blitze erhellt wurden.

»*Non preoccuparti, sii felice. Non preoccuparti, sii felice*«, wiederholte ich immer wieder, in der Hoffnung, ich könnte durch meine Worte die Zeit zurückdrehen.

Der Schmerz nahm zu, und bald hatte ich nicht mehr die Kraft, den Kopf aufrecht zu halten. Ich legte mich flach aufs Gras und sah hinauf zu den klaren Flecken Nachthimmel zwischen den Wolken: Sterne schienen hell vor der indigoblauen Leinwand, verirrte Feuerwerkskörper explodierten in Feuerblüten, eine Rakete schoss quer über den Himmel wie eine Sternschnuppe. Ich hustete, weil überall um mich herum Rauch war. Nur schwach drang das Krachen der Ziegel und Wellblechplatten zu mir, als die Hütte einstürzte.

In jener Nacht bist du verschwunden, Marianne. Dein Körper war verloren im Schutt eines provisorischen Heims. Mein Leben veränderte sich für immer.

Non preoccuparti, sii felice.

Das ist Italienisch und heißt *Don't worry, be happy.*

Die Uhr tickt dem Mittag entgegen, und dein Bruder führt mich ins Wohnzimmer. Er zeigt mir eine Laubsäge, die er im zurückgelassenen Schrank im Flur gefunden hat. Das d-förmige Werkzeug hat Rost angesetzt am Sägeblatt und sieht eher aus wie ein Risiko denn wie ein Schatz.

»Ich glaube, damit werde ich Holz zerkleinern«, sagt er.

Er zersägt imaginäre Holzscheite in der Luft. Die Geste erinnert mich daran, wie er Tierfallen im Wald baute, ohne jemals etwas Größeres zu fangen als einen Frosch.

»Wozu das denn?«, erkundige ich mich.

Er schiebt die Unterlippe vor und murmelt irgendetwas Unverständliches, bevor er seine Säge neben eine Menge Zeug legt, das er auf dem Teppich aufgereiht hat. Ein Knäuel Bindfaden, ein Telefonbuch von 2004, ein aufgerollter Gebetsteppich. Er setzt sich auf das herbstlich gemusterte Sofa, senkt den Kopf und kratzt sich im Genick. Die Kissen sind so weich, dass er in ihnen versinkt. Die Beine hat er ausgestreckt wie Angelruten. Dann blickt er zu mir auf.

»Ich habe mich immer noch nicht mit ihm getroffen«, sagt er. »Mit Reginald, meine ich.«

Ich blinzle.

»Okay«, sage ich.

Jonathan lässt sich zurückplumpsen, und sein Kinn ruht auf der Brust, wie früher, wenn er schmollte. Nur dass er jetzt nicht schmollt, sondern überlegt, als wäre meine Antwort tatsächlich ein Kommentar. Vielleicht hat er ja früher auch nicht geschmollt. Vielleicht hat er die ganze Zeit, nachdem Onkel Walter gegangen war, einfach nur nachgedacht. Sich Sachen ausgedacht, Pläne geschmiedet.

»Warum bist du an dem Abend zu Bobbys Versteck gegangen?«

Die Frage überrascht mich ebenso wie ihn. Wir haben diese Nacht bis jetzt nie erwähnt, haben das Thema einfach vermieden, als wäre es nie passiert. Ich bin froh, dass ich es erwähnt habe. Ich bin froh, weil es die Dinge real macht. Ich habe die Heuchelei satt.

Jonathan hebt den Blick, aber lässt das Kinn weiter auf der Brust ruhen. Er mustert mich ein paar Sekunden lang, dann starrt er wieder geradeaus.

»Ich war wütend.«

Im ersten Moment glaube ich, dass das seine ganze Antwort sein soll, und spüre ein gereiztes Kribbeln in mir.

Er reibt die Handflächen aneinander. »Ich dachte, wenn ich das Versteck zerstöre, wird alles besser. Ich dachte, dass Onkel Walter … na ja, dass er *zurückkommen* würde.« Er schaut wieder zu mir auf, dann schüttelt er verdrossen den Kopf. »Damals kam mir das einleuchtend vor.«

Ich knie mich auf den Boden. Obwohl die Sonne durch die nackten Fenster fällt, ist mir kalt. Ich schiebe die Finger in die Wärme zwischen meinen Oberschenkeln.

»Du wolltest, dass er zurückkommt? Nach dem, was er getan hat?«, frage ich.

Er presst die Kiefer zusammen und knetet die Hände. »Er hat mir gefehlt.«

Seine Stimme ist ruhig, doch als er meinem Blick ausweicht, wird mir klar, dass er noch keinem anderen Menschen die Wahrheit gestanden hat. Ich war nicht die Einzige ohne einen Vertrauten. Die ganze Zeit haben wir beide versucht zu vergessen.

Aber man kann die Dinge, die einen formen, nicht vergessen. Ich denke an Onkel Walters gebrochene Gestalt, wie er die Straße durch Westhill Estate entlanggeht und immer kleiner und kleiner wird, bis er in die Dunkelheit verschwindet. Die Erinnerung schnürt mir die Kehle zusammen, meine Augen werden feucht. Ich muss kurz husten, um das Gefühl abzuschütteln.

»Meinst du, du findest ihn?«, frage ich.

Jonathan zuckt mit den Schultern, und auf einmal bin ich wieder wütend, denn selbst wenn er Walter niemals finden wird, will ich es ihn doch sagen hören, will hören, dass er es tun wird.

»Du siehst anders aus«, bemerkt er. »Ich meine … hübsch.«

Mein Herz klopft schneller. Als ich Jonathan anschaue, sind seine olivfarbenen Augen so dunkel und lebendig, dass ich nicht begreife, wie ich ihre Farbe je vergessen konnte.

»Ich habe einen Schlafanzug an, Jonathan«, sage ich.

Er lächelt sein kleines, feines Lächeln. »Ich weiß, aber du siehst trotzdem hübsch aus.«

Er hält meinen Blick, und ich merke, dass dein Bruder in mehr als einer Hinsicht erwachsen geworden ist. Er stemmt sich hoch und bedeutet mir mit einer Handbewegung, es ihm gleichzutun.

»Komm mit in den Flur«, sagt er. »Du wirst nicht glauben, was ich im Wäschetrockenschrank gefunden habe.«

Er wendet sich in Richtung Flur, bleibt jedoch stehen, als er merkt, dass ich ihm nicht folge. Ich schaue auf eine lose Faser am Saum meines Shalwar Kameez und ziehe daran.

»Ich kann das nicht, Jonathan.«

Der Stoff löst sich, das Paisleymuster verschwindet vor meinen Augen.

»Es dauert nur ganz kurz«, meint er.

Ich ziehe weiter an dem Faden.

»Es tut mir leid wegen Mr Ecc – ich meine Reginald. Aber das ändert nichts an dem, was passiert ist.«

Schweigen. Ein einfallender Lichtstrahl zaubert Funken in mein Blickfeld.

»Es war ein Unfall, Ravine.«

Ich höre auf, an dem Faden zu ziehen. »Nein, das war kein Unfall.«

Die Sonne verschwindet hinter einer Wolke, und es beginnt zu regnen. Als dein Bruder wieder den Mund aufmacht, klingt seine Stimme belegt.

»Meinst du denn, ich hätte es mit Absicht getan?«, fragt er.

Ich muss an das Streichholz in seiner Hand denken, als er damals im Versteck stand; die Art, wie er es anriss, mit dieser giftigen Wut.

»Nein.«

Ich stemme mich hoch, der Teppich ist rau unter meinen Handflächen. Ich will gehen, aber in der Tür zum Flur steht dein verstrubbelter Bruder. Ich sehe ihn nicht an, aus Angst vielleicht, aber auch, weil ich nichts sagen will, was ich später bereuen würde. Doch er liest meine Gedanken und öffnet die Schleusentore.

»Du denkst, es ist meine Schuld, dass sie tot ist«, sagt er. »Oder?«

Tot. Das Wort schockiert mich mehr als die Erwähnung deines Namens. Ich habe bis jetzt immer versucht, mir dich nicht tot vorzustellen. Sondern einfach nur verschwunden, so wie mein Vater. Der Gedanke, dass du eines Tages vielleicht zurückkommen könntest, machte es leichter. Dass du in mein Schlafzimmer stürmen könntest, mit auf und ab wippenden Haaren, und du würdest schreien: »Schau – war alles nur ein Streich! Ich bin wieder ganz gesund zurück!« Aber das hast du nie getan. Du bist nie zurückgekommen.

Rasch kratze ich mir eine Träne von der Wange, als wäre es nur eine juckende Stelle. Als ich deinen Bruder anschaue, hebe ich das Kinn. Nach all den Jahren habe ich immer noch Angst, vor seinen Augen schwach dazustehen.

»Ja, Jonathan«, sage ich. »Ich denke, es ist deine Schuld.«

Die Antwort trifft deinen Bruder nicht so, wie ich gedacht hätte. Er gerät nicht in Wut, marschiert nicht zu dem Haufen mit seinen Schätzen hinüber, um sie in Grund und Boden zu stampfen. Er flucht nicht und nennt mich nicht verrückt, wie er es tun sollte. Er zuckt im Grunde nicht mal richtig zusammen. Die ganze Zeit, während wir uns unterhalten haben, hat er diesen Moment hinausgezögert, und jetzt ist es, als ob er sich, wie am Ende eines schönen Urlaubs, in die Tatsache fügen würde, dass es Zeit wird heimzukehren.

»Das ist okay«, sagt er. »Ich denke das auch.«

Er geht aus dem Zimmer. Feigling, der ich bin, renne ich zurück in unsere Wohnung und verstecke mich.

Das Sternbild der Reue

Die Jahrtausendwende kam und ging, während ich bewusstlos in meinem Krankenhausbett lag. Festzüge marschierten vorbei, Trompeten schmetterten, Feuerwerk wurde in sternenübersäte Himmel geschossen. Die Straßen in der Stadt waren voll von lächelnden betrunkenen Gesichtern, die auf riesige Bildschirme starrten, auf denen man wiederum andere betrunkene Gesichter sah, die weltweit zu anderen riesenhaften Bildschirmen emporstarrten. Der Millennium Dome war eröffnet, Millennium-Babys wurden geboren, man drückte Millennium-Puppen auf den Bauch, sodass sie »Drei, zwei, eins – frohes neues Jahrtausend!« krähten, bevor sie vor Freude krampfhaft zappelten. Die Flugzeuge fielen nicht vom Himmel, Computernetzwerke brannten nicht ab, die Welt ging nicht unter. Und ich, in meinem tiefen, tiefen Schlaf, bekam so gut wie gar nichts mit.

Amma blieb an meiner Seite, als das Jahr 2000 begrüßt wurde. Sie hatte zu verschiedenen Göttern gebetet, an die sie nicht glaubte, und ignorierte die wachsamen Blicke ihres heimgekehrten Gatten, der im Stuhl gegenübersaß. Sie gestattete diesem Mann, den sie einst als Trottel bezeichnet hatte, auf diesem Stuhl zu sitzen, weil er jetzt nicht mehr nur ein Date war, sondern ein Held.

Das ist die Ironie an der ganzen Geschichte. Der Seelentrinker – der Mann, von dem ich angenommen hatte, dass er Seelen raubte – war derjenige, der angerannt kam, um uns zu retten. Er hatte die erste Explosion am Nachthimmel gesehen und war sofort zum Versteck gesprintet. Er fand mich bewusstlos im Gras, mit hochgelegtem Fuß, und befahl Amma, die ihm nachgelaufen war, den Notarzt zu rufen. Später erzählte sie mir, dass dieser damals doch so feige Mann den Blick rasch über die Umgebung gleiten ließ und dann zu Jonathan rannte, um mit seinem zappelnden Körper zu kämpfen. Denn Jonathan versuchte gerade, sich einen Weg durch das Geröll in Bobbys Versteck zu bahnen. Während sich die Rauchwolken über ihm aufs Vierfache vergrößerten, warf er einen zerbrochenen Ziegel nach dem anderen beiseite.

»Sie ist da drinnen, du Trottel!«, brüllte Jonathan, strampelte und schrie, als er ihn wegzog. »Verdammt noch mal, meine Schwester ist noch da drinnen!«

Mein Vater versuchte, selbst hineinzugehen und dich zu holen, doch da waren einfach zu viel Feuer und zu viel Rauch. Als sich die Sirenen näherten, war es bereits zu spät.

Sie fanden deinen Körper um 2.45 Uhr am Silvestermorgen 1999. Deine Beine und Arme waren von den herabfallenden Steinen böse zugerichtet worden, aber gestorben warst du an einer Rauchvergiftung. Mrs Dickerson erfuhr es erst eine Stunde später, als eine Polizeieinheit ihre Wohnungstür eintrat. Sie war so betrunken, dass sie das Hämmern gar nicht gehört hatte, und sie konnte kaum sprechen, als die Polizisten hereingestürmt kamen.

»Wovon reden Sie eigentlich, verdammt noch mal?«, hatte sie durch den Alkoholnebel gefragt.

Erst als sie ihr den Marienkäferschirm brachten, schrie sie los.

Wenig später nahm die Polizei die Ermittlungen auf. Details über Mrs Dickersons Trinkgewohnheiten und ihr kürzliches Verschwinden sickerten in die landesweiten Nachrichten durch, und Jonathan wurde in eine Pflegefamilie gegeben. Das Lieblingsbild deiner Mutter, mit der Eighties-Frisur und dem rosa

Lippenstift, prangte auf den Titelseiten der Boulevardblätter, mit der Überschrift: PARTY-LIFESTYLE DER MUTTER FÜHRT ZU TRAGISCHEM TOD EINES ACHTJÄHRIGEN MÄDCHENS. Nachdem es vorbei war – jahrelange Gerichtsverhandlungen, Fernsehdebatten und Hasskampagnen –, tauchte deine Mutter unter. Von Sandy erfuhr ich einmal, dass sie jetzt unter dem Namen »Trixie« in Spanien lebt.

»Sie überlegt, ob sie eine Bar eröffnen soll«, erzählte mir Sandy einmal.

Sie schien verblüfft, als ich die Kiefer zusammenpresste und das Kreuzworträtselheft auf meinem Schoß entzweiriss. Sie drückte ihre Zigarette an der Wand vor meinem Fenster aus, bevor sie eine windige Ausrede vorbrachte, warum sie jetzt gehen müsse.

Ich bin lange wütend gewesen, aber in erster Linie war ich einfach verwirrt. Ab dem Augenblick, als ich im Krankenhaus aufwachte und feststellte, dass du nicht an meiner Seite warst, wuchs meine Verwirrung nur noch. Warum hatte ich überlebt und du nicht? Du warst diejenige, die so viel Potenzial hatte (warst so strahlend, so charmant). Du warst diejenige, deren Nacktschnecken Rennen gewannen, und erweitertest ständig deine Italienischkenntnisse. Du rettetest Regenwürmer vor dem Zertretenwerden, befolgtest Regeln, als wären es Gesetze, und teiltest sogar die Tüte mit Süßigkeiten, wenn du in der Schule den Preis für das beste Benehmen gewonnen hattest. Du maultest und beschwertest dich nie und erlaubtest dir niemals das geringste bisschen Selbstmitleid. Dein Vater war im Gefängnis, deine Mutter eine Alkoholikerin, die dich und deinen Bruder allein in einer Wohnung zurückgelassen hatte, ohne auch nur einen Zettel zu hinterlassen. Der Onkel, den du vergöttertest, hatte nicht nur seinen besten Freund sterbend liegen lassen, sondern war anschließend weggegangen und hatte euch mit eurer Alkoholikermutter wieder ganz allein gelassen. Du hättest wütend sein sollen, du hättest zornig werden sollen. Aber du warst glücklich, immer so glücklich, und deswegen war ich es auch.

Du hast mich in jener Nacht gerettet, dabei war ich doch diejenige, die dich hätte retten sollen. Ich hatte bei der einzigen Aufgabe versagt, die mir jemals einen gewissen Sinn gegeben hatte. Der Schmerz, der durch meinen Körper schoss, war die Bestrafung für mein Versagen. Die Gefangenschaft in meinem Zimmer die Strafe für meine Verbrechen gegen die Freundschaft.

Und sogar darin versage ich. Wenn du in jener Nacht überlebt hättest und bettlägerig geworden wärst, wärst du eben in einem Rollstuhl durch die Gegend geflitzt, und dein Eifer hätte kein Jota abgenommen. Du hättest dich durch die Krankheit gekämpft, wärst Marathons gelaufen, hättest Wohltätigkeitsveranstaltungen organisiert, hättest Zusatzfächer beim Schulabschluss belegt und in allen geglänzt, einfach um der ganzen verdammten Sache eine lange Nase zu drehen. Und obwohl du an jedem Zentimeter deines Körpers dieselben Schmerzen gefühlt hättest wie ich, hättest du sie dir nie anmerken lassen. Du, Marianne Dickerson, hättest dein Zahnlückengrinsen gegrinst und der Welt deine berühmten Worte ins Gesicht gesagt. *C'est la vie*, hättest du gesagt, *c'est la vie*.

Du hattest es nicht verdient zu sterben, und nichts und niemand auf der Welt wird mich vom Gegenteil überzeugen. Du solltest heute noch Bäume hochklettern und so schnell sprechen, dass man dir den Mund mit Klebeband zukleben muss. Du solltest durch die Welt reisen, deinen Trapezkünstlerin-Tierärztinnen-Traum verwirklichen und jeden Menschen, der deinen Weg kreuzt, mit deiner Fröhlichkeit anstecken. Aber du bist gegangen, und nicht nur das, du hast mich verlassen. Ich wusste schon als Kind, dass mein Leben in deinem wurzelte. Wie soll ich denn bitte weiterleben, wenn meine Wurzeln ausgerissen worden sind?

In meinem Wörterbuch finde ich unter »ravine« folgende Einträge:

Subst., enges, tiefes, steilwandiges Tal
Adj., gewöhnlich, uninteressant, nutzlos und bedeutungslos

Das Sternbild der Abschiede

Ich kann nicht aufhören, dir zu schreiben. Selbst im Tod bist du mir eine bessere Freundin als ich mir selbst. Schreibe ich nicht an dich, bringe ich keine einzige Zeile zu Papier, ohne sie gleich wieder auszustreichen. Die Worte kommen mir flüchtig vor, egoistisch, banal. Aber ich muss das hier festhalten, ich muss es dir erzählen.

Jonathan ist weg.

Als ich in die Wohnung zurückkomme, laufe ich in meinem Zimmer auf und ab und weiß nicht, was ich tun soll. Ich horche mit dem Glas nach Geräuschen auf der anderen Seite der Wand, kann aber nichts hören. Ich hebe die Matratze meines Lebebettes an und ziehe das kleine Notizbuch mit dem ziegelbedruckten Einband heraus, das ich neulich daruntergeschoben habe, in dem Versuch, die Erinnerungen an dich beiseitezuschieben. Es ist ein kleines Büchlein, abgestoßen und mit beschädigten Ecken, aber die Beschriftung – mit TippEx draufgemalt – ist immer noch strahlend weiß.

MARIANNE + RAVINE = BESTE FREUNDINNEN FÜR IMMER

Sie sieht aus wie ein Kreideschriftzug an einer Wand; ein Graffiti unserer Freundschaft. Das ist das Buch über dich, dein Buch.

Da höre ich ein trippelndes Geräusch durch die Wand, gefolgt von einem Klirren. Ich drücke das Buch fest an meine Brust, denn ich bin noch nicht ganz bereit, es aufzuschlagen und mich den Erinnerungen zu stellen. Als es nebenan immer lauter wird, glaube ich, dass Jonathan mir wohl zu zeigen versucht, dass ihm ganz egal ist, was ich gesagt habe. Doch als ich das Zuknallen der Wohnungstür höre und die Stille, die darauf folgt, wird mir klar, dass das kein Wutanfall war. Es war eine Einladung. Durch das Klappern und Klirren seiner beschränkten Besitztümer teilt mir Jonathan mit, dass er weggeht. Er räumt mir die Chance auf Wiedergutmachung ein. Als ich nach unten gehe und die Wohnungstür öffne, um nachzusehen, ob meine Vermutung stimmt, stehe ich vor einem Stapel abgewaschener Tupperdosen.

Ich renne durch den Flur. Nach gut zehn Minuten höre ich ein genervtes Husten und merke, dass das Geräusch meiner Schritte die Mieter von unten verrückt macht. Ein Parlamentsabgeordneter hat einmal gesagt, unsere Wohnungen ähnelten einem »Kaninchenbau«. Ich weiß noch, wie ich das in den Nachrichten hörte und mich wunderte, warum alle so wütend waren. Ein Kaninchenbau erschien mir als eine wunderbare Wohnung (das war, bevor ich *Unten am Fluss* gesehen hatte). Jetzt sehe ich durchaus, dass an dieser Aussage etwas Wahres ist. Wir wohnen so nah beieinander, dass man ein Niesen drei Stockwerke weit hört. Wir haben unsere Systeme, unsere Westhill-Regeln, und manchmal halten wir uns sogar für frei. Doch obwohl wir von unseren Wohnblöcken aus auf die anderen Menschen der Stadt hinabsehen, sind wir doch von der Gesellschaft isoliert wie Patienten in der Quarantänestation eines Krankenhauses.

Als ich das Husten höre, halte ich inne. Ich werfe einen Blick auf den Tisch im Flur und sehe, dass auf dem Anrufbeantworter eine rote »0« blinkt. Ich weiß nicht, wann Amma nach Hause kommt (so wie ich das sehe, könnte sie just in dieser Minute auf der Treppe sein, mit einer Tüte bunter Zuckerstangen aus Blackpool in der Hand), aber ich spüre so ein seltsames Prickeln in meinen Füßen, und da weiß ich, dass ich etwas tun muss. Ich renne hinauf in mein Zimmer und würdige Shiva ganz bewusst keines Blickes. Ich reiße den Schrank auf. Auch die krächzenden Vögel an den Wänden und die herumtollenden Little Ponys auf den Vorhängen blende ich aus. Ich nehme das erste Outfit heraus, das mir in die Hand fällt, und ziehe mich an.

Als ich die Wohnung verlasse, habe ich gar keine Zeit, in Panik zu geraten. Ich trage ein knielanges türkises Abschlussballkleid, ein aufwendiges Teil, das ich unter einer von Ammas alten Strickjacken verstecke, während ich die Treppe hinunterrenne. Ich weiß nicht, wo ich hinrenne, aber ich weiß, dass ich Jonathan finden muss. Ich muss es sagen, muss ihm erklären, was ich mir selbst nicht sagen kann.

Unten angekommen, schlägt mir ein modrig feuchter Geruch entgegen. Es regnet immer noch, und nur wenige Leute eilen die Gehwege entlang. Sie sind zu sehr damit beschäftigt, sich vor dem Regen zu schützen, als dass sie mich anstarren würden, sie blicken nur im Vorüberlaufen kurz auf. Ich stehe am Eingang von Bosworth House und spüre, wie meine Muskeln ertauben. Statt Schmerz fühle ich ein dumpfes, schweres Gefühl, als wäre mein ganzer Körper voller Sand. Ich weiß, dass es passieren könnte, dass der Schmerz wiederkommen könnte, aber ich weiß auch, dass ich mich davon nicht aufhalten lassen darf. Nicht jetzt.

Also trete ich hinaus in den Regen, lasse mich zum ersten Mal seit Jahren bis auf die Haut durchnässen. Vor ein paar Wochen hätten die harten Wasserperlen Tausende von Schmerzsignalen durch meinen Körper gejagt, die Wucht jedes einzelnen Tropfens hätte auf meiner Haut gestochen wie ein elektrischer Schlag. Doch der Regen scheint meine abgetöteten Nerven wieder aufzuwecken, wie er mir so kalt übers Gesicht läuft, mir in den Kragen läuft, mein Haar so durchnässt, dass es mir an den

Kopf klatscht. Als ich die Flanke des Hügels erreiche, sind meine Stofflatschen so durchnässt, dass sie mir fast von den Füßen fallen. Ich lasse den Blick über die Wege und die Straße um Westhill gleiten, aber ich kann ihn immer noch nicht sehen. Den großen, schlaksigen Körper, das zottelige Haar, das jetzt aussehen würde wie nasses Hundefell. Die olivfarbenen Augen. Das aufgeräumte Lächeln.

»Bradleeey!«

Ich blicke auf und sehe Mrs Patterson, die den Kopf aus dem Fenster im obersten Stock von Bosworth House streckt. Sie hat sich ein Handtuch um den Kopf gewickelt und sucht mit ihren hinterlistig dreinschauenden Augen die Landschaft nach Beute ab. Gleichzeitig rennen zwei Männer auf den Eingang unseres Hauses zu, die sich an den Händen halten. Sie lachen beide, als sie sich unterstellen, und tauschen rasch einen Kuss. Der größere der beiden schaut sich um, überprüft, ob es jemand gesehen hat. Ich erkenne den Mann.

»Bradley Patterson, schwing deinen Arsch hier hoch, aber *sofort!*«, schreit seine Mutter.

Bradley schaut an der Fassade hoch, dann zu mir, aber ich bin bereits hinter einem Busch in Deckung gegangen. Er streichelt seinem Freund ein letztes Mal über den Arm, dann geht er die Treppe hoch. Ich weiß nicht, was mich mehr überrascht: dass Bradley Patterson schwul ist oder dass Bradley Patterson einen schwarzen Freund hat.

Die Dinge ändern sich, manchmal auf eine Art, mit der man niemals gerechnet hätte.

Als der Schauer stärker wird, überlege ich, wieder nach Hause zu gehen. Ich schaue zu den glänzenden, gläsernen Vierecken hoch, die weit in den Himmel ragen, dann mustere ich den Rauputz auf den Mauern des Gebäudes nebenan. Ich weiß, wo ich hingehen muss. Ich schlage den Weg nach Tewkesbury House ein und sage mir im Geiste immer wieder den Namen Reginald vor. Nicht weil ich ihn vergessen hätte, sondern weil ich ihn schon so lange Mr Eccentric nenne, dass ich Angst habe, diesen Spitznamen versehentlich laut zu sagen.

Er führt mich mit unsicheren Schritten durch den Flur und in seine Uhrengalerie. Ich bin pitschnass, Ammas Strickjacke hängt mir schwer von den Schultern. Bevor ich mich hinsetzen kann, hebt Reginald eine Hand und legt ein kleines Tuch auf die durchgesessene Sitzfläche aus Samt. Er schlurft zu seinem Eichenholzschreibtisch, nimmt dahinter Platz und verschränkt die Finger, als würde er ein Bewerbungsgespräch führen. Wäre da nicht der Morgenmantel, den er sich lose um den skelettartigen Körper gebunden hat, könnte ich ihn fast ernst nehmen.

Als ich ihn so anschaue, wird mir klar, wie krank Reginald ist. Bläuliche Tränensäcke hängen unter seinen Triefaugen, sein weißes Haar ist strähnig, nicht mehr staubgrau wie in unserer Kindheit. Seine Haut ist gelbstichig. Je genauer ich hinschaue, umso gelber scheint er zu werden.

Die Uhren ticken. Ich ziehe mir die durchnässte Strickjacke enger um den Körper.

»Haben Sie Jonathan gesehen?«

Die Frage scheint den alten Mann zu verblüffen. Er blinzelt hinter seinen Brillengläsern. Er schiebt die Brille den Nasenrücken hoch, bevor er eine andere Miene aufsetzt.

»Sollte ich denn?«

Seine Stimme ist noch genauso, wie ich sie in Erinnerung habe, jedes Wort zieht er in die Länge.

»Er ist hergekommen, um Sie aufzusuchen«, sage ich lauter als nötig. »Er hat in der Wohnung bei mir nebenan kampiert.«

Er wirkt überrascht, seine Augenbrauen rutschen oben über das massive Brillengestell.

»Bist du seine *Freundin*?«

Er spricht die Frage mit solcher Verachtung aus, als würde er fragen, ob ich sein Drogendealer bin. Rasch schüttle ich den Kopf. »Um Gottes willen, nein!«

Erleichtert lässt er die Schultern herabsacken, obwohl seine Augen immer noch verengt sind. Das Geräusch des Regens an den Fensterscheiben konkurriert mit dem Ticken der Uhren. Ich muss mich bewusst gegen diese Kakophonie wehren.

»Ich bin Ravine Roy«, sage ich. »Ich habe früher neben Jonathan und Mari… Marianne gewohnt.«

Dein Name kommt mir über die Lippen wie ein Lied, das ich nur vage beherrsche, aber er zuckt nicht mit der Wimper. Vielmehr lehnt er sich zurück und nickt. An seinem Morgenmantelkragen hängen getrocknete Haferflocken im Stoff.

»Ich hab ihn nicht gesehen«, sagt er.

Ich seufze.

»Sei nicht enttäuscht«, sagt er. »Das ist zwecklos.«

Seine Stimme hat nichts Tröstliches, und als ich zu Reginald Blake aufblicke, entdecke ich fast so etwas wie Befriedigung in seiner Miene. Er faltet die Hände auf dem Bauch.

»Du darfst niemandem trauen, verstehst du?«, sagt er. »Die Menschen treffen Abmachungen mit dir, sie versprechen dir Dinge, aber sie halten sich nie daran. Die Jugend von heute hat keine Moral, das ist das Problem.«

Er schaut aus dem Fenster und schnalzt missbilligend mit der Zunge. Ich rutsche auf meinem Stuhl nach vorn.

»Jonathan hat gemeint, dass Walter Ihnen Briefe geschickt hat«, sage ich.

Er reißt die Augen auf und presst die Lippen zusammen. »Die habe ich weggeworfen. Ich will mit dem Mann nichts mehr zu tun haben.«

Er starrt wieder aus dem Fenster.

»Warum haben Sie sie nicht der Polizei gegeben? Damit die herausfindet, wo er ist?«

Er schnaubt. »Die Polizei könnte doch keine Erkältung fangen, wenn sie ihr ins Gesicht niest. Außerdem büßt der Mann seine Gefängnisstrafe ab – Tag für Tag muss er mit dem Tod meines Sohnes leben. Jeden Tag muss er auf das Klopfen an der

Tür horchen, voller Angst, dass sie ihn zu guter Letzt doch noch drankriegen. Die Leute sagen, es war ein Selbstmord, aber ich kenne die Wahrheit.«

Er nickt mich wissend an.

Ich balle die Fäuste. Onkel Walter mochte ja vieles sein, aber ein Mörder war er nicht.

Reginald lehnt sich auf seinem Stuhl zurück, als wäre die Angelegenheit damit beendet. In seiner Brille sehe ich die Spiegelung des Sekundenzeigers der Standuhr voranstelzen. Wir hatten einmal geglaubt, er könne Menschen in Uhren verwandeln, aber in Wirklichkeit ist er die Maschine. Allein in dieser Wohnung. Die Tage ticken dahin, und außer seinem Elend leistet ihm niemand Gesellschaft. Er tut mir nicht leid. Es ist schwierig, Mitleid mit jemandem zu empfinden, der einem so ähnlich ist.

»Ich sollte jetzt gehen«, sage ich.

Er greift nach seinem Gehstock und folgt mir in den Flur. Als ich die Wohnungstür aufmache, bleibe ich noch einmal stehen und drehe mich um.

»Ich habe Jonathan gesagt, dass er schuld an dem ist, was Marianne zugestoßen ist.«

Der alte Mann stößt ein hämisches Gelächter aus, und sein gelbliches Gesicht nimmt eine andere Farbe an. Sein Lachen überrascht mich. Es rasselt in seiner trockenen Kehle und echot durch den Flur.

»Nach allem, was ich gehört habe, stimmt das ja auch.«

Ich schüttle den Kopf, denn ich glaube, dass er ihn verkennt. »Es war ein Unfall.«

Reginald lehnt sich mit seinem ganzen Körpergewicht auf den Stock. Sein Gesicht sieht schwer aus, jeder Muskel hängt schlaff nach unten, als würde Farbe an einer Wand herunterlaufen.

»Das bedeutet nicht, dass es nicht seine Schuld war.«

Ich schaue ihn an, wie er sich so vornüberbeugt, und erinnere mich an die Zeit, als er noch zwei Stufen auf einmal nahm und »Raus da!« schrie, wenn er uns in Bobbys Versteck erwischte.

Mittlerweile ist all seine Energie aus ihm herausgesickert. Als wäre das letzte Tröpfchen Leben aus ihm gewichen.

»Du weißt doch noch, was ich dir geraten habe, hm?«, sagt er, als ich an der Tür stehen bleibe. »Du darfst niemandem trauen.«

Ich schaue ihn an und blinzle.

»Tu ich auch nicht«, sage ich.

Er scheint enttäuscht von meiner Antwort, als hätte er mir eine Falle gestellt und ich wäre einfach drüber hinweggehüpft. Dann richtet er sich wieder auf und zeigt mit dem Finger auf mich.

»Du darfst auch niemanden lieben.«

Mir entgleisen die Gesichtszüge, und auf einmal lächelt er wieder und zeigt mir eine Reihe von schwarz gefleckten Zähnen. Doch sein Grinsen ist kurzlebig. Er schaut durch seine dicken Brillengläser zu mir auf.

»Mach die Tür hinter dir zu.«

Das Sternbild der Wurzeln

Beim Verlassen von Tewkesbury House trete ich mit einem Fuß in eine Pfütze. Es hat aufgehört zu regnen, der Gehweg glänzt wie Fischschuppen, das Gras ist nass wie Algen, die an einem Strand angespült wurden. Ich schüttle meinen Fuß und mache mich mit tropfenden Kleidern auf den Heimweg. Zurück in Bosworth House, ist mein Kopf angefüllt mit Bildern. Wie wir über dieselben Wege hüpften, wie wir gegenseitig unsere Sätze vollendeten, wie wir Spiele auf genau denselben Stufen spielten, die ich jetzt hochgehe. Als ich die Wohnungstür zumache, stürzen die Erinnerungen auf mich ein. Unsere Spiele im Wald, wie wir vor Mr Eccentric davonliefen, wie Onkel Walter uns packte und dabei knurrte wie ein Bär. Italienischstunden. Nacktschneckenrennen. Murmeln und Taschenwörterbücher. Ich stehe im Flur und versuche, diese Erinnerungen auszublenden, da sehe ich eine blinkende »1« auf dem Anrufbeantworter. Ich schiebe mir die nassen Haarsträhnen hinter die Ohren. Als ich auf »Play« drücke, gibt das Gerät ein kurzes Piepsen von sich, gefolgt von Ammas vertrautem Singsang.

»Ravine, komm, nimm den Hörer ab. Ich weiß, dass du den Hörer abnehmen kannst! Hör zu, wir haben unseren Zug verpasst. Wir müssen den nächsten nehmen. Ich weiß, was du jetzt denkst. Du denkst, dass ich das mit Absicht gemacht habe. Das stimmt nicht! Ich wollte dich nicht so lang allein lassen. Bis später dann, Shona … Und im Kühlschrank ist noch Dal.«

Ich spiele die Nachricht immer und immer wieder ab. Ich wickle Ammas feuchte Strickjacke fester um meinen Körper, rieche den alten Geruch von Rosenparfüm auf dem Stoff. Ich schaue auf das Treppengeländer neben mir, denke an meinen Freund Shiva auf der Kommode, die Kreuzworträtselhefte, mein Lebebett mit der ravineförmigen Mulde in der Mitte. Aber die Stufen kommen mir zu steil vor, die Treppe zu lang. Dieses Zimmer ist jetzt etwas anderes für mich, eine Gefängniszelle, aus der ich gerade freigelassen worden bin. Die Gegenstände darin sind nicht meine Freunde, sie sind nur Objekte. Ich schaue durch den Flur und merke, wie sich meine Füße zur Wohnzimmertür bewegen.

Seit dem Tag, an dem ich mein Abschlusszeugnis bekommen habe, bin ich nicht mehr in diesem Wohnzimmer gewesen. Das Wohnzimmer war das Zimmer meiner Mutter und meines Vaters. Dort hatten sie ihre Geheimnisse, und ich wollte ihre Geheimnisse gar nicht kennen. Ich wollte überhaupt nichts davon wissen.

Es ist mir nie in den Sinn gekommen, dass Amma vielleicht die Einrichtung geändert haben könnte. Als ich eintrete, schnappe ich nach Luft, sehe ich doch, dass die Vogeltapete mit hellgrüner Farbe übermalt worden ist. Man sollte meinen, dass Amma das auch in meinem Zimmer hätte machen können. Diese Menagerie von flatternden Vögeln und Knopfaugen einfach mal mit ein paar Eimern Farbe beseitigen.

Ich schaue mich um auf der Suche nach etwas Vertrautem. Die Pflanzennetze und die farblich nicht ins Zimmer passenden Vorhänge, die schraffierten Zeichnungen von bengalischen Reisfeldern, auf denen in der Ecke noch die Preisschilder kleben. Der Wohnzimmertisch, der viel zu schick für uns ist. Auf dem Tisch steht dieselbe metallene Obstschale, die schon immer da war, mit demselben Plastikobst, das beim Kauf schon darin war. Im Versuch, die Eleganz des Wohnzimmertischs mit der Schäbigkeit der Schüssel in Einklang zu bringen, hat Amma Papierdeckchen hineingesteckt.

Ich setze mich aufs Sofa und fühle im gleichen Moment etwas Hartes am Fuß. Unter dem Tisch schaut ein Griff hervor. Als ich daran ziehe, stelle ich fest, dass er zu einem alten Lederkoffer gehört. Die Schließe auf der einen Seite ist kaputt, und als ich ihn hochhebe, merke ich, dass er leer ist. Ich stelle den Koffer auf meinen Schoß und fasse einen Plan.

Leben ist Leiden. Leben ist Kampf. Aber abgesehen davon, ist Leben auch *Entscheidung*.

Ich schaue auf die Papierdeckchen, stelle den Koffer beiseite und nehme mir einen Stift aus der Schublade im Wohnzimmertisch. Ich beginne, die Deckchen vollzuschreiben, und verbrauche vier, bis ich beim endgültigen Entwurf bin. Der erste war zu detailliert, der zweite hatte kein absehbares Ende, und der dritte war so chaotisch, dass ich die Worte selbst kaum mehr lesen konnte. Beim letzten Anlauf fasse ich mich kurz und schreibe in Schönschrift:

Liebe Amma,
es geht mir jetzt besser, und ich habe beschlossen fortzugehen.
Ich hoffe, ~~Dein Bekannter~~ mein Vater und Du habt ein glückliches Leben in Bangladesch. Bitte mach dir keine Sorgen um mich.
Ravine xxx

Im Erdgeschoss von Bosworth House knöpfe ich den Regenmantel zu, den Amma mir letztes Jahr gekauft hat. Es ist ein durchsichtiges Plastikding, und man kann die türkisfarbenen Rüschen meines Kleides darunter sehen. Ich gehe über die Treppe den Hügel hinunter. Ich sehe aus, als wäre ich mitten auf einem Debütantinnenball in ein Erdbeben geraten.

Wo ich hingehe, ist es egal, wie ich aussehe, entscheide ich. Aber dann wird mir klar, dass ich ja gar nicht weiß, wohin ich gehe. Ich dachte, dass ich nur den Zettel schreiben, den Koffer packen und die Wohnung verlassen müsste, um ein neues Leben anzufangen. Aber ich habe Entscheidungen zu treffen. Wo? Wie? *Was?* Ich bin noch nie aus Leicester herausgekommen, ich habe Westhill Estate kaum je verlassen. Außer meinem erbärmlichen Schulabschluss habe ich keine Qualifikationen, und 480 Pfund sind auch irgendwann mal aufgebraucht.

Es fängt wieder an zu regnen. Ich schlage meine Kapuze hoch. Als ich wieder in der Wohnung bin, tausche ich die durchgeweichten Schlappen gegen ein Paar verstaubter, aber unbenutzter Schnürstiefel ein, die ganz hinten im Schrank stehen. Sie sind zwar so eng, dass sie mir alle Knochen zusammenquetschen, doch sie sind fest und warm. Wanderstiefel, sage ich mir und stelle mir vor, wie ich über Heidehügel stapfe, entlang an gezackten Klippen und auf felsig-karge Berggipfel hinauf, wie die auf Bobbys Postkarten. Eine Gänsehaut überzieht langsam meine Beine, und ich schaue an mir herunter und mustere mein Outfit. Stiefel und ein Partykleid. Ich trage fast dasselbe wie in der Feuerwerksnacht. Nichts hat sich verändert. Ich bin genauso gut auf die Welt vorbereitet wie damals.

Als ich unten bin, werfe ich einen letzten Blick auf die weißen Ziegelmauern von Bosworth House. Ich meine ein Paar Beine zu entdecken, die im obersten Geschoss durchs Geländer baumeln, aber ich habe es mir doch nur eingebildet. Ich stelle mir vor, wie wir drei auf dem Balkon sitzen – meine dunkelbraunen Beine, deine gebräunten Beine, Jonathans blasse Beine, alle nebeneinander. Ich spüre etwas Hartes in meiner Kehle, dann steigen mir die Tränen in die Augen.

Wir hatten keine Wahl, als wir in diese Welt hineingeboren wurden, mussten zwischen den Tragödien anderer Leute aufwachsen und wurden von der Sturmflut des Lebens mitgerissen. Deswegen muss ich weinen – wegen dieser Traurigkeit und

Unausweichlichkeit. Wir waren zu jung, um zu wissen, wie wir uns befreien sollten, und zu schwach, um uns zu wehren. Unsere Leben waren eine Reihe von Kreuzworträtselfragen, auf die keiner von uns die Antworten wusste.

Ich drehe mich um und gehe bis zum Fuß des Hügels, weg von diesem Ort. Weg von meiner Vergangenheit. Weg von meinem Leben.

Dann sehe ich das Taxi.

Und sofort weiß ich, dass Amma darin sitzt. Ich renne zurück zum Eingang von Bosworth House und verstecke mich im Haupteingang. Ich recke den Hals, um durch die Tür zu spähen, suche nach dem gefärbten schwarzen Haar, das sie sich zu einem Knoten hochgesteckt hat, das Aufblitzen der blank geputzten weißen Turnschuhe. Das Taxi hält an der Bordsteinkante. Als ich es sehe, fühle ich mich an den Tag zurückversetzt, an dem wir zusahen, wie Onkel Walter aus einem Taxi stieg. Doch als die Tür sich öffnet, schiebt sich der Schmerbauch eines asiatischen Mannes heraus, er stellt einen Koffer auf den Gehweg. Mein Vater streckt die Hand aus, und ich sehe, wie Amma sie ergreift und mit eingezogenem Kopf aussteigt.

Ich renne die Stufen hoch, meine Stiefel trommeln auf den Zement. Ich laufe genau in die falsche Richtung, aber ich kann nicht zulassen, dass Amma mich sieht. Als ich vom Balkon am Treppenabsatz hinunterspähe, sehe ich meinen Vater und sie die Stufen zum Eingang hochgehen. Ich renne weiter, mein Brustkorb hebt und senkt sich vor lauter Anstrengung. Vor der Wohnung zittern mir die Hände so sehr, dass ich die Schlüssel auf den Boden fallen lasse. Als ich in die Hocke gehe, um sie aufzuheben, fällt mein Blick auf die Postkarte, die unter der WILLKOMMEN-Matte vor deiner Tür hervorschaut. Ich starre die Ecke an, auf der ein Wirbel aus Lila und Grün zu sehen ist.

»Natürlich habe ich Grund zur Sorge!«, ruft Amma. »Ich war *zwei Tage* weg.«

Ich greife mir die Schlüssel, schließe auf, renne die Treppe hoch und verschwinde in meinem Zimmer. Ich reiße mir den Mantel vom Leib, zerre die Stiefel von den Füßen und schiebe den Koffer unters Bett, dann springe ich ins Bett, ohne das Partykleid auszuziehen.

Da fällt mir das Deckchen wieder ein.

Ich springe wieder aus dem Bett, stürze die Treppe hinunter, reiße das dünne Papier an mich und renne auf Zehenspitzen zurück nach oben. Ein Schlüssel dreht sich im Schloss. Ich klammere mich am Türrahmen fest, wirble um die Kurve in mein Zimmer und schließe die Tür, wobei ich die Klinke gut festhalte, damit es nicht knallt. Dann bleibe ich still stehen und ducke mich, ohne die Klinke loszulassen. Ammas laute Stimme dringt bis zu mir ins Obergeschoss.

»Du Trottel!«, ruft sie laut. »Du kapierst überhaupt nichts.«

Ich klettere ins Bett und schiebe das Deckchen unter mein Kissen. Ich höre das dumpfe Geräusch von Ammas Füßen auf der Treppe und lege ich mich flach auf die Matratze, streiche die Decke über mir zurecht und schiebe mir die nassen Haarspitzen hinter die Schultern.

Die Schlafzimmertür öffnet sich, Amma tritt ein. Ich blicke seitlich an meinem Bett herunter und sehe, dass die Ecke meines Koffers hervorlugt.

»Shona – habe ich dich geweckt?«, fragt Amma.

Ich blinzle zu ihr hoch.

»Nein, nein«, sage ich und versuche, mein Schnaufen zu unterdrücken. »Wie war deine Reise?«

Sie ist sichtlich überrascht von meiner fröhlichen Reaktion und weiß im ersten Moment gar nicht, was sie antworten soll.

»Ging so«, sagt sie und macht eine wegwerfende Handbewegung, als wolle sie das Thema gleich wieder beenden. »Hast du was gegessen?«

Ich nicke, obwohl es gar nicht stimmt. Amma geht einen Schritt vorwärts und zeigt mit dem Finger auf mich.

»Ich werde dich nie wieder alleine lassen«, sagt sie. »Das habe ich deinem Vater auch gesagt. Er sagt, dass du erwachsen bist, aber das bist du nicht, Ravine. Du bist mein kleiner Schatz.«

Ich runzle die Stirn, als sie das sagt, aber Amma setzt sich einfach aufs Bett und hält mir den Handrücken an die Stirn. »Du bist ja ganz heiß.«

Ich tausche mein Stirnrunzeln gegen breites Grinsen und setze darauf, dass ich mich umso weniger verdächtig mache, je weniger ich sage. Sie nickt.

»Es geht dir immer noch schlecht.«

Ich blinzle und öffne den Mund, um etwas zu erwidern, doch Amma verschließt ihn mir mit dem Zeigefinger.

»Nein, nein, Ravine. Sag nichts. Du bist nicht bereit, und ich kann dich nicht bereit *machen*. Das habe ich auch deinem Vater gesagt. Er hat so viele Pläne. Er hat mir erzählt, dass wir einfach zusammen wegfliegen können wie eine große, glückliche Familie und alles besser machen können. Er war schon immer zu ehrgeizig, weißt du? Er und seine Magischen Würfel, er und sein Bangladesch. Er dachte, er hätte jemanden ausfindig gemacht, der dich heilen könnte. Dieser ganze Blödsinn mit diesen Heilern, ich hätte ihm ja schon fast geglaubt. Ich war bereit, mit dir da rüberzufliegen. Ich bin so dumm!«

Sie schnalzt missbilligend mit der Zunge, das alles, ohne den Finger von meinen Lippen zu nehmen.

»Aber gestern ist es mir alles ganz klar geworden. Ich habe ihm gesagt, dass du dafür noch nicht bereit bist. Wenn du bereit bist, wirst du es mich wissen lassen. Das ist mir jetzt klar. Du brauchst gar nichts zu sagen. Kein Wort.«

Ich versuche zu verarbeiten, was sie da gerade alles auf mich losgelassen hat. Die Tickets, die Pläne – das war also alles für mich?

»Schlaf jetzt«, sagt sie und tätschelt mir die Wange. »Du brauchst deine Ruhe.«

Noch bevor ich protestieren kann, ist sie aus dem Zimmer verschwunden und lässt die Tür offen stehen.

Ich lausche Ammas leiser werdenden Schritten und setze mich dann im Bett auf. Ich schaue mich im Zimmer um. Für mich ist es tot: Die Tapetenvögel schlagen nicht mehr mit den Flügeln, Shiva steht völlig indifferent auf der Kommode.

Ein Teil von mir weiß, dass ich noch mal davongekommen bin und alles bleiben kann, wie es war. Amma wird mich nicht mehr zwingen, die Wohnung zu verlassen, der Poltergeist ist aus dem Nebenzimmer verschwunden. Aber eines geht mir einfach nicht aus dem Kopf – die Ecke der Postkarte, die ich unter der Fußmatte gesehen habe. Ich kann nur an Jonathan denken.

Ich schwinge die Füße über die Bettkante. Das Licht fällt durch die dunklen Wolken und lässt die Ränder der Blätter am Kastanienbaum erglühen. Selbst wenn man den Baum bis auf einen Stumpf abschneiden würde, wären die Wurzeln, die ihn im Boden verankern, immer noch da, würden ihn in einem unterirdischen Netzwerk und an seiner Stelle halten. Der Baum ist genauso wie Mrs Dickerson, die immer wieder von ihren Wurzeln zurückgeholt wird. Er ist genauso wie Onkel Walter, der gefangen ist in seinen Erinnerungen an das, was hier geschehen ist. Er ist genauso wie Amma, Mr Eccentric, die alte Mrs Simmons, Sandy Burke, Mrs Patterson, Bradley Patterson und all die Leute, die es einfach nicht schaffen, ihre Füße aus diesem Zement zu ziehen.

Als ich ans Fenster trete, tanzt das Licht über mein Gesicht. Ich lege eine Hand an die Scheibe und spüre die Kühle auf der Haut. Um meine Finger herum beschlägt das Glas. Ich balle sie zu einer Faust.

»Ich bin kein Baum«, sage ich.

Ich blicke am Stamm der Kastanie entlang bis ganz nach unten zum Boden. Kinder fahren auf dem Rad vorbei, Leute führen ihre Hunde spazieren und tragen ihre Einkaufstüten. Ich schlage gegen das Fenster, dass es in seinem Rahmen bebt.

»Ich bin kein Baum!«

Zähneknirschend hole ich meine Stiefel.

Das Sternbild des Lebens

Ich stehe auf der Straße gegenüber vom Wäldchen. In der einen Hand habe ich meinen Koffer, in der anderen die Postkarte. Auf der Vorderseite ist die Silhouette eines Berges abgebildet, darüber farbige Steifen, die über den Sternenhimmel ziehen. Auf der Rückseite steht eine Nachricht.

Ich warte im Versteck auf dich
J

Es ist schon Stunden her, dass ich gehört habe, wie Jonathan die Wohnung verlassen hat, also ist die Wahrscheinlichkeit, dass er immer noch auf mich wartet, eher gering. Aber ein Teil von mir will unbedingt in den Wald zurückgehen, egal ob Jonathan dort sein wird oder nicht. Bobbys Versteck ist der Ort, an dem alles geendet hat. Nicht nur dein Leben, sondern auch das Leben, das ich mir einmal ganz selbstverständlich erwartet hatte.

Der Weg zum Versteck ist ein schmaler Pfad, den wir mit Steinen markiert haben. Sie sind mittlerweile mit Moos bewachsen, seltsame Pflanzen kringeln sich am Rand ums Gestein. Die Bäume kommen mir kleiner vor, ich muss mich teilweise seitlich zwischen ihnen hindurchschieben, um mich nicht in den Zweigen zu verheddern. Der Geruch nach nassem Holz, die Farbe des limonengrünen Laubs, der Matsch unter meinen Stiefeln – all das schwemmt in einer nostalgischen Welle über mich. Als ich schließlich am Versteck ankomme, habe ich tatsächlich ein Lächeln auf dem Gesicht.

Dieses Lächeln ist allerdings nicht von Dauer. Als ich zwischen den Bäumen hervortrete, sehe ich das Geröll, wo Bobbys Versteck einmal gestanden hat. Zementziegel sind zerbrochen, verblichene Überbleibsel von Kartons liegen immer noch auf dem Boden verstreut. Die vordere Hälfte des Verstecks ist komplett eingestürzt, die hintere Ecke steht jedoch noch, wie die Ruine eines historischen Gebäudes. Die grauen Steine sind gesprenkelt mit schwarzen Rußspuren, um Pfähle, die man rund um die Stelle in den Boden geschlagen hat, ist gelbes Absperrband gewickelt, mit der Aufschrift BETRETEN VERBOTEN. Ich schaue das Geröll an und erwarte fast, dass irgendwo ein Gummistiefel aus den Trümmern ragt.

Stattdessen sehe ich Nacktschnecken.

Sie bedecken jeden Ziegel. Große, fette schleimige Nacktschnecken kriechen über die feuchten Steine, nass glänzend vom Regen. Sie haben eine Kolonie auf den Trümmern gegründet: schwarze Nacktschnecken, orange Nacktschnecken, kleine und riesige, alle vereint. Diese Versammlung ist so großartig, dass ich das Gefühl habe, sie wären extra deinetwegen hierhergepilgert. Als ob sie wüssten, dass du eine von ihnen warst, und hergekommen sind, um dein Andenken zu ehren, wie es schon Reginald Blake getan hatte.

Ich beobachte, wie die Schnecken sich im Regen winden. Ihre Körper bedecken die grauen Ziegel wie Knöpfe, die man willkürlich an einer Strickjacke festgenäht hat. Ich denke an dich. Ich denke an Stanley. Ich denke an all die Sterne an unserem Himmel.

»Hallo, Ravine.«

Die Stimme ist tief und kalt. Als ich mich umschaue, entdecke ich einen Mann, der mit einer Mülltüte neben sich auf einem Baumstamm sitzt und den Kopf hängen lässt. Als er aufblickt, sind seine Augen so grün wie Oliven, und er hält einen aufgespannten Marienkäferschirm über sich.

Das Sternbild von uns

Als ich kleiner war, konnte ich mich nicht entscheiden, was ich sein wollte. Hinduistin, Muslimin, Christin oder Zahnärztin – die Auswahl war einfach zu groß. Du schienst immer zu wissen, was du warst. Du schienst immer zu wissen, wie du sein solltest. Vielleicht warst du deswegen so mutig.

Ich wollte vor ihm davonlaufen. Ich wollte vor deinem Bruder davonlaufen, zurück in mein Zimmer, zu meinem Stapel mit den Kreuzworträtselheften und Stevie-Wonder-CDs.

7 waagrecht: Furcht, Besorgnis in als bedrohlich erlebten Situationen (5)

Angst.

Bitte schön, ich gebe es zu. Ich habe Angst vor der Welt, und deswegen habe ich mich so lange vor ihr versteckt. Es ist dieselbe Furcht, die ich als Kind vor dem Universum hegte: Ich war einfach überwältigt von seiner Riesenhaftigkeit und unserer Winzigkeit mittendrin. Weißt du noch, wie du Jonathan und mich einmal mitten in der Nacht ins oberste Geschoss von Bosworth House geschleift hast, damit wir uns den Himmel ansahen? Er war so weit, so über und über mit funkelnden Edelsteinen besetzt und ausgebreitet über uns wie ein diamantbestickter Sari. Allein beim Anblick des Himmels verschlug es uns den Atem, aber wir benannten trotzdem ein Sternbild nach dem anderen.

»Das Sternbild der Räder …«, sagtest du.

»Das Sternbild der Gewitter …«

»Das Sternbild der Taschenwörterbücher …«

Ich weiß noch, dass mir ganz schwummrig war von dem großartigen Anblick, als wir unseren Blick danach wieder auf den Wohnblock richteten. Von etwas so Großartigem, etwas so unendlich viel Weiterem, als unser Vorstellungsvermögen erfassen konnte. Etwas, wovon wir Teil waren, auch wenn wir es gar nicht beabsichtigten. Wir waren das Universum, Marianne. Wir waren alles.

Ich will dieses Gefühl wieder spüren. Ich will ein Teil von allem sein. Und deswegen laufe ich nicht davon.

Ich will tapfer sein, genau wie du es gewesen bist.

Der Regen prasselt weiter schräg auf uns herunter. Als ich anfange zu sprechen, spritzen Tröpfchen von meinem Mund.

»Ich habe nicht damit gerechnet, dass du noch hier bist.«

Jonathan zuckt mit den Achseln, und die Glupschaugen des Marienkäferschirms hüpfen im Takt der Bewegung seiner Schultern auf und ab.

»Tut mir leid, wenn ich dich enttäuscht habe.«

Er senkt den Blick wie damals, wenn er geschmollt hat. Es sieht lächerlich aus, wenn ein erwachsener Mann wie er sich so bockig gibt. Aber ich ärgere mich nicht darüber, denn ich kann es jetzt als das erkennen, was es ist. Ein Schild, der ihn vor dem Schmerz schützen soll, ein Mantel, der seine Wunden bedeckt.

Jonathan bohrt die Schuhspitze in den Matsch. »Wenn du willst, geh ich weg.«

Ich setze mich neben ihn auf den Baumstamm und stelle den Koffer ab. Ohne mich anzuschauen, schiebt er den Regenschirm etwas in meine Richtung und schützt mich damit so weit vor dem Regen, dass ich meine Kapuze abstreifen kann. Ich streiche mir die Haare glatt.

»Ich will nicht, dass du gehst.«

Er schaut zu mir herüber, dann tritt er wieder in den Matsch. Ich bin froh, ihn zu sehen, sogar in dieser mürrischen Laune, und ich weiß, dass das hier die letzte Chance ist, die ich bekomme. Ich ziehe den Koffer auf meinen Schoß und öffne die funktionierende Schließe.

Viel habe ich nicht eingepackt. Ein paar Kleidungsstücke, die Shiva-Statuette und eine Tupperdose mit Linsen. Ich habe sämtliche Tabletten zu Hause gelassen, die ich bei einem Rückfall brauchen würde, habe sogar vergessen, eine Gabel einzustecken, aber dafür habe ich etwas anderes ganz bewusst eingepackt. Ich ziehe das Buch behutsam hervor, als wäre es eine alte Reliquie, wische ein paar Regentröpfchen vom Einband. Ich befürchtete, das Wasser könnte die Buchstaben auslöschen, die wir mit TippEx daraufgepinselt haben, aber die bleiben dick und unbeeindruckt.

MARIANNE + RAVINE = BESTE FREUNDINNEN FÜR IMMER

Jonathan schaut mich mit hochgezogenen Augenbrauen an, er lässt sich von mir den Regenschirm abnehmen, damit ich ihm das Buch geben kann. Er sagt nichts, aber er nimmt das Buch aus meiner Hand mit der unsicheren Miene eines Menschen, der ein Geschenk entgegennimmt, das ebenso gut eine Bombe enthalten könnte. Er schlägt die erste Seite auf. Mitten auf dem weißen Blatt Papier steht MARIANNE DICKERSON. Als er umblättert, lehne ich mich an ihn, um selbst mit hineinschauen zu können. Seit zehn Jahren habe ich das Buch nicht mehr aufgeschlagen, und selbst jetzt brauche ich noch jemand anderes, der das für mich übernimmt.

Wir hatten ein paar deiner Sachen in das Buch geklebt. Verpackungen deiner Lieblingssüßigkeiten: Zitronenbrausepulver,

Black Jacks und Toffee-Bonbons. Da war das Gewinnerlos für das unvollständige Schachspiel, das du bei der Tombola gewonnen hattest, sowie eine Locke von deinem Haar, mit Klebeband befestigt. Ich sehe, wie Jonathan die Finger über die Strähnen gleiten lässt, und muss daran denken, wie du dir mehrere Strähnen aus deiner dicken Mähne geschnitten hattest, bis wir eine Locke fanden, in der alle deine Haarfarben repräsentiert waren. Hinterher musstest du dein Haar einen Monat lang zu einem Pferdeschwanz hochbinden, damit Mrs Dickerson nicht merkte, was du da veranstaltet hattest.

Auf der nächsten Seite des Buches klebt ein Schulfoto von Jonathan und dir. Ihr saßt da, beide in der gleichen Schuluniform – es war der einzige Tag, an dem ihr sie jemals tragen solltet –, die Schultern einander zugewandt. Mit leuchtend roten Bäckchen lächeltest du dein Rugbyball-Lächeln, während Jonathan schmollend die Unterlippe vorgeschoben hatte. Ich kann mich noch an den Tag erinnern, an dem das Bild gemacht wurde, die Fotografin hatte ihn nicht zum Lachen bringen können, ganz gleich, wie viele Witze sie riss.

Jonathan hält sich das Foto ganz dicht vors Gesicht.

»Ich seh ja schrecklich aus.«

Ich runzle die Stirn. »So hast du immer ausgesehen.«

Er setzt sich kerzengerade auf, als hätte ich ihn beleidigt, und ich unterdrücke ein Grinsen. Wir mustern das Bild noch einmal gemeinsam, deine sonnengebräunte Haut, deine haselnussbraunen Augen. Obwohl es keiner von uns beiden ausspricht, denken wir beide dasselbe. Du warst schön, Marianne. Nicht wie eine Hollywood-Schauspielerin, nicht wie ein Model, das auf riesigen Werbetafeln abgebildet wird und seinen kecken Hintern in die Luft reckt. Von dir ging eine Schönheit aus, die so warm war wie die Sonne. Alles, was dich umgab, schien zu leuchten.

Als Jonathan umblättert, deutet er mit dem Finger auf die Seite.

»Wofür war das?«, fragt er.

Ich schaue das Objekt an, ein aus roten Schnürsenkeln gebasteltes Band, an dem eine goldene Schokomünzen-Folie befestigt ist. Ich habe einen ganzen Nachmittag und sieben Anläufe gebraucht, um diese Medaille herzustellen. Als du sie sahst, schlugst du vor, ich solle eine silberne für Jonathan machen und eine ganz kleine für Stanley. Ich hätte dir das Ding fast an den Kopf geknallt.

»Die Nacktschneckenrennen«, erinnere ich ihn. »Sie hat dauernd gewonnen, und wir haben alle Murmeln verloren. Am Ende kam es mir schlauer vor, einfach eine Medaille zu basteln.«

Zum ersten Mal, seit wir uns hingesetzt haben, glätten sich die Falten auf Jonathans Stirn.

»Mein Gott«, sagt er. »Stimmt ja, jetzt weiß ich's wieder. Wir haben die Siegesfeierlichkeiten im Wald abgehalten.«

Es dauert einen Moment, bis es mir auch wieder einfällt. Es war Herbst, und wir hatten einen Baumstumpf gefunden, der von rotem und gelbem Laub umgeben war. Wir hatten dich hinaufgehoben und dir das Marmeladenglas gereicht, in dem Stanley wohnte. Weil er keine Silbermedaille bekommen hatte, ernannte sich Jonathan zum Ausgleich zum Premierminister des Waldes und legte dir die Medaille um den Hals, bevor er dir feierlich die Hand schüttelte. Ich reichte dir einen Strauß aus Nelken und Gänseblümchen, dann küsstest du das Glas und hobst den fetten Körper der Nacktschnecke hoch über deinen Kopf. Ich weiß noch, wie Jonathan mich ansah und die Augen verdrehte und ich in einem kurzen Augenblick der Solidarität ebenfalls die Augen verdrehte. Anschließend klatschten wir beide höflich.

Mein Mund verzieht sich zu einem Grinsen. Jonathan schaut mich an und hebt die Brauen zu einem »Na, also, ich muss schon sagen«. Ich schaue auf die Medaille und sehe die Löcher, die ich hineingebohrt habe, in dem Versuch, einen nacktschneckenähnlichen Umriss nachzuahmen. Das Grinsen vergeht mir.

»Ich habe Stanley getötet«, sage ich.

Jonathan runzelt die Stirn, als ihm klar wird, was für ein schweres Vergehen ich ihm da gestehe. »Wen?«

Ich rutsche hin und her. »Mariannes Nacktschnecke.«

Wieder runzelt er die Stirn. »Die Nacktschnecke?«, fragt er. »Wie denn das?«

Ich drücke die Knie aneinander, ziehe die Schultern ein und drücke den Koffer an mich. »Mit Salz.«

Das Licht, das durch den Regenschirm fällt, glänzt rötlich auf seinem Gesicht. Seine Augen weiten sich. »Mit Salz?«

Er starrt mich an, als würde er einen ganz neuen Menschen vor sich sehen. Nein, schlimmer noch: Er starrt mich an, als wäre er beeindruckt. Ich fummle an der Kofferschließe herum.

»Das habe ich noch keinem erzählt.«

Es entsteht eine Pause, in der ich weiter am Koffer fummle. Dann spüre ich, wie er sich entspannt und sein Arm meinen streift.

»Es hat aufgehört zu regnen«, sagt er.

Als ich aufblicke, deutet Jonathan mit einem Nicken in den Wald. Er hat recht. Die Nacktschnecken winden sich noch immer auf dem Schutt, aber die Oberfläche der Pfützen rundherum bleibt glatt. Ich lasse den Schirm sinken, während Jonathan weiter in dem Buch blättert. Er blättert vorbei an den Survival-Tipps, die du mit Filzstift hineingekritzelt hast, den italienischen Sätzen, die du geschrieben hast. Ich schaue nicht hin, weil ich ihm gleich noch ein Geständnis machen will und viel zu abgelenkt bin. In all den Jahren, die ich ans Bett gefesselt war, habe ich eines gelernt: Am meisten verfolgen einen die Dinge, die man nicht getan hat.

»Ravine Roy«, sagt Jonathan, aber erst als ich ihn ansehe, merke ich, dass er mich nicht mit meinem Namen angesprochen, sondern ihn einfach nur laut gelesen hat.

Ich schaue auf das Buch herab und sehe meinen Namen in deiner unregelmäßigen Krakelschrift. Ich hatte es schon ganz vergessen, dass dieses Buch nicht nur die Fragmente deines Lebens enthält, sondern auch meines. Auf der nächsten Seite kleben die Verpackungen meiner Lieblingssüßigkeiten – Kirschbonbons, Fruchtgummis und Brausepulver –, und auf der Ecke der Seite hatte Marianne eine Strähne von meinem schwarzen Haar eingeklebt. Es folgt eine Seite mit einer Liste meiner Lieblingswörter (Hybrid, Philister, Kokolores, Luder) zusammen mit ihrer Definition aus dem Wörterbuch. Daneben klebt der ausgeschnittene Zeitungsartikel mit dem Bild von mir und dem Kürbis.

»Du kannst mir das jetzt zurückgeben«, sage ich und strecke die Hand aus.

Jonathan reißt mir das Buch weg. Er liest den Artikel mit lauter Nachrichtensprecherstimme vor.

»Bild oben: Ravine Roy neben ihrer stolzen Mutter, Rekha Roy, mit dem Gewinnergemüse der Westhill Primary School.«

Er fängt an zu gackern, als er mein verdrossenes Gesicht betrachtet. Du wolltest das Bild damals unbedingt in unser Buch kleben, und ich weiß noch, wie ich protestierte, weil ich ganz sicher wusste, dass mir das eines Tages ins Kreuz fallen würde. Heute ist dieser Tag, und während Jonathan weitergackert, merke ich, dass es jetzt an der Zeit ist.

»Es war nicht deine Schuld, Jonathan«, sage ich.

Er schaut mich an, und das Grinsen verschwindet von seinem Gesicht. Ich sehe, wie er den Mund aufmacht, um eine witzige Bemerkung über den Artikel fallen zu lassen und damit vom Thema abzulenken. Aber ich muss es sagen. Ich muss es alles sagen.

»Wenn ich nicht solche Angst gehabt hätte, wenn ich nicht da hineingegangen wäre, dann wäre es nicht passiert. Ich sollte sie beschützen. Wenn überhaupt jemand schuld war, dann ich.«

Es ist eine Erleichterung, den Schock auf seinem Gesicht zu sehen. Er bohrt sich den Finger in den Brustkorb. »*Ich* hab euch da mit hingenommen.«

»Als ob du sie davon hättest abhalten können, dir zu folgen,

Jonathan«, sage ich. »Sie wäre dir nie von der Seite gewichen, und ich wäre ihr nie von der Seite gewichen.«

»Aber …«

Ich hebe die Hand. »Du warst nur ein Kind.«

Er schaut mich an und schüttelt den Kopf. »Du auch.«

Ich blinzle und schlucke gegen den Widerstand in meiner Kehle.

»Und, wer ist nun schuld?«, fragt er.

Ich wäge meine Antwort ab. Ich sehe das Bild von Mrs Dickerson, die bewusstlos auf dem Sofa liegt, Onkel Walter, der den Hügel hinuntergeht und langsam aus unserem Blickfeld verschwindet, Amma, die mit dem Seelentrinker neben dem Taxi steht.

»Jeder, den wir kannten«, sage ich.

Wir sitzen auf dem feuchten Holz, und meine Aussage hängt zwischen uns wie eine Wolke. Ich lege die Hand an den Unterschenkel und fühle die wachsartige Oberfläche der Narben, die meine Haut durchziehen.

»Das gilt für die guten Dinge genauso wie für die schlimmen«, sage ich.

Ich hebe die Hand und streiche mir das Haar aus dem Gesicht. Ich spüre keine Schmerzen, kein Stechen, keine grässlichen Stromschläge. Ohne es zu wollen, muss ich lächeln.

Jonathan senkt den Kopf, es sieht fast aus wie ein Nicken. Als er das Buch auf seinem Schoß zuklappt, lugt ganz hinten die Ecke eines Fotos daraus hervor. Wir tauschen einen Blick, dann ziehe ich es heraus, und ich merke, wie ich rot werde, als ich das Bild sehe. Es zeigt uns drei – dich, mich und Jonathan. Wir stehen auf der Treppe, die zu Bosworth House hinaufführt. Ich drücke mir das Taschenwörterbuch an die Brust, Jonathan hat die erhobenen Hände zu Klauen gekrümmt und knurrt in die Kamera, und du stehst in der Mitte, legst uns die Arme um die Schultern und grinst mit schief gelegtem Kopf und geschlossenen Augen. Ich spüre, wie ich mich auf dem Baumstamm winde. Irgendetwas an diesem Foto kommt mir so vertraut vor.

Es sieht aus wie das Bild von Mrs Dickerson, Bobby und Onkel Walter.

Ich schiebe das Bild wieder hinten ins Buch. Wir bleiben sitzen und versuchen, einander nicht anzusehen.

»Willst du immer noch Onkel Walter suchen?«

Aus dem Augenwinkel sehe ich, wie er den Kopf schüttelt.

»Ich wüsste nicht, wo ich anfangen sollte.«

Ich beiße mir auf die Lippe. »Ich könnte dir ja helfen.«

Er lacht, dann schaut er mich an, und seine Miene verändert sich. Ich zucke mit den Schultern und schaue auf meine Stiefel hinunter.

»Oder was weiß ich.«

Als ich wieder aufblicke, schaut Jonathan hinüber zu den Nacktschnecken, die sich auf den Trümmern winden. Ich folge seinem Blick, dann wende ich mein Gesicht zum Himmel und erinnere mich, wie er in jener Nacht in Feuerwerk explodierte, und wie dein Bruder mich so fest umschlang, mich auf den Boden legte und mein Bein auf einen Stein bettete. Er hat mir das Leben gerettet, und ich weiß, dass ich ihm dafür danken sollte, aber ich habe das Gefühl, dass wir genug gesagt haben. Wir sind verletzliche Wesen, jedes weitere Wort könnte uns zerbrechen.

Ich blicke auf den Koffer zwischen meinen Knien und denke an Amma, die in mein Zimmer kommen wird, um nach mir zu sehen. Sie wird sehen, dass ich weg bin, wird die Nachricht finden, die ich geschrieben und unter mein Kissen geschoben habe, und wird so laut schreien, als hätte sie eine Leiche gefunden. Sie wird die Polizei anrufen, die ihr erklären wird, dass eine Achtzehnjährige, die beschlossen hat, ihr Zuhause zu verlassen, nicht als Vermisste gilt. Sie wird mein Zimmer nach Hinweisen durchsuchen, wo ich hingegangen sein könnte, bevor sie auf meinem Bett zusammenbricht. Sie wird so viel weinen, dass die Bettwäsche ganz nass wird, und dann wird sie darüber nachdenken, warum sie so überhaupt nicht geahnt hat, was ich plante, wie sie überhaupt nichts dagegen unternommen hat.

Sie wird sich selbst die Schuld geben, und das kann ich nicht zulassen.

Ich schließe die intakte Schnalle an meinem Koffer und umfasse den Griff ganz fest.

»Ich muss zurück«, sage ich und stehe auf.

Jonathan öffnet den Mund, um zu protestieren, aber ich laufe schon über den kleinen Weg zurück zur Straße.

»Ravine!«, ruft er.

Meine Füße versinken im Matsch, als ich stehen bleibe und zurückschaue. Er steht da, lässt die Hände an den Seiten herabhängen, und dein Regenschirm lehnt am Baumstamm neben ihm.

»Ja?«, sage ich.

Er holt tief Luft. »Ich freu mich, dass es dir wieder besser geht.«

Ich lächle. »Danke.«

Dann drehe ich mich um und renne weiter.

»Ravine!«

Wieder drehe ich mich um. Ich erkenne ihn nur noch verschwommen zwischen den Baumstämmen, und ich muss ein Stück zurücklaufen, um ihn sehen zu können.

»Ja?«

Er schaut mich an und blinzelt. Dann hält er dein Buch hoch. Nein. Unser Buch.

»Dein Buch!«, ruft er.

Ich betrachte den Einband mit dem Ziegelmuster und will fast schon aus dem Wald hervortreten, um es zu nehmen. Dann schaue ich deinen Bruder an, und mir fällt ein, was der Professor mir über die Sonnenfinsternis beigebracht hat, wie viele zufällige Ereignisse zusammenspielen müssen. Für einen kurzen Zeitraum in unserer Kindheit haben sich die drei Körper von Marianne, Jonathan und Ravine zusammengefunden, und wie der feine Schein, der auf den Ganges fiel, wurde unsere Freundschaft ein wunderbarer Anblick.

Die Dinge, die uns widerfuhren, waren die Dinge, die uns formten. Du hast mir geholfen, die zu werden, die ich bin, Marianne. Das Leben ist kein Kampf. Das Leben ist nicht Leiden. Das Leben ist Sein.

»Bring es mir vorbei!«, sage ich und trete wieder einen Schritt zurück. »Morgen vielleicht?«

Jonathan hält das Buch noch ein paar Sekunden hoch. Dann lässt er den Arm sinken.

»Okay, bis dann, Wörterbuch-Queen«, sagt er.

Ich lächle.

»Bis dann, Wetterfrosch.«

Danksagung

Dieses Buch ist jedem gewidmet, der mich zu der gemacht hat, die ich bin, genauer gesagt …

Familie Shah und Familie Snaith: Ich werde euch ewig dankbar sein für alles, was ihr mir beigebracht habt. Ihr führt mich auf eine Weise, von der ihr gar nichts ahnt. Ganz besonders danke ich Judith, Ian und Katie Snaith, die mir so großzügig mit Babysitten geholfen haben, die Korrekturphase dieses Romans abzuschließen.

Tasha-Marie Branston mit den Eingelegte-Zwiebeln-Chips, meine Fraggle-Schwester und Beste Freundin Für Immer. Dieser Roman feiert unsere Kindheit.

Allen Mädels vom »Knitter-Knatter-Club«. Wir stricken vielleicht nicht allzu viel, aber schnattern können wir dafür umso besser. Danke für all die schaurigen Geschichten, die allein schon ein Buch füllen könnten, und natürlich für eure Freundschaft.

Dem Leicester Writers' Club (insbesondere Kate Ruse und Margaret Penfold), über den ich im Laufe der Jahre großartige Ratschläge und Unterstützung bekomme habe, inklusive: »Der Anfang hat für mich erst richtig angefangen, als …« und »Da ist nur noch eine Kleinigkeit …« Eure Stimmen sind jetzt mein innerer Kritiker.

Dave Martin, Maxine Linnel, Judith Snaith, Leonie Ross, Laura Wilkinson, Jeanette Bird-Bradley und Kerry Young, die das Manuskript komplett gelesen haben, bei deren Tipps ich mich innerlich gekrümmt habe wegen meiner dummen Fehler, die mich aber auch zu einer viel besseren Schriftstellerin gemacht haben.

Außerdem Kadija George und Dorothea Smartt von Inscribe, die in den letzten paar Jahren ein Fels in der Brandung waren, und Nikesh Shukla, der meine Arbeit immer gelobt hat und auch sonst ein so cooler Typ ist.

Den Leuten beim SI Leeds Prize, Bristol Short Story Prize und Mslexia, deren Unterstützung für meine Schriftstellerei mich in meinen finsteren Momenten weiter angespornt hat. Und natürlich Farhana Shaikh, Herausgeberin von *The Asian Writer* und hochgeschätzte Freundin.

Meinem Agenten James Wills, Lektorin Lizzy Goudsmit, Verlegerin Becky Hunter und all den tollen Leuten bei Transworld. Euer Glaube an meinen Roman hat Kindheitsträume wahr werden lassen.

Den Büchern auf meinen Regalen. Ihr wart mein Schreibkurs, meine Mentoren und meine Führer in der Wildnis. Ohne euch hätte ich niemals von so einem Leben träumen können. Ich verneige mich vor den Liedern von Tori Amos, die der Soundtrack meines Lebens geworden sind, aber auch der dieses Romans.

Und John, immer John, der mir geholfen hat, der beste Mensch zu werden, der ich werden konnte. Danke für das Abwaschen, Einkaufen und für deine besonnenen Ratschläge. Du bist großartig.